Benedict Jacka vit à Londres. Il a étudié la philosophie à Cambridge. Ses passions vont des arts martiaux à la danse de salon, et du skateboard aux jeux vidéo. Sa série *Alex Verus* s'est déjà vendue à plus de 500 000 exemplaires aux États-Unis et en Angleterre.

DU MÊME AUTEUR

Alex Verus, Tome 2
Malédiction
Éditions Anne Carrière, 2012
et « Points », n° P5262

Alex Verus, Tome 3
Persécution
Éditions Anne Carrière, 2012
et « Points », n° P5263

Alex Verus, Tome 4
Les Élus
Éditions Anne Carrière, 2013

Alex Verus, Tome 5
Recluse
Éditions Anne Carrière, 2014

Alex Verus, Tome 6
Dissimulation
Éditions Anne Carrière, 2020

Benedict Jacka

ALEX VERUS

Destinée

Traduit de l'anglais (Royaume-Uni)
par Marie de Prémonville

Éditions Anne Carrière

TEXTE INTÉGRAL

TITRE ORIGINAL
Fated
ÉDITEUR ORIGINAL
Orbit, 2012

ISBN 978-2-7578-7636-7

1

C'était une journée calme, et j'étais tranquillement en train de lire derrière le comptoir, en scrutant l'avenir.

Il n'y avait que deux clients dans la boutique. Le premier était un étudiant, la chevelure en bataille, qui jetait nerveusement des coups d'œil par-dessus son épaule. Il se tenait près du rayon des herbes et des poudres et avait déjà fait son choix depuis dix bonnes minutes sans trouver le courage de venir m'en parler. Le second était un ado en T-shirt Linkin Park qui avait repéré une boule de cristal mais attendait que le premier soit parti pour passer à la caisse.

Il était venu à vélo et, d'ici quinze minutes, une contractuelle en patrouille allait le verbaliser pour avoir accroché sa bécane à la rambarde. Ensuite, je recevrais un appel durant lequel je ne voudrais pas être dérangé. Aussi ai-je posé mon livre sur mon bureau avant de me tourner vers l'étudiant.

« Je peux vous aider ? »

Il a sursauté et s'est approché de moi en jetant des coups d'œil furtifs à l'autre gars, puis il a répondu en baissant la voix : « Euh, bonjour. Est-ce que vous…

– Non. Je ne vends pas de livres de sorts.

– Même pas…

– Non.

– Est-ce qu'il existe… euh… un moyen de vérifier ?

– Le sort auquel vous pensez est inoffensif. Essayez-le puis allez parler à la fille pour voir ce qui se passe. »

L'étudiant m'a dévisagé d'un air ébahi. « Vous avez deviné rien qu'avec ça ? »

Je n'avais pas prêté attention aux herbes qu'il tenait à la main, mais autant lui laisser croire qu'il avait vu juste. « Vous voulez un sac ? »

Il a placé la verveine, la myrrhe et l'encens dans le sachet que je lui tendais et a payé sans cesser de me fixer d'un air stupéfait, puis il est parti. La porte s'était à peine refermée que l'autre gamin est venu me demander le prix d'une des plus grosses boules de cristal en affectant un air détaché. Je n'ai même pas pris la peine de vérifier ce qu'il comptait en faire – pour se blesser avec une boule de cristal, il faut vraiment le vouloir, par exemple se taper la tête avec. Or je ne pourrais pas en dire autant de certains articles que je vends. Une fois le gamin ressorti avec son gros sac en papier, je me suis levé et suis allé placarder le petit écriteau FERMÉ sur la porte. Par la vitrine, j'ai vu l'ado détacher son vélo et l'enfourcher. Environ trente secondes plus tard, une contractuelle est passée.

Ma boutique est située dans le quartier de Camden Town, dans le centre de Londres. Ma rue se trouve au milieu d'une sorte de nœud urbain dessiné par le canal, trois ponts et deux lignes de chemin de fer qui s'entremêlent. Les ponts et le canal forment comme un rempart, et ce secteur est une oasis au cœur de la ville. En dehors des trains qui vont et viennent, l'ambiance est étonnamment calme. J'aime monter sur le toit pour contempler le canal et les silhouettes biscornues des immeubles. Parfois, le soir ou tôt le matin, quand l'écho de la circulation est assourdi et que la luminosité est réduite, on dirait presque un passage vers un autre monde.

L'enseigne au-dessus de ma porte indique : « Grand Bazar de l'Occulte ». Au-dessous, une pancarte plus petite détaille certains des articles que je vends : ustensiles, réactifs, articles de renforcement… ce genre de choses. Vous vous dites sans doute qu'il aurait été plus simple d'annoncer : « Magasin de magie », mais j'en avais assez de voir défiler des gens en quête d'anneaux magiques et de cartes marquées. J'ai fini par passer un accord avec une boutique de farces et attrapes située à cinq cents mètres d'ici, et je garde sur mon comptoir une pile de leurs cartes de visite, au cas où un gars franchirait la porte pour me réclamer le dernier livre de David Blaine. Les gosses sont ravis du tuyau, et moi j'y gagne un peu de tranquillité et de silence.

Je m'appelle Alex Verus. Ce n'est pas mon nom de naissance, mais ça, c'est une autre histoire. Je suis devin. On appelle parfois les gens comme moi oracles, ou voyants. Ou bien mages, si on veut se donner le genre intello. Personnellement, tous ces termes me conviennent, du moment qu'on ne me traite pas de « diseur de bonne aventure ». Je ne suis pas le seul mage dans ce pays, mais à ma connaissance je suis le seul à tenir une boutique.

Les mages tels que moi ne sont pas courants, mais nous ne sommes pas non plus aussi rares que vous pourriez le croire. Nous ne présentons aucun signe distinctif, et si vous croisiez l'un de nous dans la rue, il est fort probable que vous ne vous rendriez compte de rien. Seuls les plus observateurs remarqueraient peut-être une petite étrangeté, une bizarrerie, mais, le temps de vérifier, nous aurions déjà disparu. C'est un autre monde, camouflé au cœur du vôtre, et la plupart de ceux qui y vivent n'aiment pas recevoir de visite.

Pour ceux d'entre nous qui *aiment* au contraire à en recevoir, il faut se rendre visible, et tout le problème est de trouver un moyen de le faire sans passer pour un fou. La majorité d'entre nous s'appuie sur le bouche-à-oreille, même si les mages les plus jeunes se servent aussi d'Internet. J'ai entendu parler d'un gars à Chicago qui s'était enregistré dans l'annuaire à « Magicien » – mais il ne s'agit sans doute que d'une légende urbaine. Moi, j'ai ma boutique. Aujourd'hui, il existe assez de wiccans, de païens et d'adeptes du New Age pour que les gens acceptent la présence de ce genre de commerce. Après tout, il faut bien que ces barjos achètent leur matériel quelque part. Naturellement, le commun des mortels est persuadé qu'il s'agit d'une arnaque, que les articles que je vends ne sont pas plus magiques qu'une vieille chaussette trouée, et ce n'est pas complètement faux. Mais ce qui dans ma boutique n'est pas magique sert efficacement de couverture à ce qui l'est, comme cet objet enfermé dans un petit cylindre bleu laqué, à l'étage, et qui peut accorder cinq vœux, n'importe lesquels, à quiconque s'en emparera. Si cette nouvelle-*là* venait à s'ébruiter, j'aurais des soucis bien plus graves que les ricanements habituels.

Les futurs s'étaient stabilisés, et le téléphone allait sonner d'ici trente secondes. Je me suis installé confortablement et, quand la sonnerie a retenti, j'ai attendu deux coups avant de répondre.

« Salut.

– Salut, Alex, a chuchoté Luna dans mon oreille. Tu es occupé ?

– Pas le moins du monde. Quoi de neuf ?

– Je peux te demander un service ? En chinant à Clapham, j'ai trouvé quelque chose. Je peux te l'apporter ?

– Tout de suite ?

– Ça pose un problème ?

– Pas vraiment. Mais c'est si pressé que ça ?

– Non. Enfin… » Luna a hésité. « Ce truc me rend un peu nerveuse. Je serais soulagée si c'était toi qui l'avais. »

Je n'ai même pas eu à y réfléchir. Comme je le disais, c'était calme, comme journée.

« Tu te rappelles comment aller au petit parc ?

– Celui près de la boutique ?

– Je te retrouve là-bas. Tu es où ?

– Toujours à Clapham. J'allais reprendre mon vélo.

– Alors disons dans une heure et demie. Tu peux y arriver avant le coucher du soleil, si tu fonces.

– Je vais foncer, tu peux me croire. Je ne sais pas si… » Elle a laissé sa phrase en suspens. « D'accord. À tout à l'heure. »

Elle a raccroché. Et moi j'ai fixé le téléphone dans ma main. Luna travaille pour moi, à temps partiel. Elle me dégotte des articles à vendre. Mais je ne crois pas qu'elle fasse ça pour l'argent. Quoi qu'il en soit, je ne me rappelais pas l'avoir jamais entendue aussi nerveuse, et je me demandais ce qu'elle allait me rapporter.

On pourrait représenter les dons magiques sous la forme d'une pyramide. À la base, la tranche la plus large représente la population normale. Supposons que la magie soit le monde des couleurs ; les gens normaux seraient daltoniens : ils ignorent tout de la magie et s'en portent très bien, merci. Ils ont déjà assez de préoccupations comme cela, et s'il leur arrive de voir quelque chose qui remette en question leur vision de la vie, ils se persuadent aussitôt que c'était une illusion. Ils représentent environ quatre-vingt-dix pour cent des adultes du monde civilisé.

La tranche au-dessus est celle des sensibles. Eux ne sont pas daltoniens. Le don des sensibles (ou leur malédiction, selon la manière dont on considère la situation), c'est un champ visuel plus large que la moyenne. Ils sentent la présence de la magie, la puissance lointaine émanant du Soleil, de la Terre et des étoiles, la chaleur et la stabilité d'une ancienne maison de famille, les filaments de mort et d'horreur qui perdurent sur le site d'un rituel de l'Ombre. La plupart du temps, ils n'ont pas les mots pour décrire ce qu'ils ressentent, mais deux sensibles se reconnaîtront mutuellement grâce à une sorte d'empathie, qui crée un lien profond. Il vous est peut-être déjà arrivé de vous sentir relié à quelqu'un, comme si vous aviez partagé quelque chose, sans savoir précisément quoi ? Eh bien, c'est pareil.

Au-dessus des sensibles, dans cette hiérarchie magique, on trouve les initiés. Ceux-là ne représentent que un pour cent environ de la population et, contrairement aux sensibles, ils sont en mesure de canaliser la magie de manière subtile. Parfois tellement subtile qu'ils l'ignorent eux-mêmes : ils peuvent être chanceux aux jeux de cartes, ou très doués pour deviner à quoi pense quelqu'un, mais c'est toujours si discret qu'ils se croient juste veinards ou perspicaces. Pourtant, il arrive qu'ils se rendent compte de quoi ils sont capables et qu'ils travaillent leur talent, si bien que certains d'entre eux peuvent se montrer particulièrement impressionnants dans leur domaine.

Et enfin, il y a les mages.

Luna se situe entre le sensible et l'initié. Même moi, j'ai du mal à déterminer de quel côté elle penche, car elle a des caractéristiques uniques qui la rendent inclassable et potentiellement dangereuse. Mais c'est aussi l'une de mes très rares amies, c'est pourquoi j'avais hâte de la voir. Le ton de sa voix m'ayant inquiété, j'ai consulté l'avenir, et j'ai été rassuré de voir qu'elle allait bien arriver une heure et demie plus tard, comme convenu.

Ce faisant, j'ai toutefois remarqué un détail qui m'a contrarié : j'avais eu beau afficher l'écriteau FERMÉ, quelqu'un allait franchir la porte du magasin d'ici quelques minutes. Camden attire un tas de touristes, et parmi eux il y en a toujours un pour considérer qu'il n'est pas concerné par les horaires d'ouverture. Comme je n'avais aucune envie de retourner verrouiller la porte, je suis resté assis là à scruter la rue d'un air renfrogné, et j'ai bientôt vu apparaître une silhouette sur le seuil. L'homme portait un pantalon à pli, ainsi qu'une chemise et une cravate. Le carillon a retenti gaiement lorsqu'il est entré. Il a haussé les sourcils. « Bonjour, Alex. »

Je l'ai aussitôt reconnu. Une poussée d'adrénaline m'a traversé et j'ai instantanément déployé mes sens magiques pour couvrir la boutique et la rue. Ma main droite a glissé subrepticement jusqu'à la petite planche sous mon bureau. Je ne percevais aucun signe annonciateur d'une attaque, mais cela ne signifiait pas pour autant qu'il n'existait aucun danger.

Lyle se tenait là, à me regarder. « Alors ? Tu ne m'invites pas à entrer ? »

Il s'était écoulé plus de quatre ans depuis notre dernière rencontre, mais Lyle était le même que dans mon souvenir. Il avait à peu près mon âge, une silhouette mince, des cheveux noirs coupés court et un teint légèrement olivâtre qui suggérait la présence d'un ancêtre méditerranéen dans son arbre généalogique. Ses vêtements étaient ostensiblement chers, pourtant il les portait avec une élégance désinvolte dont je me savais incapable. Lyle avait toujours su jouer la carte de la séduction.

« Qui d'autre est là ? » ai-je demandé.

Il a poussé un soupir. « Personne. Bon sang, Alex, tu es vraiment devenu paranoïaque à ce point ? »

J'ai vérifié, puis vérifié une nouvelle fois, ce qui m'a confirmé ses dires. Pour autant que je sache, Lyle était le seul autre mage dans les parages. De plus, tandis que mon rythme cardiaque commençait à s'apaiser, j'ai pu me rendre à l'évidence : si le Conseil avait projeté un assaut, Lyle aurait été la dernière personne qu'ils auraient envoyée. Tout à coup, je me suis bel et bien senti paranoïaque.

Pour autant, je n'étais pas emballé de le voir. Lyle s'est approché de quelques pas. « Reste où tu es », ai-je lancé d'un ton brusque.

Il s'est immobilisé, l'air interrogateur. « Eh bien ? » a-t-il dit en voyant que je ne réagissais pas. Il était planté au milieu de ma boutique, entre les réactifs et les étagères croulant sous les bougies et les clochettes. « On va rester là à se regarder en chiens de faïence ?

– Et si tu me disais ce que tu fais ici ?

– J'espérais discuter dans un endroit plus confortable. » Il a incliné la tête sur le côté. « À l'étage, par exemple ?

– Non.

– Tu étais sur le point de déjeuner ? »

J'ai repoussé ma chaise en arrière et me suis levé. « Allons faire un tour. »

Une fois dehors, j'ai respiré un peu mieux. Contre l'un des murs de ma boutique s'étend un rayon spécial, délimité par des cordes, qui contient d'authentiques articles de magie : des renforcements, des résidus et des singuliers. De là où il se trouvait, Lyle n'avait pas pu les voir, mais il lui aurait suffi de quelques pas de plus pour ne pas les rater. Même s'il n'y avait là rien d'assez puissant pour retenir son attention, il ne lui aurait pas fallu longtemps pour comprendre que, si j'avais en ma possession des articles mineurs, j'en avais aussi probablement des majeurs. Et j'aimais autant que cette information ne remonte pas jusqu'au Conseil.

On était à la fin du printemps, l'air londonien était assez doux pour qu'une petite balade soit une partie de plaisir et non une corvée. Camden est toujours très animé, même lorsque le marché est fermé, bien que les immeubles et les ponts amortissent les sons ambiants. En prenant par une ruelle, j'ai conduit Lyle jusqu'à la promenade au bord du canal, où je me suis arrêté pour m'accouder à la balustrade. Sur le chemin, j'avais passé les environs au crible, à la fois dans le présent et dans l'avenir, sans rien trouver d'inquiétant. Apparemment, Lyle était venu seul.

Je le connais depuis plus de dix ans. Quand on s'est rencontrés, il n'était qu'un apprenti maladroit et empressé, trottinant derrière son maître. À l'époque déjà, il était évident qu'il visait d'entrer au Conseil, mais nous étions proches, sinon amis. Du moins pendant un temps. Jusqu'au jour où je me suis brouillé avec Richard Drakh.

Je n'aime pas me repencher sur l'année qui a suivi. Lorsque des événements aussi horribles se produisent, on n'aime pas s'y replonger, ils tracent un sillon calciné dans notre mémoire. La seule solution est de les laisser derrière soi et d'avancer. Lyle n'était pas directement responsable de ce qui nous était arrivé, à moi et à ceux qui se trouvaient dans la demeure de Richard, mais il avait une idée assez claire de ce qui s'y passait, tout comme le reste du Conseil. Du moins, ils en *auraient* eu une idée assez claire s'ils avaient bien voulu y réfléchir un tant soit peu. Ils avaient préféré éluder le sujet et attendre que je fasse ce qu'il fallait, puis que je disparaisse.

Lyle n'est plus mon ami.

Il se tenait à côté de moi, près de la balustrade, qu'il a essuyée d'un geste vif avant de s'y appuyer, pour s'assurer que sa belle veste ne serait pas tachée. La promenade courait tout le long du canal, en suivant les méandres à perte de vue. L'eau sombre se brisait en petites vagues nerveuses. Le ciel était couvert, et le soleil timide peinait à percer à travers les nuages gris.

« Bon, a fini par dire Lyle, si tu ne veux pas discuter, autant en venir au fait, n'est-ce pas ?

– Je ne crois pas qu'on ait beaucoup de sujets de conversation, si ?

– Le Conseil voudrait avoir recours à tes services. »

J'ai cligné les paupières, incrédule. « Tu es en visite officielle ?

– Pas tout à fait. Il y a eu quelques… désaccords sur les moyens de s'y prendre. Le Conseil n'a pu se prononcer à l'unanimité…

– Le Conseil ne peut déjà pas se prononcer à l'unanimité sur l'horaire du dîner.

– … sur la marche à suivre, a poursuivi Lyle d'un ton doucereux. La consultation d'un devin a été envisagée comme une solution provisoire.

– La consultation d'*un* devin ? » ai-je répété, soudain suspicieux. Avec le Conseil, nous ne sommes pas exactement en bons termes. « Moi, spécifiquement ?

– Comme tu le sais, le Conseil fait rarement appel…

– Et Alaundo ? Je croyais qu'il était leur premier choix, quand ils avaient besoin d'un voyant.

– Je crains de ne pas pouvoir te révéler les débats privés du Conseil.

– À partir du moment où on fait du porte-à-porte, il ne s'agit plus de débats privés. Allez, Lyle. Il n'est pas question que j'accepte quoi que ce soit sans savoir ce que tu fais ici. »

Il a laissé échapper un soupir excédé. « Maître Alaundo est actuellement très pris par des recherches de longue durée.

– Il t'a dit non, en d'autres termes. Et Helikaon ?

– Il est occupé ailleurs.

– Et ce type des Pays-Bas ? Jake le Hollandais, un truc comme ça. Je suis pratiquement certain qu'il a déjà joué les devins pour…

– Alex, m'a-t-il interrompu, inutile de passer en revue tous les devins des îles Britanniques. Je les connais aussi bien que toi. »

J'ai souri de toutes mes dents. « Je suis le seul que vous ayez trouvé, c'est ça ? C'est pour ça que tu es venu. » J'ai plissé les yeux. « Et le Conseil n'est même pas au courant. Jamais ils n'auraient accepté de me confier officiellement une tâche.

– Je n'apprécie guère les menaces, a rétorqué Lyle d'un ton guindé. Et je te serais reconnaissant de ne pas utiliser tes pouvoirs dans ce but.

– Tu crois que j'ai eu besoin d'avoir recours à la magie pour comprendre ça ? » Titiller Lyle avait quelque chose de gratifiant, mais je savais qu'il était périlleux de le pousser trop loin. « Très bien. Qu'est-ce qui est tellement crucial aux yeux du Conseil pour que tu prennes le risque de venir me trouver ? »

Lyle s'est donné le temps de rajuster sa cravate. « J'imagine que tu es au fait du jugement d'Arrancar ? »

Je l'ai dévisagé d'un air perplexe.

« Tout le monde est au courant depuis des mois, a-t-il repris.

– Qui ça, tout le monde ? »

Nouveau soupir irrité. « Suite au conclave d'Arrancar, les mages sont tenus de rapporter au Conseil toute découverte archéologique significative d'arcana. Récemment, une découverte de ce genre a été rapportée…

– Rapportée ?

– … et a fait l'objet d'une enquête préliminaire. L'équipe a conclu qu'il s'agissait sans aucun doute possible d'une relique des Précurseurs. »

J'ai aussitôt relevé la tête. « Active ?

– Oui.

– De quel genre ?

– Ils n'ont pas été en mesure de le déterminer.

– Elle est scellée ? Je m'étonne qu'ils ne l'aient pas ouverte par la force, tout simplement. »

Lyle a hésité.

« Oh, ai-je ajouté, comprenant avec un temps de retard. Ils l'ont bel et bien ouverte par la force. Que s'est-il passé ?

– J'ai bien peur que ce soit confidentiel.

– Un sort de protection ? Un gardien ?

– Quoi qu'il en soit, une nouvelle équipe se constitue actuellement. Il a été… jugé nécessaire qu'elle ait accès aux compétences d'un devin.

– Et vous voulez que j'intègre l'équipe ?

– Pas tout à fait. » Lyle a marqué une pause. « Tu seras un agent indépendant, c'est à moi que tu rendras compte. Et je transmettrai tes recommandations aux enquêteurs. »

J'ai froncé les sourcils. « Quoi ? »

Il s'est raclé la gorge. « Malheureusement, il n'est pas envisageable que tu rejoignes directement l'équipe. Le Conseil ne pourrait pas t'y autoriser. Mais si tu acceptes, je peux promettre de te dire tout ce que tu auras besoin de savoir. »

Je me suis détourné de Lyle pour contempler le canal. Le vrombissement d'un moteur se répercutait sur les murs de brique en aval et une barge est apparue en haletant. Elle était peinte en rouge et jaune. L'homme à la barre ne nous a pas adressé un regard. Lyle a gardé le silence pendant qu'elle passait devant nous avant de s'engager dans la boucle du fleuve. Une brise nous a balayés dans son sillage, m'ébouriffant les cheveux.

Je ne disais toujours rien. Lyle a fini par toussoter. Deux mouettes ont glissé au-dessus de nos têtes, suivant l'embarcation dans un appel sonore et discordant.

« Alex ? a fini par intervenir Lyle.

– Désolé. Je ne suis pas intéressé.

– Si c'est une question d'argent…

– Non. Ce marché ne me plaît pas, voilà tout.

– Pourquoi ?

– Parce qu'il pue.

– Écoute, il faut que tu sois réaliste. Il est impensable que le Conseil te donne carte blanche pour…

– Si le Conseil refuse de me donner carte blanche, je ne vois pas pourquoi tu prends la peine de venir me trouver. » J'ai pivoté pour lui faire face. « C'était quoi, ton plan ? Tu te dis qu'ils tiennent tellement à avoir des informations qu'ils se moquent de savoir comment tu les obtiendras ? Tôt ou tard, ils se mettront à poser des questions, et alors tu me balanceras pour éviter de te faire descendre en flammes. Et je n'ai aucune envie d'être ton bouc émissaire. »

Lyle a soupiré d'un air las. « Pourquoi tu te montres tellement déraisonnable ? Je te donne une chance de revenir dans les bonnes grâces du Conseil. » Il a scruté le béton et le ciel plombé. « À ta place…

– Eh bien, puisque tu évoques le sujet, il se trouve que revenir dans les bonnes grâces du Conseil ne fait pas du tout partie de mes priorités.

– C'est ridicule. Le Conseil représente tous les mages du pays.

– Oui, tous les mages. C'est bien là le problème.

– C'est encore cette histoire avec Drakh, n'est-ce pas ? » Lyle a roulé les yeux. « Bon sang, Alex, c'était il y a dix ans. Tourne la page.

– Peu importe quand c'était, ai-je répondu d'un ton tendu. Le Conseil ne s'est pas amélioré. C'est même de pire en pire.

– On a eu dix années de paix. C'est ce que tu appelles "de pire en pire" ?

– Si vous avez la paix, c'est uniquement parce que toi et le Conseil, vous avez laissé les mages de l'Ombre faire ce que bon leur semblait. » Je lui ai lancé un regard assassin. « Tu sais ce qu'ils font à ceux qu'ils maintiennent sous leur domination. Pourquoi tu n'irais pas leur demander à *eux* ce qu'ils pensent de la situation ?

– Pas question de partir une nouvelle fois en guerre, Alex. Le Conseil ne bougera pas, ni les mages qui le composent, qu'ils soient de la Lumière ou de l'Ombre. Il va falloir que tu l'acceptes une bonne fois pour toutes. »

J'ai inspiré à fond en contemplant le canal, au son des cris lointains des mouettes. C'est d'une voix assurée que j'ai repris la parole. « Ma réponse est non. Trouvez quelqu'un d'autre. »

Lyle a émis un grognement de dégoût. « J'aurais dû m'en douter. » Il a reculé pour me dévisager. « Tu vis dans le passé. Grandis un peu. »

Je l'ai regardé s'éloigner. Il ne s'est pas retourné. Une fois qu'il a eu disparu au coin du quai, je me suis remis à contempler l'eau.

Depuis les origines de la magie, il existe une scission entre ses deux courants : les mages de la Lumière et les mages de l'Ombre. À certaines époques, ils ont cohabité dans une trêve précaire ; à d'autres, des conflits ont éclaté. On a appelé le dernier en date – et aussi le plus violent – la guerre de la Rune du Portail. Elle a eu lieu quarante ans avant ma naissance et a opposé une faction des mages de l'Ombre à la quasi-totalité des mages de la Lumière. Pour le vainqueur, le prix était la domination totale de la Terre. C'est la Lumière qui a gagné – plus ou moins. Les mages de l'Ombre ont été neutralisés et leurs chefs tués, mais le temps que les combats prennent fin, la plupart des mages combattants de la Lumière s'étaient fait tuer, eux aussi. Ne voulant pas que s'éternisent les affrontements, les survivants de la Lumière ont autorisé les survivants de l'Ombre à se regrouper. Les années ont passé. Les vieux guerriers ont été remplacés par une nouvelle génération de mages pour qui la paix était l'ordre naturel des choses.

À mon entrée sur la scène, la politique du Conseil était un peu « vivre et laisser vivre ». Les mages de l'Ombre étaient tolérés tant qu'ils ne s'en prenaient pas aux mages de la Lumière, et réciproquement. Une série de règles appelée Concorde tenait lieu de code de conduite entre mages. La Concorde ne faisait pas de distinction entre l'Ombre et la Lumière, et on en venait à penser que cette différenciation même n'avait plus lieu d'être. Mon propre maître, Richard Drakh, était un mage de l'Ombre, et pour ma part je ne voyais pas pourquoi l'Ombre et la Lumière n'auraient pas pu s'entendre.

J'ai changé d'avis lorsque je me suis brouillé avec Richard, mais il était déjà trop tard. C'est à cette époque que j'ai découvert que si la Concorde établissait clairement les règles de respect entre mages, elle ne se souciait absolument pas du respect des mages en question envers leurs *apprentis*. Après m'être échappé, je suis allé tout dire à Lyle et au Conseil. Ils n'ont rien voulu savoir. Je me suis retrouvé livré à moi-même, avec un mage de l'Ombre furieux à mes trousses.

Aujourd'hui encore, en fermant les yeux, je me remémore cette période, cette peur atroce qui me paralysait. Il est impossible de comprendre, à moins de l'avoir vécue soi-même, la terreur d'être traqué par une force plus cruelle et plus puissante que soi. J'étais à peine adolescent, incapable de me débrouiller seul, et plus encore d'affronter quelqu'un comme Richard. Avec le recul, je vois bien que le Conseil attendait juste que Richard se débarrasse de moi, mettant fin du même coup à cette situation embarrassante. Au lieu de quoi, j'avais eu l'insolence de survivre.

Vous comprenez maintenant pourquoi je ne suis pas le chouchou du Conseil, et pourquoi je ne souhaite pas non plus le devenir.

Je savais que Lyle était parti pour de bon, pourtant je suis resté planté là vingt minutes encore, à observer les reflets sur l'eau noire et à attendre que les mauvais souvenirs se dissipent. Une fois le calme revenu, j'ai chassé de mon esprit Lyle et tout ce qu'il représentait, et je suis rentré. Comme je n'étais plus d'humeur à travailler, j'ai fermé la boutique et pris la direction du parc.

Londres est une ville ancienne. Même les touristes le sentent, ce poids de l'histoire, des millénaires écoulés. Pour un sensible, c'est encore plus flagrant, comme une présence physique au cœur même de la terre et de la pierre. Au cours des siècles, des poches se sont formées, des enclaves au milieu de cette jungle d'immeubles, et c'est dans l'une d'elles que je me rendais.

Situé à une dizaine de minutes de marche de la boutique, le parc est niché au bout d'une ruelle tortueuse que plus personne n'emprunte. Il est tellement envahi par la végétation qu'il en est presque invisible, caché derrière la barrière et les arbres. Des véhicules de travaux sont garés devant – officiellement, le square est censé être fermé pour rénovation, toutefois pour une raison inconnue les travaux n'ont jamais vraiment commencé. Il est entouré de bâtiments, mais les branches et le feuillage forment un refuge à l'abri des regards.

J'étais assis sur une couverture, le dos appuyé contre un hêtre, lorsque j'ai entendu le brimbalement d'un vélo sur la route longeant le jardin. Quelques instants plus tard, une jeune femme est apparue à travers les arbres en se baissant pour passer sous les branches. Je lui ai fait signe et elle a bifurqué vers moi.

Au premier abord, Luna est une fille d'une vingtaine d'années aux yeux bleus, à la peau pâle et à la chevelure châtain clair ondulée, relevée en deux couettes. Elle se déplace très précautionneusement, vérifiant toujours où elle pose les mains ou les pieds, et on a parfois l'impression que même si son corps est présent, son esprit est ailleurs, très loin. Elle ne sourit pratiquement pas et je ne l'ai jamais vue rire. En dehors de ça on peut très bien discuter avec elle sans se rendre compte de rien… du moins au début.

Luna fait partie de ces gens nés dans le monde de la magie sans vraiment avoir eu le choix. Les initiés et même les mages peuvent décider d'abandonner leurs pouvoirs s'ils le désirent, enterrer leurs talents dans le sable et s'en détourner, mais pour Luna c'est différent. Il y a quelques siècles, en Sicile, un de ses ancêtres a commis la regrettable erreur de contrarier une puissante *strega*. Les sorcières de la campagne profonde ont la réputation d'être brutales, et celle-là l'était tout particulièrement. Au lieu de se contenter de tuer l'homme, elle lui avait jeté un sort qui se répercuterait sur sa fille cadette, puis sur la fille de cette dernière, et la fille de sa fille, et ainsi de suite de génération en génération jusqu'à l'extinction de sa descendance ou la fin du monde, au choix.

J'ignore comment cette sorcière depuis longtemps disparue a réussi à lier ce sortilège à la lignée de Luna, mais le moins qu'on puisse dire, c'est qu'elle a fait du très bon boulot. Elle a beau être redevenue poussière depuis des siècles, sa malédiction court toujours et Luna est la seule de sa génération à en avoir hérité. Un des aspects les plus pervers de ce sort, c'est qu'il est presque indécelable. Même un mage ne le remarquerait pas, à moins de savoir exactement quoi chercher. En me concentrant, je l'aperçois autour d'elle, sorte de brume gris argenté, mais je n'ai qu'une idée très vague de son fonctionnement.

« Salut », a dit Luna en me rejoignant et en faisant glisser son sac à dos de son épaule. Au lieu de s'asseoir sur la couverture à côté de moi, elle a choisi un coin d'herbe quelques mètres à l'écart. « Ça va ?

– Super. Pourquoi ?

– On dirait que quelque chose te tracasse. »

J'ai secoué la tête, agacé. Je croyais avoir réussi à camoufler mes pensées, mais j'ai toujours eu du mal à cacher quoi que ce soit à Luna. « Un visiteur indésirable. Et toi, ça va ? »

Elle a hésité. « Tu peux… ?

– Jetons un coup d'œil à ta trouvaille. »

Luna n'attendait que mon signal. Elle a fait coulisser la fermeture Éclair de son sac à dos, d'où elle a sorti un objet enroulé dans un foulard en coton. Elle s'est penchée en avant pour le déposer au bord de la couverture, puis l'a déballé tout en restant aussi loin de moi que possible. Le foulard est retombé sur les côtés et Luna a reculé précipitamment. Curieux, je me suis avancé à mon tour. Entre les pans de tissu reposait un cube en cristal rouge.

L'objet était haut de dix centimètres environ, et du vermillon profond des vitraux. En y regardant de plus près, j'ai constaté qu'il était assez transparent pour être effectivement en verre. Pourtant il était impossible de voir au travers. En scrutant l'intérieur, j'ai distingué ce qui ressemblait à de minuscules étincelles blanches, prisonnières de la matière même.

« Hum, ai-je dit en me redressant. Où l'as-tu trouvé ?

– Il était dans le grenier d'une maison, dans le quartier ouest de Clapham. Mais… » Luna a marqué une pause. « Il y a quelque chose d'étrange. J'étais déjà allée dans cette maison il y a trois semaines, et je n'avais rien trouvé. Cette fois-ci, ce truc se trouvait sur une étagère, bien en vue. Et quand j'ai interrogé le propriétaire, il a été incapable de me dire d'où il provenait. Il me l'a donné… gratuitement. » Elle a froncé les sourcils. « Je me suis demandé si je l'avais simplement raté, la première fois, mais je ne vois pas comment. Tu le sens, n'est-ce pas ? »

J'ai hoché la tête. Du cube irradiait cette onde d'étrangeté caractéristique de tous les éléments magiques. La sienne n'était pas flagrante, mais elle était forte ; quelqu'un d'aussi sensible que Luna n'aurait pas pu passer à côté.

« Tu l'as touché ? »

Elle a acquiescé.

« Que s'est-il passé ?

– Il s'est mis à rayonner. Pas plus d'une seconde, et… » Elle a eu un instant d'hésitation. « Eh bien, je l'ai reposé, et ça s'est arrêté. Puis je l'ai enveloppé pour l'apporter ici. »

Le cube ne rayonnait plus, alors je me suis concentré dessus. Tous les mages sont plus ou moins capables de sonder le spectre magique, cependant, en tant que devin, je suis plus doué que la plupart pour cet exercice. Pour un mage, on ne peut réellement parler de « vision » – il s'agit plutôt d'un sixième sens –, pourtant la manière la plus simple de l'interpréter est bien visuelle. Cela permet d'identifier le type de magie, son origine et son mode d'action. Les plus talentueux sont capables de décoder dans quelle intention tel objet magique a été façonné, ainsi que la personnalité de son auteur. Quand je suis en forme, je peux déchiffrer toute l'histoire d'un article d'un simple regard.

Ce jour-là, je n'étais pas à mon summum. Non seulement je ne parvenais pas à percer l'aura du cube, mais je ne voyais tout simplement *pas d'aura*. Ce qui n'avait aucun sens, puisqu'il aurait dû y en avoir au moins une, celle de Luna. Pour moi, Luna scintillait en argenté clair, en fins plumets vaporeux qui se renouvelaient sans cesse. Un résidu de cette aura persistait sur tout ce qu'elle touchait : son sac à dos scintillait en argenté, ainsi que son écharpe et jusqu'à l'herbe sur laquelle elle était assise. Mais le cube lui-même ne rayonnait pas du tout. On aurait dit un trou noir.

Abandonnés à eux-mêmes, les objets magiques diffusent une aura qui est proportionnelle à leur puissance. C'est pour cette raison que j'avais demandé à Luna d'apporter sa trouvaille ici : si j'avais tenté de l'examiner dans ma boutique, j'aurais été distrait par une centaine d'autres auras. Ce jardin est une oasis naturelle, une sorte de cercle conducteur dispersant les autres énergies, ce qui me permet de me concentrer sur un seul objet à la fois. Au moment de la conception d'un article, il est possible de réduire sa signature mais, quel que soit le soin apporté à la fabrication d'un singulier ou d'un renforcement, il en subsiste nécessairement une trace visible. Le seul moyen de masquer totalement l'aura d'un objet magique est de le faire *activement*, ce qui signifiait que ce cube ne pouvait être qu'une seule chose.

J'ai relâché ma concentration pour me tourner vers Luna. « Tu as trouvé un truc vraiment spécial, je te le confirme.

– Tu sais ce que c'est ? » a-t-elle demandé.

J'ai secoué la tête et pris quelques secondes pour y réfléchir. « Que s'est-il passé, quand tu l'as touché ?

– Les étincelles à l'intérieur se sont mises à briller. Puis tout s'est éteint. » Luna a paru sur le point d'ajouter quelque chose, mais s'est ravisée.

« Et après ? Il a fait autre chose ?

– Eh bien… » Elle a marqué une pause. « C'est peut-être sans importance.

– Dis-moi.

– J'ai eu l'impression qu'il me regardait. Juste après l'avoir reposé. Je sais que ça paraît bizarre. »

Je me suis adossé au tronc d'arbre sans cesser de fixer le cube. Tout ça ne me disait rien qui vaille.

« Alex ? a demandé Luna. Qu'est-ce qui ne va pas ?

– On va avoir des ennuis.

– Pourquoi ? »

J'ai hésité à lui répondre. Depuis quelques mois, j'enseignais à Luna les rudiments de la magie, mais jusqu'ici j'avais éludé la question de ceux qui en font usage. Je savais qu'elle voulait se faire accepter dans le monde magique, et je savais aussi qu'il y avait peu de chances qu'elle y parvienne. La société des mages repose sur une hiérarchie du pouvoir : plus votre magie est forte, plus élevé sera votre statut. Les sensibles tels que Luna sont au mieux des citoyens de second rang.

« Écoute, ai-je fini par répondre, s'il existe si peu de mages qui tiennent une boutique, c'est pour une bonne raison. Ils n'ont jamais vraiment adhéré au principe de propriété. Quand un mage voit un article magique, son premier réflexe est de le prendre. S'il s'agit d'un objet mineur, on peut facilement le cacher, mais avec un article vraiment *puissant*... c'est une autre affaire. Si un mage, quel qu'il soit, vient à découvrir l'existence de cette chose, il sera ravi de prendre la peine de te traquer pour l'obtenir, en employant la manière forte. Le simple fait de posséder un article de cette catégorie est périlleux. »

Luna n'a pas soufflé mot pendant une bonne minute. « Mais toi, tu ne fais pas ce genre de choses », a-t-elle fini par dire.

J'ai poussé un soupir. « Non. »

Elle m'a dévisagé avant de détourner le regard. On est restés assis là un moment, en silence.

La malédiction de Luna relève de la magie de hasard. Celle-ci affecte la chance, modifie le principe de probabilité, si bien qu'un événement qui ne se produit en théorie qu'une fois sur mille ou sur un million arrive juste au bon – ou au mauvais – moment. Le sort de Luna a les deux effets à la fois. Il la protège de la malchance en détournant cette dernière vers tous ceux qui l'entourent.

Le plus tordu, dans cette histoire, c'est que d'après ce que j'ai appris, ce sortilège avait initialement été conçu par des mages de l'Ombre comme *protection*, et non comme malédiction, et il est certain qu'il protège remarquablement des accidents. On peut traverser une autoroute aux heures de pointe, escalader un arbre en plein orage, se balader sur un champ de bataille au milieu des bombes, le tout sans récolter la moindre égratignure.

Mais les accidents ne disparaissent pas pour autant ; ils sont simplement déviés vers les gens autour de vous et, lorsque le sortilège est jeté de manière définitive, les conséquences sont atroces. Plus Luna se lie avec quelqu'un, plus la malédiction affecte cette personne. Elle ne peut vivre sous le même toit que qui que ce soit, car il se produirait un drame dans le premier mois. Elle ne peut adopter d'animal domestique, sous peine de le faire mourir. Le simple fait d'avoir des amis est dangereux. Plus les autres sont proches d'elle, plus ils restent dans son entourage, pire est le résultat. Dès que Luna s'attache à un être humain, elle sait très bien que plus elle passera de temps avec lui, plus il sera en danger. Elle m'a raconté que le premier garçon qu'elle avait embrassé avait fini dans le coma.

Je me suis pas mal renseigné sur ce sortilège, dans l'objectif de trouver un moyen de le briser, mais ça ne m'a mené nulle part. Pour progresser, il faudrait que je l'étudie de manière intensive, mais la vie de Luna est suffisamment compliquée pour que je n'y rajoute pas mon petit projet scientifique. Et pourtant…

« Luna ?

– Hum ?

– Il y a une idée dont je voulais… » Quelque chose a activé ma prescience et je me suis tu. J'ai scruté l'avenir, et une main glacée m'a brusquement serré l'estomac.

Luna me dévisageait d'un air interdit. À mon expression, elle voyait bien que quelque chose clochait, mais elle ignorait quoi. « Alex ? »

J'ai bondi sur mes pieds. « Va-t'en ! »

Elle s'est relevée, déconcertée. « Qu'est-ce qu'il y a ?

– Pas le temps ! » J'ai senti l'affolement monter : c'était une question de secondes. « Derrière l'arbre ! Cache-toi ! *Vite* ! »

Elle a hésité un instant, avant de se glisser derrière le hêtre. « Ne bouge pas, ai-je ordonné à voix basse. Ne fais pas un bruit. »

Je me suis retourné juste à temps pour voir un homme surgir des feuillages devant moi.

Il était baraqué, avec un cou épais et des mains larges, et ses muscles gonflaient le tissu de son manteau noir. Il avait une dégaine de videur ou de garde du corps, et même le genre sympathique tant qu'on ne cherchait pas son regard.

« Verus, c'est bien ça ? a lancé le mage de l'Ombre en me fixant droit dans les yeux. On se connaît pas, je crois. »

2

On est restés plusieurs secondes face à face, debout sur l'herbe. Le vent était tombé et autour de nous les oiseaux s'étaient tus, sentant le danger. J'étais parfaitement immobile, le visage impassible, réprimant de mon mieux ce haut-le-cœur qui monte quand on vient de commettre une très grosse erreur. J'avais quitté la maison sans arme, sans aucune défense. À une époque, je n'aurais même pas envisagé de sortir ainsi démuni, mais ces derniers mois de sécurité avaient suffi à me faire baisser la garde.

Et j'étais en train de le payer. Je me tenais face à un mage de l'Ombre, et s'il décidait de s'en prendre à moi, j'étais grillé – au sens propre. Dans le silence qui durait, j'ai consulté frénétiquement l'avenir pour voir ce qui m'attendait.

« J'imagine qu'on n'a pas été présentés, ai-je fini par répondre en essayant d'empêcher ma voix de trembler.

– Tu peux m'appeler Cendre. »

J'ai haussé les sourcils. « Voilà qui est subtil.

– On joue les comiques ?

– Je ne sais pas. Ça te fait rire ? »

Il a brusquement souri de toutes ses dents. « Tu es un petit malin. »

Je n'ai pas réagi mais, en voyant les futurs qui se dédoublaient devant nous, j'ai senti un frisson me parcourir l'échine. Cette conversation pouvait avoir mille issues différentes, la plupart consistant en une attaque de Cendre, brutale et sans sommation. Et la cause du combat était…

J'ai tenté de masquer mon étonnement. C'était le cube rouge, celui-là même qui était posé sur la couverture juste derrière moi. Sitôt qu'il l'apercevrait, Cendre ferait tout ce qui était en son pouvoir pour me tuer, et j'ignorais totalement pourquoi.

Pour le moment il était concentré sur moi mais, d'ici quelques instants, il allait s'en rendre compte. En une fraction de seconde, j'ai décidé de tourner volontairement le dos à Cendre et de m'accroupir pour replier la couverture. « Je crois que…, a commencé à dire l'autre, avant de s'interrompre. Hé ! »

Je ne me suis pas retourné. « Quoi ?

– Je te parle, là. »

J'ai enroulé la couverture autour du cube. « Et ? » J'ai saisi mon sac et commencé à ranger la couverture dedans. Je percevais la confusion de Cendre, derrière moi. À moins d'être fou ou de mijoter quelque chose, on ne tourne jamais le dos à un mage de l'Ombre. J'ai senti une onde magique enfler et un picotement sur mon échine, et j'ai jeté un coup d'œil par-dessus mon épaule. « Arrête ça », ai-je ordonné d'un ton détendu.

Une pointe d'agacement est apparue sur le visage de Cendre. « Tu sais peut-être pas qui je suis. »

J'ai hissé mon sac sur mon épaule avant de faire volte-face. J'ai appris tout jeune à dissimuler ma peur, ce qui peut se révéler très utile. Au lieu de me ralentir, elle m'aiguillonne et aiguise mes sens. Tandis que Cendre me dévisageait en clignant les yeux, perplexe et furieux, je devinais la légère tension dans tout son corps. Lui tourner le dos avait été une insulte et désormais il me jaugeait pour déterminer si j'étais puissant ou tout simplement stupide. Non loin, je sentais aussi Luna, aplatie contre le tronc de l'arbre telle une souris menacée par un faucon.

« Je m'en moque pas mal, ai-je dit. Si tu es ici, c'est que tu veux quelque chose. Viens-en au fait. »

Dans le regard de prédateur de Cendre, j'ai lu la colère qui bouillonnait et qu'il peinait à maîtriser. « Tu as rencontré Lyle, a-t-il fini par dire.

– Et alors ?

– Il a essayé de t'engager ? » Son ton indiquait clairement qu'il connaissait déjà la réponse.

« En quoi ça t'intéresse ?

– Tu l'aides, ou non ? »

J'ai hésité. Consulter l'avenir ne m'était plus d'aucune utilité – trop de variantes possibles. Je n'avais aucune envie de répondre mais, en gardant le silence, je sous-entendais que j'avais accepté l'offre de Lyle, ce qui n'était pas forcément une bonne idée. « Je ne travaille pas pour Lyle », ai-je fini par admettre.

Cendre a lâché un grognement et la menace est retombée quelque peu. « Malin de ta part. » Il a marqué une pause. « On paye mieux. »

Il m'a fallu une seconde pour comprendre. J'ai cligné plusieurs fois des paupières. « Tu es là pour m'offrir du boulot ?

– On a besoin d'un voyant. On pourrait en prendre d'autres. C'est mieux si c'est toi.

– Et qu'est-ce que j'y gagne ?

– Comme les autres. Une part du butin.

– Comment ça ?

– Hein ?

– Quel butin ? Et comment comptez-vous le partager ?

– C'est toi le voyant. Devine, a répondu Cendre avec un sourire narquois.

– Très drôle. »

Son petit sourire a disparu. Il m'a dévisagé attentivement. « C'était pas une blague. »

Si j'acceptais, Cendre s'attendrait à ce que je l'accompagne, et si je tergiversais, il prendrait ça pour de la faiblesse de ma part.

« Non merci. Je ne travaille pas à crédit.

– Tu auras ta part.

– Tu *penses* que j'aurai ma part, nuance. » J'ai secoué la tête. « Reviens quand tu auras une offre plus solide à me faire. »

Son visage s'est assombri et j'ai senti les futurs changer. Soudain, les perspectives étaient beaucoup moins riantes.

« C'est ton dernier mot ? »

J'ai gardé un ton très calme. « N'essaie pas de me menacer, Cendre. »

Il m'a considéré des pieds à la tête, en prenant tout son temps. Il n'était pas en train de conjurer sa magie, mais je le sentais sur le point de le faire. « Il me semble que je pourrais t'écraser comme je veux, a-t-il lancé.

– Tu pourrais essayer », ai-je rétorqué d'un ton désinvolte. Intérieurement, j'étais en pleine panique. J'étais sans armes, le cube se trouvait dans le sac à dos que j'avais à l'épaule, et Luna se cachait à trois mètres de là. Si un affrontement éclatait, c'était le désastre assuré. Je voyais les futurs se dédoubler devant moi, bifurquant d'un côté ou de l'autre selon que Cendre croirait ou non à mon numéro.

Pendant quelques instants, il a hésité, puis il a de nouveau souri de toutes ses dents, et les perspectives ont basculé de manière décisive. « Moi je dis que tu bluffes. »

Merde, merde, merde. Tous les futurs que j'entrevoyais désormais menaient à un combat à mort. Je les ai parcourus frénétiquement, tout en essayant de ne rien laisser paraître. « Mauvaise idée.

– Ah ouais ? » Il a ouvert les bras d'un air engageant. « Vas-y, donne tout ce que tu as. »

Vingt secondes. Soudain, j'ai trouvé un nœud de futurs exempts de tout danger. Je les ai scrutés comme un forcené. En quoi étaient-ils différents ? Que fallait-il que je fasse ? Dix secondes. Autour de Cendre, l'air s'est assombri et la lumière dorée a viré au rouge sang.

Un nom. Je l'ai répété intérieurement avant de le prononcer. « Morden. »

Cendre s'est immobilisé. Sa magie s'est dissipée et le ciel du soir s'est comme rallumé. « Quoi ? »

Je suis resté planté là, sans rien dire.

« Tu travailles pour lui ? » a fini par demander Cendre.

J'ai haussé les sourcils. « D'après toi ? »

Il a hésité, et les secondes ont défilé. Il avait presque l'air effrayé. « Pourquoi t'as rien…

– Tu ne m'as pas posé la question. »

Il a repris un air ferme. « Dis au vieux qu'on est sérieux. Que c'est pas notre maître. » Il essayait de garder une expression menaçante, mais il était désormais clair qu'il n'avait plus l'intention de passer à l'attaque. « Il est malin, il se mêlera pas de tout ça. Fais-en autant.

– Tu me prends pour qui ? Pour ton messager personnel ? Va le lui dire toi-même. »

Cendre m'a lancé un regard noir avant de reculer et de disparaître au milieu des arbres. J'ai perçu une vague de magie, puis plus rien.

Je n'ai pas bougé pendant dix bonnes secondes, à consulter l'avenir afin de vérifier qu'il n'allait pas revenir. Une fois que j'en ai été totalement certain, j'ai senti mes jambes se dérober, et je me suis affalé par terre. J'avais le cœur qui cognait. « Bon sang, ai-je marmonné.

– Alex ? a fini par appeler Luna, toujours cachée derrière son arbre.

– Il est parti », ai-je réussi à articuler. J'ai essayé de me relever, mais j'en étais incapable. Mes mains tremblaient. Alors j'ai gentiment attendu, assis, que Luna réapparaisse. Elle a balayé du regard le décor habituel du jardin. Les oiseaux qu'avait fait taire l'approche de Cendre s'étaient remis à chanter et on aurait dit qu'il n'était jamais venu.

Luna s'est agenouillée, plus près qu'à l'ordinaire. « Ça va ?

– Ça va, oui. » Je me suis passé la main dans les cheveux, resserrant les doigts dans la masse pour arrêter leur tremblement.

Luna a fait mine de me toucher, avant de se ressaisir et de reculer pour reprendre sa distance de sécurité. L'inquiétude se lisait dans ses yeux bleus et, bizarrement, ça m'a réconforté. « Que s'est-il passé ? »

J'ai inspiré à fond, me rappelant qu'elle ne pouvait voir l'avenir. J'avais entraperçu toutes les issues possibles à cette rencontre, l'herbe calcinée par les flammes, mais Luna avait simplement entendu deux voix qui discutaient. « C'était ton premier mage de l'Ombre.

– Ils sont dangereux ?

– C'est le moins qu'on puisse dire. » Ma respiration était en train de revenir à la normale. Je me suis hissé sur mes pieds et j'ai tapoté mon sac à dos pour m'assurer que le cube s'y trouvait toujours.

« Je ne comprends pas, a dit Luna. Qui est Morden ?

– Le terminus sud de la Northern Line du métro. »

Elle m'a fixé, interdite.

J'ai soupiré. « Je n'en ai aucune idée. Tout ce que je sais, c'est que c'était la seule chose qui me débarrasserait de Cendre.

– Mais pourquoi ?

– Parce qu'il a cru que je travaillais pour ce Morden et qu'il n'a pas voulu se lancer dans un combat de cette envergure. Mais maintenant, Cendre va traquer des informateurs, et une fois qu'il aura compris que c'était du bluff, il reviendra. Je viens juste de me créer un gros tas d'ennuis.

– C'était du bluff ? »

Je me suis dirigé vers la sortie du parc. « Fichons le camp d'ici avant qu'il s'en rende compte. »

Mon appartement est situé au premier étage de la boutique. Il y a ce qui ressemble vaguement à une cuisine, ainsi qu'un canapé, une table et deux chaises pour mes visiteurs improbables (pour ne pas dire inexistants). J'ai laissé aux murs les trois aquarelles léguées par le précédent propriétaire. Les fenêtres donnent sur un auvent en contrebas et sur les toits de Londres. Le soleil était très bas et les lumières s'allumaient déjà aux quatre coins de la ville, ourlant la silhouette des immeubles de jaune et d'orange. De l'autre côté du canal, par-dessus les ponts, on aperçoit quelques immeubles résidentiels et parfois, le soir, j'aime m'allonger sur le canapé pour regarder la lumière changeante sur les fenêtres et tenter de déchiffrer les formes qu'elle dessine.

Luna s'était recroquevillée à une extrémité du sofa, je m'étais affalé dans mon fauteuil préféré. « Bon. » J'ai reposé mon verre en soupirant. « À présent, tu connais une des raisons pour lesquelles je n'aime pas traîner avec d'autres mages. »

Luna m'a lancé un regard interrogateur et j'ai hoché la tête, essentiellement pour me rassurer moi-même. « Eh bien, c'est passé, et on s'en est tirés sans dommages. Ç'aurait pu être bien pire. Tu as été sage d'aller te cacher quand je te l'ai dit.

– Ne me dis pas que j'ai été sage. Tu es plus vieux que moi, d'accord, mais pas vieux à ce point.

– Ne discute pas. Sois sage. »

Elle m'a adressé un de ses rares sourires. Il n'a pas duré, cependant. « Alex… Tu avais peur. Tu avais une voix tellement glaciale. J'ai cru que tu allais…

– Que j'allais quoi ? »

Elle a gardé le silence un moment. « Tu bluffais vraiment ?

– Il cherchait mes points faibles.

– Je croyais que tu ne le connaissais pas ?

– Je connais les gens comme lui. » Je me suis tu, perdu dans mes souvenirs d'autrefois.

« Lui, on aurait dit qu'il te connaissait », a répliqué Luna au bout d'une minute.

Je n'ai pas nié.

« Et où as-tu rencontré des gens comme lui ? » Voyant que je ne répondais toujours pas, elle a insisté. « Ça concerne ce que tu faisais avant d'ouvrir cette boutique ?

– Luna… » J'ai mis une pointe d'avertissement dans ma voix.

Elle a laissé tomber les questions. Quand j'ai relevé les yeux, elle a soutenu mon regard sans ciller.

« C'est mieux pour toi si tu te tiens à l'écart de tout ça, ai-je fini par expliquer. Le simple fait de savoir que ces gens existent peut t'attirer des problèmes. »

Elle a penché la tête sur le côté. « D'après ce que tu disais, je suis déjà en danger, non ? »

J'ai hésité. Le code des mages stipule qu'on ne peut parler affaires qu'avec ses semblables. S'il devait découvrir que je racontais quoi que ce soit à Luna, le Conseil serait très fâché. D'un autre côté, le Conseil ne me portait déjà pas dans son cœur. Je n'ai jamais vraiment adhéré à cette idée qu'il fallait garder les gens dans le noir pour leur propre bien. Certes, le savoir peut être une source de souffrance, mais l'ignorance peut faire beaucoup plus de mal encore.

« Très bien, ai-je capitulé. Que sais-tu des mages de l'Ombre ? »

Luna a replié ses jambes sous elle. Elle serrait entre ses doigts blancs un mug de thé d'où montait un serpentin de vapeur. « Je croyais que c'étaient des mages qui avaient mal tourné.

– Non. » J'ai cherché un moyen de lui expliquer. « Enfin… peut-être. Les mages de l'Ombre suivent une philosophie appelée la Voie Véritable, qui part du principe que le bien et le mal tels que nous les envisageons ne sont que des conventions. Notre conception du bien et du mal provient des coutumes et des religions, et profite aux plus puissants. Pour les mages de l'Ombre, obéir à ces postulats fait de nous des moutons. Tu vois, quand aujourd'hui tu as demandé à cet homme si tu pouvais lui acheter le cube ? Eh bien, un mage de l'Ombre t'aurait suggéré de le prendre, tout simplement.

– Tu veux dire : de le voler ?

– Un mage de l'Ombre te répondrait que si tu penses que voler est mal, c'est uniquement parce que tes parents t'ont élevée dans cette idée. Pour eux, le bien et le mal ne sont que des codes, tout comme le côté de la route où on conduit. »

Luna a réfléchi à ma réponse pendant plusieurs secondes avant de secouer la tête. « Mais il aurait appelé la police. »

J'ai hoché la tête. « Pour eux, c'est la partie importante. Ce qui empêche les gens d'enfreindre la loi, c'est la peur du châtiment, et cette menace n'a de sens que s'il existe une force pour la mettre à exécution. Pour un mage de l'Ombre, le pouvoir, c'est le réel. Plus on a de pouvoir, plus on peut façonner le réel qui nous entoure. La force, la ruse, l'influence, ils reconnaissent tout ça – mais la seule chose qu'ils ne tolèrent pas, c'est la faiblesse. Pour eux, la faiblesse est un péché, une cause de honte. Si tu n'es pas assez fort pour prendre ce que tu veux, c'est ta faute, rien que ta faute. »

Luna a froncé les sourcils. « Oh.

– Tu comprends ?

– Il me semble, oui. » Il lui a cependant fallu une minute pour assimiler l'idée. « J'ai déjà entendu dire des choses de ce genre. J'imagine qu'il y a du vrai là-dedans. »

J'ai secoué la tête. « La question n'est pas de savoir si c'est vrai ou pas. Les mages de l'Ombre ne professent pas ces règles. Ils les *vivent*. » Luna m'a dévisagé, et j'ai bien vu qu'elle ne comprenait pas. « Cet homme, Cendre, ai-je ajouté, que crois-tu qu'il aurait fait, s'il t'avait trouvée ? »

Soudain, elle a eu l'air mal à l'aise. « Je ne sais pas.

– Il aurait fait ce que bon lui semblait. Il aurait pu t'ignorer, ou bien éclater de rire et tourner les talons. Il aurait pu te violer et t'abandonner en sang au milieu de ce parc. Ou te ramener dans sa demeure pour faire de toi son esclave. Et quelle qu'ait été sa décision, il n'y aurait pas réfléchi à deux fois. » Luna me fixait. « Et pour être clair, ai-je poursuivi, *aucun* mage de l'Ombre n'aurait le moindre scrupule à accomplir n'importe laquelle de ces actions. Si tu ne peux pas l'en empêcher, c'est *ta* faute. Tu comprends, maintenant ? »

Elle a écarquillé les yeux, et j'ai vu qu'elle avait enfin saisi. « Tu connais ces gens ?

– Oui. » Luna a commencé une phrase, mais j'ai secoué la tête. « Ne me pose pas de questions là-dessus. Pas pour l'instant. »

Elle s'est tue et le silence a duré au point de devenir gênant. « Je ferais mieux de rentrer », a-t-elle dit enfin.

J'ai hoché la tête avant de me relever. J'ai raccompagné Luna à la porte. Elle se tenait à bonne distance, comme toujours, pourtant cette distance avait changé de nature. Au cours des mois passés, Luna avait commencé à s'ouvrir un peu à moi, et brusquement elle faisait machine arrière.

Après son départ, j'ai poussé le verrou en soupirant. J'avais fait de mon mieux pour l'effrayer, et j'avais réussi. Je n'aimais pas montrer à Luna cet aspect de moi, mais je savais que le plus sûr pour elle était de rester à l'écart quelques jours, du moins le temps que cette affaire avec Cendre soit réglée. Et pourtant, j'avais le sentiment qu'il se passerait bien plus que quelques jours avant que mon amie fasse de nouveau appel à mes conseils.

Bizarrement, ça m'a déprimé. Je me suis ressaisi. Un gars qui se met à larmoyer, ce n'est pas très sexy.

J'ai pris le cube de cristal pour le cacher le mieux possible. Puis je me suis dirigé vers ma chambre. J'avais projeté de faire des recherches sur ce cube, mais la réaction de Cendre avait changé la donne. Si la simple vue de cet objet suffisait à ce que cette brute essaie de me tuer, je ne voulais pas qu'on apprenne que c'était moi qui l'avais. Mieux valait garder ça secret jusqu'à ce que toute cette agitation soit retombée. En attendant, je ferais en sorte que l'enquête soit menée sérieusement par un expert en articles magiques… à savoir moi.

Mais avant toute chose, il me fallait en découvrir plus sur cette relique des Précurseurs qui intéressait tant Lyle et Cendre. Et cette fois, pas question de sortir les mains vides.

Le secret, quand on est devin, c'est d'être préparé à toutes les éventualités. C'est pourquoi j'avais eu si peur, quand Cendre m'avait surpris en plein relâchement. Les devins ne peuvent pas dégainer l'arsenal flamboyant des mages élémentaires. Nous ne savons ni voler ni lancer du feu ou désintégrer des trucs. Nous ne sommes ni plus résistants ni plus forts que les autres hommes, et notre magie ne nous confère aucun pouvoir sur le monde physique. Ce que nous possédons, en revanche, c'est la connaissance, et à condition de l'employer à bon escient, elle peut devenir un moyen de pression redoutable.

Mon but était maintenant de m'assurer de la cible sur laquelle faire pression. J'ai enfilé une chemise chaude et un jean, puis des baskets de course noires, avant de me concentrer sur les objets éparpillés sur mon bureau. Mon premier choix a été une sphère de cristal de la taille d'une bille, au centre de laquelle tourbillonnait une petite pointe de brume – je l'ai fourrée dans la poche droite de mon manteau, j'ai vérifié que je pouvais l'attraper facilement, puis j'ai fait de même avec un petit bâton de verre, dans l'autre poche. Ensuite, un paquet de traceterre – mon dernier. Il faudrait que je renouvelle mon stock au plus vite. J'ai accroché à l'intérieur de mon manteau une baguette en cristal fuselée d'une trentaine de centimètres, puis j'ai rempli mes poches de tout ce qui me tombait sous la main : un pot de baume de guérison, une poignée de minuscules bijoux en argent et deux fioles contenant un liquide bleu pâle.

Ensuite, je me suis chargé de mes articles plus terre à terre. La plupart des mages ne sont pas des adeptes de la technologie, mais pour ma part je préfère mettre tous les atouts de mon côté. J'ai accroché à ma ceinture une lampe torche puissante, ainsi que quelques outils et un couteau à fine lame, bien à l'abri dans sa gaine. J'ai tendu la main vers le tiroir contenant mon arme, puis me suis ravisé. Elle m'attirerait sans doute plus d'ennuis qu'autre chose.

Pour finir, je suis allé chercher ma cape de brume dans la penderie. Parmi les accessoires que je possède, ce n'est pas le plus puissant, mais c'est celui auquel je fais le plus confiance. Pour un œil non averti, cette cape ressemble à un morceau de tissu gris-noir, léger et fin, doux au toucher. À y regarder de plus près, les couleurs semblent changer et vibrer, mais de manière si subtile qu'on peut croire à une illusion. Les capes de brume sont tissées avec des rayons de lune et des fils de soie d'araignées des neiges, elles sont rares et peu connues des magiciens. Ce sont des articles imprégnés, pas de simples renforcements, et lorsque je l'ai enfilée, les couleurs ont ondulé furtivement avant de se stabiliser à nouveau. J'ai tapoté affectueusement le tissu puis j'ai pivoté pour me regarder dans la glace.

J'ai vu une grande silhouette anguleuse, aux contours émoussés par les ombres de la cape de brume. Sous le capuchon, un visage au teint pâle et à l'air interrogateur m'a rendu mon regard, vigilant. La chevelure noire et ébouriffée encadrait une paire d'yeux sombres. Je me suis observé pendant un moment avant de me diriger vers la porte.

Il était temps de se mettre au travail.

Lorsque j'ai escaladé l'échelle menant au toit de mon immeuble, le soleil s'était couché depuis longtemps. Au-dessus de ma tête brillaient quelques étoiles frileuses dont la lueur était engloutie par la flambée jaune des lumières de Londres. Caché dans l'ombre, j'étais entouré de toits, de cheminées, d'antennes télé et de la rumeur de la ville qui montait des rues en dessous. Dans l'air flottait l'odeur mêlée des gaz d'échappement et de la vieille brique.

Les mages aiment à croire que leurs pouvoirs les placent au-dessus du lot, et j'imagine qu'en un sens c'est le cas. Mais au fond, ils restent des êtres humains et, comme tout le monde, ils aiment jaser. Lyle avait beau penser que sa relique des Précurseurs était un secret, j'étais prêt à parier que son existence était loin d'être aussi confidentielle qu'il voulait le croire. Et dans ce cas, je savais qui en avait forcément entendu parler.

Le toit de mon immeuble est une dalle d'environ trente-cinq mètres carrés, recouverte de peinture blanche qui s'écaille et bordée par un petit parapet, couronnée à une extrémité d'une cheminée poussiéreuse. En étant un peu acrobate, on peut passer sur les toits voisins, ce que je fais souvent. Je me suis planté au milieu, j'ai sorti le bâton en verre de ma poche et j'ai canalisé un minuscule fil de magie dedans en murmurant : « Brise Stellaire, danseuse de l'air, amie des nuées, toi qui connais les secrets des pics montagneux et de tout l'entre terre et ciel. Moi, Alexander Verus, je t'appelle. Viens à moi, dame du vent. » Une petite brise s'est levée, puis le vent bruissant a emporté mes paroles d'une bourrasque, en direction du nord. Je les ai répétées vers le sud, l'est et l'ouest, et j'ai scruté l'avenir.

La bonne nouvelle, c'était que Brise Stellaire n'allait pas tarder. La mauvaise, c'était que l'assassin qui me traquait serait là avant elle.

Il est quasiment impossible de prendre par surprise un devin aux aguets. C'est le secret de notre survie dans un monde où tout est bien plus gros et bien plus vicieux que nous. J'avais détecté cet homme avant même de sortir de chez moi. La seule question était quelle stratégie adopter.

En général, j'évite les gens qui cherchent la bagarre. Il n'est pas bien difficile de leur fausser compagnie, quand on peut jeter un œil dans l'avenir, et ceux qui ont tendance à chercher la bagarre ont souvent un tas d'ennemis. Il suffit alors de baisser la tête et d'attendre que quelqu'un se charge d'eux. Cependant, dans ce cas précis, si je semais ce mage, il s'empresserait d'aller fracasser la porte de ma boutique, et il existait un risque qu'il découvre le cube. Aussi valait-il mieux lui régler directement son compte.

Ce qui ne signifiait pas pour autant que j'allais jouer *franc jeu*, évidemment. J'ai sauté sur le toit voisin en contrebas, et ainsi de suite cinq ou six fois en direction du sud, jusqu'à atteindre la terrasse d'un petit immeuble résidentiel. Il avait été rénové dix ans plus tôt et était à présent coiffé de deux gros ventilateurs, tout en ayant conservé les anciennes souches de cheminées près du bord. Ce mélange de vieux et de neuf encombrait l'espace et offrait toutes sortes d'abris possibles. J'ai vérifié que la configuration des lieux était telle que dans mon souvenir, puis je me suis appuyé contre un des ventilateurs et, les yeux clos, j'ai attendu.

Si haut, il montait peu de lumière et beaucoup de bruit. Tout autour de moi, j'entendais des voix assourdies en provenance des rues, mêlées aux vrombissements des voitures qui ramenaient leurs passagers chez eux pour la dernière fois avant le week-end. Le vent m'apportait des odeurs de cuisines italienne et indienne – les restaurants commençaient juste leur service du soir. Au milieu de cette cacophonie, tout était silencieux sur le toit lui-même. Le seul son proche était le bruissement d'ailes des pigeons qui nichaient de l'autre côté de la rue. J'ai tendu l'oreille, et brusquement le frou-frou s'est tu.

« Tu vas rater ton coup », ai-je lancé dans le noir, sans ouvrir les paupières.

Un éclair mat a déchiré l'air, à l'endroit même où je me tenais avant d'esquiver le tir. La foudre était d'un noir de jais, plus sombre encore que le ciel nocturne sur lequel elle se découpait, et ne produisait qu'un sifflement grave. J'ai pivoté complètement afin de me mettre à couvert, le dos contre le ventilateur. Et brusquement, tout s'est figé.

Je me suis penché très légèrement sur le côté. « Je te l'avais bien dit. »

Le mage qui m'avait attaqué se trouvait sur le toit voisin, silhouette obscure accroupie derrière une cheminée. J'ai consulté les futurs où je tentais une approche, et j'ai vu qu'il s'agissait d'un petit homme grêle et mince, portant des vêtements sombres ainsi qu'un masque lui camouflant le visage. Il regardait dans ma direction en plissant les yeux, une main levée pour se protéger ou frapper.

« Sors de là, petit voyant », a lancé l'homme en constatant que je ne bougeais pas. Il avait une voix rude et un léger accent.

« Pourquoi tu ne viens pas par ici, histoire que je te voie mieux ? »

J'ai senti un sourire mauvais lui retrousser les lèvres. « Parce que je te vois très bien… *maintenant.* » Aussitôt, un nouvel éclair noir a jailli de sa paume.

La foudre noire est de la magie de mort, de l'énergie négative qui tue en détruisant les organes, particulièrement le cerveau et le cœur. La magie de mort est effroyablement rapide, autant que la foudre à laquelle elle ressemble. Et comme si cela ne suffisait pas, l'assaut de l'ennemi était renforcé par l'énergie cinétique, ce qui lui conférait en plus un impact physique. Faire bouclier contre une saloperie pareille ne serait pas une mince affaire – à supposer que je sache générer des boucliers, ce qui n'était pas le cas.

Mais toute la vitesse du monde ne peut rien si la cible a disparu. Sitôt que le type avait tiré, je m'étais jeté à couvert et l'éclair avait touché le bord du ventilateur, là où se trouvait ma tête une seconde plus tôt, faisant trembler le métal. J'ai entendu l'homme jurer.

« Tu sais quoi ? Je m'attendais à voir Cendre, ai-je dit d'un ton détaché. Il avait mieux à faire ?

– Cendre est un imbécile », a grondé l'homme.

Je sentais bien que je l'avais déconcerté : il n'avait pas pour habitude de rater son coup.

« Lui au moins a eu la présence d'esprit de ne pas me chercher querelle, ai-je répondu avant de sourire dans le noir. Apparemment il est plus malin que toi… Khazad. »

L'autre s'est figé. « Comment connais-tu mon nom ?

– Qu'est-ce qui se passe, Khazad ? On a eu les yeux plus gros que le ventre ? »

Il y a eu un silence, puis Khazad s'est relevé derrière la cheminée. L'obscurité a pétillé tout autour de lui tandis qu'il se tissait un bouclier. « Je suis moins impressionnable que Cendre », a-t-il répondu avec calme, tout en se dirigeant vers moi.

Pour le règlement à l'amiable, c'était raté. « Alors c'est comme ça que tu t'y prends pour me demander de rejoindre ton équipe ? ai-je lancé à la silhouette qui s'approchait. Il faut que je te dise : ta technique de recrutement est pourrie.

– Tu peux nous aider, ou bien tu peux mourir, a répliqué Khazad, et je sentais qu'il souriait. Personnellement, les deux me conviennent. »

Il avait atteint le parapet séparant le toit de celui d'à côté. Il a entrepris de l'escalader, lentement et prudemment, en gardant une main libre, le regard fixé sur le ventilateur. J'en ai profité pour me replier dans l'ombre des souches de cheminées, veillant à garder le ventilateur entre lui et moi. Khazad a atterri sur mon toit et s'est redressé. « Tu t'enfuis déjà ? a-t-il lancé d'un ton moqueur.

– Tu sais, je comprends mieux pourquoi vous vous faites des ennemis comme Morden, ai-je répliqué. Toi et tes copains, vous n'êtes vraiment pas doués pour nouer des contacts.

– Tu ne travailles pas pour Morden, a-t-il rétorqué d'un ton serein. Tu ne travailles pour personne. Si tu meurs ici, nul ne s'en souciera. »

Khazad avait contourné le ventilateur, mais je m'étais déplacé aussi, si bien qu'il y avait maintenant une cheminée entre nous. Si j'avais choisi de l'affronter ici, ce n'était pas par hasard. Pour être fatale, la magie de mort doit avoir une ligne de tir dégagée. Un mage du feu tel que Cendre aurait pu raser le toit tout entier, mais Khazad, lui, avait besoin d'une cible bien visible. J'ai changé de direction, vers le vide à ma gauche.

« Par simple curiosité, en quoi me tuer vous aidera-t-il à obtenir cette relique, d'après toi ?

– Qui dit que je dois te tuer ? » a répliqué Khazad d'un ton confiant : il croyait m'acculer au bord du toit. Parfait. « Tout ce que tu as à faire, c'est obéir à mes ordres. »

J'étais dans l'impasse : la souche de cheminée derrière laquelle je me cachais s'interrompait au bout du toit. J'ai jeté un coup d'œil en contrebas, vers les balcons et la ruelle encombrée où trônait une benne à ordures. Khazad n'était plus qu'à une dizaine de mètres, et avançait droit sur ma cachette.

La plupart des mages savent se servir de leur magie pour repérer un adversaire : les mages du feu détectent la chaleur émise par le corps humain. Les mages de l'air perçoivent sa respiration. Les mages de vie et de l'esprit sentent la présence et les pensées d'un être aussi naturellement qu'une personne lambda sent grâce au toucher ou au goût. Pour les mages de mort tels que Khazad, les choses fonctionnent un peu différemment : ils ressentent les créatures vivantes comme une absence, une concentration de vie où leur magie ne peut pénétrer. C'est ainsi que Khazad avait pu me « voir » dans le noir et qu'il me suivait à la trace.

J'ai sorti la baguette de cristal de ma poche et l'ai chargée avec ma magie. Pour les gens normaux, l'effet était invisible, mais pour moi l'instrument s'est illuminé et s'est mis à rougeoyer. Parmi les instruments magiques, la baguette est le plus simple, c'est juste une batterie. Elle ne fait que contenir la magie et l'essence de la personne qui s'en sert. Elle ne *fait* rien à proprement parler, mais son action n'est pas négligeable. Il y avait une gouttière au bord du toit, dans laquelle j'ai déposé la baguette. « Il va d'abord falloir que tu me trouves », ai-je lancé par-dessus mon épaule, avant de remonter la capuche de ma cape de brume. J'ai reculé vivement de trois pas pour me plaquer contre la cheminée, et je suis resté le plus immobile possible.

Permettez-moi une petite diversion, au sujet des capes de brume. Ce sont donc des articles imprégnés, dépositaires d'une magie propre, et permanente. La fonction première d'une cape de brume est de capter son environnement afin d'en mimer la couleur, camouflant ainsi celui qui la porte, où qu'il se trouve. En cet instant, je savais par exemple que la cape de brume avait pris l'apparence des briques derrière moi, fondant ma silhouette dans la cheminée comme si j'étais un caméléon. Tant que je ne bougeais pas, l'illusion serait parfaite.

Mais les capes de brume ont une seconde fonction, que très peu de gens connaissent : elles bloquent également les sorts de détection. Pour les sens humains, une cape de brume n'offre aucun signal, comme s'il n'y avait rien du tout. Khazad, en revanche, me percevait d'abord moi, puis une source de magie provenant de l'endroit exact où je me trouvais une seconde plus tôt. En prêtant une attention particulière, il aurait pu remarquer le tressautement au passage d'une source à l'autre, mais il n'avait aucune raison de penser que j'avais bougé. D'ailleurs, il n'a même pas ralenti l'allure. « Te trouver ? a-t-il répliqué, et j'entendais le sourire dans sa voix. C'est déjà fait. »

Khazad a contourné la cheminée, puis s'est immobilisé. Il se trouvait à deux ou trois mètres du bord du toit, dans la lueur timide des réverbères qui remontait de la rue en contrebas. Je me tenais contre ma cheminée, à deux pas à sa droite. De si près, je distinguais le profil de Khazad sous le masque. Il avait la peau brune, était plus petit que moi et peu musclé. Il fixait la zone où était cachée la baguette, pile devant lui.

Les mages ont tendance à se reposer sur leurs pouvoirs. C'est dans la nature humaine : quand on a une recette qui fonctionne quatre-vingt-dix-neuf fois sur cent, on est tenté de négliger la centième. Les yeux de Khazad lui disaient qu'il n'y avait rien devant lui, mais sa magie au contraire lui indiquait quelque chose, juste au-delà du rebord, et c'est à cette dernière qu'il a fait confiance. Il s'est avancé, avec des mouvements rapides et saccadés d'oiseau, dans le crépitement de son bouclier qui étouffait la lumière derrière lui. Il s'est arrêté à quelques centimètres du vide et s'est penché pour chercher du regard la baguette cachée dans la gouttière.

Je me suis glissé derrière lui et l'ai poussé fort dans le bas du dos. Au contact du bouclier, j'ai senti une douleur cuisante dans les mains. Mais bien que capables de disperser un impact, les boucliers cinétiques ne sont guère utiles pour l'arrêter. Khazad s'est littéralement envolé en poussant un cri. Lorsqu'il a percuté un balcon, j'ai entendu un grand boum, suivi d'un craquement réjouissant.

J'ai récupéré ma baguette pour la remettre dans ma poche avant de tourner les talons et de quitter les lieux en chantonnant. Je n'ai même pas pris la peine de vérifier l'état de Khazad ; ce qui était certain, c'est qu'il n'allait pas me courir après, et c'est tout ce qui m'importait. Je suis remonté sur mon toit, je me suis assis et j'ai attendu.

Quelques minutes plus tard, j'ai senti un chatouillis à mon oreille. En tournant la tête, j'ai aperçu un visage semi-solide, constitué d'air tourbillonnant, à quelques centimètres du mien, et des yeux écarquillés qui me dévisageaient. « Bouh ! »

Pour un œil non averti, Brise Stellaire n'est que de l'air. Autant dire invisible. Mais pour un mage, on dirait une esquisse d'artiste dessinée avec de la vapeur brillante. Le haut de son corps est composé de magie de l'air et elle change d'apparence quand bon lui semble, au gré de son humeur. Cette fois, elle se présentait sous l'une de ses formes préférées : une petite elfe aux cheveux courts, aux grands yeux de biche et aux oreilles pointues. « Je t'ai fait peur ! »

Le nom complet de Brise Stellaire remplirait une page entière et chante délicieusement à l'oreille, tel un souffle qui se lève sur une colline enneigée, portant la promesse du printemps sous les premières étoiles qui s'allument dans un ciel assombri. Après notre première rencontre, j'ai bien tenté de le retenir, jusqu'au moment où j'ai découvert qu'elle changeait son identité chaque fois qu'on la lui demandait. C'est pourquoi désormais je l'appelle Brise Stellaire, comme tout le monde. Brise Stellaire est un élémentaire de l'air, un esprit du vent. Elle vole et change de forme aussi facilement que vous et moi marchons. Elle est capable de sentir les battements d'ailes d'un papillon à l'autre bout d'un champ, d'entendre murmurer aux antipodes. Elle est immémoriale et intemporelle. J'ignore son âge, mais j'imagine sans mal qu'elle ait pu naître lors de la création du monde.

Et accessoirement, elle est bête comme un tas de cailloux.

« Salut, Brise Stellaire.

– Tu es différent », a-t-elle gazouillé. Puis son expression s'est illuminée. « Jolie cape ! » Elle a littéralement plongé en moi, s'est enroulée comme un tourbillon autour de mes vêtements, faisant voler ma cape et essayant de me la retirer par la tête.

« Non ! ai-je riposté en tirant le tissu vers le bas.

– Donne-moi », a ordonné Brise Stellaire, quelque part dans mon dos.

Je me suis accroché à la cape de brume. « Non. Tu vas la perdre. »

Elle a repris forme derrière moi, et j'ai pivoté pour lui faire face. Elle boudait. « Nan.

– Si, je te dis. Tu l'oublieras totalement.

– Nan.

– Qu'est-ce qui est arrivé au dernier cadeau que je t'ai fait ? »

Elle a pris un air distrait. « J'ai oublié. » Puis elle a souri. « Du vent dans la tête ! »

Intérieurement, j'ai poussé un profond soupir. Brise Stellaire a vu ma cape une dizaine de fois, et dès qu'on se sépare, elle l'oublie instantanément. Je devrais me réjouir qu'elle se rappelle mon nom. Et même qu'elle se rappelle le sien. J'ai plongé la main dans ma poche pour y prendre l'un des minuscules bijoux en argent que j'avais emportés : une broche en forme de papillon aux ailes déployées.

Brise Stellaire a bondi vers moi, les yeux exorbités. « Ooh !

– Elle te plaît ? »

Brise Stellaire a flotté dans l'air, puis s'est mise à tourbillonner, la tête vers le bas. Elle est restée ainsi quelques secondes à dix centimètres de la broche, le menton en appui sur ses paumes, en pâmoison, avant de hocher avidement la tête.

J'ai refermé la main sur le bijou et l'ai abaissée. Brise Stellaire s'est rembrunie. « Rends-la !

– Je te la donnerai, c'est promis. Mais d'abord, j'ai besoin que tu me dises quelque chose.

– D'accord ! »

Brise Stellaire ne se repose pas, ne dort pas et peut entendre le moindre son porté par l'air mouvant. Ce qui ferait d'elle l'espionne parfaite si ce qui entrait dans une oreille ne ressortait immédiatement par l'autre. « Je cherche une relique des Précurseurs, une nouvelle.

– C'est quoi, une relique ? a demandé Brise Stellaire, curieuse.

– Une chose magique, très puissante. Elle aurait été trouvée il y a une semaine ou deux.

– C'est quoi, une semaine ?

– Le Conseil a dû s'en mêler. Ils la surveillent probablement. Peut-être même qu'ils ont monté une sorte d'équipe de recherche.

– C'est quoi, le Conseil ? »

J'ai poussé un soupir. « Tu as repéré quelque chose d'intéressant, dans cette ville ? Qui ait un rapport avec la magie ?

– Oh ! » Brise Stellaire a eu un large sourire. « Des hommes sont venus là-bas avec une vieille chose. Pour essayer de l'ouvrir. » Elle a gloussé. « L'homme éclair est venu. C'était drôle ! »

J'ai froncé les sourcils. « Quels hommes ? »

Brise Stellaire a haussé les épaules. « Des hommes.

– Où sont-ils allés ?

– L'endroit bleu et rond.

– Et ailleurs dans cette ville, tu as vu des hommes se servir de la magie et d'une vieille chose ?

– Non, non, non. » Brise Stellaire s'est mise à tournoyer autour de ma tête en se retournant dans l'air. « Aller là-bas ? »

J'y ai réfléchi une seconde. Si Brise Stellaire m'emmenait dans « l'endroit bleu et rond », je pourrais découvrir si c'était bien ce que je cherchais. Le seul risque était qu'elle s'arrête en cours de route, oubliant où elle allait, et qu'elle me largue n'importe où. La dernière fois que cela s'était produit, je m'étais retrouvé à Porto Rico. Au cas où vous vous demanderiez pourquoi j'emporte tout ce barda dès que je sors, maintenant vous avez la réponse.

D'un autre côté, le temps pressait et c'était ma meilleure piste. « On y va. »

Aussitôt, Brise Stellaire s'est enroulée autour de moi. Pendant quelques instants, un tourbillon a envahi mon champ visuel, puis j'ai ressenti des fourmillements dans tout le corps et ma vision s'est éclaircie. J'ai regardé vers le bas et j'ai vu mon corps s'effacer, se muer en brume et en air. L'instant d'après, on était dans le ciel, filant dans l'obscurité à une vitesse fulgurante.

Il n'existe pas de sensation plus grisante que celle d'être porté par un élémentaire de l'air. Imaginez-vous volant dans un planeur, au-dessus de la ville, la nuit. Maintenant, multipliez la vitesse par dix et regardez les rues, les lumières et la foule en contrebas se déroulant comme un tapis scintillant. Ajoutez-y la sensation de calme absolu, sans un souffle de vent, comme si vous étiez suspendu dans l'air, à regarder le paysage défiler en dessous de vous. Lorsqu'un élémentaire de l'air vous transporte à l'intérieur de son corps, le vent extérieur ne vous touche pas : vous nagez en quelque sorte dans le ciel.

Ce soir-là, néanmoins, je n'ai pas vraiment eu le temps d'en profiter. J'ai brièvement avisé un gigantesque toit incurvé, avec un dôme vert pâle formant une bulle en son centre, et brusquement Brise Stellaire m'a rendu ma forme solide et m'a lâché au sol si rapidement que je me suis retrouvé debout sur une dalle de pierre sans m'être rendu compte de rien. J'étais dans une vaste cour enténébrée, à l'ombre d'un bâtiment gigantesque, sous le ciel nocturne. En face de cette bâtisse, j'ai aperçu de hautes grilles à travers lesquelles je distinguais des lumières et des silhouettes de voitures qui passaient. La cour elle-même était plongée dans le noir et, pendant un moment, je suis resté désorienté, avant de discerner les colonnes monumentales à ma gauche. Alors j'ai su où j'avais atterri.

Brise Stellaire est remontée en flèche vers le ciel. « Brise Stellaire, attends, ai-je murmuré. Tu ne veux pas la broche ? »

Elle s'est immobilisée, en suspens, et m'a dévisagé d'un air ébahi. « La broche ? »

À nouveau, j'ai soupiré en mon for intérieur. « Tiens. » J'ai tendu le papillon en argent au creux de ma paume. « C'est pour toi.

– Ooh ! » s'est-elle exclamée avec ravissement. Une bourrasque m'a arraché le bijou des mains et Brise Stellaire a bondi en l'air, quittant la cour pour regagner le ciel noir, dessinant des spirales de plus en plus hautes dans l'obscurité en lançant la broche de souffle en souffle. En quelques secondes, elle a disparu.

Je me retrouvais tout seul. Après un coup d'œil circulaire, je me suis mis au travail.

3

Brise Stellaire m'avait déposé à la porte du British Museum. La cour était encadrée au nord par le musée lui-même, à l'est et à l'ouest par des dépendances et au sud par des murs de pierre, de grands portails et d'immenses grilles. Au-delà de ces grilles, bus et voitures défilaient dans les deux sens sur Great Russell Street, projetant du son et de la lumière à travers les barreaux, dans le silence de la cour.

En attendant que ma vue s'adapte à l'obscurité, j'ai scruté les futurs et j'ai vu qu'en avançant tout droit, je me heurterais à une rangée de colonnes massives, derrière lesquelles se dressait l'entrée du musée. Brise Stellaire avait parlé de mages tentant d'ouvrir quelque chose. Il pouvait s'agir de la relique de Lyle, auquel cas les lieux se trouveraient sous la surveillance du Conseil. Ou bien c'était un projet secret et j'avais affaire à quelqu'un d'autre. Dans les deux cas, l'objet était en sécurité, mais je n'étais pas le bienvenu à proximité.

S'il y a bien un point commun à tous les devins, c'est la curiosité. On n'y peut pas grand-chose : c'est dans notre nature. Si vous aviez l'idée saugrenue de creuser un tunnel en plein désert, au beau milieu de nulle part, et que vous plantiez à l'entrée un écriteau disant : « Attention, ce passage mène au temple de l'Épouvantable Apocalypse. N'y entrez sous aucun prétexte. Non, vraiment, c'est atroce », vous vous retrouveriez deux heures plus tard avec dix devins faisant la queue devant le trou. Et un onzième tenant la billetterie.

Maintenant que j'y pense, ça explique sans doute pourquoi nous sommes si peu nombreux.

Même s'il ne s'agissait peut-être pas de l'article que je cherchais, je n'ai pu résister à l'envie d'aller y regarder de plus près. J'ai remonté la capuche de ma cape de brume et me suis glissé à l'ombre des colonnades. J'ai débouché devant une double porte en verre et en métal, à travers laquelle j'ai identifié un poste de surveillance tenu par deux hommes, l'un assis, l'autre debout. La seule manière d'accéder au musée était de traverser ce vestibule sous le nez de ces deux gardiens. J'ai passé deux bonnes minutes à enregistrer la configuration des lieux, puis j'ai ouvert la porte et suis entré.

Les devins peuvent prédire l'avenir, c'est bien connu. Mais que signifie exactement « prédire l'avenir » ?

La plupart des gens pensent que c'est comme lire un livre : on saute quelques pages pour aller voir ce qui se passe plus loin. Ce qui est impossible, bien entendu. Vous arrivez à un carrefour : faut-il prendre à gauche, ou à droite ? Vous êtes libre. C'est à vous de choisir, rien qu'à vous.

Ce que voit un devin, c'est la probabilité. Dans un des futurs, vous prenez à gauche ; dans un autre, vous allez à droite. Dans un troisième, vous vous arrêtez pour demander votre chemin. Une centaine de bifurcations, dont chacune en crée de nouvelles, des milliers de possibles pour chaque individu, pour les millions d'hommes et de femmes sur la terre. Des milliards, des trillions de futurs, s'écartelant dans les quatre dimensions comme le delta d'un fleuve, à l'échelle d'une galaxie.

On ne peut pas regarder tout ça en même temps. Si vous ouvriez suffisamment votre vision pour percevoir tous les possibles autour de vous, ne serait-ce qu'une seconde, cela vous détruirait, vous anéantirait le cerveau comme une vague écrasant une goutte d'eau. Voir dans l'avenir exige une discipline constante, de ne jamais baisser la garde, de rester concentré en permanence. En vérité, s'il y a si peu de devins, c'est pour une raison et une seule : la plupart d'entre eux soit deviennent fous, soit bloquent leurs pouvoirs afin de ne plus avoir à *voir*.

Quant aux devins qui ne sombrent pas dans la folie, ils apprennent à considérer les futurs en termes de force. Chacun développe son propre code, sa manière d'interpréter les informations. Personnellement, les possibles m'apparaissent comme des traînées lumineuses dans le noir. Plus le futur est solide et plausible, plus il brille fort. Ensuite, on apprend à *trier* les futurs, à chercher des regroupements d'événements dans lesquels les choses se déroulent d'une certaine façon. Une fois qu'on a fait ça, il ne reste plus qu'à remonter les fils et à déterminer quelles actions ont mené à ce résultat.

Dans quatre-vingt-dix pour cent des futurs que je voyais, ouvrir cette porte et entrer dans le musée me faisait automatiquement repérer par les gardiens. J'ai recherché le futur dans lequel je passais inaperçu et suis remonté à la source pour identifier ce que je devais faire. Je n'avais aucune idée du pourquoi de la chose. Tout ce que je savais, c'est que ça fonctionnerait.

Pour un spectateur lambda, ça ressemblerait à un gros coup de veine. Un des vigiles montre quelque chose du doigt, l'autre se retourne au moment exact où j'ouvre la porte et la referme derrière moi. Ils continuent à discuter tandis que je me tiens silencieusement dans l'ombre de l'entrée. Le premier détourne brièvement le regard et j'en profite pour m'avancer dans le vestibule tandis que l'autre se baisse pour fouiller dans un tiroir. Je dépasse le guichet en me glissant derrière le premier gardien qui se retourne et je franchis la porte à l'extrémité du hall juste avant que le second relève la tête.

Plus tard, quand ça leur retombera dessus, ils seront tous les deux prêts à jurer n'avoir jamais quitté la porte des yeux.

La grande cour intérieure du British Museum est gigantesque, haute de plus de quinze mètres sous son toit en verre, ornée en son centre et sur toute sa hauteur de l'énorme cylindre abritant la salle de lecture. Le sol et les murs peints en blanc reflètent la lumière, accentuant la sensation de vide, et le plafond est légèrement bombé. Une statue équestre se dressait à ma droite ; à ma gauche, un lion en pierre rugissait au-dessus d'un guichet d'information recouvert de dépliants. J'ai traversé la salle. Une moitié de mon cerveau se préoccupait de faire le moins de bruit possible, tandis que l'autre passait en revue les futurs : une patrouille serait là dans trois minutes environ. J'ai pris un plan du musée sur le comptoir et l'ai consulté. L'aile ouest représentait la majeure partie du rez-de-chaussée et abritait des expositions permanentes d'œuvres de l'Antiquité grecque et romaine. Bizarrement, je ne m'imaginais pas y trouver la relique de Lyle : si la pierre de Rosette ou les marbres d'Elgin étaient magiques, j'étais pratiquement certain que quelqu'un s'en serait déjà rendu compte, depuis le temps. À l'arrière, au troisième étage, se trouvaient des salles marquées en brun comme présentant des « expositions temporaires ». Voilà qui paraissait plus prometteur.

J'ai glissé le plan dans ma poche et me suis dirigé vers la salle de lecture.

Tout en gravissant l'escalier courbe qui l'entourait et en dressant intérieurement mon itinéraire, j'essayais de comprendre ce qu'un objet magique pouvait bien faire ici. Dans l'ensemble, les mages ne sont pas réputés pour leur sens du civisme. S'ils trouvent un objet qu'ils convoitent, ils le prennent. Ils n'organisent pas des visites guidées.

Sauf si, dans le cas présent, ils n'avaient tout simplement pas *pu* le prendre. Si le Conseil n'avait pas été en mesure de placer la relique en lieu sûr, voilà qui expliquait pourquoi Lyle s'était senti assez désespéré pour faire appel à moi.

Je venais d'atteindre le secteur Éthiopie et Égypte copte lorsque quelque chose est venu titiller ma prescience. Deux gardiens se tenaient devant moi. Je me suis immobilisé pour m'assurer qu'aucun des deux ne regardait dans ma direction, puis j'ai passé la tête au coin du couloir pour mieux voir. Les hommes se trouvaient à une dizaine de mètres, au pied d'un escalier, et…

Bingo. Alors que les vigiles à l'entrée étaient vêtus d'uniformes et de pulls noirs du British Museum, avec les initiales « BM » brodées en argenté sur les épaulettes, ces deux-là étaient en civil. Ils ne portaient à première vue ni armes ni instruments, mais je sentais l'aura d'articles magiques et, à la gestuelle de l'un, j'ai deviné la présence d'un pistolet dans un holster, ce qui prouvait sans aucun doute possible qu'il s'agissait d'agents de sécurité du Conseil. Les mages ne se chargent pas des missions de surveillance, à moins que ce soit littéralement une question de vie ou de mort – ils sont trop précieux pour cela. Aussi ont-ils des soldats privés, équipés d'armes modernes et d'assistance magique.

Ces deux-là n'étaient pas des mages, ni même des initiés, toutefois ils étaient alertes et compétents. Et de là où je me tenais, je voyais que le sommet de l'escalier derrière eux était bloqué par une barrière de force, laquelle renfermait forcément une alarme bien camouflée : quiconque pénétrerait au quatrième étage sans la clef magique, que ce soit à pied ou par la magie, activerait automatiquement un signal. Connaissant le Conseil, il était vraisemblable que le code n'avait pas été confié aux gardiens. Un mage élémentaire pouvait faire exploser les gardes et la barrière, mais l'alarme se déclencherait tout autant. Un mage plus subtil saurait éviter l'alarme, mais ne pourrait franchir la barrière.

C'était un dispositif de défense typique du Conseil, d'un bon rapport coût/efficacité, et impitoyable. En gros, le boulot de ces deux gardes était de servir de chair à canon. Si un mage les attaquait, leurs chances de survie étaient nulles. Leur seule fonction était de donner l'alerte et de prévenir les renforts du Conseil de l'intrusion. En dépit de ce que je pensais de ces méthodes, il fallait bien avouer qu'il s'agissait d'un piège très ingénieux. Pour un mage normal, franchir à la fois les gardiens et la barrière sans déclencher l'alarme prendrait des heures de préparation, pour ne pas dire des jours.

Moi, il m'a fallu un peu plus de cinq minutes. Quand on sait exactement ce qui déclenchera l'alarme, alors on sait exactement comment l'éviter. Ce n'est pas sorcier.

Le quatrième étage était isolé du reste du musée par des panneaux et des paravents. Le sol était tapissé de moquette rouge élimée et l'éclairage clairsemé diffusait une faible lueur. Au milieu de la salle se dressait une statue.

Je devrais sans doute préciser que ce que j'étais en train de faire était, d'après la loi des mages, totalement illégal. Le Conseil avait beau tolérer la torture et le meurtre quand ça l'arrangeait, s'introduire sans permission sur son terrain, voilà qui était *très grave*. Avec ma réputation, si j'étais pris, je risquais de très gros ennuis. Mais au point où j'en étais, il me semblait que je m'en attirerais d'encore plus gros en restant tranquillement chez moi. Je n'avais pas envie d'attendre sagement la suite du défilé de tueurs à gages.

J'ai passé la salle en revue. Les autres œuvres exposées avaient été repoussées contre les murs : un vase, une lampe à pied et ce qui ressemblait à un totem. Aucun de ces objets ne diffusait la moindre aura. J'ai aperçu un ascenseur à l'autre bout de la pièce, mais il était éteint. Il n'y avait pas de fenêtre. Hormis l'escalier que j'avais emprunté, je n'ai vu aucun autre accès, ce qui signifiait que si les choses tournaient mal, j'étais acculé. Il me fallait faire vite.

La statue représentait un homme grandeur nature, vêtu d'une toge qui ressemblait à une version ancienne des tenues de cérémonie portées par les mages de la Lumière lors des occasions solennelles. Il devait avoir la cinquantaine ou la soixantaine, la barbe flottant au vent. De la main droite, il tenait une baguette et tendait la gauche devant lui, la paume vers le haut et légèrement incurvée, comme pour une requête. Le visage était splendidement détaillé, jusqu'aux rides et à l'expression du regard : à l'évidence, le sculpteur s'était servi de sa magie pour conserver son œuvre. L'expression et la pose étaient fières et autoritaires. J'ai fait une nouvelle fois le tour de la statue et, après une seconde d'hésitation, j'ai tendu la main pour la toucher.

Comme je m'y attendais, il ne s'est rien passé. À l'œil et sous les doigts, le monument paraissait en pierre, bien qu'un peu plus frais que je ne l'aurais pensé. C'était bien la relique de Lyle. Même sans user de ma vision divinatoire, je sentais la puissance qui s'en dégageait. J'ai parcouru du regard le décor pour essayer de reconstituer ce qui s'était passé. Le musée avait mis la main sur cette statue et l'avait entreposée ici. Le Conseil l'avait trouvée et avait envoyé ses agents, vraisemblablement avec l'ordre d'étudier l'article et d'en évaluer le pouvoir. Ils avaient dû tenter de l'activer puis, n'arrivant à rien, de le déplacer.

Que s'était-il produit alors ?

Je me suis approché de la statue pour scruter son visage. Les traits étaient calmes, mais teintés d'un je-ne-sais-quoi… De l'arrogance ? De l'inquiétude ? En y regardant de plus près, j'ai repéré d'anciennes cicatrices. Un mage combattant, à l'évidence, et un bon s'il avait survécu jusqu'à cet âge avancé. Plus je l'observais, plus je percevais dans cette statue comme une attente diffuse.

La main tendue était ouverte et engageante. J'ai consulté l'avenir pour voir ce qui se produirait si je posais quelque chose dedans.

Je n'ai regardé la scène que quelques secondes, avant de l'interrompre et de reculer vivement jusqu'à me cogner au mur derrière moi. Tout à coup, j'ai compris pourquoi Lyle et Cendre avaient besoin d'un devin, et ce qui était arrivé la dernière fois que quelqu'un avait essayé d'activer cette chose. La statue était parfaitement conservée – de même pour son système de défense. J'avais appris tout ce que je voulais savoir. Le moment était venu de sortir de là.

Je me dirigeais vers la porte lorsque j'ai entendu du bruit provenant d'en bas : un son amorti, l'impact d'un objet lourd et mou, et je me suis aussitôt immobilisé.

Vous vous rappelez cette technique dont je vous ai parlé, qui consiste à se concentrer sur les futurs pour en extraire les informations dont vous avez besoin ? Eh bien, elle comporte un inconvénient. En vous concentrant sur un seul futur, vous négligez les autres. Et si vous êtes sur le point de vous faire coincer par des gens que vous n'avez aucune envie de voir, vous ne vous en rendez compte que lorsqu'un détail attire votre attention – par exemple, le bruit d'un corps heurtant le sol.

Ce n'était décidément pas une bonne journée.

Chez la plupart des gens, le premier réflexe en cas de danger est de fuir. C'est l'instinct de survie, et la sélection naturelle a bien encouragé cette pulsion. Un vieux proverbe dit que, quand on est pourchassé, il suffit de courir plus vite qu'une seule personne. Si tout le monde s'enfuit et que vous êtes le seul à ne pas bouger, par défaut c'est vous, cette personne. C'est pourquoi ceux dont le premier réflexe en cas de danger n'est *pas* de fuir ont tendance à se faire rayer de la carte génétique par des crocs, des balles, des boules de feu – au choix.

Personnellement, ma première réaction face au danger est de chercher à comprendre ce qui se passe. C'est cohérent avec la curiosité légendaire des mages, dont je vous parlais tout à l'heure. C'est aussi cohérent avec le fait qu'on ne soit pas nombreux sur le marché. J'ai scruté le flux temporel où je m'enfuyais par l'escalier, et j'ai suivi le regard de mon moi futur.

La première chose que j'ai vue, ce sont les deux gardes précédemment en faction sur le palier qui gisaient tous deux au sol, raides morts. À côté d'eux se tenaient trois silhouettes. Au moment où mon moi futur les découvrait, il se faisait aussi voir d'elles ; j'ai eu un aperçu de ce qui allait se passer, avant d'interrompre brutalement la vision. Ces quelques bribes m'avaient convaincu qu'il ne fallait absolument pas qu'ils me trouvent ici.

J'ai entendu des pas dans l'escalier, et j'ai su que j'avais moins de trente secondes devant moi. La fuite était exclue, de même que l'affrontement. La seule option qui me restait, c'était de me cacher. Je me suis glissé dans un coin de la pièce, derrière le totem afin que sa forme irrégulière casse mes propres contours, puis j'ai relevé la capuche de ma cape de brume. Les bruits de pas se sont tus, et j'ai su que les visiteurs avaient atteint la barrière de force. Il y a eu une étincelle de lumière verte et… adieu la barrière. Des formes indistinctes ont pénétré dans la salle.

Ils étaient trois, deux hommes et une femme, rapides et silencieux, tournant méthodiquement la tête pour scruter les coins de la salle. Ils étaient tous trois masqués et vêtus de noir, mais malgré cela j'ai reconnu la silhouette costaude du plus proche. C'était Cendre. Son regard s'est dirigé droit sur le recoin où j'étais tapi, mais il m'a balayé sans me voir. « Rien.

– Trouve-m'en d'autres », a grondé le deuxième homme. C'était Khazad. Visiblement, me pourchasser n'était pas la seule distraction au programme de sa soirée. Il boitait et dégageait des relents de légumes pourris. Peut-être avait-il percuté la benne dans la rue, en tombant. « Je n'ai pas terminé pour ce soir.

– Ça suffit », a lâché la femme d'un ton cassant.

Au son de sa voix, j'ai totalement oublié Khazad. Sa silhouette était dissimulée par ses vêtements, et je ne voyais d'elle qu'une paire d'yeux bleus, mais il m'a suffi d'un regard pour me retrouver tétanisé. J'avais beau ne pas reconnaître sa voix, j'avais le sentiment étrange d'avoir déjà rencontré cette femme.

« Cendre, fais tes vérifications. »

Cendre a esquissé un geste et des pointes de lumière bordeaux ont fusé à travers la pièce, des flammèches rougeoyantes qui se sont immobilisées, en suspens dans l'air. À la lueur de ce brasillement, il a étudié la statue en me tournant le dos. « On a combien de temps ?

– Il faut déjà qu'ils sortent de leur lit, a répondu Khazad, la voix vibrante de colère. S'ils se mettent en travers de notre chemin, tant pis pour eux.

– On n'est pas ici pour que vous vous amusiez, a tranché la femme avant de consulter sa montre. Deux minutes. Cendre ? »

Cette voix me donnait le frisson, titillait ma mémoire sans se laisser reconnaître. Si seulement je pouvais voir son visage… Mais dans ce halo rougeâtre, tandis qu'elle se tenait les bras croisés à observer la statue, je ne distinguais que ses yeux. Elle était de taille moyenne et se déplaçait avec grâce et aisance.

« Je fais de mon mieux », a marmonné Cendre. Il gardait les mains levées, à enrouler des filaments de lumière rouge autour de la statue. J'ai reconnu un sort de divination, très rudimentaire. Cendre n'allait pas apprendre grand-chose d'utile avec ça. Il a dû s'en rendre compte lui aussi, car il a abaissé les mains et la lueur rouge s'est éteinte. « Faut un devin. »

Khazad lui a jeté un regard furieux. « Tu as dit quelque chose ? »

Cendre a fait de même. « Tu devais amener Verus. T'avais pas besoin d'aide, soi-disant. »

Khazad a retroussé les lèvres en un rictus ignoble. Je sentais la haine irradier de lui, et je me suis juré de ne pas trop l'approcher, à l'avenir. Quelque chose me disait qu'il était du genre rancunier.

« Cendre », a commenté la femme, et l'autre a détourné le regard, coupant court à l'affrontement avec Khazad. Je n'ai pu m'empêcher de sourire. *Eh, ne partez pas perdants, les gars. Vous en avez bien amené un, de devin. C'est juste que vous ne le voyez pas.* La destruction de la barrière avait activé une alarme, et les troupes du Conseil étaient en route. Je savais déjà que Khazad avait vu juste : les renforts n'arriveraient jamais à temps pour m'être de la moindre utilité.

Mais les trois mages de l'Ombre l'ignoraient, eux. La femme a consulté une dernière fois sa montre avant de secouer la tête. « On n'a plus le temps. »

À contrecœur, Cendre a tendu la main gauche. La femme lui a donné un objet de la taille d'une balle de tennis recouvert d'un tissu sombre. Cendre s'est tourné vers la statue, hésitant.

« Alors, on se dégonfle ? a lâché Khazad avec un rire mauvais.

– La ferme, Khazad », a rétorqué la femme avec autorité.

Khazad s'est tu instantanément, non sans lancer des regards noirs autour de lui. Soudain, la femme a dirigé son attention sur l'endroit exact où je me trouvais.

J'ai retenu mon souffle. Les yeux bleus se sont plantés dans les miens. Dans la pénombre, je savais que je n'étais rien de plus qu'une ombre dans un coin de la salle. Mais il suffisait d'un pas ou deux dans ma direction… J'ai refermé les doigts autour de la bille de verre au fond de ma poche.

« Très bien », a grondé Cendre. La femme s'est détournée pour lui faire face, et j'ai soufflé en silence. « Allons-y. »

Cendre s'est approché de la statue et a déballé l'objet mystère. Il me tournait le dos et, malgré mon envie de voir ce qu'il tenait dans ses mains, mon instinct de conservation m'a plutôt poussé à consulter l'avenir. Cendre allait placer cet objet dans la main de la statue, laquelle allait s'activer, et alors…

Oh *merde*.

J'avais espéré que ces trois-là savaient ce qu'ils faisaient. À en juger par ce qu'ils s'apprêtaient à déclencher, il était évident que je m'étais trompé.

Tandis que Cendre enveloppait la statue dans un sort de protection, j'ai su qu'il me restait peu de temps. Ma cachette allait rapidement devenir irrespirable. Je pouvais toujours sortir de là pour donner un petit conseil à ces trois incapables, mais je n'ai même pas pris la peine de m'enquérir de ce que cette stratégie donnerait. En gros, dans tous les futurs où je demeurais dans cette salle, je finissais grillé comme une sardine dans les trente secondes.

Il était temps de revenir au plan A : fuir le plus vite possible.

Cendre a conclu son sort, posé l'objet mystère dans la paume de la statue, puis reculé d'un pas. Sa silhouette baraquée faisait écran, aussi n'ai-je pas pu voir ce qui se passait, d'autant que je concentrais toute mon attention sur ma stratégie et le moment exact où il me faudrait détaler. Dans la lumière rougeâtre, la statue a émis un faible halo blanc, puis une étincelle écarlate. Et elle s'est éteinte.

C'est Khazad qui a rompu le silence, en demandant dans le vide : « C'est tout ? »

Ne *jamais* poser ce genre de question en présence de magie active.

Toute la pièce a brusquement rayonné d'une lueur pâle qui a englouti le rougeoiement de la magie de Cendre dans une aura blanche. Une forme immense est apparue juste au-dessus de la statue, au milieu des trois mages de l'Ombre tétanisés de surprise.

C'est dans cet instant suspendu où ils fixaient bouche bée la créature que je me suis précipité vers la sortie et rué dans les escaliers aussi vite que je le pouvais.

Au cours de ma vie, je me suis retrouvé mêlé à un nombre appréciable de combats, qui ont tous commencé ou fini de la même manière – avec moi qui piquais un sprint. Il y a une raison à ça. Les mages peuvent secouer, immobiliser, blesser, poignarder, entailler, brûler, tordre, plier, embrocher ou mutiler de mille manières exquises et créatives, mais globalement, pour ce faire, ils ont besoin de savoir où se trouve leur cible. Donc, en restant hors de leur champ de vision ou en courant plus vite qu'eux, vous leur compliquez sacrément la tâche. Si votre mode de vie vous amène à être fréquemment en contact avec des mages hostiles, et que vous avez d'autres projets dans l'existence que de finir en petit tas de charbon, apprendre à courir vite est une bonne idée. Et pour ça, il faut de l'entraînement, une bonne forme physique et, surtout, de la motivation.

Pour ma part, j'avais trois mages de l'Ombre et un élémentaire gardien furieux aux fesses. Autant dire que j'étais très motivé.

Tandis que je dévalais l'escalier, j'ai entendu la femme crier, puis un *boum* sourd accompagné d'un flash de lumière rouge sombre, ce qui signifiait qu'au moins deux des mages de l'Ombre avaient tiré sur l'élémentaire. Aussitôt après, l'escalier s'est illuminé de blanc dans un roulement de tonnerre – l'élémentaire avait riposté. J'ignorais si je m'étais fait repérer mais je n'ai pas cherché à le savoir. Je suis reparti par où j'étais arrivé, et j'ai traversé la Grande Cour comme si je voulais intégrer l'équipe olympique du quatre cents mètres.

Aucun indice d'affrontements dans la Grande Cour – les trois mages de l'Ombre avaient sans doute contourné le portail en se téléportant.

La bonne nouvelle, c'est qu'il n'y avait pas de vigiles. La mauvaise, c'est que les renforts du Conseil venaient de débarquer.

Ils étaient cinq, qui franchissaient tout juste la porte principale. Les mages combattants du Conseil sont plus une force de police qu'autre chose, mais il vaut quand même mieux éviter de les énerver. Ceux-là portaient un bouclier, des armes, et étaient prêts à en découdre.

Mais j'avais l'avantage de la surprise. En atteignant le sommet de l'escalier, j'ai sorti la bille en cristal de ma poche et l'ai envoyée exploser au pied des marches. Une vapeur argentée s'est élevée dans l'air, emplissant la Grande Cour de brume occultante, et les mages ont instantanément disparu de ma vue. J'ai foncé à travers le brouillard en me servant de ma magie pour éviter les chutes.

Avec un peu de chance, j'aurais pu m'en tirer facilement. Je les aurais laissés là, en train de se débattre dans la fumée. Mais leur chef était un rapide : il s'est aussitôt mis à lancer des boucliers en criant des ordres et alors j'ai su que je n'atteindrais jamais la grille. J'ai changé de stratégie en un clin d'œil : j'ai bifurqué à droite et zigzagué vers l'aile ouest à l'autre bout de la cour. J'ai rejoint la porte juste avant qu'un des autres mages ne dissipe brusquement la brume d'un souffle de magie de l'air.

Grâce à ma vision projective, je savais que je devais m'immobiliser dans l'ombre de la porte, drapé dans ma cape de brume. Les mages étaient agglutinés autour de l'entrée principale et les sorts de défense rougeoyaient autour d'eux.

« Où a-t-il pu aller ? a aboyé le chef, un homme d'une quarantaine d'années à l'air dur, aux cheveux gris acier.

– Je le vois pas, a répondu un autre en balayant la cour du regard. J'ai pas senti de portail.

– Il n'a pas pu en faire un si vite…

– On n'en sait rien, a répliqué le chef. Gardez la porte. Il faut qu'on referme. »

En faisant preuve de concentration et de persévérance, il est possible de repérer quelqu'un muni d'une cape de brume. Je savais que les mages de l'équipe d'intervention finiraient par me trouver. Je n'avais aucune intention de leur en laisser le temps.

Le mage de l'air qui avait fait s'évaporer la brume m'a entendu courir le premier et a alerté les autres. L'équipe de renfort a fait volte-face vers l'escalier au moment même où les trois mages de l'Ombre surgissaient comme des balles. Même de si loin, je voyais fumer les vêtements de Cendre et de Khazad. Le chef des mages du Conseil leur a crié quelque chose, et la conversation qui a suivi aurait été passionnante si l'élémentaire n'était apparu à son tour.

Les élémentaires sont des manifestations vivantes et sages des composantes de notre univers. En général, ils ne sont pas très malins, même s'il serait injuste de les qualifier de stupides – « limités » serait plus approprié. En tout cas, ce qui est sûr, c'est qu'ils ne sont pas faibles. Voyez Brise Stellaire – elle a beau ne pas être très puissante, pour un élémentaire, elle pourrait sans aucun mal vous transformer en petite brise. Si l'envie lui en prenait, elle pourrait aussi éparpiller cette petite brise dans des millions de mètres cubes d'air, si bien que votre corps se retrouverait disséminé dans tous les fuseaux horaires à la fois. Quand on garde ça à l'esprit, on comprend mieux pourquoi les mages évitent de chercher querelle aux élémentaires, même mineurs.

Et celui qui planait au sommet de l'escalier était tout sauf mineur.

Debout, il aurait mesuré presque quatre mètres, avec sa forme vaguement humaine dotée de deux bras, deux jambes et de ce qui ressemblait vaguement à une tête, et il crépitait d'électricité d'un blanc bleuté. Il ne marchait pas vraiment, on aurait plutôt dit qu'il volait, traçant un sillage déchiré et flamboyant à travers la Grande Cour, qu'il illuminait d'un éclat aveuglant tout en fixant de ses yeux étincelants les mages qui s'y tenaient. *Ah*, ai-je pensé, *l'homme-éclair*. Voilà donc ce que Brise Stellaire avait voulu dire.

Le chef des mages de la Lumière a hurlé quelque chose, mais plus personne ne l'écoutait. Ils s'y sont mis à cinq – mages de l'Ombre et de la Lumière confondus – pour frapper l'élémentaire, le bombardant simultanément de feu, de vent et de terre. L'élémentaire a riposté, et un orage éblouissant a surgi du sommet de l'escalier, dans un embrasement d'éclairs qui ont violemment rabattu les boucliers avant de se planter dans le sol en craquant.

Je n'ai pas attendu pour me remettre à courir. Pour un devin comme moi, une bataille entre deux camps est déjà assez dangereuse. S'il vient s'y ajouter un troisième adversaire, ce n'est même pas la peine de l'envisager. Et si mon compte était bon, il y en avait maintenant *quatre* : le trio de l'Ombre, les renforts du Conseil, l'élémentaire et moi. Ma curiosité me chuchotait de rester un peu pour voir qui gagnerait, mais ma raison l'a fait taire.

Le problème, c'est que la mêlée générale était pile sur mon chemin vers la sortie. J'ai dépassé la pierre de

Rosette et les trésors d'Assyrie au pas de charge, avant de prendre à droite au monument des Néréides pour aller m'accroupir dans un coin, dans la salle dédiée à Athènes et à la Lycie. J'ai sorti mon bâton de verre, canalisé un fil de magie à l'intérieur et me suis mis à chuchoter frénétiquement : « Brise Stellaire, amie de l'air et… Non, attends. Dame du vent, danseuse de, amie de, euh… Oh bon sang, Brise Stellaire, c'est Alex Verus, j'ai besoin de toi *immédiatement*. Sors-moi de là ! »

J'ai entendu un craquement violent en provenance de la Grande Cour, et l'air a blanchi subitement. J'avais choisi le coin le plus reculé possible, mais vu la force avec laquelle vibrait le sol, je n'étais pas encore assez loin. « Brise Stellaire ! Par ici ! Où es-tu ? »

J'ai entendu l'écho de pas dans le couloir par lequel j'étais arrivé. Je me suis penché pour jeter un coup d'œil furtif et j'ai vu deux silhouettes vêtues de noir qui couraient dans la galerie – Cendre et la femme. Je me suis aplati contre le mur en lâchant un juron. « Pourquoi ils n'arrêtent pas de me *suivre* ?

– Qui ? » a dit Brise Stellaire, visiblement intéressée.

J'ai sursauté et fait volte-face. Brise Stellaire flottait tout près de mon visage, et les lignes transparentes qui dessinaient son expression étaient presque invisibles, dans l'obscurité.

« Bouh, peur ! » a-t-elle gloussé. Elle a désigné la Grande Cour d'un air ravi. « Homme-éclair !

– Ouais, j'avais remarqué. Dégageons d'ici !

– Rester regarder ? »

Dans la galerie, l'écho des pas s'était tu. J'ai perçu la voix assourdie de Cendre qui murmurait : « … quelqu'un ici.

– Khazad ? » a chuchoté la femme.

Ils ne peuvent pas se dégotter leur propre cachette ?

« Non, on ne va pas rester pour le spectacle, ai-je répondu à Brise Stellaire d'un ton urgent. Regarde ! » J'ai fouillé dans ma poche pour en sortir une boucle d'oreille en argent. « Tiens, Brise Stellaire. *Brise Stellaire !* »

Elle flottait à quatre mètres du sol, le regard perdu en direction de la bataille. Elle a jeté un coup d'œil au bijou, puis a secoué la tête avant de reprendre sa contemplation d'un air réjoui. « Les éclairs, c'est joli.

– Brise Stellaire, viens ! »

Elle a de nouveau refusé. « Nan-nan. »

En fond sonore, je percevais la voix de Cendre. « … pas Khazad.

– Brûle la salle où il se trouve.

– Je sais pas laquelle c'est.

– Alors brûle-les toutes. »

À ces paroles, ma prescience a poussé un hurlement. En une seconde, j'ai détalé comme un dératé vers la droite, en direction de la sortie.

Il y a eu un grand *wouuuuf* et j'ai été balayé par une vague ardente, puis les détecteurs de fumée se sont mis à siffler. J'ai jeté un coup d'œil par-dessus mon épaule et j'ai constaté que la galerie était noyée dans un nuage de cendres. À trois mètres près, j'aurais été englouti.

Les extincteurs automatiques se sont déclenchés et, dans les chuintements des gouttelettes sur le verre fondu de la vitrine, j'ai vu surgir Brise Stellaire du nuage.

« Ça fait mal ! » s'est-elle exclamée, contrariée. Sa voix irradiait sous forme d'ondulations et sa silhouette tremblait, faisant voleter des grains de suie.

« Alors *filons* ! Sors-nous de là ! »

Elle s'est enroulée autour de moi, m'a transformé en air et m'a embarqué dans un grand souffle. Je n'ai eu que le temps d'apercevoir Cendre et la femme émerger de la fumée avant que Brise Stellaire passe à la vitesse maximale – et croyez-moi, chez elle, la vitesse maximale, ça va *très vite*. Le musée est devenu flou et, l'instant d'après, on était dehors, remontant en flèche au-dessus du dôme du British Museum, petite tache fugitive disparaissant dans la nuit.

Sur le chemin du retour, j'avais matière à réflexion. J'ignorais ce qu'était cette statue, mais elle était assez précieuse pour que ces trois mages de l'Ombre soient prêts à prendre des risques inouïs pour être les premiers à l'activer. Ils avaient tenté de forcer le verrou et avaient échoué. La raison pour laquelle ils avaient besoin d'un devin était désormais évidente : avec mon aide, ils n'auraient pas déclenché ce piège. À présent, ils avaient gâché leur première chance et la sécurité au musée allait être renforcée. Ce qui signifiait qu'il leur faudrait abandonner, ou bien revenir me chercher. Et bizarrement, ils ne me paraissaient pas du genre à baisser les bras.

J'ai repensé à cette femme. Quelque chose chez elle chatouillait ma mémoire. J'étais certain de l'avoir déjà rencontrée, toutefois j'étais toujours incapable de me rappeler où.

Le temps que je parvienne à convaincre Brise Stellaire de me ramener chez moi, l'adrénaline de la bataille était retombée et j'étais mort de fatigue. Elle m'a déposé sur mon toit et a disparu en tourbillonnant tandis que je redescendais jusqu'à mon appartement d'un pas pesant. Je venais de me faire de nouveaux ennemis, j'avais donné au Conseil des raisons supplémentaires de me détester et j'avais failli me faire tuer deux fois. Comme journée, ce n'était pas l'idéal.

Mais ça n'avait pas été en vain. J'ai toujours cru au pouvoir de la connaissance. On peut résoudre n'importe quel problème, à condition de le comprendre, et dans ce que j'avais appris aujourd'hui se trouvait forcément la clef de ce chaos. Il fallait juste que je la découvre.

De retour dans ma chambre, je n'avais qu'une envie, dormir, mais j'avais du travail. J'ai raccroché ma cape de brume dans la penderie et, avant de refermer la porte, j'ai tapoté le tissu pour regarder ses couleurs onduler sous mes doigts. Puis je suis allé chercher le cube là où je l'avais caché et l'ai déposé sur mon bureau. Cendre avait voulu me tuer pour l'obtenir, aussi fallait-il absolument que je sache de quoi cet objet était capable. La nuit promettait d'être longue.

4

Il faisait froid dans les grottes, et des pas résonnaient au loin dans l'air immobile. Au centre de la salle se dressait une bière en pierre, dans laquelle reposait un corps vêtu de la robe blanche du sacrifice. La chevelure rousse de la jeune fille était la seule tache de couleur dans la pénombre. Elle avait les yeux clos.

J'ai tenté de courir vers elle, mais j'avais les membres lourds et ralentis. Je n'osais pas l'appeler, de peur d'être entendu. Lorsque j'ai fini par l'atteindre, mes mains étaient noyées dans l'ombre. Je n'aurais su dire si c'était ma peau qui était glacée, ou bien la sienne.

Soudain, je me suis rendu compte que les bruits de pas avaient cessé. Je me suis immobilisé, aux aguets. Un rire a éclaté dans mon dos, et j'ai senti la terreur m'envahir lorsque les flammes ont rugi.

Je me suis réveillé en sursaut, le cœur tambourinant dans la poitrine. Lorsque j'ai soulevé la tête, la douleur m'a fait grimacer. J'ai entrouvert les paupières avant de les refermer car j'avais l'impression d'avoir du sable dans les yeux. Quand j'ai réussi à émerger, je me suis rendu compte que j'étais affalé sur mon bureau. Par la fenêtre filtrait la lueur grise d'un matin couvert. J'ai plissé le front en sentant monter un début de migraine.

Je ne dors pas bien. C'était déjà le cas, enfant, mais ça a empiré avec ce qui s'est passé dans le château de Richard. En général, mes cauchemars sont remplis de douleur et de peur, mais cela faisait longtemps que je n'avais plus songé à Shireen. La revoir, ne serait-ce qu'en rêve, me serrait le cœur. Regarder quelqu'un mourir est atroce, mais penser ce quelqu'un mort sans pouvoir en être sûr est encore pire. La coupure n'est pas franche, on garde une minuscule lueur d'espoir qui ne s'évanouit que petit à petit, au fil des ans. C'est particulièrement cruel.

J'ai enfoui ma tête dans mes mains pour stabiliser ma respiration et ralentir mon pouls. J'en ai profité pour faire mes exercices mentaux et repousser les souvenirs qui me hantaient. Je venais de terminer lorsque le téléphone a sonné. « Appel inconnu » s'est affiché sur l'écran. J'ai laissé sonner onze fois ; au douzième coup, j'ai fini par appuyer sur « répondre » avant de coller l'appareil à mon oreille.

« Lyle, tu as trente secondes pour m'expliquer ce qu'il y a de tellement important, pour que tu viennes me réveiller.

– Alex ? C'est Lyle.

– Sans blague ? Merci, Lyle. Jamais je n'aurais pu le deviner, à moins d'être capable, je ne sais pas, de lire dans l'avenir ?

– Ce n'est pas une raison pour être grossier.

– Raison numéro 1 : je te déteste. Je continuerais bien la liste, mais il ne te reste que quinze secondes.

– Il y a une chose dont il faut qu'on…

– Déjà dit. » Je me suis reculé dans mon siège.

« Nous sommes prêts à…

– Déjà dit aussi. Cinq secondes.

– Attends ! Il est urgent que tu…

– Salut, Lyle. Ne me rappelle pas.

– Il y a eu une attaque organisée contre la relique des Précurseurs, hier soir, a lancé Lyle d'une voix tendue. Le Conseil s'est réuni en session extraordinaire ce matin. »

Brusquement, j'étais bien réveillé. C'est un des effets de l'adrénaline. « OK, ai-je fini par répondre, voyant que Lyle attendait une réaction de ma part.

– Et le Conseil a décidé que la discrétion n'était plus à l'ordre du jour.

– OK.

– Ce qui nous amène à toi. Tu comprends ?

– Comment ça ?

– Je vois que tu as enfin retrouvé tes bonnes manières, a commenté Lyle d'un ton sec. Je me réjouis que tu aies saisi la gravité de la situation. »

« Gravité » était un euphémisme. Si le Conseil croyait que j'étais dans le camp de Cendre, j'étais un homme mort. J'ai attendu, le cœur battant et la gorge serrée.

« Je te réitère donc mon offre de travailler pour nous. »

J'ai fixé le téléphone pendant cinq bonnes secondes. « Pardon ?

– Le chef de l'équipe d'investigation aimerait avoir recours à tes services, a précisé Lyle. On discutera des conditions plus tard. »

J'ai fermé les yeux et j'ai expiré lentement. Je me suis rendu compte que j'avais retenu ma respiration tout ce temps. Lyle n'appelait pas au sujet d'hier soir. Enfin, si, mais pas pour les raisons que je craignais.

« Écoute, ai-je répondu après une pause. J'ai déjà dit que…

– Ton problème, c'était que la mission ne soit pas officielle, n'est-ce pas ?

–… Ouais.

– Il y a un bal, ce soir, à Canary Wharf. Tu es invité. Les membres du Conseil seront présents, y compris le responsable direct de l'équipe d'investigation. Il viendra te parler personnellement. » Sa voix restait cassante. « C'est assez officiel pour toi ? »

Pour la deuxième fois en moins d'une minute, je me suis retrouvé sans voix. « Euh…

– Parfait. L'invitation sera livrée à ta porte dans soixante secondes. Avec un peu de chance, tu daigneras te traîner hors de ton lit. Oh, et ne prends pas à la légère la mention "Tenue de soirée exigée". Ce serait trop bête que ton invitée et toi vous fassiez refouler à l'entrée. Je te proposerais bien de te prêter quelque chose, mais contrairement à toi je ne peux pas me payer le luxe de passer la journée au lit. À ce soir. » Lyle a abrégé la conversation avant que j'aie pu trouver une réplique.

J'ai écouté bêtement la tonalité avait de raccrocher. Si le Conseil se donnait la peine d'assister à ce bal, c'était forcément un grand événement. Avec un « E » majuscule. Tout le gratin du monde des mages serait présent. Lyle ne plaisantait pas, et visiblement le Conseil non plus.

Dans une pulsion de curiosité perverse, j'ai vérifié l'heure à ma montre et regardé la trotteuse grignoter les secondes. Lyle avait raccroché à 9 h 38. À 9 h 39 pile, j'ai entendu toquer à ma porte. Je déteste les frimeurs.

Je me suis forcé à me lever, j'avais les jambes tellement raides que j'ai grimacé. Au pied de l'escalier, j'ai vu à travers la vitrine un adolescent tenant une enveloppe blanche. Un apprenti qui faisait le coursier – décidément, rien ne changeait. J'ai déverrouillé la porte, hoché la tête quand il a demandé « Alex Verus ? » et lui ai pris l'enveloppe des mains. J'ai attendu qu'il tourne au coin de la rue pour l'ouvrir et en sortir le carton.

C'était du sérieux. Avec langage fleuri et écriture moulée. Il était mentionné que le Haut Conseil des îles Britanniques serait honoré qu'Alex Verus, etc., etc., se présente avec l'invité(e) de son choix, etc., etc. Il y avait une note légèrement ironique concernant le code vestimentaire, au point que je me suis demandé si Lyle ne l'avait pas ajoutée volontairement pour me piquer au vif. Comme si se balader en jean et en pull était une tare.

Je suis remonté m'affaler dans mon fauteuil, et j'ai joué avec le carton. Les lettres noires dansaient sur le papier crème, à en-tête des armes du Conseil, dorées et en relief. En examinant l'invitation, j'ai détecté l'empreinte magique qui en prouvait l'authenticité. La seule question était de savoir ce que j'allais en faire.

Je n'aime pas le Conseil. Je n'en aime ni les idées ni les membres. Le Conseil ne suit même pas ses propres lois, encore moins *l'esprit* de ses lois, et il adapte la morale à ses besoins du moment. Il n'a aucun scrupule à jeter des gens aux lions, y compris des gens censés travailler pour lui.

D'un autre côté, si je déclinais l'offre de Lyle, je me retrouvais à la case départ. J'ignorais la stratégie du Conseil concernant cette relique des Précurseurs mais, après les événements de la nuit précédente, j'étais presque certain qu'il allait passer à la vitesse supérieure. Les membres de l'équipe d'investigation en sauraient forcément beaucoup plus que moi, ce qui pourrait m'aider à découvrir ce que mijotaient Cendre et cette femme.

Et il s'agissait juste de leur parler, rien de plus. J'étais libre de refuser, si je voulais.

Ben voyons.

Le carton disait de venir à partir de 20 heures. Ce qui me laissait environ dix heures pour décider quoi porter, choisir des chaussures et m'assurer que je ne me ferais pas tuer avant d'avoir franchi la porte. Une fois ces questions réglées, j'ai pris mon téléphone et composé le numéro de Luna.

Elle a répondu à la troisième sonnerie. Elle est plus matinale que moi, mais il faut préciser qu'elle ne se couche pas à l'aube sous prétexte d'analyser des articles magiques bizarres.

« Allô ?

– Salut Luna, c'est moi.

– Salut Alex, a-t-elle répondu d'un ton amical, mais après une petite pause.

– Écoute, tu voudrais bien me rendre un service ? Tu pourrais passer chez moi, dans la journée ? »

Elle a hésité.

« Je sais que je m'y prends tard, mais j'ai découvert quelque chose d'important, concernant ce cube que tu as déniché. J'ai besoin de toi pour un petit test. Tu es d'accord ?

– Eh bien… OK, a-t-elle répondu après une nouvelle hésitation. Je peux venir maintenant. Dans une heure, ça irait ?

– Très bien. À tout de suite. »

Après avoir raccroché, je me suis tourné vers le cube. J'avais passé quatre bonnes heures à l'étudier, la nuit dernière. J'ignorais toujours quels pouvoirs il détenait, mais je commençais à cerner de quoi il s'agissait.

Par définition, les objets magiques sont difficiles à fabriquer. La magie est par nature reliée à la vie, générée par l'action d'une volonté vivante et consciente. Tenter de créer un objet magique permanent revient à vouloir obtenir une source de lumière durable à partir de brindilles. Mais les mages sont du genre obstiné, et au fil des ans ils ont trouvé des moyens de contourner ce problème.

Le plus simple consiste à utiliser des articles qui ne sont pas du tout magiques mais capables de guider et de canaliser la magie brute sous une forme spécifique. On les appelle des articles de renforcement, et ce sont des instruments efficaces, conçus dans un but précis, comme un marteau ou un burin. L'énergie qu'on fait transiter par eux est modelée et endiguée comme l'eau par le lit d'un fleuve, et si l'on s'en sert assez longtemps, ils finissent par prendre l'empreinte de leur utilisateur. Ils n'ont pas de pouvoir à proprement parler mais, placés entre de bonnes mains, ils s'avèrent extrêmement utiles.

La deuxième approche possible, c'est de fabriquer des articles dits « singuliers », comme le cristal de brume que j'avais utilisé la veille. Dans ce cas, le mage jette un sort, qu'il scelle ensuite au cœur d'un objet ; en règle générale, l'objet doit être brisé pour libérer le sort. Globalement, les effets sont mineurs, et la principale fonction de ces singuliers est de rendre accessibles les écoles de magie à des candidats qui n'y auraient pas leurs entrées en temps normal. Avec un peu de talent et de pratique, on peut confectionner un singulier en moins de deux heures, et ils représentent un marché florissant, dans l'univers économique de la magie.

Parfois, cependant, ni le renforcement ni le singulier ne font l'affaire : il vous faut quelque chose qui dure et qui soit magique *en soi*. Mais pour faire usage de la magie, il faut être vivant. C'est pourquoi, il y a très longtemps de ça, un mage particulièrement créatif (et sans doute légèrement toqué) a eu l'idée de fabriquer un article qui soit *lui-même* vivant. On appelle ces créations des articles « imprégnés », lesquels peuvent être extrêmement puissants et tout aussi dangereux.

Le cube de Luna était un article imprégné – trop chargé pour un renforcement, et trop complexe pour un singulier. J'entends par complexe qu'il renfermait même des protections contre la magie de détection : il était entouré d'une sorte de champ neutre qui désactivait le scannage actif. Après avoir scruté l'avenir pour évaluer les conséquences si je décidais de l'ouvrir de force, j'avais choisi de ne pas m'y risquer. Ce truc bouillonnait d'une énergie qu'il était capable de libérer de manière explosive si on le provoquait. Jusqu'ici, je n'avais pas réussi à communiquer avec lui et je n'étais même pas convaincu que ce soit possible. Les articles imprégnés sont souvent axés sur un seul objectif et ne parlent pas, ils fondent leurs décisions sur les données sensorielles auxquelles ils ont accès. J'avais découvert que l'enveloppe externe de ce cube était poinçonnée de trous microscopiques – c'est ce qui produisait l'effet de scintillement, lorsqu'on en scrutait le centre. J'avais le sentiment qu'il s'agissait de points d'accès et qu'avec le signal lumineux adéquat, on pouvait animer le cube, mais que ce signal devait être extrêmement sophistiqué. Sans plus d'informations, il m'était impossible d'en deviner davantage.

Quelqu'un avait cependant réussi à susciter une réaction de la part du cube : Luna. J'ignorais pourquoi, mais si elle y était parvenue une fois, elle serait peut-être capable de le refaire. Du moins je l'espérais.

J'ai consulté ma montre. Luna serait là dans quarante-cinq minutes.

Je me suis lavé et rasé, puis j'ai regardé dans l'avenir pour voir quand elle arriverait. J'ai marqué une pause avant de regarder de nouveau.

Luna ne viendrait pas.

C'était étrange.

J'ai vérifié une troisième fois, puis une quatrième. Dans l'état actuel des choses, Luna n'allait pas frapper à ma porte dans l'heure qui suivait, ni plus tard. Soucieux, j'ai sorti mon téléphone pour l'appeler, mais suis tombé sur sa messagerie. J'ai scruté l'avenir dans l'espoir de trouver un indice, en vain. Une inquiétude sourde m'a noué l'estomac. Peut-être avait-elle eu un accident ?

Non, ça n'avait pas de sens. Le seul aspect positif de la malédiction de Luna, c'est qu'elle la protégeait des accidents.

Mais pas des décisions volontaires…

Il m'est venu une autre hypothèse, plutôt déplaisante. Peut-être Luna ne viendrait-elle pas parce qu'elle n'en avait pas envie. Plus j'y réfléchissais, plus ça me paraissait plausible. Selon le rasoir d'Ockham – aussi appelé principe de simplicité –, l'explication la plus évidente est souvent la bonne. Dans le cas présent, ça revenait à dire que si Luna ne venait pas, c'était parce qu'elle ne tenait pas à me voir. Dieu sait que j'en ai eu, des gens qui m'ont planté.

Je me suis levé pour faire les cent pas en jetant des coups d'œil nerveux à ma montre. Vingt minutes. Luna avait-elle besoin d'aide ? Ou voulait-elle se tenir à distance ?

Essayez de confier une énigme de ce genre à un ingénieur, il vous répondra : « Données insuffisantes. » Mais, dans la vraie vie, on doit se contenter de données insuffisantes tous les jours. Alors j'ai oublié mes pouvoirs magiques pour me concentrer sur mon instinct.

Et il me disait que Luna ne m'aurait pas laissé en plan après m'avoir promis de venir.

Elle avait des ennuis.

En deux enjambées, j'ai rejoint mon bureau. J'ai fouillé dans les tiroirs, fourré un fatras d'objets dans mes poches et suis allé attraper ma cape de brume dans la penderie avant de dévaler l'escalier et de me précipiter dehors. Tout en descendant la rue au pas de course, j'ai à nouveau sorti mon téléphone pour appeler Luna. Sans succès. J'ai juré et retenté. Cette fois, ça a sonné. Une fois, deux fois, trois fois…

« Allez, allez », j'ai marmonné.

Il y a eu un déclic. « Allô ?

– Luna, c'est Alex. Tu es où ?

– Euh, à cinq minutes. Qu'est-ce qui se passe ?

– Luna, c'est important, ai-je ajouté en essayant de garder mon calme. J'ai besoin de savoir où tu te trouves *exactement.* »

Je l'ai entendue s'arrêter et pivoter sur elle-même. « Je ne connais pas le nom de la rue. C'est un peu à l'écart de Camden Market, avec l'immeuble en verre au coin. »

Elle était tout près. Pourtant, si elle devait ne jamais arriver… J'ai senti un frisson me traverser. Ça signifiait que ce qui allait l'en empêcher était avec elle en ce moment même. « Fais demi-tour ! Retourne dans le marché !

– Quoi ?

– Dans le marché, ou dans une boutique. N'importe où, pourvu qu'il y ait du monde.

– Mais chez toi, c'est dans la direction opposée.

– Je sais ! Luna, je t'en prie, fais-moi confiance. Fais-le tout de suite ! »

Il y a eu un silence. Je m'étais mis à courir et j'avançais rapidement. J'ai de nouveau entendu la voix de Luna.

« D'accord…

– Tu es dans le marché ?

– Oui, mais Alex, il y a du monde partout ! Comment je fais pour ne pas les…

– Je serai là dans deux minutes, et… Luna ? Luna ! »

On avait été coupés. J'ai lâché un juron et accéléré.

Camden Market est l'une des plus grosses attractions touristiques de Londres. Il occupe un vaste espace entre Chalk Farm Road et le Grand Union Canal, et même les jours fériés, c'est bondé. Le samedi matin, le marché grouille de vendeurs à la criée, de touristes, de petits artisans, d'adolescents, de gothiques, de punks, de branchés, d'artistes de rue, de chineurs, qui forment une masse grouillante. Les boutiques proposent des antiquités, du bric-à-brac et des vêtements que les magazines qualifient d'« alternatifs » (et que la plupart des gens disent « bizarres »), et il y a du monde partout qui marchande et fait ses courses, qui inonde les lieux de bruit. Trouver une personne précise au milieu de Camden Market, c'est comme chercher une lentille de contact dans les gradins d'un stade en plein match de foot. Pour une personne normale, c'est impossible.

Tandis que pour un mage…

Luna a tourné au coin de Chalk Farm Road pour descendre vers Camden Lock Place. Pour un observateur non averti, elle ne ressortait pas de la foule, c'était juste une fille de taille moyenne habillée de manière commune, avec un sac à dos. C'est seulement à sa manière de s'écarter de quiconque s'approchait trop d'elle qu'on devinait quelque chose d'étrange, qui faisait se retourner les gens. De temps à autre, elle jetait un coup d'œil nerveux par-dessus son épaule pour scruter la faune affairée.

Elle s'est engagée dans une petite rue moins fréquentée. Elle a fait non de la tête à un homme qui lui tendait un fascicule, a évité un stand de vêtements et traversé vers le trottoir d'en face. Elle a sursauté lorsqu'une forme a surgi à côté d'elle. « Alex ?

– Par ici. Vite ! »

Un des meilleurs côtés de Luna, c'est qu'elle sent quand il ne faut pas discuter. Elle est capable de poser des questions pendant des heures d'affilée, mais quand je lui dis de *bouger*, elle bouge. Elle a dévalé l'escalier derrière moi. Je lui ai maintenu la porte ouverte, puis l'ai claquée après son passage. J'ai entendu le verrou s'enclencher.

Je l'avais emmenée dans un parking souterrain, où les rangées de voitures étaient entrecoupées de piliers en ciment. Les néons au plafond jetaient une lumière blafarde sur le sol en béton. Le brouhaha extérieur était assourdi et on ne percevait qu'un bourdonnement régulier.

« Alex ? a demandé Luna. Qu'est-ce qui se passe ?

– Il y a deux personnes qui te suivent. » Je ne les avais pas vues à proprement parler, mais si on ne s'était pas précipités dans cet escalier juste à temps, la confrontation aurait été inévitable. « Un homme et une femme. »

Elle m'a dévisagé, interdite.

« Ils te seraient tombés dessus au bout de cette ruelle, ai-je annoncé avant de balayer le sous-sol d'un geste large. Trouve un endroit où te cacher. On n'est pas encore tirés d'affaire. »

Tandis que Luna se hâtait vers le mur latéral, j'ai sorti de ma poche le sachet de traceterre et l'ai déchiré. J'ai couru à l'autre bout du garage pour ouvrir la porte opposée à celle par laquelle on était entrés. Je l'ai laissée entrebâillée afin qu'un rai de lumière éclaire le sol. Puis j'ai refait le chemin inverse en éparpillant la traceterre à ma droite et à ma gauche. La poudre brune a scintillé brièvement en touchant le sol, avant de disparaître. Une fois que j'ai eu recouvert toute la zone qu'on avait foulée, je suis rapidement allé rejoindre Luna.

« Qu'est-ce que tu fais ? » a-t-elle demandé.

J'ai jeté la dernière poignée de traceterre devant nous avant de chiffonner le sachet et de le fourrer dans ma poche. « Je couvre notre piste. Ça va ? »

Elle s'est rembrunie. « J'ai touché quelqu'un. J'essayais d'éviter tout le monde, mais il m'est rentré dedans, et… Alex ? Qu'est-ce qui ne va pas ? »

J'étais en train de scruter l'avenir, et mon cœur a fait un bond. « Baisse-toi. Derrière la voiture ! »

Luna a écarquillé les yeux avant d'obéir et de s'agenouiller près de la roue d'un gros 4 × 4. J'ai tiré ma cape de mon sac à dos et l'ai déployée autour de mes épaules, avant de reculer dans l'ombre en relevant la capuche. J'ai senti l'étoffe se fondre dans le mur derrière moi. Luna, qui avait détourné le regard une seconde, fixait le vide d'un air perplexe. « Alex ? a-t-elle chuchoté.

– Ici, ai-je murmuré en réponse. Reste baissée, pas un bruit. »

Je me suis tu à mon tour et, une seconde plus tard, j'ai entendu la porte branler. Luna l'a entendue elle aussi et a veillé à rester parfaitement immobile. Je me suis redressé dans le coin, une ombre dans la pénombre.

Quelqu'un secouait la poignée de la porte par laquelle on était entrés. Il y a eu une pause, puis une étincelle d'un vert profond. Une bouffée de poussière est montée de la porte, puis un trou est apparu à l'emplacement de la poignée. Le panneau a pivoté en grinçant.

Les deux silhouettes qui ont pénétré dans le parking avaient beau s'être changées depuis la veille, elles demeuraient très reconnaissables. Khazad s'est avancé, frêle et maigre, avec des mouvements saccadés d'oiseau et le regard qui bondissait en tous sens. Maintenant que je voyais son visage, je lui trouvais un air vaguement moyen-oriental. Ensuite j'ai distingué la femme qui était aux commandes. Contrairement à Khazad, elle avait gardé son masque et je n'ai pu m'empêcher de me pencher un peu en avant. Khazad a descendu les marches tout en tournant la tête à droite et à gauche, à l'affût. Il fronçait les sourcils et tenait quelque chose à la main.

« Alors ? » a fini par demander la femme masquée. Elle était restée en haut, à surveiller les lieux. Ses yeux sont passés sur moi, et elle n'a eu aucune réaction. Je savais qu'elle ne pouvait pas voir ma cape de brume à cette distance, mais ce n'était pas pour moi que je m'inquiétais.

« Attends, a dit Khazad.

– Elle est là, ou pas ?

– Ce truc déconne, a-t-il grogné, frustré. Quelle saloperie. » Il a soulevé la main, et une ombre noire s'est formée au creux de sa paume.

Au même instant, j'ai senti un changement chez Luna. J'ai baissé les yeux : le halo argenté de sa malédiction remuait. Un tentacule de brume s'est étiré, invisible, dix ou vingt fois plus long que la normale, et a ondulé au-dessus des voitures pour aller frôler l'objet dans la main de Khazad.

« Merde ! a lâché ce dernier.

– Eh bien ?

– J'y crois pas, bordel ! Il est foutu !

– À l'évidence », a commenté la femme d'un air distrait. Elle inspectait toujours le parking et son regard n’arrêtait pas de passer sur Luna et sur moi. Je n’osais pas bouger d’un cil.

« Et puis merde ! s’est exclamé Khazad avec colère, avant de fourrer l’objet mystérieux dans sa poche. Et la piste ?

– Effacée. »

Il a relevé la tête en plissant les yeux. « Tu penses que c’était une norm ?

– En tout cas, elle n’est pas mage. » La femme a parcouru le mur du regard. « Mais il y a quelque chose… »

J’ai retenu ma respiration. Le regard s’était immobilisé sur moi, on aurait dit qu’elle me fixait droit dans les yeux. *Elle remet ça. Comment sait-elle ?* Il s’est écoulé cinq secondes, puis dix.

« Alors ? » s’est impatienté Khazad.

La femme a détourné la tête, et j’ai lâché un soupir de soulagement.

« Cette sortie », a-t-elle répliqué d’un ton cassant. Elle s’est dirigée vers la porte que j’avais laissée entrouverte et a disparu derrière les piliers.

J’ai tendu l’oreille. Khazad a marmonné quelque chose d’indéfinissable, qui se terminait par « … pas là ? »

« On a son adresse, a répondu la femme. Chaque chose en son temps. »

La porte s’est ouverte en grinçant et l’écho de leurs pas a résonné dans l’escalier, puis s’est tu.

Luna a bougé, mais je lui ai fait signe de rester accroupie. J’ai laissé passer une minute pleine, pendant laquelle j’ai consulté l’avenir, puis je me suis avancé de quelques pas et ai retiré ma cape de brume. « Allons-y.

– C’était qui ? » a demandé Luna en se relevant. Elle n’avait pas vraiment l’air effrayée, juste nerveuse, ce qui suggérait qu'elle n'avait pas compris ce qu'elle avait entendu.

« L'homme s'appelle Khazad. J'ignore le nom de la femme. Tâche de ne pas croiser leur chemin. »

On s'est empressés de repartir par où on était venus, et alors qu'on émergeait dans la ruelle, Luna a hasardé d'un ton hésitant : « Ils n'arrêtaient pas de dire "elle". Est-ce qu'ils parlaient de…

– Oui. »

Elle n'a plus ouvert la bouche sur le reste du trajet.

On est rentrés chez moi, dans mon appartement au-dessus de la boutique. Luna s'est installée sur le canapé, à la même place que la veille, ses jambes repliées sous elle. Elle tenait son mug de thé entre ses mains blanches et me dévisageait. Elle est restée ainsi à m'écouter pendant dix minutes, n'intervenant que pour poser des questions.

« Donc voilà, ai-je conclu. Cendre, Khazad et cette femme ont essayé de voler la relique, la nuit dernière. Mais maintenant, on dirait qu'ils veulent autre chose.

– Le cube ?

– Cendre le cherchait, hier, et ces deux-là bossent avec lui. À présent, ils sont après toi. »

Luna n'a rien dit pendant plusieurs secondes. « Pourquoi ?

– Il a sans doute remonté la piste du cube jusqu'à la maison où tu l'as trouvé. Ils ignorent visiblement que tu me l'as donné, sinon ils auraient tenté de s'introduire ici. Pour l'instant, tu es leur seule piste. Et ils ne vont pas la lâcher aussi facilement. » J'ai eu un temps d'hésitation. « Je suis désolé de t'avoir attirée là-dedans. »

Elle s'est contentée de secouer lentement la tête. « Comment ils ont fait pour me repérer ?

– Khazad avait un renforcement. Il y a un tas de moyens de pister quelqu'un. Il est allé au plus simple. Luna…

– C'est ma malédiction, pas vrai ? C'est ce qui l'a empêché de me trouver. »

J'ai cligné des yeux. « Tu t'en rends compte ? »

Luna a hoché la tête. « Parfois. Quand je suis face à quelque chose qui me fait vraiment peur. C'est comme si une partie de moi allait toucher le danger, et alors… il disparaît.

– Je vois. » Je me suis reculé dans mon fauteuil. J'avais toujours cru que la malédiction de Luna était un sort passif, mais après ce qu'elle venait de m'apprendre, j'en venais à douter. Le fait qu'elle puisse le sentir indiquait clairement que…

« Elle disait avoir mon adresse, n'est-ce pas ? »

Penché en avant pour prendre mon verre d'eau sur la table basse, je me suis immobilisé un instant avant de terminer mon geste et d'avaler une gorgée, en espérant qu'elle n'avait pas vu mon hésitation. Je n'avais aucune envie d'entrer dans les détails. « Oui. »

Luna a attendu quelques secondes avant de poursuivre. « L'homme qui m'a donné ce cube ne sait pas où j'habite, a-t-elle fini par dire. Il connaît mon numéro, mais… Oh, suis-je bête. Mon nom. C'est comme ça qu'ils ont dû trouver mon adresse. » Elle a secoué la tête et relevé les yeux vers moi. « Enfin, peu importe. En gros, je ne peux pas rentrer chez moi, c'est bien ça ? »

J'ai lâché un soupir. « En effet. À l'heure qu'il est, ils y sont vraisemblablement.

– Ils ne feront de mal à personne dans l'immeuble, pas vrai ?

– Ce n'est pas pour tes voisins que tu devrais t'inquiéter ! Ces gens sont *dangereux* ! »

Luna a hoché la tête. « Je sais. »

Je me suis pris le front dans la main en soupirant. « Je suis désolé. Jamais je n'aurais dû t'embarquer là-dedans. Si j'avais su que tu allais rapporter quelque chose susceptible de te mêler à tout ça…

– Non. C'est mon choix. »

Je l'ai dévisagée, perplexe. « Luna, ai-je dit très calmement. Si ces trois-là t'attrapent, il est presque certain qu'ils te tueront. Tu comprends bien ça ? »

Elle a planté son regard clair et inflexible dans le mien, avant de le baisser vers sa tasse, dont elle a lissé le bord du bout de l'index. « Quand tu m'as appelée ce matin, tu avais peur que je ne vienne pas, n'est-ce pas ?

– Je… » Je me suis interrompu un instant. « Comment tu le sais ?

– Tu n'arrêtes pas de me répéter à quel point ton monde est dangereux. Comme si tu considérais comme ton devoir de me repousser. » Elle a trempé le bout de son doigt dans son thé puis l'a considéré d'un air perplexe. « Ça ne me dérange pas, tu sais.

– Luna… »

Elle a levé les yeux vers moi. « Si ces trois-là doivent traquer quelqu'un, autant que ce soit moi, pas vrai ? Je veux dire, si j'étais une fille normale, ils m'auraient eue, dans ce parking. »

J'étais sans voix.

« Bon, a-t-elle lancé pour changer de sujet. Tu disais que tu avais besoin de moi pour faire un test. Enfin, avant qu'on soit interrompus.

– Je… » J'ai lâché un nouveau soupir. « D'accord. »

Le cube était posé sur la table basse entre nous et, dans la lumière du matin, il semblait tout à fait normal et insignifiant.

« Essaie de le prendre en main. »

Elle a opiné et s'est exécutée. Après avoir tourné le cube entre ses doigts pour l'inspecter, elle a relevé la tête vers moi.

J'ai attrapé un crayon et un morceau de papier, sur lequel j'ai griffonné un mot, puis j'ai poussé la feuille vers elle sur la table, en veillant à garder mes distances. « C'est un ordre général. Tiens bien le cube en main et prononce-le à voix haute. »

Luna a attendu que j'aie reculé pour se pencher à son tour et ramasser le papier. Tandis qu'elle déchiffrait en fronçant les sourcils le mot que j'avais inscrit, je voyais la brume argentée de sa malédiction s'enrouler autour du papier. De l'autre main, elle tenait le cube, sur lequel l'aura glissait.

Les articles imprégnés ont une volonté propre. Tant qu'ils n'ont pas décidé d'utiliser leur pouvoir, ils ne sont que des objets bruts. Pour se faire obéir d'un imprégné, il faut déceler sa finalité propre et s'en servir. Lorsqu'on ne la connaît pas, ça n'est vraiment pas de chance, car alors l'article n'obéira qu'à son maître.

Mais si on arrive à deviner l'identité du maître en question…

« *Annath* », a dit Luna.

Une vague de lumière s'est déversée du cube et la pièce plongée dans la pénombre s'est instantanément illuminée en rouge et blanc. Le cristal enveloppant le cœur s'est mis à rougeoyer et de fins filaments scintillants en ont jailli pour balayer le canapé, la table, les murs. Pendant quelques secondes, Luna est restée immobile, à contre-jour dans cette auréole étincelante, les yeux levés, émerveillée.

Puis tout s'est éteint subitement, et le décor a repris son aspect habituel. Luna a lâché le cube, qui a rebondi sur les coussins du canapé avant de s'immobiliser. Il y a eu un moment de silence.

J'ai soufflé lentement. « OK, donc.

– C'était quoi ? »

Je me suis levé de mon fauteuil. « Luna, il va falloir que tu restes un moment cachée. Très bien cachée. Je t'expliquerai en route. »

5

C'est ce que j'ai fait, et ça a pris un moment. Luna n'arrêtait pas de poser des questions, bien plus que je ne l'aurais cru. On aurait dit que maintenant qu'elle avait réussi à me faire parler, elle essayait d'en apprendre le plus possible.

Pour les néophytes, découvrir l'existence du côté obscur de la magie est un tournant décisif, et leur réaction en dit long sur leur personnalité. Il y en a qui paniquent totalement – quand ils saisissent qu'une fausse manip peut les anéantir, ceux-là prennent leurs jambes à leur cou et on ne les revoit jamais. D'autres se font une belle frayeur avant de s'habituer lentement à l'idée. J'avais tout vu, au fil des ans – ou du moins c'est ce que je croyais. Luna avait failli se faire éliminer deux fois par des mages de l'Ombre au cours des quarante-huit dernières heures, elle venait aussi d'apprendre qu'ils n'allaient pas la lâcher d'une semelle, et pourtant elle ne bronchait pas. Pourquoi restait-elle si calme ?

Je crois que c'est à ce moment-là que j'ai mesuré pour la première fois que je ne savais pas grand-chose d'elle. Je m'étais concentré sur son sortilège – son fonctionnement, d'éventuelles failles qui m'auraient permis de le faire disparaître. Mais elle demeurait un mystère pour moi.

« Alors il existe un tas de sorts comme celui-là ? a demandé Luna. Est-ce qu'ils peuvent me trouver autrement ?

– Sans problème. » On était en train de gravir une colline herbeuse, hors des chemins fréquentés par les promeneurs. À notre gauche, deux étudiants jouaient au Frisbee, et des chiens se poursuivaient joyeusement sur la pelouse. « Mais élaborer un sort réellement efficace pour pister quelqu'un prend du temps. S'ils sont malins, ils commenceront par fouiller ton appartement, histoire de mettre au point une stratégie.

– Et ma malédiction me sera utile ?

– La magie de hasard requiert de l'aléatoire. S'ils trouvent un moyen de te pister suffisamment fiable, ton sortilège ne pourra pas faire grand-chose pour t'en protéger. »

Un peu plus haut, une famille descendait sur le sentier en riant aux éclats. On s'est tus brièvement pendant qu'ils passaient, et Luna a fait un large crochet pour les éviter. « Mais je ne vois toujours pas ce que ça change, que le cube se soit activé, a-t-elle fait remarquer une fois qu'ils furent partis. Qu'est-ce que ça peut faire, que je puisse l'utiliser ?

– C'est plus que ça. J'ai passé presque quatre heures la nuit dernière à jouer avec, sans aucun effet. Toi, il a suffi que tu le touches pour qu'il t'obéisse sur-le-champ. Les articles imprégnés *choisissent* leur capteur. Je suis presque certain que pour tout autre que toi, ce cube n'est rien de plus qu'un morceau de verre. » Je n'ai pas insisté sur la raison pour laquelle le cube l'avait choisie, elle, car je n'en avais pas la moindre idée moi-même.

« Tu disais que ces mages l'ignoraient…

– Ils l'ignorent *sans doute*. Mais à l'évidence, ils en savent plus sur cette chose que nous. Ils sont peut-être au courant qu'elle ne se liera qu'avec une seule personne.

– Mais qu'est-ce que ça change, au juste ? » a insisté Luna.

Nous étions entrés dans les bois, franchement à l'écart de la foule. Les arbres commençaient tout juste à bourgeonner, et les oiseaux gazouillaient gaiement dans les branches.

« De deux choses l'une : soit ils me pourchassent parce qu'ils pensent que j'ai le cube, soit c'est parce qu'ils croient que je sais l'utiliser. Dans les deux cas…

– Ça signifie que, quoi qu'il arrive, ça ne va pas s'arrêter là. Ils vont te traquer jusqu'à ce que quelque chose les en empêche. »

Luna s'est tue et on a marché en silence un moment. « D'accord, a-t-elle fini par répondre. Alors qu'est-ce qu'on fait *ici* ? »

On se tenait dans Hampstead Heath, le plus grand parc à l'intérieur de Londres – et le plus beau, du moins selon moi. Regent's Park est peut-être plus connu, mais il est un peu trop domestiqué à mon goût. Hampstead Heath est juste assez sauvage pour devenir intéressant. Par un samedi après-midi comme celui-ci, il grouillait d'hommes, de femmes et d'enfants, sans compter les chiens, et tout ce monde-là pique-niquait et sortait les cerfs-volants. À première vue, ce n'est pas l'endroit où l'on s'attendrait à trouver de la magie, mais comme je le disais, bien que situé au cœur de la ville, c'est un monde inexploré. Pour certains, l'alliance des deux est bien utile.

« J'ai besoin d'une tenue de soirée, ai-je expliqué. Et toi, d'un lieu sûr où te cacher. C'est le seul endroit que je connaisse qui offre les deux. »

Malgré la forte affluence, Hampstead Heath a aussi ses secrets. C'est pour l'un d'eux que nous étions là. Une rivière asséchée avait creusé un ravin aux rebords bruts et irréguliers. Un chêne poussait au sommet, laissant ses racines dévaler la pente. On entendait encore l'écho assourdi des voix, cependant les berges et les feuillages nous cachaient des flâneurs. Il faut dire aussi que, s'il n'y avait personne, c'est parce qu'il n'y avait rien à voir.

Luna a passé en revue la terre et les arbres. « Ici ? »

J'ai souri. « Regarde. »

Face à nous, les racines du chêne formaient un nœud. Je les ai fixées pendant une seconde, puis j'ai tendu le bras pour placer deux doigts sur l'une d'elles. « Arachné ? ai-je dit à l'arbre. C'est Alex. On peut entrer ? »

Il y a eu un petit silence, puis une voix a surgi de nulle part, faisant sursauter Luna. « Alex, mon cher ! Entre donc. Trouve où t'asseoir dans la salle d'essayage, le temps que je termine. »

La terre s'est mise à rouler et à gronder, et nous avons reculé d'un pas. La colline a paru frissonner tandis que les racines du chêne ondulaient, s'écartaient sur les côtés et vers le haut, projetant de la poussière et des petites mottes de terre dans le ravin et dévoilant du même coup un vide en dessous. Le grondement s'est progressivement apaisé, et les racines se sont entremêlées pour former une arche. À l'intérieur, tout n'était que ténèbres.

J'ai fait signe à Luna. « Après vous. »

Elle n'a hésité qu'une seconde avant d'entrer. Je l'ai suivie en baissant la tête et, dans un nouveau grondement, les racines se sont refermées derrière nous.

Je disais donc qu'apprendre l'existence du côté obscur de la magie était en quelque sorte un moment de vérité pour les néophytes. Il en existe un autre – la première rencontre avec une créature tout droit sortie des mythes et légendes. On en tire une leçon précieuse : ne jamais juger quelqu'un d'après son apparence.

Les êtres humains ont tendance à mieux réagir à la beauté physique qu'à la laideur. On appelle ça l'« effet de halo » – quand quelqu'un est attirant, on lui fait plus facilement confiance. C'est une réaction naturelle, et donc difficile à contrer, mais à partir du moment où l'on fait commerce avec les créatures magiques, il vaut mieux apprendre rapidement à se méfier de ce que l'on voit : les monstres les plus vicieux peuvent ressembler à de vrais anges. Ou à des licornes. Ah, ne me lancez pas sur le sujet des licornes. Pour une raison mystérieuse, tout le monde en a une image idéalisée, comme s'il s'agissait de flocons de neige splendides et innocents. Splendides, certes. Mais innocents ? Laissez-moi rire. Attendez qu'un de ces petits salopards essaie de vous transformer en kebab, et vous allez vite changer d'avis.

Mais ça vaut aussi dans l'autre sens. On trouve dans les recoins les plus sombres des êtres qui ressemblent aux enfants infernaux qu'auraient pu avoir ensemble Stephen King et H.P. Lovecraft. Au premier regard, toute personne normalement constituée s'enfuira en hurlant. Mais si vous êtes assez courageux, stupide ou inconscient pour rester planté là à discuter, vous vous rendrez compte à votre grande surprise que vous vous entendez très bien. Vous n'êtes pas pour autant en *sécurité*. La sécurité, ça n'existe pas, dans le monde magique. Mais vous pouvez papoter avec ces créatures et leur faire confiance, autant qu'aux humains que vous croisez dans votre quotidien – parfois même plus.

J'ai tenté confusément d'expliquer ça à Luna, tout en avançant vers la grotte d'Arachné. « Elle vend des vêtements ? s'est-elle étonnée.

– Les meilleurs de la ville. La plupart des mages ne veulent pas les porter, cependant.

– Parce qu'ils sont trop chers ?

– C'est plutôt… son apparence à elle.

– Elle est laide ?

– Pas exactement. Mais prends ton courage à deux mains. »

Après la lande baignée de soleil, le tunnel paraissait encore plus sombre. À présent que mes yeux s'étaient habitués à l'obscurité, je distinguais les sphères bleues luminescentes accrochées à chaque bifurcation pour indiquer le chemin. Au sol, la terre battue de l'entrée avait laissé place à de la pierre, lissée par le ruissellement de l'eau et polie par les pas de générations de visiteurs. Le tunnel gris descendait en pente douce, s'enroulant avant de déboucher sur une salle ovale éclatante de couleurs.

Elle était meublée de canapés et de fauteuils, et la moindre surface plane était recouverte de tissus variés qui allaient de la minuscule chute de ruban jusqu'au rouleau de la taille d'une roue de charrette. Aux murs étaient accrochés des mannequins et des cintres exposant tous les vêtements imaginables, costumes, caracos ou robes du soir, rouges, jaunes et verts, sans oublier les bleus et les violets. J'ai beau être déjà venu des dizaines de fois dans la grotte d'Arachné, à chaque visite je dois pratiquement me couvrir les yeux en entrant. C'est un peu comme regarder un vol d'oiseaux de paradis faire un défilé de mode sur un arc-en-ciel. À l'autre extrémité de la grotte, presque invisible dans cette débauche de couleurs, pendait un rideau translucide derrière lequel montaient des bruissements affairés.

« Alex, mon cher ! » a lancé une voix. De près, on discerne un cliquetis dans la diction d'Arachné, mais tellement discret qu'il faut vraiment tendre l'oreille. « Où étais-tu passé ? Débarrasse un sofa et assieds-toi donc… Tu as un invité ?

– Elle s'appelle Luna », ai-je répondu à travers le rideau. J'ai soulevé un quintal d'habits entassés sur le canapé le plus proche pour faire de la place. Mon amie était tellement absorbée par le décor qu'elle n'y a pas prêté attention.

« Quel nom ravissant. Bonjour, Luna, vous m'entendez ?

– Euh, ravie de vous rencontrer », a répondu celle-ci. Elle s'est approchée d'un fauteuil pour passer le doigt le long d'un ruban vert pâle, avant de le frotter entre le pouce et l'index d'un air intrigué.

« Vous vous demandez en quelle matière ils sont faits ? a lancé Arachné, et Luna a lâché le ruban en sursautant. Tout le monde se pose la question, vous savez.

– Eh bien, oui. » Luna a de nouveau caressé le ruban, fascinée. « C'est de la soie ? Je n'ai jamais rien vu de pareil. »

Arachné a éclaté de rire, dans un léger cliquetis. « Presque. Mais pas celle à laquelle vous pensez… Eh bien, Alex, si tu es là, c'est parce que tu veux quelque chose, j'imagine ?

– Absolument. Le bal à Canary Wharf.

– Mon Dieu. C'est ce soir.

– C'est une invitation de dernière minute. Aurais-tu quelque chose qui traîne qui ferait l'affaire ?

– Oh, juste ciel, Alex, a soupiré Arachné, une pointe d'exaspération dans la voix. Au moins, tu as eu le bon sens de venir me trouver. Voyons voir… » Une ombre s'est déplacée derrière le rideau, et Arachné a surgi, se révélant pour la première fois au regard de Luna.

Arachné a à peu près la taille d'un monospace et doit peser une demi-tonne. Son corps est noir, recouvert d'un lustre bleu cobalt qui miroite légèrement à chacun de ses mouvements et elle est dotée de huit yeux, répartis en deux rangées de quatre, sur le devant de la tête. Ses huit pattes, composées de sept segments velus dont l'extrémité fuselée est recouverte de poils plus fins, sont presque aussi agiles que des doigts. Deux mandibules dissimulent ses crocs et vibrent lorsqu'elle parle, produisant ce cliquetis caractéristique.

Autrement dit, c'est une araignée géante. Arachné a beau être globalement inoffensive – enfin, plus ou moins –, elle n'en demeure pas moins le cauchemar vivant de tout arachnophobe qui se respecte, et même ceux qui ne craignent pas les arachnéides en temps normal pousseraient sans doute des cris à vous perforer les tympans en croisant une tarentule plus grosse que leur voiture.

Luna n'a pas hurlé, mais elle est devenue livide et ses yeux se sont élargis comme des soucoupes. « Alex ? a-t-elle piaillé d'une petite voix haut perchée.

– Tout va bien, ai-je répondu d'un ton rassurant. Elle ne te fera aucun mal.

– Alex, c'est une araignée géante.

– Elle ne te fera aucun mal.

– Alex, *c'est une araignée géante*.

– Je sais. Elle ne te fera aucun mal.

– Eh bien ? est intervenue Arachné, l'air interrogatif. Tu ne nous présentes pas ? »

Sans quitter Luna des yeux, je me suis avancé d'un pas. « Si, bien sûr. Arachné, voici Luna. Elle débute tout juste dans ce monde. Tu aurais un endroit où elle pourrait s'asseoir quelques instants ?

– Oh, naturellement. » Arachné a filé en crabe, faisant sursauter Luna, puis a désigné un tunnel secondaire. « Vous avez l'air épuisée, ma chère. Pourquoi ne feriez-vous pas un petit somme ? N'hésitez pas à vous servir à manger. Soyez sans crainte, c'est de la nourriture humaine.

– Alex ? a répété Luna, sans bouger d'un poil.

– Tout va bien. Luna, fais-moi confiance. Tu es plus en sécurité ici que dehors. »

Elle m'a dévisagé avec ses yeux immenses, avant d'inspirer à fond et de traverser la pièce pour rejoindre le tunnel. Elle a réussi à passer à côté d'Arachné sans grimacer ni hurler, et cette dernière l'a suivie de ses huit yeux jusqu'au bout. Luna s'est retournée pour me lancer un dernier regard anxieux.

« Eh bien, a commenté Arachné d'un ton jovial, une fois Luna partie. Elle a l'air gentille.

– Désolé, me suis-je excusé. Comme je le disais, elle est… »

Arachné a agité une de ses avant-jambes. « Oh, j'ai l'habitude. Maintenant, laisse-moi te regarder mieux. »

Pour une créature aussi volumineuse et aussi lourde, Arachné est étonnamment rapide. En un clin d'œil, elle s'est retrouvée plantée au-dessus de moi de toute sa hauteur, m'encadrant entre deux de ses pattes et me scrutant de tous ses yeux noirs. Voilà pourquoi j'avais voulu faire sortir Luna. Même si elle avait brillamment réussi à se maîtriser, je préférais qu'elle ait un peu de temps pour retrouver son calme avant de venir discuter avec Arachné. Ce n'était pas aussi menaçant que ça en avait l'air : Arachné voulait seulement me voir de près. Elle est très myope et se sent plus à l'aise en se servant du toucher. Par conséquent, une petite discussion amicale signifie pour elle garder son interlocuteur entre deux de ses pattes, juste au-dessous de ses crocs. Je me suis assis sur l'un des canapés et ai tapoté une de ses jambes poilues. « C'est bon de te revoir.

– Et moi je suis ravie de rencontrer enfin ton amie. Je me demandais pourquoi tu étais tellement occupé, ces derniers mois. »

En dépit de son apparence, Arachné sent bon, son odeur rappelle celle de l'encens. S'asseoir à côté d'elle, c'est un peu comme faire une visite chez un herboriste. « Eh bien, c'est une des raisons pour lesquelles nous sommes venus.

– C'est une vilaine petite toile qu'elle a là. J'imagine que tu as tenté de la démêler ?

– Tu arrives à la voir ? ai-je dit d'un air surpris, avant de secouer la tête. Bien sûr, quel idiot. Oui, j'ai pas mal essayé. Mais ça n'a rien donné.

– Évidemment, le sortilège a grandi en même temps qu'elle. Il est tissé en elle.

– Il y a un moyen de l'en débarrasser ?

– Pas sans la tuer. »

J'ai poussé un soupir. « C'est ce que je craignais. Écoute, tu dois veiller à ne pas trop t'approcher d'elle. Si tu restes à l'autre bout de la pièce, ça ira, mais plus près… »

Arachné a laissé échapper un sifflement doux, et ses mandibules ont vibré – sa manière à elle de rire. « Petit sot. Une pauvre toile comme celle-là ne me fera aucun mal. »

J'ai relevé les yeux, étonné. « Tu peux l'éviter ?

– Maintenant, avant qu'elle revienne, si tu me disais pour quelle raison tu veux aller à ce bal ? Si ma mémoire est bonne, tu n'es pas dans les petits papiers du Conseil. »

Alors j'ai tout raconté à Arachné : l'offre de Lyle, et presque tout le reste. « Et Lyle n'est pas le seul, ai-je conclu. Des mages de l'Ombre veulent aussi mon aide, et ils traquent Luna. Je voulais te demander une faveur : pourrait-elle rester ici, le temps que je parle à des gens, au bal ? Avec un peu de chance, je réglerai cette situation ce soir. »

Arachné a gardé le silence quelques instants, en me fixant de ses yeux opaques et indéchiffrables. « Tu t'aventures dans des eaux dangereuses, Alex. »

J'ai haussé les épaules. « Les mages font sans arrêt appel aux compétences des devins. Ma grande malchance, c'est qu'ils soient désespérés au point de venir me trouver.

– De la malchance, vraiment ? »

Je l'ai observée avec curiosité. Un des problèmes, quand on discute avec Arachné, c'est que c'est assez limité, en termes d'expressions du visage. « Que veux-tu dire ?

– Ce n'est pas la malchance qui a fait disparaître tous les autres devins du Commonwealth. » Arachné s'est légèrement accroupie. « Ma clientèle s'est faite rare, ces dernières semaines. Il se passe quelque chose, et les mages prudents ne veulent pas s'y retrouver mêlés. »

J'ai grimacé. « Et moi, je suis déjà dedans jusqu'au cou. Génial. J'imagine que tu ne sais pas de quoi il s'agit ? »

Elle a répondu non de la tête. « Je pense que tu devrais aller chercher une réponse. Je veillerai sur ton apprentie. »

J'ai éclaté de rire. « Ce n'est pas mon apprentie. Mais merci. »

Arachné a penché la tête sur le côté et, quelques secondes plus tard, j'ai entendu des pas en provenance du tunnel secondaire. Je me suis levé du canapé et me suis baissé entre les pattes d'Arachné pour voir Luna entrer. En apercevant l'araignée géante, elle a cligné des yeux, mais elle avait retrouvé des couleurs.

« Euh, salut, heureuse de vous rencontrer, mademoiselle Arachné. Désolée pour tout à l'heure. »

Arachné a agité une patte. « Ne vous en faites pas, ma chère. Vous vous en sortez très bien. Maintenant, Alex, quelle sorte de tenue avais-tu en tête ?

– À vrai dire… Tu sais quoi ? Tu n'as qu'à décider.

– Enfin une parole sensée. »

J'ai roulé des yeux avant de me tourner vers Luna. « Il faut que je renoue quelques contacts. Arachné est d'accord pour que tu restes ici un petit moment. »

Les yeux de Luna se sont légèrement écarquillés. « Que je reste ici ?

– Je n'en ai pas pour longtemps. Ces tunnels sont protégés : personne ne pourra t'y trouver. À l'heure qu'il est, c'est sans doute la cachette la plus sûre pour toi. »

Luna nous a regardés tour à tour, avant d'inspirer à fond et de hocher la tête. « D'accord.

– Magnifique ! s'est exclamée Arachné. Et pendant que vous êtes là, si on en profitait pour vous équiper ?

– Pour m'équiper ? a répété Luna d'un air dubitatif.

– Je parle d'une robe, bien sûr. J'ai là quelque chose qui, je pense, vous siérait à ravir, avec quelques retouches. Pourquoi ne venez-vous pas dans la salle d'essayage, afin que je vous regarde de plus près ? »

Luna m'a lancé un dernier regard anxieux avant de se tourner vers Arachné avec un sourire vaillant. « Euh, avec joie. Merci. » Juste avant de partir, je l'ai vue suivre Arachné de l'autre côté du rideau.

En surgissant de la grotte, j'ai dû cligner plusieurs fois des paupières dans la lumière éclatante, tandis que les racines reprenaient leur place derrière moi. Savoir Luna à l'abri m'ôtait un poids des épaules. On ne dirait peut-être pas, mais la grotte d'Arachné est l'un des sites les mieux protégés de Londres. Cachée derrière les toiles et les sorts de protection, Luna était en sûreté – du moins pour un temps. J'ai gravi la colline, retrouvant la civilisation, puis ai cherché un banc où m'asseoir.

Quand on parle de prédire l'avenir, la plupart des gens s'imaginent un gars bizarrement accoutré en train d'hypnotiser une boule de cristal ou de lire dans des feuilles de thé. Ils seraient franchement déçus de me voir faire. Je ne suis pas amateur de boules de cristal, et je déteste la méthode des feuilles de thé. Il m'arrive en revanche de me servir des tarots, mais uniquement dans des occasions très spécifiques, et elles sont rares. Non, ce que font les vrais devins lorsqu'ils veulent se mettre sérieusement au boulot, c'est trouver un coin calme et isolé, s'installer confortablement puis fermer les yeux. Pour le profane, ça ressemble à une petite sieste, mais les meilleurs devins peuvent voir à peu près ce qu'ils veulent sans quitter leur fauteuil.

La suggestion d'Arachné d'essayer d'en savoir plus avait fait ressurgir un souvenir de ma conversation de la veille avec Lyle. Lorsque je l'avais interrogé au sujet des autres devins, il m'avait répondu qu'ils étaient tous occupés ailleurs, et il avait mentionné Alaundo et Helikaon. Je ne connaissais Alaundo que de réputation, mais avec Helikaon, l'histoire remontait loin. Et quelque chose ne collait pas, dans la version de Lyle. Jamais je n'avais vu Helikaon refuser de travailler pour le Conseil. Pourquoi le faire maintenant ?

Ce n'était qu'un détail, mais mon intuition me soufflait qu'il avait peut-être son importance. Je voulais parler à Helikaon, et n'avais pas de temps à perdre à le chercher. Il allait falloir emprunter la voie rapide.

Cette technique s'appelle la maraude. Vous choisissez un fil de votre propre avenir et vous le suivez en influençant les choix pour voir ce qui se produit. Ma première destination était l'appartement d'Helikaon, à Kensington. J'ai consulté l'avenir, suivi la piste où je partais à sa recherche, prenais un taxi jusque chez lui, gravissais l'escalier et frappais à la porte. Dans tous les cas de figure, cette option ne donnait rien. Il n'y avait personne. Sous mes yeux, ce futur-là s'est rétracté avant de disparaître, puisqu'il n'adviendrait jamais.

L'expédition suivante m'emmenait à sa maison de campagne, d'où il gérait la plupart de ses affaires. Pour un mage, il avait choisi une demeure modeste, de plain-pied, dans les South Downs. En vision projective, je me suis vu remonter le chemin de terre jusqu'à la maison, en haut de la colline. Tout était immobile et silencieux, et les volets étaient clos. Il y avait, punaisé sur la porte, un mot censé me décourager. Ma vision a tressauté tandis que je faisais le tour, à l'affût, ne trouvant rien.

Je pouvais toujours entrer par effraction. J'ai consulté l'option où je déjouais le cadenas de l'entrée et me faufilais à l'intérieur. Mon être futur a pénétré dans la pièce, et…

Aïe. Je ne m'attendais vraiment pas à ça. À présent, j'étais certain qu'il se passait quelque chose d'anormal. Helikaon n'avait pas pour habitude de piéger sa porte, surtout de manière aussi vicieuse. Par-derrière, peut-être ? J'ai contourné les arbres, me suis dirigé vers la petite porte de l'autre côté, sous le porche, et suis entré…

Bon sang ! Ça, c'était vraiment tordu. Je ne pensais même pas qu'il était possible pour un corps de se dissoudre aussi rapidement. C'était quoi, au juste ? Une espèce d'acide ?

Une chose était sûre : je ne reviendrais pas de sitôt fouiner chez Helikaon. Dès l'instant où j'ai pris cette résolution, ce fil de l'avenir s'est volatilisé. Sous le choc, j'ai eu besoin d'un instant pour me calmer. Se voir mourir est le genre d'expérience qui donne la chair de poule, surtout quand on ne s'y attend pas.

Quand j'ai recouvré mes esprits, je me suis forcé à retenter le coup. Je n'avais pas vraiment d'autres idées, hormis un dernier endroit dont nous nous étions servis, Helikaon et moi, bien des années plus tôt. Peu de gens en connaissaient l'existence. Mais s'il voulait qu'on ne le trouve pas, après tout…

Bingo. À cette distance, je ne pouvais discerner nos paroles, mais j'ai su qu'Helikaon était là. J'ai rouvert les yeux et me suis redressé sur mon banc. Il fallait que je fasse un saut chez moi, puis un petit voyage m'attendait.

Le moyen le plus rapide de se déplacer par la magie, c'est la téléportation. La magie de portail crée un passage entre deux lieux, le plus souvent en produisant une similarité entre deux points dans l'espace. C'est l'un des arts magiques les plus ardus, et il requiert de connaître parfaitement le point de départ comme la destination. Malheureusement, je fais partie de cette minorité parmi les mages qui ne sait pas se servir de la magie de portail. La divination ne peut affecter les liens physiques, seulement la perception.

Une autre option consiste à utiliser une monture, c'est-à-dire un pégase, un élémentaire de l'air ou bien un *taïa*. C'est beaucoup plus lent que la téléportation, mais ça a l'avantage de pouvoir atteindre un tas de lieux inaccessibles à la magie de portail. Une monture permet de se rendre dans des lieux protégés, de découvrir des paysages inconnus et aussi, en tant que signe extérieur de richesse rare et magique, de crâner un maximum (si on est de ce genre-là). Le principal inconvénient, avec ces animaux mythiques, c'est qu'ils ont une forte tendance à attirer l'attention lorsqu'on s'en sert pour traverser le ciel londonien en plein jour.

Pour ceux qui ne peuvent se téléporter et qui n'ont pas le luxe de disposer d'une monture à la demande, il existe une troisième voie. Les façonneurs fabriquent des articles appelés pierres portails qui, si l'on possède des pouvoirs magiques, donnent un accès limité à la magie de portail. Chaque pierre ne fonctionne que pour un lieu précis et est très inférieure à un véritable sort de portail, mais pour quelqu'un comme moi, c'est souvent le seul moyen de se déplacer.

Malgré leur nom, les pierres portails ne sont pas nécessairement des pierres. C'était toutefois le cas de celle-ci : un éclat de granit brut gravé de runes sur ses deux faces. Debout dans ma chambre, j'ai effectué quelques préparatifs, puis je me suis concentré avant de prononcer une phrase en vieux-parler tout en appuyant sur la pierre. Pendant un long moment, il ne s'est rien passé, puis une forme irrégulière, aux contours tremblotants, s'est mise à miroiter dans l'air. Je me suis engouffré à travers elle avant qu'elle disparaisse. Aussitôt, elle s'est dissoute, ne laissant aucune trace derrière moi.

La première chose qui m'a frappé, c'est le froid : il faisait au moins vingt degrés de moins que dans mon appartement, et un vent glacé soufflait. L'air était aussi plus rare, et j'ai frissonné. Je me trouvais au sommet d'une montagne, à plusieurs centaines de mètres au-dessus du niveau de la mer. À ma gauche, le panorama était aussi extraordinaire que dans mon souvenir, et j'ai pivoté pour en profiter pleinement. Le flanc de la montagne descendait en pente raide jusqu'à une vallée en contrebas, bien visible sous le soleil de l'après-midi. Les courbes herbues et les pics granitiques se déployaient sous mes yeux, et tout à l'est, apparaissant au-dessus des collines, j'ai aperçu la ligne scintillante de la mer. Au-dessus de ma tête, le ciel était bleu et dégagé.

J'ai entendu dans mon dos le *clop clop* des sabots sur la roche. Je me suis retourné en souriant. « Salut, Thermopyles. Comment ça va ? »

Thermopyles a lancé un hennissement joyeux et m'a rejoint en trottant. Tout son corps est d'un blanc immaculé, hormis ses sabots et ses naseaux. C'est un cheval solidement bâti, avec une queue en bataille qui se balance derrière lui. Il a deux ailes gigantesques dans le dos, assez grandes pour que je tienne tout entier caché derrière elles. Elles étaient alors à demi repliées et oscillaient doucement au rythme de ses pas sur les pierres inégales. Il s'est approché, les naseaux dilatés, tandis que je sortais de ma poche quelques morceaux de sucre. J'ai éclaté de rire lorsqu'il m'a poussé de son énorme tête, impatient d'attraper sa friandise.

« Hé ! a crié une voix en provenance du nord. Arrête de gâter mon cheval et viens ici, à la fin. »

Un grand sourire aux lèvres, j'ai donné à Thermopyles ce qu'il me restait de sucre, puis j'ai tapoté l'encolure du pégase en guise d'au revoir. En contournant les rochers, j'ai aperçu une vieille cabane en bois délabrée. Un homme qui paraissait plus vieux encore que la bicoque était assis devant, sur une pierre, à faire chauffer du thé au-dessus d'un feu.

Helikaon paraît une soixantaine d'années et reste fort et alerte, malgré son âge. Sa chevelure, jadis d'un blond doré, a viré au blanc. Même par ce temps glacial, il était en chemise, manches retroussées et col ouvert. Un *xiphos*, une épée à lame courte, était accroché à sa ceinture, mais il le portait avec une telle nonchalance qu'on ne le remarquait qu'en regardant attentivement.

« Le plus difficile, quand on vit à cette altitude, c'est de réussir à faire bouillir l'eau, a-t-il marmonné. Au moins, tu es à l'heure. »

Je me suis assis. « Au moins, vous n'avez pas perdu la main.

– Pas d'insolence ! Tu n'étais pas encore né que j'étais déjà un vieux devin.

– C'est pourquoi je me demande ce qu'il en reste.

– Oh, très drôle. » Helikaon m'a fusillé du regard. « Tu sais quel est le problème, avec vous autres, de nos jours ? Vous n'avez aucun respect pour vos aînés. Vous croyez tout savoir… »

J'ai jeté un œil à l'eau sans écouter ses jérémiades. « Elle arrivera à ébullition dans quatre-vingt-quinze secondes.

– Ça ne s'appelle pas bouillir, mais *frémir*. Nuance. Et qui crois-tu impressionner, avec ton numéro ? Fais preuve d'un peu de patience et attends, pour une fois. »

J'ai souri de toutes mes dents. « C'est bon de vous revoir.

– C'est ça, c'est ça. Rends-toi utile, va chercher des tasses. »

Je me suis exécuté et ai patiemment attendu que le thé soit prêt. Il y avait quelque chose de réconfortant dans ce vieux rituel : regarder Helikaon préparer son breuvage juste comme il l'aimait, en grommelant quand le résultat n'était pas parfait. Le tout dans ce cadre magnifique, avec cet air limpide, cette vue sur les landes écossaises, et un feu pour se protéger du frisson de la montagne.

« Je suis surpris qu'elle soit toujours debout, ai-je fini par dire en désignant la cabane décrépite.

– Elle durera. » Helikaon m'a jeté un coup d'œil en biais. « Plus longtemps que toi, peut-être bien.

– J'en déduis que vous savez pourquoi je suis ici. »

Il a reniflé d'un air sarcastique. « Par pitié. Tu es horriblement *bruyant* quand tu te promènes dans l'avenir, tu es au courant ? Je n'ai pas pu être tranquille de la journée.

– Je vois. » J'ai déposé précautionneusement ma tasse par terre. « Pourquoi avoir décliné l'offre de Lyle ?

– D'après toi ? » Helikaon a pointé son index sur moi. « Je ne veux pas faire ce que tu fais et, s'il te reste un peu de jugeote, tu sortiras de là le plus vite possible. Retourne auprès d'Arachné et trouve-toi un trou où te cacher.

– Ce n'est pas aussi simple.

– Si tu te retrouves mêlé à cette histoire, tu pourrais te faire tuer. Le Conseil ne paie pas assez pour ça. » Il m'a de nouveau fusillé de ses yeux furieux, sous ses sourcils blancs broussailleux. « Autrefois, il fallait que je te force, pour que tu veuilles bien approcher ces vieillards.

– Il y a quelqu'un d'autre.

– Laisse-le tomber.

– Pourquoi avez-vous transformé votre maison en piège à rats ? »

Il a eu un grand sourire. « Je t'ai bien eu, hein ? Tu n'avais qu'à pas fouiner. » Il s'est rembruni. « Ces gars-là sont sans pitié. Si tu veux les convaincre de te laisser en paix, il faut parler la même langue qu'eux. »

J'ai détourné le regard.

Helikaon m'a dévisagé. « Il fut un temps où tu aurais été heureux comme un cochon dans la merde de voir un mage de l'Ombre se faire bouffer par un piège de ce genre. Tu as changé ton fusil d'épaule ?

– Ce n'est pas ça. » Je me suis tourné vers Helikaon. « Écoutez, je ne suis plus au courant de rien. Je sais que vous avez gardé vos contacts. Que se passe-t-il ? »

Helikaon a siroté son thé un moment, puis il a haussé les épaules. « Ça fait quelques années que ça menace. Les mages de l'Ombre veulent monter en grade. » Il a brandi l'index pour prévenir toute remarque de ma part. « Je sais qu'ils sont déjà haut placés. Mais ils en veulent plus. Siéger au Conseil. »

Je l'ai dévisagé, interloqué. « Au *Conseil* ?

– Ce n'est pas nouveau, mon garçon. » D'un geste évasif, il a désigné le décor en contrebas. « Le Conseil est divisé, comme d'habitude. Il y a ceux qui sont prêts à céder, et ceux qui ne veulent rien changer. Les Ombres finiront sans doute par obtenir gain de cause. Vu leur nombre.

– Comment ça ?

– Ils recrutent. De manière plutôt agressive. Ils ont réussi à retourner certains mages. Quant aux autres…

– Je sais ce qui arrive à ceux qui résistent, ai-je rétorqué, impassible.

– Ils sont nombreux, mais pas unis. Tout est là. » Helikaon a tendu le bras en direction du sud. « Cette relique contient un artefact des Précurseurs, et un gros. Le mage de l'Ombre qui mettrait la main dessus pourrait facilement devenir leur chef. Il aurait plus de pouvoir que n'importe quelle faction du Conseil. Le Conseil la veut lui aussi, pour l'utiliser comme monnaie d'échange. Ils ont tous besoin d'un voyant, pour entrer dedans. » Helikaon m'a désigné du doigt. « Ils préféreraient te voir mort plutôt qu'en train d'aider l'autre camp. C'est pour ça que je suis venu me percher ici. Tu devrais en faire autant. »

Nous sommes restés assis un moment en silence. « Elle fait quoi, cette relique ? ai-je fini par demander.

– Aucune idée. Les sorts de protection sont trop lourds. Le Conseil doit savoir, mais je ne suis pas allé poser la question.

– C'est donc ça que veulent Cendre et Khazad. »

Helikaon a secoué la tête. « Ils sont les muscles, c'est tout. Quelqu'un d'autre leur donne des ordres. »

Je me suis remémoré la femme masquée que j'avais vue quelques heures plus tôt. Bizarrement, j'étais persuadé que c'était elle qui était aux commandes. « Maintenant que tu sais, a ajouté Helikaon, interrompant le cours de mes pensées, tu vas faire quoi ?

– Je l'ignore », ai-je répondu après une pause.

Helikaon a eu un petit rire ironique. « Quelle tête de mule. Tu vas quand même au bal. Je vais te dire ce qui va se passer, avec cette relique : la Lumière et l'Ombre vont se battre et s'entre-tuer pour elle. Ils vont se servir de leur magie sophistiquée pour se décimer les uns les autres jusqu'à ce qu'un camp l'emporte. Et ensuite, tout continuera comme avant. » Helikaon s'est tu un instant. « Qu'est-ce qui t'arrive, Alex ? »

Je n'ai pas répondu. « Quand tu es venu me trouver, je t'ai prévenu : "Oublie la vengeance. Garde tes distances." Tu m'as écouté, à l'époque. Et voilà que tu t'impliques. Tu es plus intelligent que ça.

– Peut-être que j'en ai assez de ne pas m'impliquer. » J'ai relevé les yeux. « Et vous alors ? Vous n'avez pas d'amis, de famille ? Vous n'avez rien à défendre et à protéger ?

– Ça t'arrive, de m'écouter ? a répliqué Helikaon en me toisant. Tu te souviens de ce que je t'ai dit, à notre première rencontre ? Tout ce que tu laisses entrer dans ta vie, tu dois être prêt à l'abandonner dans les dix secondes, pour ne jamais le revoir. Tout le reste, *sans exception*, te tire vers le bas. Tu me demandes si je n'ai rien à défendre ? Non, Alex, sinistre imbécile, je n'ai rien. C'est pour ça que je suis encore en vie à quatre-vingt-trois ans. Tu crois que tu m'aurais trouvé, si je n'avais pas été d'accord ? Dès que tu seras reparti, j'en ferai autant. Tu ne me reverras pas tant que cette histoire ne sera pas réglée. »

Le silence s'est étiré entre nous. « C'est dur, de vivre comme ça, ai-je dit pour conclure.

– Tu croyais que la vie était censée être facile ? »

J'ai terminé ma tasse avant de la reposer sur un caillou. « Merci pour le thé. »

Helikaon n'a pas répondu, et je l'ai laissé là. Le pégase est venu me saluer en trottant, et je lui ai tapoté l'encolure une dernière fois. « Au revoir, Thermopyles. » Puis j'ai récupéré dans ma poche la pierre portail qui devait me ramener chez moi.

Lorsque j'ai fait la connaissance d'Helikaon, c'était juste après l'ultime épreuve de force avec Tobrouk. À l'époque déjà, Helikaon était un maître, capable de réaliser avec la magie divinatoire des choses que je n'aurais jamais crues possibles. J'ai plus appris de lui que de quiconque – la maraude, la prescience, la vision projective –, mais le point crucial, c'est la *façon* dont il m'a enseigné à employer mes pouvoirs. Quand je l'ai rencontré, je bouillais de terreur et de colère, après l'enfer que j'avais traversé dans le château de Richard. J'élaborais des plans de vengeance, dans lesquels je retournais tous les tuer. Helikaon m'a montré comment repousser la peur et la fureur, trouver un certain détachement et un peu de paix. Ça m'a sauvé la vie, je le sais aujourd'hui. Si j'y étais retourné, je serais mort. M'enfuir et rester à l'écart, me faire oublier de tous, c'était le seul moyen de survivre, et c'est ce que j'ai fait.

Mais, en dépit de tout ce qu'Helikaon m'a apporté, nous ne sommes jamais devenus maître et apprenti, et à présent je me rappelle pourquoi. Il y avait une certaine froideur en lui, une distance qui me révulsait autant que je l'enviais. Je savais que cette manière qu'il avait de tenir les autres en respect était la clef de cette clarté de vision avec laquelle je ne pourrais jamais rivaliser, et je ne me résous toujours pas à l'adopter. Je me suis fait des amis : Arachné, Brise Stellaire, Luna. Suis-je pour autant un moins bon devin que lui, ou y ai-je aussi gagné quelque chose ?

Le temps que je revienne à Hampstead Heath, le soleil était descendu à l'ouest et embrasait le ciel. Je me suis adossé au grand chêne pour réfléchir, tout en contemplant les branches au-dessus de moi. Elles rougeoyaient au soleil couchant, contrastant vivement avec le ciel bleu. La terre était encore tiède des rayons de la journée et la lande glissait lentement dans le silence, à mesure que les derniers promeneurs quittaient les lieux.

Pour la première fois, j'ai envisagé sérieusement d'écouter les conseils d'Helikaon. Et si je suivais son exemple et prenais le large ? Je serais à nouveau en sécurité, comme depuis que je m'étais échappé du château de Richard…

Vraiment ?

J'ai sursauté, me demandant d'où venait cette pensée. J'étais bel et bien en sécurité depuis des années. Je m'étais tenu à l'écart des autres mages, sans me faire remarquer. Je n'étais plus en danger. Si je décidais de partir, rien ne changerait.

Mais alors même que je m'imaginais tournant le dos à cette histoire, j'ai su que je ne le ferais pas. Lorsque j'étais dans la détresse, Lyle et le reste du Conseil m'avaient abandonné. Fuir maintenant reviendrait à faire subir le même sort à Luna. J'ai balayé mes derniers doutes avant de tendre le bras pour ouvrir l'arbre.

Faire se rencontrer deux personnes qu'on connaît représente toujours un risque. On ne peut pas être certain qu'elles s'entendront, surtout quand l'une d'entre elles est un être humain et que l'autre ressemble à l'héroïne d'un film d'horreur à gros budget. J'étais donc plutôt nerveux, à l'approche de la grotte d'Arachné. Je ne pouvais m'empêcher d'envisager tout ce qui aurait pu mal tourner : Luna prise d'une crise de panique, s'enfuyant seule ; ou bien Arachné perdant son calme et mettant Luna dehors. Jusqu'ici, Luna tenait vaillamment le coup, mais ça faisait beaucoup à intégrer, en si peu de temps. Et si devoir rester seule avec Arachné avait été le choc de trop ?

Perdu dans mes pensées, je n'ai pas reconnu tout de suite le son qui montait de l'antre. Quand j'ai fini par comprendre, j'ai ralenti le pas, perplexe, puis je me suis décidé à entrer.

La voix de Luna paraissait lointaine, pourtant il n'y avait pas de doute : elle riait. Je ne la voyais pas, mais elle se trouvait vraisemblablement dans l'une des petites alcôves, au fond à gauche dans l'atelier. Au centre, Arachné s'affairait autour d'une table. « Là, tu vois ? » a-t-elle dit. Elle travaillait sur une robe blanc et vert, dont elle modifiait la coupe. Elle taillait et cousait avec quatre de ses pattes à une telle célérité que je n'arrivais pas à suivre ses mouvements. « Je crois que ta première intuition était la bonne : les couleurs claires te vont beaucoup mieux au teint. J'ai eu la main plus légère sur le vert, tu veux bien refaire un essai ?

– D'accord ! s'est exclamée Luna, à l'autre bout de la caverne. Mais j'aime aussi beaucoup la rose.

– Il est vrai qu'elle met ton teint en valeur… Je la garde de côté, au cas où. Oh, bonjour, Alex.

– Salut. » Une pile de robes reposait sur le sofa le plus proche des alcôves d'essayage. « On n'a pas chômé, à ce que je vois.

– Salut, Alex ! a lancé Luna à travers le rideau, d'une voix assourdie, comme si elle était en train d'enfiler un vêtement. Tu as vu ces habits ? Ils sont fantastiques ! »

J'ai adressé un grand sourire à Arachné. « Même l'arachnophobie ne fait pas le poids face au shopping, pas vrai ?

– Ne sois pas grossier, je te prie », a riposté Arachné en traversant la salle en crabe pour passer la robe par-dessus le rideau. Les bras nus de Luna sont apparus pour s'en saisir. « Voilà, ma chère. Jette un coup d'œil aux deux pendant que je m'occupe d'Alex. » Arachné a tiré le rideau d'une autre alcôve d'essayage. « À présent, Alex, avant que tu enfiles ces créations, je veux que tu me promettes d'en prendre *soin*.

– Bien sûr.

– Je suis sérieuse. Tu les accrocheras convenablement, tu les feras nettoyer dans une de ces boutiques étranges, comment les appelle-t-on déjà ?

– Les pressings.

– Et tu veilleras à ce qu'elles ne soient ni lacérées, ni dissoutes, ni mâchées, ni brûlées.

– Ça n'est pas arrivé si souvent que ça.

– Oh, vraiment ? Et la première tenue que je t'ai faite ?

– C'était il y a *dix ans* ! Et si c'était moi qui n'étais pas revenu, plutôt que les vêtements, est-ce que tu l'aurais seulement remarqué ?

– C'était une garde-robe complète. Parmi mes plus beaux modèles. Avec quelques retouches, ils pourraient toujours faire l'affaire…

– Écoute, tu sais ce qui s'est passé, là-bas. Je ne pouvais vraiment pas retourner les chercher.

– Et l'ensemble que je t'avais confectionné, pour la Grande Course des licornes ? As-tu la moindre idée de la difficulté qu'il y a à faire partir les taches de sang, sur la soie ? Et puis les robes de cérémonie pour le rituel d'intronisation. Tu m'avais demandé qu'elles soient peu inflammables, et elles l'étaient. Je t'avais même dit jusqu'à quelle température elles pouvaient tenir. Et alors…

– Je n'avais pas dit *peu* inflammables mais *ininflammables*. De plus, ce petit souci avec l'élémentaire de feu n'était pas ma faute.

– De quoi vous discutez, tous les deux ? a demandé Luna de derrière son rideau.

– De rien, avons-nous répondu en chœur, avant d'échanger un regard.

– Je pense que ce serait une bonne idée que tu l'emmènes », a suggéré Arachné.

J'ai cligné des yeux. Je me posais la même question depuis un bon moment, mais…

« Un bal de mages n'est pas franchement l'endroit le plus sûr, pour une nouvelle recrue.

– Il faudra bien qu'elle apprenne un jour ou l'autre. Et puis, Alex, je pense que tu devrais avoir une discussion avec elle. Tu ne lui rends pas service en la protégeant ainsi. »

Avant que j'aie pu faire préciser sa pensée à Arachné, elle a filé dans ses appartements privés. J'ai haussé les épaules puis suis entré dans une alcôve d'essayage. Là, j'ai examiné la tenue posée sur la table. J'aurais sans doute dû émettre une demande spécifique, au lieu de laisser Arachné se débrouiller toute seule. Tant pis.

« C'était quoi, cette discussion ? » La voix curieuse et assourdie de Luna m'est parvenue à travers les rideaux.

J'ai commencé à me déshabiller. « Arachné est contrariée par l'état dans lequel je lui rends mes vêtements.

– Ça n'arrive pas si souvent, si ?

– Non. » J'ai hésité avant de faire un rapide calcul mental. « Pas *très* souvent. » J'ai refait le compte. « OK, peut-être que si. Mais je ne sollicite son aide que quand je dois rencontrer plein d'autres mages.

– Comme aujourd'hui, par exemple ?

– Ouais, comme… »

Je me suis brusquement concentré sur mon nouveau costume, étalé sur la table. On aurait dit un smoking, mais avec quelque chose d'étrange que je ne parvenais pas à définir. J'ai pris la chemise.

« Alex ?

– Mmm ?

– Est-ce qu'il serait possible que je t'accompagne au bal ? Je ne te dérangerai pas. »

La chemise me causait quelques problèmes. Luna a interprété mon silence comme une hésitation, aussi a-t-elle argumenté. « Parce que si ces gens me cherchent partout, une salle de bal bondée est une bonne solution, non ? Il leur serait difficile de tenter quoi que ce soit, avec tous ces mages autour. Et puis, certains détiennent peut-être des informations. Je pourrais t'aider à découvrir des choses. »

J'ai enfilé le pantalon et brandi la cravate devant moi pour lisser le tissu entre mes doigts. « C'est Arachné qui t'a conseillé de dire ça, pas vrai ? »

Luna s'est tue. J'ai secoué la tête et commencé à arranger le nœud. « Elle t'a vraiment à la bonne, dis donc.

– Et donc, euh…

– Tu peux venir.

– C'est vrai ? » Je percevais l'excitation dans sa voix. « Génial ! »

J'ai à nouveau secoué la tête, sans sourire. La vraie question que j'avais envie de lui poser, c'était pourquoi elle se réjouissait tant de venir. Luna n'était pas idiote : elle mesurait forcément qu'une réunion de mages, c'était plutôt dangereux, comme soirée. Mais ce n'était pas le bon moment pour en discuter.

Un cliquettement m'a averti qu'Arachné était revenue. « Tu es prêt ? » a-t-elle lancé avant d'ouvrir le rideau à la volée pour entrer. Arachné n'a jamais bien saisi le concept d'intimité, chez les êtres humains. Elle m'a jaugé d'un air approbateur. « Bien. »

J'ai pivoté pour me contempler dans le miroir. En l'enfilant, j'avais vraiment eu l'impression qu'il s'agissait d'un smoking. Mais en le voyant… Il avait quelque chose de différent. La silhouette dans la glace était élégante. C'était difficile à expliquer, mais si j'avais vu une photo de moi, j'aurais peut-être eu du mal à me reconnaître.

« Alors ? »

Après un dernier regard, j'ai hoché la tête. « Il me plaît.

– Eh bien, au moins, tu as du goût. » Arachné m'a tendu un ruban blanc. « Accroche-le au revers de ta veste. »

Intrigué, j'ai considéré la bande de tissu. C'était plus qu'un accessoire : j'en sentais rayonner la magie, ainsi que la signature discrète d'Arachné, mais c'était un article passif. « À quoi il sert ?

– Oh, je pense que tu vas vite le deviner par toi-même. » Elle s'est rapprochée de la cabine de Luna et je l'ai entendue lui demander quelle robe elle préférait.

Je suis revenu dans l'atelier. Perplexe, j'ai examiné le ruban en scrutant l'avenir. Bizarrement, j'en reconnaissais la trame, qui m'évoquait de la magie de hasard, mais inversée. Toutefois je n'avais jamais rencontré ce sort en lui-même, à moins que… J'ai écarquillé les yeux, interloqué. *Ouah…*

« Prête, ma chère ? a demandé Arachné. Alex, tu regardes, au moins ? » J'ai levé les yeux juste au moment où une jeune fille émergeait de l'alcôve.

C'était bien Luna mais, pendant un instant, je ne l'ai pas reconnue. Elle portait une robe bustier blanc et vert dont la jupe retombait en volutes jusqu'à lui recouvrir les pieds. À chacun de ses mouvements, l'étoffe moirée chatoyait légèrement, réfléchissant la lumière en reflets vert pâle et blanc neige. Un voile en mousseline vaporeuse recouvrait ses bras et ses épaules nues et elle s'était noué les cheveux avec des rubans blancs, dégageant sa nuque.

« Qu'est-ce que tu en penses ? » a interrogé Luna, un peu nerveuse mais le sourire aux lèvres.

Je l'ai observée pendant quelques secondes avant de répondre. « Pas mal. »

Arachné a reniflé d'un air sarcastique. « Ne l'écoute pas, ma chère. Tu es parfaite. Plus que quelques petites retouches et tu seras fin prête. »

Le temps de dire au revoir à Arachné, le soleil était couché et, en quittant sa tanière, j'ai vu les premières étoiles s'allumer dans le ciel d'un noir d'encre. Le fond de l'air s'était rafraîchi ; autour de nous, Hampstead Heath était calme. « Tu t'es bien amusée ? ai-je demandé tandis qu'on pénétrait dans le ravin.

– Je me suis bien amusée », a confirmé Luna en souriant.

En la voyant si ravie, il était difficile de croire que quelques heures plus tôt, elle était terrorisée à l'idée de rester seule avec Arachné.

« Son nom, c'est en hommage à la tisseuse ? Dans la mythologie grecque ?

– Je dirais plutôt que c'est la tisseuse qui tient son nom d'elle. »

Luna m'a dévisagé quelques secondes, puis ses yeux se sont écarquillés. « Mais c'était… il y a combien de temps ?

– Deux, trois mille ans ? » J'ai haussé les épaules. « Je n'ai jamais posé la question. »

Le parc se vidait rapidement de ses derniers visiteurs, et là où nous nous trouvions, dans la partie la plus dense, il n'y avait plus personne. Dans la pénombre, nous avons rejoint une corniche qui menait au cœur d'un bosquet. J'ai sorti mon bâton de verre et récité l'incantation.

« Qu'est-ce que tu fais ? a demandé Luna, curieuse.

– Je nous appelle un taxi. » Je lui ai adressé un grand sourire. « Un élémentaire de l'air du nom de Brise Stellaire. Sois gentille avec elle. »

Brise Stellaire devait être tout près, car j'avais à peine terminé ma phrase qu'elle a surgi devant moi dans un souffle de vent. « Salut Alex ! »

Luna a sursauté en entendant cette voix surgie de nulle part, et Brise Stellaire l'a immédiatement montrée du doigt. « Ooh ! Qui c'est ?

– Je te présente Luna. Tu veux bien te rendre visible une seconde ?

– D'accord ! »

Luna a de nouveau sursauté lorsque Brise Stellaire s'est matérialisée devant elle. Ce jour-là, elle avait décidé de prendre l'apparence d'une femme d'une trentaine d'années, aux longs cheveux et aux habits de brume. Elle s'est rapprochée en flottant pour examiner Luna avec intérêt, en se concentrant sur sa robe. « Joli.

– Euh, ravie de vous rencontrer », a répondu Luna en reprenant peu à peu ses esprits. Elle a reculé d'un pas et Brise Stellaire s'est enroulée autour d'elle à une vitesse vertigineuse.

« Brise Stellaire, on a besoin d'aller à la tour de Canary Wharf, ai-je annoncé. Tu peux nous y emmener ? »

Brise Stellaire s'est aussitôt immobilisée. « Oh, le bal ! s'est-elle exclamée d'un air réjoui. Je veux y aller ! » Elle a disparu dans une bouffée d'air frais, nous laissant seuls parmi les arbres. « Brise Stellaire ! ai-je hurlé. *Brise Stellaire !* »

Elle a réapparu en un clin d'œil. « Salut Alex ! Ooh ! » Elle a désigné Luna. « C'est qui ? »

J'ai poussé un soupir. « Tu veux bien nous emmener à Canary Wharf ? Tous les deux ?

– D'accord ! » Elle s'est drapée tout entière autour de nous et j'ai senti mon corps commencer à se transformer. Puis, soudain, tout s'est interrompu, et je me suis retrouvé debout sur l'herbe.

J'ai regardé autour de moi, interdit. Ça n'était jamais arrivé jusqu'ici. Brise Stellaire s'était réfugiée à plusieurs mètres de distance et flottait dans l'air en montrant Luna du doigt, l'air contrarié. « Je veux pas l'emmener.

– Pourquoi ? Qu'est-ce qui ne va pas ? ai-je demandé.

– C'est *elle* qui va pas. » Brise Stellaire a eu un frisson. « Fait mal. »

Luna a lâché un soupir. Elle qui était tellement enthousiaste une minute plus tôt s'est rembrunie instantanément. « C'est moi ? Je sais.

– Ça va aller. »

Elle a secoué la tête. « Ce n'est pas grave, j'aurais dû m'en douter. » Elle m'a adressé un petit sourire penaud. « Pars devant. Je t'y retrouve.

– Oh, je pense qu'on peut faire mieux que ça. » J'ai tendu le bras vers elle. « Donne-moi la main. »

Luna a fixé ma main, puis mon visage. « Euh… Qu'est-ce que tu fais, au juste ?

– Arachné est très âgée et très sage. Ta malédiction ne peut l'atteindre. Et en cet instant, elle ne peut m'atteindre, moi non plus. » J'ai soulevé le ruban accroché au revers de ma veste afin qu'elle le voie. « Tant qu'il reste immaculé, je ne risque rien. » Je lui ai souri. « Alors ? Prête ? »

Luna est demeurée immobile un long moment. Lorsqu'elle s'est décidée à parler, c'était d'une voix blanche. « Tu te moques de moi ? »

Je l'ai dévisagée sans comprendre. « Quoi ?

– Je ne peux toucher personne. Tu le sais. Si c'est une plaisanterie…

– Luna ! » J'ai lissé le ruban entre mes doigts. « Arachné a fabriqué ça spécialement pour toi. C'est le même sortilège que ta malédiction, mais inversé. Il l'absorbe. Tant que tu restes à proximité, Brise Stellaire est en sécurité, tout comme moi. »

Le masque de Luna a vacillé, j'ai bien vu qu'elle doutait. Elle s'est tournée vers Brise Stellaire, qui flottait toujours à distance. J'ai de nouveau tendu la main et Luna s'est approchée d'un pas. Je pouvais presque la toucher. Puis elle a été prise d'un frisson et a reculé en secouant la tête. « Non. »

J'ai laissé retomber mon bras le long de mon corps. « Luna, tout ira bien.

– Ne dis pas ça ! Comment peux-tu en être certain ?

– Voyons voir… Peut-être parce que je peux prédire l'avenir ? » Je me suis tu et ai inspiré profondément. Le cynisme ne nous mènerait nulle part. « Je sais que tu ne peux pas voir comment fonctionne ce truc. Mais fais-moi confiance, ça va marcher. »

Elle a de nouveau secoué la tête.

« Écoute, je croyais que tu t'entendais bien avec Arachné ? À l'évidence, elle t'aime bien. Elle ne se serait pas donné autant de mal pour n'importe qui. Tu peux te fier à elle.

– Non.

– Bon sang ! Qu'est-ce que tu comptes faire ? Rester plantée ici toute la nuit ? »

Luna me dévisageait d'un air buté. Ses traits s'étaient durcis, et elle s'exprimait d'une voix ferme. « J'irai par mes propres moyens. C'est à Canary Wharf, c'est bien ça ? Je trouverai le chemin.

– Tu ne peux pas. Tu ne feras pas cent mètres dans Londres avant que Cendre, Khazad et cette femme te mettent le grappin dessus, et ton sortilège ne peut pas te protéger contre un mage de l'Ombre. Alors, contre *trois*, imagine un peu !

– Eh bien, je vais devoir tenter ma chance.

– Ce n'est pas une chance ! Tu seras morte dans les dix minutes si tu sors seule !

– Et toi tu seras mort dans les dix secondes si je te touche ! »

Je me suis tu. Elle m'a fusillé du regard, puis elle a retenu son souffle en mesurant ce qu'elle venait de dire. Elle a fermé les paupières, inspiré à fond et s'est redressée. Lorsqu'elle a rouvert les yeux, elle avait repris son calme. « Merci d'avoir essayé, vraiment. Mais ça ira pour moi.

– Je comprends, ai-je articulé lentement. Tu as peur. »

Luna s'est figée, avant de se ressaisir. « Tout va bien, a-t-elle répondu d'un ton égal. Vas-y avec Brise Stellaire.

– Tu as peur de ce qui se passera. » J'ai lâché un petit rire. « Tu n'as pas à t'inquiéter. Tout ira bien.

– Tu trouves ça drôle ?

– Non. » Je me suis repris. « Écoute, il n'y a rien à craindre…

– Encore une fois, tu n'en sais rien. » Dans sa voix, la panique montait.

« Si, justement.

– Tu ne sais pas tout.

– Sur le sujet, j'en sais assez pour…

– *La ferme !* »

J'ai eu un mouvement de recul, et Luna a fait un pas en avant, l'air assassin. « Tu crois toujours tout savoir. C'est faux ! Tu ignores ce que c'est, tu ne l'as jamais *ressenti*. Arrête de faire comme si tu comprenais ! »

Je l'ai dévisagée, impuissant. Jamais je ne l'avais vue dans un état pareil. Jamais auparavant elle n'avait seulement haussé le ton. « Luna…

– *Arrête !* Arrête de me dire quoi faire ! Je ne veux pas de ton… de ta… » Sa voix tremblait. Elle a dégluti avec difficulté. Je me suis avancé vers elle, mais elle a fait un bond en arrière sans cesser de me foudroyer. « Non ! Ne m'approche pas ! »

J'ai inspiré à fond. Luna luttait pour refouler ses larmes tandis que je me débattais pour trouver les mots. « Luna, ai-je fini par dire, jusqu'ici, tu m'as toujours fait confiance. Fais-moi confiance maintenant.

– Non, ce n'est pas vrai. Enfin, je veux dire… » Elle s'est détournée, s'est passé nerveusement la main dans les cheveux, le souffle court. « Tu ne mesures pas ce que tu me demandes. Je ne peux pas m'approcher, je…

– Quand Arachné dit que quelque chose fonctionne, ça fonctionne. Tu ne me feras aucun mal. »

Elle tremblait comme une feuille. « Alex, il n'y a qu'une façon pour moi de supporter ce que je vis : en me disant que je n'y peux rien. Si je m'autorise à… » Se rendant compte de ce qu'elle disait, elle s'est plaqué la main sur la bouche et m'a fixé, affolée.

En considérant Luna, debout là, seule et apeurée sur cette colline, j'ai fini par comprendre. Je ne pouvais plus ressentir que de la pitié. J'ai tendu la main vers elle. « Luna… »

Mais, reconnaissant l'expression dans mes yeux, elle a fini par exploser. « Ne me regarde pas comme ça ! *Ne sois pas désolé pour moi !* » Elle a reculé. « Je ne vais plus au bal. Je ne veux pas être avec toi. Laisse-moi tranquille ! »

J'ai tenté de garder mon calme. « Tout va…

– *La ferme !* a-t-elle hurlé. J'en ai marre de toi et de ta magie *débile*. J'en ai marre que tu joues les monsieur-je-sais-tout. Je ne veux plus que tu m'enseignes quoi que ce soit. *Fiche-moi la paix !* »

À ce stade, vous avez dû saisir que je ne suis pas le type le plus tolérant de la terre. J'ai une résistance très limitée aux conneries qu'on peut me raconter, et je déteste tout particulièrement me faire balader par ceux que j'essaie d'aider. C'est sans doute l'une des raisons pour lesquelles je n'arrive pas à avoir de petite amie, mais c'est un autre sujet. La partie raisonnable de mon cerveau savait que Luna se comportait ainsi pour me faire perdre mon sang-froid. Le problème, c'est que ça marchait très bien. J'ai inspiré à fond, serré et desserré discrètement le poing gauche pour me calmer. J'ai même réussi à garder un ton égal. « Que ce soit bien clair : je ne t'abandonne pas ici avec une bande de mages de l'Ombre à tes trousses.

– Ce n'est pas à toi de décider !

– Si, figure-toi ! ai-je aboyé. Ce n'est pas parce que tu te comportes comme une idiote que je vais te laisser te faire tuer.

– Essaie de m'en empêcher, pour voir. » Luna avait les yeux exorbités et la respiration rapide. Elle se tenait à quelques mètres de moi, me tournant à demi le dos, prête à fuir. Il s'en fallait de peu qu'elle se mette à courir, et j'avais la désagréable impression que, dans son état, elle serait bien capable de me semer. J'ai respiré lentement et me suis immobilisé. « Tu sais quoi ? » J'ai contracté les muscles des jambes. « Tu l'auras voulu. »

Je me suis jeté sur elle à une telle vitesse qu'elle n'a eu que le temps de pousser un petit glapissement. Elle a tenté de se dégager, mais je lui tenais le poignet d'une main et lui entourais les épaules de l'autre. Et alors, je me suis retrouvé dans le champ de sa malédiction. Pour ma vision de mage, le sortilège de Luna est une brume gris argenté qui la suit comme un nuage. Sitôt que je me suis approché d'elle, la brume s'est étirée dans ma direction en projetant ses tentacules affamés. Si je n'avais pas eu une telle confiance en Arachné, jamais je n'aurais eu le cran de tenter le coup.

Mais les tentacules n'ont pas atteint mon corps. Au contact de mes vêtements, ils se sont incurvés vers le bas, happés par le ruban comme l'eau par une éponge. La nuée argentée se déversait en flot continu de Luna pour glisser sur mes vêtements comme des gouttes sur le plumage d'un canard. Le ruban l'absorbait, et j'ai vu ses rebords commencer à noircir, mais à ce stade je n'étais plus trop en état de me concentrer.

J'ai une tête et vingt-cinq kilos de plus que Luna, ainsi qu'une bonne dose d'expérience, aussi avais-je cru que je la maîtriserais sans difficulté. C'est là que j'ai appris à mes dépens que tenter d'immobiliser une jeune fille de vingt-deux ans, active, en bonne santé et très décidée à se libérer, revenait en quelque sorte à essayer de donner un bain à un chat. La bataille rangée a duré trente secondes, à coups de griffes, de coudes et de genoux.

Quand la tension est retombée, je maintenais Luna un bras tordu dans le dos et j'avais le bras droit en travers de son cou, juste assez serré pour la retenir sans lui comprimer la gorge. De sa main libre, elle s'agrippait à mon épaule pour se dégager, tandis que Brise Stellaire observait la scène à quelques mètres de là, absolument fascinée. Visiblement, elle s'amusait comme une petite folle.

« Très bien », ai-je réussi à articuler. Luna me plantait son coude dans le ventre, ce qui me coupait quelque peu la respiration. « Arrête d'essayer de m'arracher le bras et écoute-moi. »

Elle a continué à tirer dessus quelques instants, avant de se relâcher d'un seul coup, le corps mou, toute tremblante.

« C'est mieux », ai-je commenté. Luna détournait la tête, aussi ai-je dû lui parler à l'oreille. « Premièrement, ta malédiction ne me touche pas. Tu dois bien t'en rendre compte, puisque je te tiens actuellement contre moi et que je n'ai pas été percuté par une météorite. Maintenant, on va à ce bal. Une fois là-bas, tu pourras faire ce que bon te semblera. Mais d'ici là, je ne te lâche pas. C'est compris ? »

Il y a eu une longue pause. « Oui, a fini par répondre Luna d'une voix étouffée.

– Très bien. Brise Stellaire ? Emmène-nous au bal.

– Mal, a répondu Brise Stellaire d'un ton dubitatif.

– Ça va aller. Elle ne te fera pas de mal.

– Bon… » Brise Stellaire a pris un air réjoui. « D'accord ! »

Elle s'est remise à tourbillonner autour de nous, et mon corps s'est à nouveau dissous dans l'air. Des filaments épars du sortilège frôlaient encore Brise Stellaire, mais l'essentiel était aspiré par le ruban, et très vite nous nous sommes mis à flotter.

Luna a poussé une exclamation de surprise. Nos corps métamorphosés en courants d'air se sont écartés l'un de l'autre. Je lui tenais toujours la main, mais on aurait dit du verre glissant. Si elle s'était dégagée, je n'aurais pas pu la retenir, mais c'est *elle* qui s'accrochait désormais à moi, les deux mains resserrées en étau autour de la mienne. Brise Stellaire a décollé et le sol est rapidement devenu flou, au fur et à mesure de notre ascension.

Je crois que je n'oublierai jamais ce vol. Il avait quelque chose de primal, un mélange d'ivresse et d'anticipation. Nous quittions le danger et allions vers lui, mais dans ce moment suspendu nous étions libres. Oublié, le combat, abandonné sur la terre ferme. J'avais volé de nombreuses fois avec Brise Stellaire, mais jamais en partageant cette expérience avec quelqu'un d'autre.

Londres de nuit est un spectacle éblouissant. Contrairement à celles de nombreuses villes disposées en damier, les rues de Londres décrivent des circonvolutions, et toutes sont jalonnées de réverbères. Les parcs dessinent des taches d'ombre et les routes principales des rivières étincelantes. La Tamise est un serpent noir qui traverse le centre en ondulant et dont les berges sont illuminées par les immeubles qui la bordent ; les bateaux, les péniches et les ponts pointillent ses eaux obscures de lumières. Au-dessus, les étoiles scintillaient dans le ciel sans nuages, Orion et Cassiopée veillaient sur nous. Brise Stellaire volait de plus en plus haut, accroissant la distance entre nous et l'agitation de la ville.

À un moment, je me suis arraché à la contemplation de la cité illuminée pour regarder Luna. Son visage était brumeux et transparent et elle aussi s'extasiait devant ce spectacle. Je ne distinguais que ses yeux, qui avaient pris une dimension intemporelle, telles des étoiles lointaines. Seule la pression de ses mains sur la mienne me prouvait qu'elle était encore là.

Lorsque Brise Stellaire a amorcé la descente en décrivant des cercles, j'ai ressenti un violent déchirement. Les gratte-ciel des Docklands sont apparus en contrebas, grossissant à vue d'œil. Nous les avons dépassés avant de piquer entre les tours d'acier et de verre. Le sol s'est précipité à notre rencontre puis s'est subitement immobilisé, et Brise Stellaire nous a déposés sur la pierre comme sur un édredon. Devant nous se dressait Canary Wharf.

6

Le nom officiel de la tour au centre des Docklands est One Canada Square, mais tous les Londoniens l'appellent Canary Wharf. C'est le plus haut gratte-ciel de Grande-Bretagne, il mesure deux cent trente-cinq mètres de haut et est coiffé de deux projecteurs stroboscopiques. Symbole de l'argent et du pouvoir, la tour domine la ligne des toits de la ville. Officiellement, tout l'espace est consacré aux bureaux, et comme elle n'est pas ouverte au public personne n'a jamais démenti. Brise Stellaire nous avait déposés au cœur d'un petit parc au pied de Canary Wharf, sous le couvert des arbres. En consultant l'avenir, j'ai repéré d'autres couples sur l'esplanade se dirigeant vers cet obélisque de lumière éclatante. Je me sentais vivant et aux aguets, en état d'alerte maximale. J'avais du pain sur la planche.

À mon côté, Luna avait levé la tête vers la tour. On aurait dit qu'elle avait pleuré, mais le vent avait séché ses larmes et l'expression de son visage était indéchiffrable. J'ai attendu de voir si elle allait parler, mais elle a simplement baissé les yeux et eu un frisson, avant de resserrer son châle autour de ses bras nus. Canary Wharf se trouve au milieu d'un méandre de la Tamise et un vent froid soufflait du fleuve.

« Allons à l'intérieur, ai-je suggéré.

– Ça va », a répondu Luna en grelottant.

J'ai soupiré intérieurement, passé le bras autour des épaules de Luna et l'ai guidée vers l'entrée. Elle n'a pas résisté. « Il y a plusieurs salles, ai-je expliqué. Je vais te trouver un endroit sûr. »

Elle a secoué la tête sans un mot. Je me suis tourné vers elle. « Qu'est-ce qui ne va pas ?

– Je viens avec toi.

– Quoi ? »

Elle ne m'a pas regardé et j'ai levé les yeux au ciel, me retenant juste à temps de prononcer des paroles qui n'auraient fait qu'aggraver la situation. Il avait d'abord fallu que je la traîne jusqu'ici, et à présent elle refusait de partir. Bon sang, je suis capable de *prédire l'avenir*, et pourtant les femmes demeurent un mystère pour moi. « Très bien, ai-je fini par répondre, après avoir repris mon calme. Tu t'apprêtes à entrer dans un lieu où la connaissance est une source de pouvoir. Ne révèle rien te concernant. Ne te présente même pas, si tu n'y es pas forcée, et par pitié ne dis à personne ton nom de famille. Les mages classent les gens en deux catégories : les autres mages et les moutons. Le simple fait que tu te présentes ici prouve que tu ne fais pas partie des moutons. Mais tout va dépendre de la manière dont ils te percevront, et ils vont te juger à chaque seconde. Les gens que tu vas rencontrer ne sont pas tes ennemis – du moins, pour la plupart –, mais ils ne sont pas tes amis pour autant. Ne baisse pas la garde un seul instant. »

Une bourrasque tiède m'a ébouriffé les cheveux. J'ai aperçu Brise Stellaire au-dessus de moi, redevenue invisible. « Tu restes ? » lui ai-je demandé.

Brise Stellaire a désigné la tour d'un air ravi. « Un autre homme-éclair ? »

Luna s'est tournée vers moi, puis vers Brise Stellaire. Elle ne la voyait toujours pas mais semblait deviner sans mal où se tenait l'élémentaire de l'air. « Un homme-éclair ?

– Ne pose pas de questions. »

Brise Stellaire a tourbillonné au-dessus de nos têtes et Luna l'a contemplée un moment. « Parce qu'elle compte sur toi pour mettre de l'ambiance ? »

Merci pour le compliment. « Vu le genre d'ambiance qu'elle apprécie, j'espère que non.

– Pas toi ! a gazouillé Brise Stellaire en désignant Luna. Elle. Ooh. » L'élémentaire a regardé vers le haut et son visage s'est illuminé. Elle a disparu dans le ciel nocturne sans nous laisser le temps de prononcer un mot de plus. Luna et moi avons échangé un regard avant de reprendre le chemin de la tour.

Le hall d'entrée, pavé de marbre italien, était très spacieux et un murmure constant de voix résonnait en fond sonore. Un adolescent s'est dirigé vers nous. « Bonsoir, nous a-t-il salués d'un ton poli. C'est pour le bal ? »

Je lui ai tendu mon invitation et, après une vérification rapide, il a annoncé : « Merci. Ascenseur du fond, dernier étage. »

J'ai repris le carton avec un hochement de tête et me suis dirigé vers le coin de la salle. Après l'avoir dévisagé d'un air curieux, une fois à bonne distance, Luna m'a demandé à l'oreille : « C'était qui ?

– Un apprenti, ai-je répondu à voix basse. Moi aussi j'ai accompli ce genre de tâches, à une époque. »

Dans la cabine, les chiffres des étages allaient jusqu'au 45. J'ai appuyé sur celui du haut et les portes ont coulissé dans un chuintement. L'ascenseur s'est mis à monter avec un ronronnement puissant, et je savais qu'il nous faudrait moins d'une minute pour arriver.

J'ai mis Luna en garde. « Certains des invités seront des mages, d'autres des initiés ou des parasites. N'aie l'air ni surprise ni choquée, quoi que tu voies. » Après une pause, j'ai ajouté : « Prête ? »

Elle a opiné. « Prête.

– OK. C'est parti pour le grand jeu. »

Les portes se sont ouvertes sur un groupe de quatre balèzes en smoking qui nous ont immédiatement scrutés des pieds à la tête. Celui de devant a demandé à voir mon invitation, et cette fois-ci le contrôle était plus serré. Ces formalités effectuées, il a hoché la tête. « Merci. Bonne soirée. »

À quelques mètres, deux portes à double battant ouvertes laissaient échapper de la lumière et des voix. Nous sommes entrés.

La salle était immense, et le plafond très haut avec des coins en biais. Un double balcon faisait le tour des murs en retrait, si bien que les invités qui y déambulaient étaient dissimulés par les rambardes. Au centre se dressait une colonne équarrie qui montait jusqu'au toit. Suspendus sous les passerelles qui reliaient la galerie du haut aux niveaux supérieurs, des lustres faisaient écho aux innombrables appliques fixées aux murs. Toutes les surfaces de verre et d'acier réfléchissaient la lumière, si bien qu'il faisait aussi clair qu'en plein jour. Il nous a fallu cligner plusieurs fois des paupières pour que nos yeux éblouis s'adaptent.

Il y avait du bruit partout, les voix de centaines de personnes qui grouillaient à cet étage, mais aussi au-dessus. Hommes et femmes flânaient, discutaient, dansaient ou observaient la scène, remplissant tout l'espace. Le vestibule était légèrement surélevé et, de là où nous nous trouvions, nous avions vue sur la foule tout entière. D'un côté, un orchestre jouait sur une estrade et sur la piste une cinquantaine de convives dansaient, sous le regard d'autant de spectateurs. Dans un coin, une zone réservée au jeu avait été aménagée, avec échiquier des mages, pistes de duel et autres distractions. Près de la colonne centrale un buffet avait été dressé et, à l'arrière-plan, je distinguais la lueur grisâtre d'une arène à sphères, suspendue en l'air.

Nous sommes restés là une minute, à observer. Personne ne semblait encore se préoccuper de nous. Ça n'allait pas durer.

« Bon », ai-je lancé en prenant Luna par le bras. Elle a grimacé et a eu le réflexe de se dégager, mais je lui ai souri et elle s'est apaisée. « Allons un peu attirer l'attention. »

Nous avons descendu l'escalier pour rejoindre la salle et Luna s'est placée à côté de moi pour resserrer les rangs. À la dérobée, j'ai jeté un coup d'œil au ruban d'Arachné. Il avait noirci sur un quart de sa longueur, et l'ombre gagnait lentement à mesure que le tissu aspirait la brume argentée.

J'ai guidé Luna vers l'orchestre et la piste de danse. Nous avons croisé des hommes et des femmes qui déambulaient en discutant, tous vêtus de tenues de soirée merveilleusement coupées. Dans mes vêtements habituels, j'aurais franchement fait tache, alors que dans les habits d'Arachné nous étions parfaitement dans le ton. Arachné prétend se moquer de la mode, pourtant elle est toujours à la pointe. La plupart des hommes portaient des smokings, comme moi, et les femmes des robes qui… des robes, quoi. J'aurais été bien incapable de faire la différence entre deux modèles. Et puis, je suis un mec, OK ? Si je vais trouver Arachné quand je veux être classe, ce n'est pas par hasard.

L'orchestre, un quatuor à cordes, jouait une valse rapide et entraînante. « Tu danses ? » ai-je proposé à Luna en arrivant sur la piste.

Elle a décliné. « Non, merci.

– Génial. » Je l'ai attirée vers moi.

« Alex ! » a-t-elle protesté en haussant la voix. Des gens se sont retournés et elle a poursuivi en chuchotant. « Je ne sais pas…

– Détends-toi. » J'ai pris sa main droite dans ma main gauche et l'ai légèrement relevée. « Moi, je sais.

– Je n'y arriverai pas !

– Suis-moi, c'est tout. Pose ton autre main sur mon épaule. » Je l'ai fait moi-même. « Là. Commence sur le pied gauche. Et un, et deux…

– Je ne peux pas !

– … et trois. » J'ai mené la danse. Luna a failli trébucher puis s'est redressée en s'accrochant désespérément à moi tandis que nous glissions au milieu de la foule.

Je n'en ai pas l'air comme ça, mais je suis un très bon danseur, depuis mon apprentissage avec Richard. Je n'ai pas eu beaucoup d'occasions de pratiquer, depuis, mais c'est comme le vélo, ça ne s'oublie pas. Le bon côté, quand on est un homme, c'est que si on se débrouille bien avec les pas, on peut facilement guider une fille, même si elle n'a aucune idée de la façon de s'y prendre. Je m'en suis tenu aux rudiments, tout en scrutant la salle en quête de visages connus. Il y en avait peu. Je suis rarement invité dans la haute société, et les mages présents au bal faisaient partie de l'élite.

Il n'y avait pas seulement des mages, bien sûr. Beaucoup n'étaient que des initiés, peut-être même moins que ça. Certains étaient ensorcelés et se réveilleraient le lendemain matin avec juste l'impression d'avoir rêvé.

Et enfin il y avait les apprentis, ou même les esclaves, obéissant aux moindres caprices de leur maître.

Mais voilà le piège : il est impossible de déterminer d'après l'apparence de quelqu'un s'il est ou non un mage. Certains aiment le faire savoir, mais les plus intelligents évitent en général de révéler leur pouvoir et choisissent leur moment pour se dévoiler. Naturellement, en considérant une foule de ce genre, il est facile de repérer ceux qui attirent l'œil – cette femme avec sa robe de plumes blanches dévoilant par endroits sa peau pâle, ou encore cet homme entièrement vêtu de rouge avec une canne à tête de serpent – mais, le plus souvent, ceux qu'il faut surveiller sont ceux qu'on ne *voit pas*.

La musique a glissé vers une mélodie plus lente et Luna a semblé comprendre enfin qu'elle n'allait pas tomber, aussi a-t-elle desserré un peu son emprise sur mes bras. Dans le creux de ma paume posée dans son dos, j'ai senti ses muscles se décrisper. « On s'amuse, pas vrai ? » lui ai-je chuchoté à l'oreille. La brume tournoyait toujours autour d'elle, mais le ruban en protégeait les autres danseurs.

« Tu me le paieras très cher, a-t-elle menacé, hors d'haleine.

– Je vais prendre ça pour un oui.

– Est-ce que tout le monde nous regarde ?

– Yep. Oh, ne te raidis pas, tu commençais juste à te détendre. »

Elle m'a planté ses ongles dans le bras. « Pourquoi ils me fixent tous ? m'a-t-elle glissé à l'oreille.

– Ils se demandent sans doute où tu as trouvé cette robe.

– Alex ! » Elle a tenté de me frapper de sa main libre et a failli trébucher.

« Tut-tut-tut. Tu ne voudrais pas tomber. »

Elle a lâché un grognement qui ressemblait à un rire étranglé.

« On est nouveaux, ai-je répondu en reprenant mon sérieux. Ici, tout le monde observe tout le monde. Il doit y avoir une bonne centaine de gens qui parlent de nous, là. Ne sois pas surprise si tu te fais aborder dès la fin de cette danse.

– Moi ? Mais pourquoi ?

– Par curiosité. Pour obtenir des informations.

– Je dois dire quoi ?

– Ce que tu voudras, du moment que tu n'en révèles pas trop. Laisse-les avancer leurs propres idées sans les corriger. »

Nous avons refait un tour de piste, nous rapprochant de l'orchestre. Les quatre musiciens étaient des musiciennes. Au premier abord, elles paraissaient normales. Ce n'est qu'en y regardant de plus près que l'on remarquait leurs yeux légèrement vitreux. Nous nous sommes de nouveau tournés vers la foule et j'ai aperçu celui que j'attendais. « Regarde par-dessus mon épaule, ai-je dit en pivotant. Ce type à l'air grec, en costume bleu nuit chic. Celui qui discute avec l'homme en rouge.

– OK. Je le vois. Qui est-ce ?

– Lyle, de son petit nom. C'est le champion du monde des trous du cul. Il est de mèche avec le Conseil.

– Et c'est lui qui t'a invité ?

– Yep. »

On a refait un tour à trois cent soixante degrés. « Tu vas aller lui parler ? a fini par demander Luna.

– Il peut attendre. »

Lyle commençait à jeter des regards exaspérés dans notre direction. La musique s'est interrompue et je me suis écarté en souriant pour adresser un petit salut à Luna. Des applaudissements épars ont résonné.

« C'était… » Luna a marqué un temps d'hésitation. Elle semblait différente – les joues rosies, l'air étonné, et plus vivante que jamais. « C'était la première fois que…

– Je sais. » Je l'ai reprise par le bras pour nous faire sortir de la piste tandis qu'une nouvelle danse commençait. Je n'ai pas daigné me presser. Je savais que Lyle viendrait à nous.

Il s'est détaché de la foule comme par enchantement. « Ah, Alex, a-t-il lancé, mimant plutôt bien la surprise. Content d'être tombé sur toi.

– Salut, Lyle. Merci pour l'invitation.

– Je t'en prie. » Il s'est tourné vers Luna. « Je ne crois pas vous avoir déjà rencontrée ?

– J'espère que tu n'essaies pas de me la voler, Lyle, ai-je répliqué avec un sourire mielleux, avant d'échanger un regard avec Luna. Je te présente Lyle. On se connaît très bien. »

Lyle s'est incliné devant ma cavalière. « Honoré de vous rencontrer. » Il s'est adressé à moi. « Si tu le veux bien, Alex, j'aimerais te dire quelques mots en privé. Barrayar, peut-être pourriez-vous faire visiter les lieux à mademoiselle. »

Un homme qui se tenait patiemment sur le côté s'est avancé d'un pas. Il avait l'air d'un fonctionnaire. « Il va falloir que tu m'excuses, ai-je annoncé à Luna. Je reviens tout de suite.

– Tout va bien, a-t-elle répondu en adressant un sourire à Lyle. Ravie de vous connaître. » Lyle s'est de nouveau incliné, avant de tourner les talons. Je l'ai suivi. Derrière moi, j'ai entendu Barrayar se présenter.

« "Je reviens tout de suite" ? a murmuré Lyle au bout de plusieurs mètres. On dirait que tu n'as toujours pas compris qu'il ne faut pas faire de promesses qu'on ne puisse pas tenir.

– À ta place, je ne ferais pas trop l'effronté, Lyle. » Sur notre passage, des hommes et des couples nous ont dévisagés, d'abord Lyle, puis moi avec plus de curiosité. Lyle était connu, ici. Moi pas. « J'ai accepté de t'écouter, rien de plus.

– Parce que tu t'attends à recevoir une meilleure offre ? »

J'ai souri mollement. « Oh, tu serais surpris du nombre de gens qui s'intéressent à votre relique, ces derniers temps. »

Lyle m'a décoché un regard agressif avant de se détourner.

Des serviteurs en veste blanche, le visage camouflé derrière un masque opaque, se déplaçaient dans la foule pour proposer petits-fours et rafraîchissements. Nous avons dépassé l'attroupement autour du buffet pour nous engager dans un petit escalier menant à une des sorties de la salle. Derrière la porte montait un autre escalier qui tournait abruptement. Nous avons gravi deux étages pour rejoindre un couloir plus étroit, sans aucune décoration. Dans le mur de gauche, des fenêtres donnaient sur le grand vestibule, pourtant la musique et le brouhaha des conversations étaient assourdis. Nous avons débouché sur une porte menant à une antichambre. En entrant, je me suis immobilisé un instant pour observer les silhouettes en face de moi.

Encadrant la porte opposée, se dressaient deux créatures sculptées dans l'or et l'argent. Elles mesuraient plus de deux mètres de haut, avec leurs pattes à trois jointures et leurs deux paires de bras segmentés, armés de glaives de cérémonie aussi hauts qu'elles et d'instruments de métal de la taille de mitraillettes. Elles tournaient la tête vers nous, et leurs yeux d'or à facettes nous dévisageaient en silence. Il s'agissait de *gythka*, des golems mantes religieuses, dont la présence indiquait qu'un membre du Conseil se trouvait ici. Lyle ne plaisantait donc pas.

« Lyle Trahelis », a-t-il annoncé en s'avançant sans un instant d'hésitation. Il m'a désigné d'un geste de la main. « Il est avec moi. » Il s'est approché de la porte puis s'est arrêté pour me jeter un regard. « Dépêche-toi, Alex. Nous n'avons pas toute la nuit. »

Les golems mantes n'avaient pas bougé d'un centimètre depuis notre entrée dans la pièce. Ils continuaient à nous fixer de leurs yeux opaques et indéchiffrables. Lyle se tenait négligemment à l'ombre de deux d'entre eux. Je savais qu'il frimait et je ne sentais aucun danger, mais j'étais sur mes gardes depuis trop longtemps pour apprécier de me sentir exposé. J'avais beau savoir que les gardïens ne me toucheraient pas, l'idée de passer sous leurs lames étincelantes me donnait la chair de poule.

J'ai inspiré à fond et me suis décidé. L'une des silhouettes a vivement tourné la tête pour me scruter. De près, elle dégageait une odeur suave d'huile et de métal poli. Je ne distinguais aucune articulation sur son corps, comme s'il s'agissait d'un insecte entièrement constitué d'argent. Son avenir ne bifurquait pas, formait une ligne imperturbable sans aucun choix. Les *gythka* sont des constructions sans volonté propre, programmés pour obéir inconditionnellement aux membres du Conseil. La rumeur dit qu'ils sont pratiquement indestructibles. Je n'ai jamais vu personne tenter de prouver le contraire. Lyle a poussé la porte et nous sommes entrés.

Sous son haut plafond, la pièce était faiblement éclairée. Une douzaine de fauteuils très espacés la meublaient. Sur tout le côté gauche, une immense baie vitrée donnait sur le grand vestibule. En contrebas, l'arène à sphères et le buffet étaient visibles, et à l'autre bout j'ai aperçu la piste de danse et l'orchestre. La vue était impressionnante, tout était conçu pour observer et s'exhiber devant les invités… Si ce n'est que d'en bas, en levant les yeux, je n'avais vu à cet emplacement qu'un mur comme les autres. Le verre était donc sans tain. On pouvait scruter la foule en toute discrétion.

Cinq personnes se trouvaient déjà dans la pièce, assises dans des fauteuils, mais c'est l'homme situé au centre qui a attiré mon attention. Il avait une cinquantaine d'années, une chevelure blanche qui se raréfiait et des yeux qui se fondaient dans l'ombre. J'avais déjà vu son portrait, mais c'était la première fois que je le rencontrais en personne, aussi m'a-t-il fallu un moment pour mettre un nom sur son visage. Vaal Levistus, membre du Conseil. Il a levé les yeux en nous voyant entrer. « Monsieur Verus. Je me réjouis que vous ayez pu vous libérer. » Il a fait signe aux autres. « Laissez-nous. »

Ils se sont exécutés en silence, non sans me jeter des regards obliques en sortant en file indienne.

Lyle a hésité dans l'embrasure de la porte. « Conseiller ?

– Merci, Lyle. »

Lyle m'a observé une seconde avant de refermer la porte. J'ai entendu un léger cliquetis – j'étais seul avec Levistus. Malgré la vue sur le grand hall en pleine effervescence, une fois la porte refermée, il régnait dans la pièce un silence absolu. À l'évidence, elle était insonorisée. De l'extérieur, on ne pouvait rien voir ni entendre.

Depuis notre atterrissage sur l'esplanade, j'avais régulièrement consulté l'avenir afin d'entrevoir ce qui allait nous arriver, à Luna et à moi, et n'avais constaté aucun signe de danger – du moins, pas dans l'immédiat. Mais dès le passage de cette porte, l'avenir s'était comme disloqué et dispersé en d'innombrables voies possibles, et à présent je comprenais pourquoi.

La divination ne permet de prédire que ce qui est prévisible. Il existe des hasards absolus, tellement aléatoires qu'ils sont insaisissables. On ne peut prédire le résultat d'un lancer de dé car, le temps d'intégrer tous les micro-événements susceptibles d'en infléchir le mouvement et de choisir le futur adéquat, le dé s'est immobilisé. Tout système réellement complexe contient trop de chaos pour être prévu avec certitude : il suit bien des schémas, mais ces derniers ne peuvent être anticipés de manière fiable. Par ailleurs, il existe une autre donnée qui ne peut être prédéterminée : la pensée. Le libre arbitre est l'une des pierres d'achoppement de la magie divinatoire. Si une personne n'a pas fait de choix, alors aucune magie n'est en mesure de voir au-delà du moment présent. On peut percevoir des probabilités, mais ce ne sont que des suppositions, des flashs qui disparaissent aussi rapidement qu'ils sont apparus.

En fouillant le futur dépendant de la décision de Levistus, j'obtenais tellement de réponses qu'il m'était impossible d'en sélectionner une parmi ces dizaines de voies mouvantes bifurquant dans toutes les directions. Certaines paraissaient pacifiques ; d'autres pas. L'homme était dangereux.

Voyant que je ne bougeais pas, Levistus m'a indiqué le fauteuil à sa droite. « Asseyez-vous.

– Et elle ? »

Levistus a levé les yeux vers moi. « Qui donc ? »

Je me suis raclé la gorge. « Vous avez demandé à tous les autres de sortir. » De la tête, j'ai montré le vide, deux mètres derrière Levistus. « Et elle ? »

Il m'a dévisagé longuement d'un air impassible et, pour la deuxième fois en une minute, j'ai eu brièvement la chair de poule. « Treize, a-t-il fini par dire. Visible. »

À l'endroit que j'avais désigné, l'air s'est mis à miroiter avant de prendre forme. Et brusquement a surgi dans le vide une silhouette féminine, transparente et évanescente, aux contours à peine discernables dans la pénombre. C'était un élémentaire de l'air – et, en même temps, pas tout à fait. Les élémentaires normaux ont une aura primale, intemporelle et d'un autre monde. Hormis le fait que son corps était composé d'air, cette femme semblait bien réelle. Elle était grande, avec de longues jambes, et ses cheveux lui tombaient aux épaules. Elle était nue, complètement exposée. Elle paraissait sensuelle, d'une beauté surnaturelle, et j'ai senti mon corps réagir, jusqu'au moment où j'ai vu ses yeux. Ils luisaient faiblement d'un éclat blanc et laiteux, et ils étaient vides. Elle me fixait comme une statue, totalement immobile.

« Intéressant, a commenté Levistus. Comment l'avez-vous détectée ? »

La vérité, c'est que je ne l'avais *pas* détectée. « Secret professionnel.

– Je vois. » Levistus a détourné le regard. « Asseyez-vous. Treize, au coin. »

Sans un bruit, l'élémentaire de l'air a glissé jusqu'à un recoin. J'ai eu un léger frisson en remarquant qu'elle se trouvait initialement juste derrière le fauteuil que m'avait attribué Levistus. J'ignorais ce qu'était cette créature, et elle me terrifiait. Elle pouvait se rendre *absolument* insoupçonnable, tant à mes yeux qu'à ma vision de mage. Si j'avais eu connaissance de sa présence, c'est uniquement parce qu'elle faisait partie des éléments communs à tous les futurs que j'avais entraperçus – et, d'après ce que j'avais vu, ils n'étaient pas plaisants.

Je me suis assis dans l'autre fauteuil, celui à la gauche de Levistus. Ce faisant, j'ai fouillé dans ma mémoire pour rassembler tout ce que je savais de cet homme. Même s'il n'était pas encore haut conseiller, Levistus était considéré comme l'un des membres influents du Conseil, ce qui le plaçait parmi les dix hommes politiques les plus puissants du pays. Si Lyle était l'un de ses agents, c'est qu'il avait progressé plus vite encore que je ne l'avais pensé. Comme la plupart des maîtres du Conseil, Levistus utilisait la magie de l'esprit, mais ce pouvait n'être qu'une rumeur. Au-delà de ça, son tempérament et ses objectifs demeuraient un mystère absolu. Néanmoins, je n'avais jamais entendu dire qu'il avait pour habitude d'employer des devins tombés en disgrâce.

Par la baie vitrée, j'ai observé l'arène à sphères juste en dessous de nous. Les sphères sont un jeu très ancien parmi les mages et deux joueurs entamaient un assaut, l'air très concentré, tandis que se formaient leurs globes de lumière – un jeu noir et un autre blanc. Un attroupement s'était formé sur les marches surélevées qui ceignaient l'arène et les discussions allaient bon train. Les lumières au cœur de la sphère tout comme la foule se mouvaient dans un silence sinistre, du fait de l'épaisseur de la vitre.

« Je pense que vous pourriez m'aider à résoudre un problème », a déclaré Levistus. Il s'exprimait d'une voix cultivée et détachée, sans aucune trace d'émotion. Tandis qu'il parlait, son regard n'était pas sur moi mais scrutait la scène en contrebas. « J'imagine que Lyle vous a communiqué les détails.

– En partie. » Du coin de l'œil je voyais Treize, l'élémentaire de l'air, en train de m'observer.

« La relique contient un artefact des Précurseurs. Je veux que vous le récupériez.

– Contient ? » J'ai réussi à minimiser ma curiosité.

« La relique n'est qu'une unité de stockage. L'artefact se trouve à l'intérieur. »

En bas, dans la sphère, les globes de lumière s'entrechoquaient et s'esquivaient tour à tour. L'un d'eux a filé à toute allure, disparaissant en quittant la sphère, et la foule s'est mise à applaudir en silence. « Si je dois récupérer cet article, j'aimerais en savoir un peu plus à son sujet, ai-je annoncé.

– Ce ne sont pas vos affaires.

– Je suis désolé, conseiller. Je n'accepterai pas cette mission à moins de savoir exactement de quoi est capable cet objet. »

Levistus s'est tourné vers moi. De près, je voyais que ses yeux étaient délavés, d'un gris pâle qui ne laissait rien transparaître. J'ai retenu mon souffle. Tous mes muscles me picotaient. Les futurs qui m'attendaient vibraient et changeaient sans cesse.

Levistus a ouvert la bouche, et alors l'un des futurs a éclipsé tous les autres, en advenant. « Cet artefact est un article connu sous le nom de parque. Il a la faculté de modifier le sort et le cours des événements. En apparence, il s'agit d'une baguette en ivoire, non marquée, d'une trentaine de centimètres de long.

– Je suis certain que vous pourriez mettre la main sur une bonne dizaine de mages du hasard capables de modifier le cours des événements, conseiller. »

Levistus a eu un geste d'agacement, comme pour signifier qu'il n'avait pas de temps à perdre en flatteries. Je n'avais plus parlé avec un mage du Conseil depuis longtemps, mais quand bien même, cette conversation ne prenait pas le tour que j'avais prévu. Les mages de très haut niveau ont tendance à être imbus d'eux-mêmes, friands de compliments et de protocole. Levistus s'en tenait aux affaires. Ce qui le rendait plus accessible, mais aussi plus dangereux. « On parle des parques dans les historiques, reprit-il. Durant les guerres de l'Ombre, les commandeurs en portaient, et on cite des cas où elles auraient fait basculer le cours de batailles entières. C'est la première fois que nous avons l'occasion d'en récupérer une intacte. Il est essentiel qu'elle ne tombe pas entre les mains d'un mage de l'Ombre. »

J'ai hoché la tête lentement. Les souvenirs remontaient. Les guerres de l'Ombre avaient mis fin à la civilisation des Précurseurs. Les témoignages de cette époque n'étaient que fragmentaires, mais il était de notoriété publique que les armes employées avaient été dévastatrices. Si cet artefact en faisait partie, la raison pour laquelle tout le monde le convoitait était évidente.

En bas, les applaudissements muets ont redoublé. Les globes étaient entrelacés et les deux mages manœuvraient pour les déplacer.

« Je pense que cela répond à votre question », a conclu Levistus.

Je restais sur ma faim, mais il était évident qu'il ne comptait pas m'en dire plus. Je n'avais pas envie d'insister, alors j'ai opté pour un sujet moins risqué. « Et pour le paiement ?

– Vous aurez les faveurs d'un membre du Haut Conseil. » Levistus a pivoté pour planter ses yeux gris dans les miens. « Je dirais qu'il s'agit là d'un paiement suffisant.

– Bien que j'apprécie l'offre, conseiller, je préférerais quelque chose de plus tangible.

– La perspective d'empêcher cet article de tomber aux mains de l'Ombre ne vous tente pas ? »

Bon sang, il était doué, ce gars. Il était au courant de mon passé et n'hésitait pas à s'en servir. De plus, il avait raison : si cet artefact était réellement une arme remontant aux guerres de l'Ombre, il était hors de question pour moi de laisser quelqu'un comme Cendre en prendre le contrôle.

Mais ça ne signifiait pas pour autant que j'aimais l'idée de la confier au Conseil. Et j'ai soudain eu le sentiment que Levistus me mettait à l'épreuve. À l'évidence, il savait que je ne portais ni les mages de l'Ombre ni le Conseil dans mon cœur. Mais il se demandait probablement si j'étais plutôt un idéaliste ou un cynique. Et en fonction de ma réponse… J'ai laissé les secondes s'écouler.

« Savoir entre quelles mains il tombe n'est pas ma priorité », ai-je fini par répondre.

Levistus me dévisageait de ses yeux décolorés. « Un mercenaire ? Vraiment ? »

J'ai soutenu son regard. « Oui. »

Il y a eu un silence, puis Levistus a doucement hoché la tête et j'ai senti les futurs s'organiser et une issue se mettre en place. « Le service que je requiers de vous est simple. Vous assurerez à l'équipe d'investigation l'accès à la relique, puis vous en détournerez les défenses afin de récupérer la parque. En échange, vous pourrez choisir parmi les autres articles se trouvant à l'intérieur.

– Comment puis-je être certain qu'il y aura bien d'autres articles ?

– Je peux ordonner d'autres modalités de paiement, si vous le souhaitez. Toutefois… » Il a incliné légèrement la tête. « … je doute que vous ayez réellement l'intention de décliner la possibilité de posséder une relique des Précurseurs intacte. »

J'ai laissé passer un battement de cœur avant d'acquiescer. Dans l'arène, la foule avait grossi et tout le monde semblait fasciné par le spectacle. Un groupe de globes a fusé en décrivant une belle courbe, salué par une salve d'applaudissements insonores d'hommes en smoking et de femmes en robe du soir.

« Et une fois que vous détiendrez la parque, vous me l'apporterez.

– Ne serait-ce pas plutôt le rôle du chef de l'équipe d'investigation ?

– Vous n'avez pas à vous préoccuper du chef, a répliqué Levistus. Je vous emploie pour récupérer cet article. C'est pour cette tâche que vous serez récompensé.

– Mais, d'après le jugement d'Arrancar…

– Le jugement d'Arrancar stipule que les découvertes archéologiques doivent être remises au Conseil. Par conséquent, vous me la remettrez. La destination de cet article est un secret du Conseil. Vous ne révélerez à personne les termes de votre contrat, pas même aux représentants autorisés du Conseil. Si un mage sur place tente de s'approprier l'artefact, il devra être considéré comme un agent de l'Ombre et neutralisé par tous les moyens nécessaires. »

Mon cœur a tressauté avant de repartir à toute allure. Ce que Levistus me demandait de faire était à peu de chose près de la trahison. Et le fait de devoir garder le secret… « L'équipe est-elle au courant de ces mesures ?

– Comme je le disais, vous ne devrez révéler les termes de votre contrat à personne. » Son regard dénué de curiosité ne vacillait pas. « Je pense qu'il est temps pour vous de me donner votre réponse, monsieur Verus. Acceptez-vous les conditions de cet engagement ? Oui ou non ? »

Il me fallait du temps pour réfléchir. « Vous demandez beaucoup.

– C'est pourquoi vous serez généreusement dédommagé. Je répète : oui ou non ? »

J'ai brusquement senti l'avenir se diviser en deux voies. Levistus ne plaisantait pas. Il n'y avait pas de peut-être qui tenait. Et si je répondais non…

J'ai scruté l'avenir et j'ai dû faire un effort surhumain pour ne pas bondir. Si je refusais l'offre de Levistus, Treize, son élémentaire de l'air, me tuerait sur-le-champ dans cette pièce. Elle s'engouffrerait tout entière dans ma gorge et m'étoufferait pendant que je me débattrais en vain. Levistus regarderait la scène d'un air indifférent, ses deux mains jointes par le bout des doigts, tout en gardant un œil sur la foule des invités. Puis Treize transmuterait mon corps en air, effaçant toute trace de son crime et de ma présence ici.

Je suis revenu brutalement au présent et j'ai inspiré à fond. Rien ne bougeait hormis les corps en contrebas, derrière la paroi de cristal. Ils ne se trouvaient qu'à une quarantaine de mètres de moi, et pourtant ils auraient aussi bien pu s'ébattre sur la Lune. En faisant de mon mieux pour garder une expression neutre, j'ai jeté un coup d'œil en biais en direction de Treize. Elle se tenait toujours là, impassible, et j'ai dû retenir un frisson.

J'étais impliqué jusqu'au cou dans une affaire qui me dépassait. Levistus voulait cet artefact pour lui-même et non pour le Conseil, et il avait l'intention de le garder. Glaner des renseignements n'était plus ma priorité. Il fallait avant tout que je sorte d'ici vivant.

« Vous mesurez bien qu'il ne sera peut-être pas possible d'avoir accès à l'artefact ? ai-je fini par faire remarquer.

– Dans ce cas, vous serez dédommagé pour le temps passé, a répondu Levistus. Néanmoins, si l'artefact se révèle accessible, j'entends qu'il me soit livré en main propre, et à personne d'autre. Avec rapidité et discrétion. »

La partie de sphères avait atteint son point d'orgue. La foule contemplait, médusée, les globes noirs et blancs qui tournoyaient à une vitesse étourdissante. « Est-ce que j'aurai… de l'aide ? »

Pour la première fois, Levistus a souri, un petit sourire sec qui n'a pas modifié son regard. « Oh, j'ai de nombreux agents, monsieur Verus. Soyez assuré qu'ils seront là pour veiller à ce que tout se déroule comme prévu. »

Les secondes se sont écoulées en silence. « Eh bien, conseiller, ai-je répliqué, la bouche sèche, vous faites là une offre difficile à refuser.

– Excellent. L'affaire est donc conclue. »

7

En ressortant, j'ai à peine remarqué les lames des golems mantes. Mon cœur tambourinait et, lorsque j'ai atteint le balcon circulaire, les bavardages montant de la salle m'ont fait l'effet d'une musique apaisante. J'ai pressé le pas, vaguement conscient de la présence d'invités autour de moi. Mon seul désir était de mettre le plus de distance possible entre moi et Levistus et son tueur personnel.

J'ai confusément entendu appeler mon nom, mais n'y ai pas prêté attention. Une main s'est posée sur mon épaule et j'ai fait volte-face. Lyle me contemplait d'un air contrarié en fronçant les sourcils. « Tu es sourd ? Il faut que tu… »

La plupart des mages ne s'entraînent pas au combat au corps à corps : ils s'en remettent systématiquement à leur magie. Mais je ne suis pas la plupart des mages. J'étudie les arts martiaux depuis fort longtemps, et bien que je sois loin d'être un maître, je suis *beaucoup* plus rapide que je n'en ai l'air. Au bout de plusieurs années d'entraînement, les mouvements de base deviennent réflexes. J'étais sur les nerfs, et le fait que Lyle m'attrape par l'épaule a suffi à me faire imploser.

Il a percuté le mur derrière lui avec une telle force qu'il en a eu le souffle coupé. Je me suis appuyé contre lui, un bras contre sa gorge, et cette fois-ci je ne me suis pas retenu pour éviter de lui faire mal. « Espèce de salopard, je lui ai sifflé au visage. Tu savais tout, n'est-ce pas ? Si je n'étais pas ressorti de cette pièce, qu'est-ce que tu étais censé faire ?

– De quoi tu parles ? » a hoqueté Lyle. Dans ses yeux, j'ai lu le choc et la peur.

« *De quoi es-tu au courant ?*

– Tu es fou ! Lâche-moi !

– Dis-moi ce que tu savais, Lyle ! Que t'a raconté Levistus ?

– Rien ! » Il avait l'air paniqué et suait à grosses gouttes. « Il avait besoin d'un devin, c'est tout ! Il n'a rien dit de plus !

– *Tu me prends pour un putain d'imbécile ?* Le chien-chien de Levistus s'apprêtait à me *déchiqueter* ! Qu'est-ce que tu allais raconter ? Que j'étais parti faire une petite promenade ?

– Quoi ? Il n'y avait personne d'autre que Levistus dans cette pièce ! »

J'ai planté mon regard dans celui de Lyle et n'y ai vu que de la terreur. Il n'aurait pas dû avoir si peur, et c'est finalement sans grande surprise que je me suis rendu compte qu'au fond Lyle était un lâche. Il jouait les gros durs tant qu'il maîtrisait la situation, mais dès que se profilait un danger réel il s'effondrait. C'est drôle comme parfois c'est un détail ridicule qui vous ouvre les yeux sur les gens que vous connaissez le mieux. J'avais toujours su que Lyle avait une obsession de la sécurité, et pourtant, pour une raison qui m'échappait, je n'avais jamais fait le lien.

Je l'ai lâché et il est tombé en arrière, se recroquevillant dans l'alcôve. « Quel crétin tu es, ai-je dit d'un ton calme. Tu prétends que tu ignorais pour quel genre d'homme tu travaillais ? Ça ne prend pas, Lyle. Tu étais parfaitement au courant. Tu n'as pas eu envie de regarder les choses en face, voilà tout. Comme d'habitude. » J'ai secoué la tête. « Tu n'as vraiment pas changé.

– Je ne vois pas de quoi tu parles. » Il était réellement affolé. Je savais qu'il mentait, et lui aussi.

J'ai tourné les talons. Il y avait sur cette partie du balcon un peu de monde qui s'était arrêté pour regarder. Les curieux m'ont dévisagé au passage. La nouvelle de notre altercation allait se répandre rapidement, mais dans l'immédiat je m'en moquais.

Le balcon du deuxième étage courait sur toute la largeur du vestibule et s'ouvrait sur le côté à l'étage inférieur. Des piliers voûtés soutenaient le niveau supérieur et une rambarde en acier faisait office de garde-fou. Au bout d'un moment, j'ai retrouvé les idées claires et je me suis rendu compte que je redescendais vers la piste de danse, où j'avais vu Luna pour la dernière fois. J'ai poursuivi mon chemin dans l'espoir de l'apercevoir d'en haut, et je me suis bientôt retrouvé à portée de voix de l'orchestre. La musique était captivante et j'ai senti mon pouls ralentir. Je me suis replié dans l'ombre d'un des piliers et, en appui contre la rambarde, j'ai scruté la foule.

Ce faisant, je me suis repassé la scène de mon entrevue avec Levistus. Ce n'est qu'alors que j'ai compris ce qu'Helikaon avait cherché à me dire. Je n'ai jamais aimé le Conseil, mais je n'avais pas évalué jusqu'alors la menace qu'il pouvait représenter. J'avais pénétré dans cette pièce sans mesurer combien la compétition autour de cette relique était violente, et cette imprudence avait bien failli me coûter la vie. Une chose était sûre, j'avais reçu le message. Tous ceux qui convoitaient cet artefact étaient prêts à tuer pour l'obtenir et, si rien ne changeait, j'allais me retrouver pris dans leurs feux croisés.

J'ai senti une présence près de moi et me suis retourné vivement. Un homme se tenait sur le balcon, à quelques mètres à peine. « Monsieur Verus ? » Il avait une voix polie et cultivée. « Puis-je vous parler ?

– Ça dépend de quoi. » Je l'ai étudié. Il portait des vêtements bien taillés mais quelconques. Il était apparemment sans escorte, ce qui pouvait vouloir dire tout et son contraire.

Un léger sourire s'est dessiné sur ses lèvres. « Je crois savoir que vous sortez juste d'un entretien avec le conseiller Levistus. J'aimerais vous offrir mon aide, si vous souhaitez l'accepter.

– Ah ouais ? » Une maraude rapide m'a révélé que cet homme ne représentait pas une menace immédiate. J'ai repris ma position contre la rambarde et me suis remis à chercher Luna du regard. « Je crois avoir reçu toute l'aide que je souhaitais pour un petit moment, merci.

– Je comprends que ce soit votre impression. Toutefois, si vous prenez le temps d'écouter ce que j'ai à vous dire, je crois sincèrement que vous ne le regretterez pas. »

Un énième mage essayant de me soutirer quelque chose était vraiment la dernière chose qu'il me fallait. Mais, pour l'instant du moins, ce type était inoffensif et je n'avais pas de temps à perdre à le repousser. « Très bien. Accouchez. »

Là. Luna se tenait un peu à l'écart de la piste de danse, au centre d'un petit attroupement. Tout le monde souriait et, d'après le langage corporel des convives, l'atmosphère était plaisante. Luna discutait avec une femme en robe rose moirée, qui la dévisageait avec grand intérêt en inclinant légèrement la tête sur le côté. Elle avait l'air de bien s'en tirer et j'ai senti que je me détendais un peu.

Je me suis soudain rendu compte que l'homme était en train de parler. « … seriez intéressé ?

– Pardon. Vous pourriez répéter ?

– Comme je vous le disais, a-t-il repris patiemment, Levistus n'est pas le seul mage du Conseil et ses ambitions ne sont un secret pour personne. Si vous vous inquiétez des termes du contrat passé avec lui, je peux peut-être vous apporter mon assistance. »

J'ai poussé un soupir. « Laissez-moi deviner, au hasard. En échange de cette assistance dont vous parlez, vous ou la personne que vous représentez récupéreriez les articles contenus dans la relique, n'est-ce pas ?

– Nous préférerions voir les artefacts des Précurseurs entre nos mains qu'entre les siennes, c'est exact.

– Je n'en doute pas. » J'ai pivoté pour lui faire face. « Écoutez, monsieur… ?

– Talisid.

– Monsieur Talisid, je ne compte plus le nombre de factions différentes qui veulent s'emparer de cet objet. Qu'est-ce qui vous distingue des autres, au juste ?

– Pour commencer, a répondu Talisid d'un ton calme, nous ne menaçons pas de vous tuer si vous refusez de coopérer. Ni même si vous acceptez. Vous avez déjà dû conclure par vous-même qu'être la cinquième roue du carrosse dans les plans de Levistus n'était pas une situation très sûre… »

Soudain, j'ai accordé toute mon attention à cet homme. De taille moyenne, habillé en noir, il avait une quarantaine d'années et le front un peu dégarni. À côté des paons qui se pavanaient sur la piste de danse, il avait plutôt l'air d'un merle, mais avec un regard si ferme qu'on était tenté de le prendre au sérieux.

« Vous semblez bien au courant de ce qui était censé être une conversation privée, ai-je fini par répliquer.

– Les devins n'ont pas le monopole de la connaissance, monsieur Verus. Parfois, la déduction fonctionne tout aussi bien.

– Vous êtes dans le camp du Conseil ?

– Je représente une faction du Conseil. Et je crois qu'en cet instant précis, nos intérêts coïncident avec les vôtres. » Talisid est venu à côté de moi s'accouder à la rambarde. « Au sein du Conseil, la montée en puissance des mages de l'Ombre ne fait pas que des heureux. Et même ceux qui sont en accord avec leurs propositions préféreraient ne pas voir l'un d'entre eux prendre le contrôle d'une relique aussi puissante. On peut donc considérer que la majorité du Conseil est derrière nous.

– Si vous avez la majorité pour vous, en quoi avez-vous besoin de moi ?

– Malheureusement, bien que beaucoup de membres du Conseil ne souhaitent pas voir la relique entre les mains d'un mage de l'Ombre, ils désirent plus encore la voir entre les leurs. »

J'ai laissé échapper un soupir exaspéré. « C'est ridicule. Est-ce que vous avez la moindre idée de l'utilité de ce truc ? Vous risquez de passer pour des crétins si finalement ce n'est qu'un attrape-nigaud, vous en avez conscience ?

– Nous avons des préoccupations bien plus urgentes que notre propre ridicule, monsieur Verus, a répondu Talisid d'un ton égal. Et comme je le disais, nous pourrions vous être d'un secours certain. »

J'ai ressenti confusément le picotement du danger et j'ai baissé les yeux. Luna discutait toujours au milieu de la meute, mais ce n'était pas de là que provenait l'alerte. J'ai scruté la foule en quête de mouvement. Trois silhouettes ont attiré mon regard. Elles étaient disséminées dans la salle et pourtant reliées.

Oh *merde*. C'étaient les trois mages de l'Ombre, Cendre, Khazad et la femme masquée, et ils en avaient après Luna. Ils la cernaient lentement, la prenant en tenaille. Elle papotait, insoucieuse de ce qui l'entourait, tandis qu'ils se rapprochaient.

J'ai fait volte-face et me suis précipité vers l'escalier le plus proche. « Monsieur Verus ! m'a rappelé Talisid d'une voix cassante.

– Désolé ! ai-je lancé par-dessus mon épaule. Ça va devoir attendre ! » Je me suis mis à courir le long du balcon avant de descendre les larges marches quatre à quatre. Un couple en pleine discussion a bondi sur le côté pour m'éviter. J'ai atteint le rez-de-chaussée en vingt secondes à peine et ai repris une allure plus raisonnable en pénétrant dans le grand hall. J'avais localisé Luna, et je devais la rejoindre avant les autres.

Peine perdue. Dès qu'elle est apparue dans mon champ de vision, j'ai constaté que les trois mages de l'Ombre l'encadraient déjà. Le reste des convives autour avait disparu. J'ai aperçu le dernier se repliant derrière un groupe après un coup d'œil nerveux en direction de Cendre. La piste était toujours bondée et le bourdonnement des conversations couvrait ce qu'ils disaient, mais je n'avais pas besoin de me servir de la magie pour savoir que Luna était en danger. J'ai rapidement consulté l'avenir et trouvé un moyen de les approcher sans être vu.

La femme qui parlait à Luna était bien la même qu'au musée et à Camden Market, même si j'ignorais toujours son nom. Elle portait une robe bleu roi qui étincelait à la lumière ainsi qu'un large loup sur le visage. Elle dévisageait Luna, la main sur la hanche. Cendre se tenait à son côté, vêtu de noir rehaussé de détails rouge vif.

« Luna, disait la femme d'une voix claire et musicale qui a encore une fois titillé ma mémoire. Tu détiens quelque chose qui m'appartient. »

Luna a considéré la femme, puis Cendre. À l'expression de son visage, il était impossible de dire si elle l'avait identifiée. « On se connaît ? a-t-elle fini par demander.

– Non. » La femme a avancé d'un pas. Elle était plus grande que Luna, avec des cheveux blonds coupés court. « C'est mieux comme ça, si tu tiens à rester en bonne santé. Où est le cube ?

– Pardon ?

– Ne joue pas à ça avec moi. » Le ton était glacial et menaçant. « La foule ne te protégera pas. Donne-moi ce que je veux ou je le prendrai moi-même. »

Luna se tenait parfaitement immobile. Autour d'eux, les conversations ont paru décliner. Lorsque Luna s'est décidée à répondre, il y avait dans sa voix une assurance que je ne lui avais jamais connue. « Je n'aime pas beaucoup votre attitude. » Elle semblait soudain nettement plus âgée. « Si vous voulez quelque chose, commencez par le demander sans me menacer. »

Malgré le danger énorme, j'ai ressenti une pointe de fierté. Même sous pression, Luna avait su jauger cette femme et avait eu exactement la réaction qu'il fallait : lui tenir tête sans montrer le moindre signe de peur. Elle avait donc écouté tout ce que je lui avais raconté, et elle venait de prouver qu'elle était capable d'appliquer mes conseils en cas d'urgence. C'est alors que je me suis rendu compte que, malgré tout ce qui s'était produit, et bien qu'elle ne soit ni mage ni devineresse, je considérais bel et bien Luna comme mon apprentie, et que j'étais fier d'elle.

Ce qui ne l'empêcherait pas de se faire enlever dans exactement quinze secondes. C'est là que j'entrais en scène.

« Ma petite, tu viens de commettre une grossière erreur », a sifflé la femme après une longue pause. Elle a fait un signe avec son index et son majeur. « Voyons exactement ce que tu... »

Au signal, Khazad s'est glissé derrière Luna. Les trois premières fois, j'avais trouvé que le petit homme ressemblait à un oiseau, mais à voir la grâce ondoyante avec laquelle il se mouvait, il avait maintenant plutôt l'air d'un serpent. Un éclat métallique a reflété la lumière tandis qu'il approchait sa main de l'épaule nue de Luna.

Je ne lui ai pas laissé l'occasion d'aller jusqu'au bout. Au moment où Khazad passait derrière elle, je me suis glissé à côté de lui. De la main droite, je l'ai attrapé par le poignet et, en retournant son élan contre lui, je l'ai fait pivoter sur lui-même, si bien que c'est dans son bras à lui que l'aiguille est allée se planter. Le sortilège s'est déchargé dans une petite étincelle et, sous le choc, la tête de Khazad a basculé en arrière. Luna, Cendre et la femme mystère ont fait volte-face en même temps. Le regard de Luna s'est illuminé, celui de Cendre s'est obscurci. « Toi !

– Salut, Cendre. Ravi de te revoir. » Je me suis tourné vers la femme en souriant. « Elle vous avait prévenue. »

Sans voix, l'inconnue m'a dévisagé. J'ai tendu la main à Luna. « Désolé, j'ai été retenu. On y va ? »

Luna a jeté un dernier coup d'œil en direction de Cendre et de la femme, avant de prendre ma main, presque sans hésitation. Les deux autres nous ont regardés nous éloigner avec Khazad.

« C'était *génial* », a commenté Luna, une fois hors de danger. Il n'y avait plus aucune trace de la jeune fille qu'elle était à l'extérieur. Ici, elle rayonnait de vitalité.

« Est-ce qu'ils nous suivent ?

– Non. Ah si. À travers la foule.

– OK. À gauche… *maintenant*. » Nous nous sommes glissés derrière un groupe d'invités. À quelques mètres, j'ai entendu les pas de Cendre et de la femme qui pressaient l'allure, pour ne pas se laisser distancer.

Khazad marchait toujours mollement à côté de moi, guidé par mon bras autour de sa taille. Luna a penché la tête pour le regarder dans les yeux, puis a agité les doigts devant le visage du mage de l'Ombre. Aucune réaction. « Que lui est-il arrivé ?

– Ce qu'il s'apprêtait à te faire subir. » J'ai soulevé la main droite de Cendre pour désigner l'aiguille, qu'il tenait toujours bien serrée entre ses doigts. Elle mesurait une vingtaine de centimètres et était constituée de métal argenté. À la pointe brillait une goutte du sang de Khazad. « C'est un enchantement. Ça agit un peu comme le Rohypnol. Ils allaient s'en servir pour te faire sortir de la tour sans encombre. »

Le regard de Khazad était totalement vide. Sans moi pour le guider, il serait resté planté sur place. Au repos, son visage était dur et cruel. Pendant que je fouillais ses poches, Luna continuait à l'examiner d'un air interrogateur. Il s'était muni d'une autre aiguille semblable à la première, ainsi que de plusieurs articles ressemblant à des armes, mais d'aucune instruction écrite ni du moindre indice révélant quel sortilège ils avaient utilisé pour pister Luna. Bon sang.

« Tu crois qu'il nous entend ? a-t-elle demandé.

– Probablement. » J'ai jeté un œil par-dessus mon épaule. Nous avions dévié de la piste de danse pour rejoindre l'autre bout de la salle, et nous nous retrouvions près d'une fontaine en pierre et acier où gargouillait une eau limpide. Un effet d'optique faisait danser tour à tour à la surface toutes les couleurs de l'arc-en-ciel, du rouge au jaune en passant par le vert et le bleu, dans un sens puis dans l'autre. « On ferait mieux de le larguer avant qu'il nous ralentisse. »

J'ai assis Khazad sur le rebord en pierre et l'ai giflé deux fois, bien fort. Plusieurs personnes m'ont lancé des regards surpris, mais on peut faire à peu près n'importe quoi, à condition d'y aller franco. Je lui avais fait les poches au vu et au su de tous les invités, en ne m'attirant en retour que quelques haussements de sourcils. « Khazad, ai-je prononcé d'une voix claire. Tu m'entends ? »

Il avait toujours les yeux dans le vague, mais cette fois, j'y ai senti une présence, une forme de haine lointaine. C'était la deuxième fois que je le roulais dans la farine et, malgré le sortilège qui lui brouillait les idées, je percevais bien qu'il aurait été ravi de m'étriper. « Tu as déjà eu deux tentatives, ai-je déclaré en le regardant droit dans les yeux. C'est ta dernière chance de battre en retraite. Tu as compris ? La dernière. Refais un coup de ce genre, à elle ou à moi, et je te tue sur-le-champ. »

Incapable de répondre, Khazad m'a décoché un regard assassin. Je sentais les deux autres mages de l'Ombre à l'approche derrière moi. Je me suis redressé et avec Luna nous avons disparu dans la foule, engloutis par le brouhaha et l'agitation. La musique de l'orchestre a décliné à mesure que nous nous éloignions de la piste.

« Ils sont toujours après nous ? » a demandé Luna au bout d'un moment. Elle tendait le cou, essayant de vérifier dans toutes les directions à la fois.

« Ouais. » À présent qu'ils ne se dirigeaient plus droit sur nous, j'avais plus de mal à prédire leurs mouvements, mais je savais qu'ils reviendraient.

« Comment ils ont fait pour me pister ?

– Ils ont passé la journée chez toi. Est-ce qu'ils ont pu y trouver quelque chose provenant de ton corps ? Cheveux, rognures d'ongle, sang ?

– Non… Si. Des cheveux sur mon oreiller, ou peut-être dans la salle de bains… »

J'ai opiné. « Quand on détient une partie de quelqu'un, on peut élaborer un sort de traçage capable de traverser à peu près n'importe quoi. Aucun risque d'échec. Il va nous falloir quelque chose de plus puissant. »

Luna a hoché la tête. « Qu'est-ce qu'on fait ?

– On se dirige vers la zone de jeu, derrière ces piliers, au fond. »

Nous avons traversé la salle en décrivant une grande boucle. La plupart des sorts de traçage sont directionnels, et si Cendre et la femme mystère essayaient d'anticiper les mouvements de Luna, ce petit subterfuge les ralentirait. Nous avons croisé des groupes d'invités, des fontaines, d'autres serveurs en masque blanc et partout résonnaient les rires et les conversations. Dans l'arène à sphères, le silence était retombé ; une nouvelle joute était sans doute sur le point de commencer. J'ai cherché et repéré ce qui ressemblait à un pan de mur en cristal mat, au-dessus de l'arène, et j'ai senti un frisson me picoter la nuque. Levistus se trouvait derrière cette paroi, et j'avais la certitude qu'il m'observait.

« Alex ? » La voix de Luna m'a sorti de mes pensées.

« Hum ?

– Tu le pensais vraiment ?

– Quoi donc ?

– Ce que tu as dit à Khazad. Que tu le tuerais.

– Je suis sérieux, oui. »

Luna a continué à marcher en silence un petit moment. « Merci », a-t-elle fini par ajouter.

Je lui ai adressé un regard surpris, puis un petit sourire. « Tu t'en es bien tirée, tout à l'heure. »

Elle a paru étonnée et ses joues ont rosi. Elle allait répondre lorsqu'une voix l'a interrompue.

« Salut ! »

Une jeune fille se tenait face à nous, tout sourire. Elle ne devait pas avoir plus de dix-huit ou dix-neuf ans, et elle était belle comme un mannequin. Sa longue chevelure dorée et brillante descendait en cascade dans son dos et elle portait une robe décolletée en soie bleue, fendue sur les côtés pour révéler ses jambes fuselées. Un ruban noir noué autour du cou complétait la panoplie. « Vous êtes bien Alex Verus ?

– C'est moi.

– Oh, quelle joie, je vous rencontre enfin ! » Elle s'est rapprochée sur le côté pour nous emboîter le pas et m'a décoché un sourire parfait. « Je m'appelle Lisa.

– Salut, Lisa. » J'ai continué à avancer, l'abandonnant derrière nous.

Elle a cligné des yeux d'un air surpris, puis s'est empressée de nous rattraper, tout empêtrée dans ses talons hauts. « C'est génial que vous soyez là, a-t-elle insisté en essayant d'attraper mon regard. On ne parle que de vous.

– Fantastique.

– J'aimerais *beaucoup* vous dire un mot en privé. » Elle s'est encore rapprochée et a levé vers moi ses yeux bleus aguicheurs. « Vous voulez bien m'accompagner, rien qu'une minute ? »

Luna l'avait d'abord dévisagée avec perplexité, mais l'agacement a rapidement pris le dessus. « Salut. Je suis là, moi aussi. »

Lisa l'a toisée distraitement avant de se concentrer à nouveau sur moi. « Alex ? S'il vous plaît…

– Désolé, ai-je répondu. On est occupés. » Ignorant Lisa, j'ai pris Luna par la main et désigné un pilier derrière la foule. « Par ici. » Nous avons contourné un buffet par la droite et un groupe de convives avec leur verre à la main.

Luna m'a considéré d'un air interrogateur. « Qui c'était ?

– Aucune idée. » J'ai montré le pilier. « On cherche une arche. Blanchâtre, d'environ deux mètres de haut. Dès que tu la verras…

– Attendez ! » s'est écriée Lisa, sur nos talons. Visiblement contrariée, elle nous a rejoints. J'ai roulé les yeux.

« Tu es bien *certain* de ne pas la connaître ? » a insisté Luna en haussant les sourcils.

J'ai poussé un soupir éloquent. « Tu vois, il y a encore trois jours, personne ne se serait intéressé à moi. Et brusquement, je suis Monsieur Populaire. Ce petit cirque commence à me fatiguer. »

Une trouée s'est ouverte dans le groupe de convives et j'ai repéré ce que je cherchais : la piste de duel d'azimut. Deux colonnes élancées l'encadraient, argentées et délicates, tels des diapasons. De notre côté se dressait une haute arche en pierre blanche. Un mage en robe de cérémonie a levé les yeux vers nous. « Bonsoir. C'est pour un duel ?

– Ça va, ai-je répondu. Il nous faut juste l'annulateur. »

Le mage nous a dévisagés avant de hausser les épaules. « À votre guise.

– Un duel ? a chuchoté Luna.

– Pas exactement. » J'ai posé la main sur la pierre froide de l'arche et une faible lueur argentée est apparue dans l'ouverture. « Surveille mes arrières. »

Les duels d'azimut sont une alternative non fatale aux combats de mages traditionnels. On y emploie des armes de renforcement non mortelles. Officiellement, le Conseil réprouve les duels traditionnels mais, malgré tous les efforts mis en œuvre, ces derniers demeurent bien plus prestigieux que les duels d'azimut. Les arches annulatrices sont elles-mêmes des renforcements, conçus pour empêcher les mages de s'engager dans un duel avec des sorts opérationnels. Activer une arche n'est pas dangereux en soi, mais c'est éprouvant et cela requiert une concentration totale. Toute diversion peut ruiner le processus et il faut alors tout recommencer.

C'est évidemment le moment qu'a choisi Lisa pour réapparaître.

« Vous voilà. » Elle était hors d'haleine et boitait légèrement – les hauts talons se prêtent assez peu à la course d'obstacles. « Euh, vous voulez bien…

– Écoute, Lisa, ai-je répliqué sans quitter l'arche des yeux. Ce n'est vraiment pas le moment.

– Fais-moi confiance, a renchéri Luna, et j'ai senti à sa voix qu'elle souriait. T'approcher de moi n'est pas du tout une bonne idée.

– Non, je… » Lisa a inspiré à fond. « Je suis obligée.

– Obligée de quoi ? a demandé Luna, l'air assez peu compatissant.

– Mon maître veut lui parler. Il m'a ordonné de l'inviter.

– Quel maître ?

– … Morden. »

Ce nom m'était vaguement familier, mais j'étais concentré sur l'annulateur et pas disponible pour y réfléchir. J'ai achevé le sort et reculé d'un pas pour observer l'arche. Elle bourdonnait faiblement ; j'ai hoché la tête. Il lui faudrait une minute ou deux pour se charger. « Qui ça ? a demandé Luna.

– Vous ne le connaissez pas ? s'est exclamée Lisa.

– Non. Pourquoi fais-tu ce qu'il exige ? »

Lisa a pris un air ébahi.

« Ça va, ai-je glissé à Luna. Je sais déjà ce que veut ce gars. » Je me suis tourné vers Lisa. « La question, c'est pourquoi toi, tu veux la même chose.

– Pardon ?

– Elle t'a posé la bonne question. Pourquoi accomplis-tu ses basses besognes ?

– Je… » Lisa s'est humecté les lèvres. « Écoutez, je vous en prie, vous devez venir. Sinon il sera…

– On ne *doit* rien du tout », a rectifié Luna, agacée.

Le bourdonnement de l'arche s'est tu. J'ai vu en me retournant qu'une brume argentée et lumineuse flottait à l'intérieur. « OK, c'est bon, ai-je annoncé à Luna. Passe à travers. »

Luna a jeté un regard à l'autre fille avant de se diriger vers l'arche.

« Je vous en prie, vous voulez bien venir ? » a répété Lisa à voix basse. Elle n'était plus dans le registre de la séduction : elle avait simplement l'air effrayée. Ce qui, accessoirement, la rendait bien plus convaincante. « J'ai mis trop de temps, déjà. Il va être en colère. »

J'ai regardé Luna, puis, pour la première fois, je me suis pleinement concentré sur la jeune inconnue. « Écoute, Lisa, j'ignore qui est ton maître, mais j'ai une idée assez précise de *ce* qu'il est. Si tu veux vraiment que je t'aide, dis-moi ce qu'il mijote.

– Je ne peux pas !

– Dans ce cas, c'est moi qui ne peux rien pour toi. »

Luna a franchi l'arche. Il y a eu un éclair furtif. Elle a scruté l'engin d'un air perplexe avant de revenir vers moi.

« Je vous en prie, suivez-moi, a supplié Lisa. Je ferai tout ce que vous voudrez… »

J'ai poussé un petit soupir. « OK, ai-je dit en plantant mon regard dans le sien. Quitte-le.

– Quoi ?

– J'ai vécu ce que tu vis en ce moment. » Je l'ai fixée pour m'assurer qu'elle ne bougerait pas. Ma voix était apaisante. « Je sais pourquoi tu crois être dans le vrai. Mais fais-moi confiance : tu risques gros, à rester ici. » Luna s'est approchée et je me suis détourné de Lisa. « Prête ?

– Je crois que… » a dit Luna d'un ton dubitatif, en contemplant ses mains. « Je me sens bizarre.

– C'est un invalidateur », ai-je expliqué. En me concentrant, j'ai vu que la brume argentée qui entourait Luna avait brièvement disparu. À présent elle était de retour, à nouveau aspirée par mon ruban. « Il annule toutes les connexions magiques en toi, un peu comme une prise de terre. Tu vas te sentir un peu déphasée pendant un jour ou deux.

– Ça les empêchera de me pister ? »

J'ai acquiescé et me suis dirigé vers l'arche, abandonnant Lisa. « Si on fait vite. »

Luna a fait un pas avant de s'arrêter net en observant un point derrière moi. « Euh, Alex ? » J'ai senti sa main ramper sur mon avant-bras et le serrer violemment. Visiblement, Luna ne se rendait compte de rien : elle fixait le centre du grand hall. « Pas assez vite. »

J'ai su quel spectacle m'attendait avant même de faire volte-face. Cendre fonçait droit sur nous avec une expression meurtrière. La femme masquée l'accompagnait. Ils n'étaient plus qu'à une quinzaine de mètres de nous.

Vous devez vous demander pourquoi je n'ai pas tout simplement appelé au secours. La raison est simple : si ces trois-là étaient prêts à tuer pour mettre la main sur Luna, ils n'étaient vraisemblablement pas les seuls. Se retrouver avec une bande de kidnappeurs aux trousses était déjà assez pénible ; je n'avais aucune intention d'allonger la liste. Il en allait de même pour notre adversaire : je savais que Cendre voulait lui aussi éviter d'attirer l'attention.

Malheureusement, vu l'état de fureur dans lequel il se trouvait, il disposait de mille moyens de ruiner ma journée, même au milieu d'une foule. Et en scrutant l'avenir, j'ai pu constater qu'il était d'humeur à me massacrer. Dans une main, il camouflait une arme dont il s'apprêtait à se servir. Il l'avait pointée sur Luna à la seconde où elle s'était enfuie. Je n'entrevoyais pas exactement quels en seraient les effets, mais je devinais que ce ne serait pas beau à voir. Cependant, par la vision projective, j'ai avisé autre chose, à l'approche également depuis l'autre bout de la salle. Je me suis redressé pour leur faire face.

« Alex ? a chuchoté Luna.

– Retiens-les, ai-je répondu à voix basse. Il nous faut quatre-vingt-dix secondes.

– Verus, a grondé Cendre en apparaissant dans mon champ de vision. Tu aurais mieux fait de rester en cavale.

– Qui est en cavale ? » ai-je demandé d'un ton désinvolte. Je me tenais entre lui et Luna. Lisa restait à l'écart, oubliée de tous, le regard passant nerveusement de l'un à l'autre.

« Non, a riposté Cendre d'une voix gutturale et menaçante. Cette fois-ci, tu ne m'auras pas au bluff. » Il a ouvert une main, à moitié dissimulée le long de sa hanche, et une flamme obscure en a bondi en s'enroulant autour de ses doigts, une aura aux reflets rouges qui a voilé la lumière alentour. « Tu bouges un cil, et je te réduis en cendres. Voyons un peu comment tu vas te sortir de là, avec tes petits tours de passe-passe. »

Il ne plaisantait pas : dans les dizaines de futurs que je voyais se déployer devant nous, Cendre plongeait sur moi et m'atomisait. Mais le simple fait qu'il soit prêt à en arriver à de telles extrémités avait quelque chose de rassurant – s'il avait eu d'autres atouts dans sa manche, il n'aurait pas eu besoin de me menacer. « Tu sais, Cendre, je suis désolé de décourager tes élans, mais il y a une bonne centaine de personnes qui te regardent, là.

– Tu ne leur manqueras pas, a rugi Cendre.

– Tu te trompes, ai-je répondu d'un ton calme. Tu n'es pas au courant ? Je suis très demandé, ces derniers temps. »

Une lueur d'incertitude a brièvement traversé les yeux de Cendre et il a scruté la salle d'un air nerveux. Il y avait du monde. *Beaucoup* de monde. Alors qu'il comprenait qu'il était observé, le futur où il nous attaquait s'est évaporé.

« Tu regretteras d'avoir fait de moi ton ennemi, a-t-il grommelé.

– Tu as parfaitement raison, ai-je répliqué en croisant les bras sur ma poitrine et en le jaugeant d'un air cavalier. Alors fais-moi une offre. »

La femme n'avait toujours rien dit. Elle se tenait légèrement en retrait derrière Cendre, le laissant parlementer avec moi. Mais elle me fixait de ses yeux pénétrants comme des aiguilles, sous son masque. J'avais la sensation désagréable qu'elle me connaissait et que ce n'était pas forcément un bon souvenir. Je percevais sa haine sans pouvoir l'expliquer.

« Très bien, a grondé Cendre, menaçant. J'achète la fille. »

J'ai senti Luna se raidir. « Vraiment ? ai-je demandé.

– Arrête un peu. Tu la vends. Au prix habituel. Ou bien on la prend. Et toi avec. »

Je l'ai dévisagé. Luna était toujours accrochée à mon bras et visiblement à cran. Je suis resté debout là, sans répondre, à compter les secondes.

« Alors ? s'est impatienté Cendre.

– Elle n'est pas à vendre. Et tu sais quoi ? Finalement, je ne suis intéressé par aucune offre que tu pourras me faire. »

Il m'a lancé un regard noir. « Tu viens de dire…

– Oh, c'était juste pour te faire perdre ton temps. »

Cendre est resté immobile pendant deux secondes, puis ses yeux se sont animés d'une rage meurtrière et il a fini par perdre son calme. Les flammes de l'enfer bondissaient dans ses iris, qui ont viré à l'écarlate. Il s'est avancé d'un pas en levant la main.

Une voix a résonné sur le côté. « Bonsoir. Votre attention, je vous prie. »

L'homme à l'approche était vêtu d'un costume noir et d'une chemise blanche au col ouvert. Il avait les cheveux sombres et un physique séduisant, dans le genre lisse des hommes politiques. À première vue, il paraissait jeune, une trentaine d'années environ, mais il y avait dans sa démarche une assurance qui lui donnait l'air plus mûr. Une brunette en robe rouge le suivait, les yeux baissés en signe de soumission.

Dès que Cendre l'a aperçu, le brasier de son aura s'est éteint comme si on l'avait plongé dans l'eau. La femme et lui se sont redressés. « Maître Morden », l'a salué la femme. À nouveau, sa voix m'a paru familière, mais cette fois j'ai été déconcerté par son ton craintif. Cendre a même incliné instinctivement la tête, avant de se ressaisir.

Depuis que Lisa avait mentionné le nom de Morden, celui-ci me titillait. En voyant la réaction de Cendre, ça m'est brusquement revenu. C'est le nom que j'avais dégotté pour lui faire peur, la veille. Il m'avait suffi de suggérer que je travaillais pour Morden pour que Cendre batte en retraite, ce qui m'avait immédiatement alarmé. Les seuls à qui les mages de l'Ombre montraient ce genre de respect étaient les mages de l'Ombre de plus haut rang. Beaucoup plus haut.

« Cendre, Deleo. » Morden avait une voix plaisante et cultivée. « Je constate que Khazad n'est pas avec vous. Y a-t-il un problème ?

– Non », a répondu la femme du nom de Deleo d'un ton prudent. Elle se tenait parfaitement immobile. « Aucun problème.

– Bien. Je parlais justement au conseiller Travis de cette proposition d'intronisation. Les négociations progressent. Toute perturbation publique serait fort... dommageable, à ce stade. » Il a posé le regard sur les deux mages de l'Ombre.

Après une longue pause, Cendre a opiné. « Pigé, a-t-il maugréé, incapable de retrouver son calme.

– Excellent. J'ai des choses à voir avec Verus. Vous pouvez disposer. »

Cendre nous a adressé à Luna et à moi un regard venimeux, puis – chose incroyable – il s'est exécuté sagement et s'est fondu dans la foule, suivi de Deleo.

Luna a resserré son emprise sur mon bras, puis elle a paru s'en rendre compte et m'a lâché.

Morden s'est tourné vers Lisa, qui rôdait non loin. « Lisa. Je croyais t'avoir ordonné de transmettre une invitation à Verus. »

Muette de peur, Lisa s'est humecté les lèvres.

Morden a hoché la tête d'un air entendu. « Nous réglerons cela plus tard. » Lisa a blêmi et a dévisagé Morden avec des yeux terrifiés, mais il l'avait déjà oubliée. Il s'est tourné vers nous. « Verus, je présume ? Je m'appelle Morden. Si vous avez quelques instants, il faut que nous parlions. » Il a désigné Luna du regard. « En privé. »

Je ne savais toujours pas qui était cet homme, mais il était assez flagrant que le voir débarquer était une *très* mauvaise nouvelle. « Bien que… j'apprécie l'offre, monsieur Morden, je pense que ce ne serait pas très judicieux de ma part, à l'instant présent.

– Et pourquoi donc ? »

Peut-être parce que je sors juste d'un petit entretien en tête à tête avec un mage qui voulait me tuer, et que ça me suffit pour la soirée ?

« Étant donné les circonstances, je pense que ce ne serait pas une très bonne chose pour moi d'être vu quittant cette salle en votre compagnie.

– Vraiment ? »

Morden m'a dévisagé, la tête légèrement inclinée sur le côté. Derrière lui, Lisa et la brune le fixaient d'un air anxieux. Je sentais les futurs changer et tourner.

Et puis, tout à coup, ils sont tombés à leur place. « Dans ce cas, nous aurons cette discussion à un autre moment. » Morden a souri. « Je suis certain que nous nous reverrons. » Il m'a adressé un signe de tête, puis a tourné les talons, suivi de la brunette. Lisa m'a lancé un regard effrayé avant de se précipiter après eux. Je suis resté planté là pendant qu'ils s'éloignaient.

« Alex…, a chuchoté Luna. Tu peux m'expliquer ce qui vient de se passer ?

– Je n'en ai aucune idée. » Je me suis secoué. « Cendre et cette femme sont toujours dans les parages. Il faut bouger d'ici.

– Pour aller où, ce coup-ci ? a soufflé Luna tandis que nous nous frayions un chemin à travers la foule.

– Loin d'ici.

– On s'en va ?

– Je crois qu'on y est allés assez fort pour ce soir. » Je me suis tourné vers elle en fronçant les sourcils. « Attends, ne me dis pas que tu es *déçue* ?

– Eh bien… » Elle a regardé ailleurs et j'ai secoué la tête.

Le bal battait son plein et le brouhaha des conversations emplissait la salle. Une manche était en cours dans l'une des pistes de duel derrière nous, d'où montaient des cris et des hourras. Je sentais Cendre et Deleo toujours en train de nous traquer, aussi ai-je changé de direction, choisissant le coin où il leur serait le plus difficile de nous repérer. J'ai aperçu un court escalier remontant vers une sortie diamétralement opposée à la porte par laquelle nous étions arrivés. J'ai pris Luna par la main et j'ai gravi les premières marches. « Vite, si on parvient à sortir avant qu'ils nous… »

C'est alors que j'ai senti les futurs changer. J'ai jeté un coup d'œil par-dessus mon épaule. Juchée sur le rebord de l'une des fontaines, Deleo scrutait la salle, son visage masqué comme suspendu au-dessus de la foule. Elle m'a vu presque au même instant, et nos regards se sont croisés. Le choc a duré moins d'une seconde, puis elle a fait volte-face et s'est mise à crier, mais ses paroles se sont perdues dans le vacarme.

« Pour l'amour de Dieu, ils ne peuvent pas nous laisser tranquilles deux secondes ?

– Laisse-moi deviner, a commenté Luna. Ils sont de nouveau après nous, c'est ça ?

– Changement de programme. » Je l'ai entraînée au pas de course dans l'escalier qui débouchait dans un vestibule. J'ai rapidement évalué nos options : les couloirs de droite menaient à des ascenseurs par lesquels on pourrait accéder aux étages inférieurs, mais j'ai vu que Cendre était déjà en train de bloquer cette issue. Deleo et lui s'étaient séparés pour tenter de nous prendre en tenaille. Ce qui aurait pu fonctionner, sans ma vision projective. « Par ici.

– Ça se passe toujours comme ça, quand tu sors le soir ? a demandé Luna en courant derrière moi dans le couloir.

– Plus tard, d'accord ? » On a débouché sur une vaste pièce d'angle. En face et à notre gauche, des fenêtres donnaient sur la ville, et dans le coin se dressait un ascenseur de verre. J'ai pénétré dans la cabine en entraînant Luna et appuyé sur le bouton du haut. Les portes ont coulissé dans un chuintement et l'engin s'est mis à monter. En dessous, je sentais Cendre et Deleo, qui s'étaient trompés de voie. Le temps qu'ils se rendent compte de leur méprise, il serait trop tard. Je me suis adossé à la paroi en soupirant. « OK. On est tranquilles, pour l'instant.

– Oh, au fait ! s'est exclamée Luna. Il y avait un type près de la piste de danse qui disait s'appeler Talisid. Visiblement, il tenait vraiment à te parler.

– Ouais, je l'ai rencontré. On a été interrompus par les rigolos.

– Eh bien, peut-être qu'on le retrouvera plus tard. »

Je l'ai dévisagée, interloqué. Elle s'était détournée pour observer la vue, dont il fallait avouer qu'elle valait le détour. Les ascenseurs supérieurs de Canary Wharf sont disposés tout autour du gratte-ciel et, contrairement à ceux qui desservent les bureaux des étages inférieurs, ils ont été conçus pour privilégier la contemplation plutôt que la rapidité. La cabine remontait paresseusement vers le toit, et de là où nous étions nous pouvions embrasser Londres tout entier. Les grands monuments de la ville scintillaient au loin : le rectangle de Centre Point, la double loupiote rouge de la BT Tower, la ronde de lumières colorées qui signalait la grande roue du London Eye. Sous nos pieds, les autres bâtiments des Docklands glissaient vers le bas. Le vacarme du bal s'était tu et nous nous retrouvions seuls dans un monde de silence.

« Luna ? ai-je fini par demander. Pourquoi tiens-tu tellement à être ici ? »

Je l'ai sentie se figer. « Ne te méprends pas, ai-je ajouté. Tu t'en sors très bien. Peut-être même un peu trop bien. Pourquoi n'as-tu pas peur ? »

Pendant un long moment, elle n'a pas cillé, absorbée par le spectacle de la ville. « De quoi veux-tu que j'aie peur ? a-t-elle finalement répliqué d'un ton léger et quelque peu étrange.

– Avec ces gens-là ? Tu veux que je te fasse la liste ?

– Tu sais pourquoi je cherchais ton magasin, le jour où on s'est rencontrés ? »

J'ai froncé les sourcils. Luna me tournait le dos, les doigts en appui contre la paroi de verre. « Pourquoi ?

– Quelques semaines plus tôt… » Elle ne s'est pas retournée pour me faire face. Je ne distinguais que son profil reflété par le verre. « C'était un samedi. Je m'étais réveillée tard. Je dormais de plus en plus tard le matin, depuis quelque temps. Je suis restée allongée à écouter le chant des oiseaux, et je ne voyais aucune raison de me lever. Je n'avais plus aucune perspective, ni ce jour-là, ni dans le mois… ni jamais. » Elle s'est tue un moment avant de reprendre d'une voix absente. « C'est alors que j'ai compris que si je ne faisais rien, j'allais mourir. Simplement parce que je m'en fichais. » Elle a baissé les yeux vers le sol, évitant mon regard. « Je n'ai rien d'autre, a-t-elle ajouté à voix basse. Ton monde est tout ce qui me reste. Si ça ne fonctionne pas, plus rien n'a d'importance. »

Je l'ai regardée et, pour la première fois, je n'ai rien trouvé à lui répondre.

Le silence a duré une minute entière, puis Luna a paru se ressaisir et, lorsqu'elle s'est tournée vers moi, elle avait de nouveau son visage de tous les jours. « Qu'est-ce qui s'est passé, là-bas ? Avec cette fille ?

– Je… Qu'est-ce que tu veux dire ?

– C'était une mage ? »

J'ai essayé de mettre de côté ce qu'elle venait de me confier pour y revenir à un autre moment. J'avais l'intuition que la compassion était la dernière chose qu'elle attendait de moi, en cet instant. « Non. Je ne pense pas.

– Mais tu la connaissais ?

– Pas personnellement.

– Mais tu savais quelque chose », a insisté Luna. J'ai détourné les yeux. « Tu ne veux pas me raconter, c'est ça ?

– Non, ce n'est pas ça.

– Alors quoi ?

– D'accord, c'est bien ça. Je n'y ai plus repensé depuis très longtemps.

– C'est dur à ce point ? » Elle a eu l'air surprise. Voyant que je ne répondais pas, elle a poursuivi : « Pourquoi elle se comportait de cette manière ? Cette fille, Lisa. On aurait dit qu'elle était sa… »

J'ai contemplé Londres en silence. Nous étions maintenant au-dessus des plus hauts gratte-ciel, pourtant la vue ne me touchait plus. J'étais perdu dans mes souvenirs, dans les ténèbres du château de Richard, avec Shireen, Tobrouk, Rachel…

« Alex ?

– Tu te rappelles quand je t'ai dit que les mages classaient les gens en deux catégories, les mages et les moutons ? » Mon regard s'égarait sur le tapis constellé de lumières, en dessous de nous. « Eh bien, le seul moyen d'avoir du pouvoir dans leur monde, c'est en dominant d'autres mages. »

À l'air perplexe de Luna, j'ai vu qu'elle ne comprenait pas. « N'importe quel mage peut se faire une situation, dans le monde normal. Mais il ne s'attire pas le respect des autres. Ici, le statut dépend de l'influence que tu as sur d'autres mages. Je parle de faveurs, de réseaux… et d'autres choses.

– D'accord…, a-t-elle acquiescé d'une voix lente. Cet homme, Cendre. Pourquoi a-t-il parlé de m'acheter ? »

Je savais qu'elle ne s'arrêterait pas avant d'avoir obtenu une réponse, ou un non bien franc. J'ai inspiré puis expiré à fond pour tenter de me calmer. « Les mages de l'Ombre aiment prendre des esclaves. » C'était à mon tour d'éviter son regard. Je ne voulais pas courir le risque qu'elle déchiffre mon expression. « Pour eux, c'est comme une monnaie d'échange. Même ceux qui n'ont pas d'esclaves pour leur usage personnel en prennent pour pouvoir les vendre. Tout novice ou tout initié sans relations, tous ceux et surtout toutes celles qui n'ont pas assez de pouvoir pour assurer leur propre subsistance… ont toutes les chances de finir comme ça. Parfois, c'est même par choix. Elles se mettent au service d'un mage parce que sinon, elles seront capturées par un autre. Certains mages de l'Ombre en ont des dizaines, c'est un véritable commerce. Ils les retiennent dans leurs châteaux et en sortent une ou deux de temps à autre, pour les exhiber. »

Je me suis tu. Luna me fixait. Elle a attendu un moment avant de reprendre la parole. « Qu'est-ce qu'ils leur font ? »

Je me suis enfin décidé à relever les yeux vers elle. « Tout ce qu'ils veulent. »

Nous étions pratiquement arrivés au sommet de la tour et les étoiles étincelaient au-dessus de nos têtes. Tout était calme et sombre, et rien ne bougeait à part notre cabine en verre.

« Alex ? Après tout, ce n'est peut-être pas une mauvaise idée, de rentrer à la maison. »

J'ai acquiescé. L'ascenseur est venu s'emboîter dans une cage d'acier et de verre et la porte s'est ouverte sur l'air nocturne.

On se trouvait à un des coins de la tour, au point où elle montait en biseau pour prendre la forme d'une pyramide. Un étroit passage délimité par une rambarde transparente longeait le bord par la droite et par la gauche, en direction des autres angles. Au-delà du garde-fou, c'était le vide, deux cents mètres de chute jusqu'au ciment de la chaussée. Pas l'emplacement idéal, si on avait le vertige. Le double signal aveuglant destiné aux avions clignotait sur la pyramide, juste au-dessus de nous. Nous étions seuls.

Luna m'a regardé prendre le bâton de verre dont je m'étais servi pour appeler Brise Stellaire et j'ai chuchoté mon incantation. « Alexander Verus t'appelle, exauce ma prière, reine des nuées. » J'ai rangé l'instrument puis me suis mis à scruter le ciel en essayant d'évaluer le temps qu'il faudrait à l'élémentaire pour arriver.

« Alex. » Luna a tendu le bras.

J'ai suivi du regard la direction qu'elle indiquait, par-dessus le bord, vers le coin sud-ouest. Une faible lueur remontait le long du gratte-ciel, à peine visible de là où nous étions. Elle avait déjà parcouru un tiers de la hauteur.

J'ai poussé un soupir. « Deleo. Bon sang, elle ne laisse donc jamais tomber ? » J'ai rapidement consulté l'avenir. « Cendre est encore en bas. Sans doute… Oui, il est au pied de l'ascenseur. Il attend qu'on redescende. »

Luna a levé les yeux vers le ciel, puis vers la sphère qui montait toujours, et j'ai su ce qu'elle pensait. « Deleo.

– Hein ?

– Tu te demandais qui arriverait ici en premier, Brise Stellaire ou Deleo. Ce sera Deleo.

– Oh. » Elle a réfléchi une seconde. « On se remet à courir, alors ?

– Bonne idée, mais non. Il ne faut pas trop t'enfuir devant ces gens-là. Ça leur donne la fâcheuse habitude de te persécuter. » Je lui ai tendu le bâton de verre. « Reste cachée. Quand Brise Stellaire arrivera, crie.

– Et toi ?

– Sois sage et fais ce que je te dis.

– Je ne suis pas sage », a répliqué Luna, mais j'ai bien vu qu'elle réprimait un sourire. Elle a néanmoins obéi et a reculé afin que la pyramide vienne s'interposer entre elle et l'ascenseur de Deleo.

Une fois Luna en sécurité, j'ai avancé de quelques pas dans le passage. Malgré l'altitude, l'air était presque immobile. Le Conseil aime entretenir le côté pittoresque des lieux, au cas où ses invités auraient envie de monter profiter de la vue. Quand j'ai estimé que j'étais assez loin, j'ai sorti de ma poche une paire de disques dorés que j'ai posés de part et d'autre de l'allée, le premier près de la rambarde, le second au pied de la pyramide. Puis j'ai reculé d'un pas et j'ai attendu.

Depuis cette hauteur, la vue était spectaculaire. L'air froid était tonifiant et, en levant les yeux, j'ai subitement mesuré combien tout ça m'avait manqué. Quelque chose faisait défaut, dans ma vie à Camden, et ces deux derniers jours je l'avais redécouvert.

La lueur de l'ascenseur a disparu du côté de la tour avant de surgir à mon niveau, visible à travers la pyramide en verre. Deleo en est sortie. En me voyant, elle a marqué une pause, puis s'est engagée dans le passage pour me rejoindre.

Je l'ai laissée approcher à une dizaine de mètres avant de prononcer l'ordre. Les disques d'or se sont enflammés et un mur de force est apparu entre eux, du sol jusqu'au-delà des rambardes, longeant la pente de la pyramide pour s'élever dans l'air. Il était invisible à l'œil nu, pourtant ni dans ce monde ni dans aucun autre il n'existait de force physique capable de franchir cette barrière.

Deleo s'est figée. En m'entendant prononcer la formule, elle avait aussitôt levé les mains d'un geste vif ; à présent je la voyais me dévisager sous son masque, à travers l'écran transparent. Soudain, elle a pris sa décision et un halo bleu-vert s'est mis à briller autour de ses doigts.

« Ne te fatigue pas, ai-je déclaré. Tu pourrais le briser s'il n'y avait que toi, mais pas avec moi qui le renforce de l'autre côté.

– Il ne tiendra pas éternellement », a répondu Deleo. Elle parlait d'une voix à la fois douce et assassine et, de nouveau, j'ai senti le venin dans ses paroles.

« Dans ce cas, discutons, ai-je proposé en croisant les bras et en la considérant d'un air détaché. Il y a deux ou trois trucs que je voulais te demander. »

Elle est restée silencieuse.

« Pour commencer, j'aimerais savoir quels étaient vos plans concernant Luna. Mais comme je sais que tu ne me diras pas la vérité, je vais opter pour une question plus personnelle. » J'ai incliné la tête sur le côté. « Pourquoi tu me détestes tant ? »

À travers le mur, Deleo m'a lancé un regard meurtrier. Le silence a duré, et ce n'est qu'au moment où j'ouvrais la bouche pour parler qu'elle s'est décidée à répondre. « Tu n'as pas pu t'empêcher de revenir, pas vrai ? » Elle avait un timbre grave, qui vibrait d'une émotion intense – un mélange de haine, de douleur et de colère. « Je savais que tu reviendrais. Tu as toujours été comme ça.

– Euh, OK, on va reprendre depuis le début. Pourquoi est-ce que…

– La ferme ! a-t-elle aboyé d'une voix rauque. Ne m'adresse pas la parole. C'est de ta faute, tout est de ta faute. Et maintenant, tu essaies de recommencer. » Autour de ses mains, le halo a flambé d'un éclat plus vif. « Ce sont les gens comme toi qui font toujours tout foirer, qui aggravent les choses. Si tu étais parti pour de bon, j'aurais pu réparer. Ceux qui comptent vraiment. » Soudain, elle a fait volte-face. « Arrête ! »

J'ai suivi son regard. Deleo fixait le vide, au-delà des garde-corps. J'ai scruté la zone mais n'ai rien trouvé. « Écoute, si tu…

– Tu fais des cauchemars, pas vrai ? » Deleo paraissait distraite, comme si elle menait deux conversations à la fois. « Je les vois. Tu ne t'es pas échappé, personne ne le peut. Ça revient toujours. Je suis la seule à pouvoir le briser. » Elle a incliné la tête sur le côté comme si elle écoutait, puis elle a retroussé les babines. « La ferme !

– OK, ai-je hasardé. Tu sais quoi ? En fait, la réponse ne m'intéresse plus. Tu es encore plus fêlée qu'un œuf tombé d'un mur. Ne m'approche pas, c'est tout.

– Tu ne comprends pas. » Elle a semblé regarder à travers moi pendant quelques secondes, puis, tout à coup, son regard s'est éclairci et elle a repris ses esprits. « Donne-moi la fille.

– Euh, eh bien non.

– Tu crois pouvoir la protéger ? Tu te trompes. Le seul endroit où elle sera en sécurité, c'est avec moi. »

J'ai éclaté de rire. « Oh, ça change tout alors. Dans ce cas, je vais te la livrer tout de suite, ça te va ? »

Brusquement, elle a appuyé la paume de sa main contre le mur de force, et au point d'impact des ondes se sont mises à pulser en cercles concentriques. « Je ne laisserai personne se mettre en travers de mon chemin, a-t-elle déclaré d'une voix dangereusement calme. Tu as toujours été plus faible que moi. Je sais comment te faire mal, Alex. »

Elle a planté ses yeux dans les miens, et j'ai soutenu son regard. Elle était à trois mètres à peine. La barrière s'est mise à trembler : la puissance destructrice que Deleo y déversait était stupéfiante. Derrière moi, j'ai entendu Luna m'appeler. « Alex ! *Alex !* »

J'ai reculé. « Ne me suis pas.

– Ce n'est pas terminé », a lancé Deleo comme une promesse.

J'ai tourné les talons et j'ai couru. Dans mon dos, j'entendais le mur de force gémir sous la pression. En tournant au coin de la pyramide, j'ai aperçu Luna penchée au-dessus de la rambarde et Brise Stellaire qui flottait juste en dessous. « Il faut y aller ! ai-je crié.

– Où ça ? a demandé Brise Stellaire d'une petite voix curieuse.

– À la maison ! » J'ai attrapé la main de Luna. « Vite !

– D'accord ! » Brise Stellaire nous a engloutis tous les deux. En un clin d'œil, on a été dissous dans l'air et emportés dans une grande bourrasque. Par-dessus mon épaule, j'ai aperçu un éclair bleu-vert là où la barrière cédait, juste avant que la tour disparaisse de mon champ visuel. « Pas drôle, s'est plainte Brise Stellaire d'une voix assourdie par le vent.

– Qu'est-ce qu'il y a ? a demandé Luna.

– Il s'est rien passé », a gémi Brise Stellaire d'un ton déçu.

Derrière nous, les Docklands ont rapetissé, mêlant leurs lumières à celles des autres monuments à mesure que Brise Stellaire nous faisait monter, encore et encore. Nous étions déjà assez hauts pour être invisibles à quiconque scrutait le ciel. « Crois-moi, Brise Stellaire, ai-je crié alors que nous bifurquions vers le nord. C'était bien intense, de notre côté. »

Brise Stellaire nous a déposés sur le toit de mon immeuble, et je lui ai donné une des babioles que j'avais dans mes poches avant de la regarder monter en flèche dans les nuages. Le magasin était plongé dans l'ombre et le silence. Je percevais à nouveau les bruits de la ville en fond sonore, lointains et rassurants. Soudain, je n'avais plus envie d'entendre parler de mages et de sortilèges, j'avais juste besoin de me retrouver chez moi, en sécurité.

« Je te sers un verre ? » ai-je proposé à Luna en réprimant un bâillement, avant de me diriger vers l'escalier.

Elle a secoué la tête. Sa robe était tout en désordre, ce qui la rendait étrangement plus attirante. On aurait dit qu'elle était en pleine descente après un trip. « Reste au moins cette nuit, d'accord ? ai-je suggéré. Je dois avoir un lit de camp quelque part.

– Il vaudrait mieux que j'y aille. »

Je l'ai dévisagée sans comprendre ; d'un mouvement de tête, elle a désigné ma poitrine. « Regarde. »

J'ai mis un moment à saisir. Dans le feu de l'action, j'avais oublié le ruban d'Arachné. Il avait presque entièrement viré au noir. Seuls deux ou trois centimètres étaient encore intacts.

« C'est là que mon carrosse redevient citrouille », a dit Luna et, à ma grande surprise, je l'ai à nouveau vue sourire. Pourtant, cette fois-ci, sa tristesse ne m'a pas échappé. « Ça ira. Tu disais qu'ils ne pouvaient pas me pister, pour l'instant, c'est bien ça ? Je trouverai un endroit où me cacher. » Elle s'est avancée vers la porte.

« Luna, attends ! » Je l'ai suivie. « Ils ne peuvent pas te trouver par la magie, mais ils vont tout de même te chercher. Ça ne va pas être… »

Luna s'est retournée et est venue se blottir dans mes bras, la tête posée contre ma poitrine, en s'accrochant doucement à ma veste. Surpris, j'ai baissé les yeux vers elle. « Merci pour cette soirée », a-t-elle simplement dit. Son corps était tiède et elle sentait les nuages et le vent. « Ça valait la peine. »

J'ai passé le bras autour d'elle. « Luna…

– Il est minuit », a-t-elle répliqué d'une voix douce avant de se dérober en cachant son visage. Avant que j'aie pu réagir, la porte s'est ouverte puis refermée, et les pas de Luna se sont tus.

Je suis resté là un long moment, debout dans l'entrée, avant d'aller finalement m'asseoir à mon bureau. J'ai détaché le ruban du revers de ma veste et, sous mes yeux, le tout dernier coin s'est assombri. Une petite étincelle a éclaté sur le tissu, puis il s'est désagrégé entre mes doigts. Il n'en est plus resté qu'une petite traînée de poussière noire.

Je l'ai contemplée longtemps. Puis je suis monté me coucher.

8

Je me suis réveillé dans le noir. J'avais mal à la poitrine et les cris résonnaient encore à mes oreilles. Allongé là, le corps tendu et le cœur battant, j'ai compris que ce n'était qu'un rêve. L'appartement était calme. Je suis resté immobile pendant plusieurs minutes, respirant lentement, jusqu'à ce que ma vision s'accommode à l'obscurité. Alors je me suis levé et me suis dirigé pieds nus vers la fenêtre. Toujours ces vieux cauchemars.

Une fois accoudé au rebord de la fenêtre, à inspirer à fond l'air de la nuit, je me suis senti mieux. Les espaces clos me rappellent toujours cette époque et j'ai constaté que me retrouver à la belle étoile est le meilleur moyen de me calmer. J'ai toujours aimé contempler le ciel nocturne par ma fenêtre : il y a une densité particulière, dans ces milliers de têtes d'épingles qui représentent chacune une personne ou une famille. Au murmure caractéristique, j'ai estimé qu'il devait être 4 heures du matin. Ce n'est jamais le vrai silence, à Camden, mais ce moment demeure le plus paisible. Je percevais au loin de la musique, au-delà des ponts et sur le canal, mais ma rue était tranquille.

Je n'ai pas beaucoup de cicatrices. Les mages de l'Ombre ont des méthodes de torture extrêmement performantes, qui ne causent pas de dommages physiques permanents. Toutefois, j'avais toujours mal à la poitrine – une douleur fantôme. J'ai massé doucement jusqu'à ce que la pression se dissipe et me suis penché sur le rebord, tendu vers la nuit. La lune était pleine aux trois quarts et haute dans le ciel, diffusant une lumière pâle qui se reflétait sur les toits.

Pour une raison qui m'échappait, au lieu de songer à Luna, je pensais à cette femme, Deleo. J'étais certain qu'elle faisait partie de mon passé – sans doute de l'époque avec Richard. Se rappeler quelqu'un au seul son de sa voix n'est pas chose facile, mais j'ai accès à des modes de recherche que les gens normaux n'imaginent pas. J'étais presque certain de pouvoir découvrir son identité, en le voulant vraiment.

Mais c'était là le problème : je ne le voulais pas. Certes, Deleo était à mes trousses, et je pourrais me protéger plus efficacement en sachant qui elle était. Mais même cette raison valable ne suffisait pas pour que je revisite de mon plein gré cette partie de mon passé. L'époque de Richard est une période que j'ai enfermée à double tour au fond de ma mémoire. Je n'y pense pas, je n'y reviens jamais. C'est pourquoi j'ai préféré me livrer à un petit exercice pour m'éclaircir les idées puis, une fois mon calme recouvré, je suis retourné me coucher et me suis rendormi sur-le-champ.

Lorsque j'ai de nouveau ouvert les yeux, la lumière du soleil baignait la pièce. Il m'a fallu un moment pour reconnaître le bruit qui m'avait tiré du sommeil – celui du clapet de ma boîte aux lettres. Je suis descendu au rez-de-chaussée en caleçon et T-shirt et j'ai découvert un petit paquet dans l'entrée, devant ma porte. Je l'ai emporté à l'étage tout en en contrôlant le contenu par la vision projective, puis je l'ai ouvert. J'ai déroulé le papier de soie pour dévoiler une clef stylisée en pierre :

une pierre portail. Je n'ai pas trouvé de mot dans la boîte, mais je savais déjà où elle menait.

Une fois en haut, j'ai survolé les nouvelles du jour. Une note sur les sites d'infos mentionnait la fermeture du British Museum au public, à cause d'un incendie. Le Conseil est en excellents termes avec le gouvernement britannique. Je suis allé me préparer.

Quand on doit se rendre à une rencontre entre mages, le choix de l'équipement est une affaire délicate. La frontière est ténue entre se préparer aux problèmes et être considéré *soi-même* comme le problème. Les armes visibles n'étaient pas envisageables, évidemment. J'avais vraiment envie de prendre ma cape de brume, mais vu que je l'avais sur le dos lorsque j'avais croisé les renforts du Conseil le vendredi précédent, ce n'était pas non plus une bonne idée. J'étais presque certain qu'entre ma cape et la confusion générale, aucun des mages du Conseil n'avait réussi à bien voir mon visage. Si je me trompais sur ce point, la virée promettait d'être mouvementée. J'ai fini par choisir un ensemble décontracté et passe-partout, peu d'outils et d'armes, dans l'espoir de paraître le plus inoffensif possible.

Une fois paré, j'ai accroché le panonceau FERMÉ sur la porte, vérifié mes sorts de protection, consulté mon téléphone pour voir si Luna m'avait laissé un message (eh non), puis je me suis rendu dans l'arrière-salle de la boutique pour activer la pierre portail. Un passage s'est mis à miroiter, en suspens dans l'air, et je l'ai franchi. J'aurais pu me rendre à pied au British Museum en vingt minutes, mais j'aurais alors eu à expliquer comment je connaissais la destination du portail. Pour le moment, j'étais dans les petits papiers du Conseil, pour la simple et bonne raison qu'on avait besoin de moi, mais je sentais qu'un rien suffirait à faire basculer la situation.

J'ai atterri sur un sol blanc poli et l'écho de mes pas a résonné dans un vaste espace clos. J'étais de retour dans la Grande Cour du British Museum. La zone où je me trouvais était délimitée par des cordes, et un carillon a résonné au moment où j'ai émergé.

La Grande Cour était presque vide. Les guichets d'information et les boutiques étaient déserts et la plupart des gens que je voyais ressemblaient à des membres de la sécurité du Conseil. Un homme habillé en gris et marron discutait avec deux gardes postés à l'entrée. Il a achevé sa conversation avant de se diriger vers moi.

« Bonjour. » Il devait avoir une quarantaine d'années, avec une chevelure gris acier et un air dur et compétent. J'avais beau ne l'avoir vu que quelques secondes, je l'ai reconnu. C'est lui qui commandait l'unité de renforts l'autre soir, et qui avait crié à Cendre de s'arrêter. J'ai gardé une expression détendue et été soulagé de constater à son regard que lui ne m'avait pas reconnu.

« Alexander Verus, ai-je annoncé. Je cherche le chef de l'équipe d'investigation. »

En entendant mon nom, l'homme a hoché la tête. « Vous l'avez trouvé. Griff Blackstone. » Il m'a tendu sa main, que j'ai serrée. « Content de vous voir. Ça fait des semaines que je demande un devin. »

Il m'a mené à la salle de lecture avec son escalier courbe. J'ai profité de la vue d'ensemble pour estimer qu'il y avait au moins une douzaine de gardes du Conseil disséminés dans la Grande Cour, en faction aux portes et dans les coins. Je n'ai noté aucun vestige de la bataille du vendredi précédent : le sol et les escaliers étaient propres, indemnes. Les mages de la terre et de la matière savent si bien réparer la pierre qu'on ne dirait pas qu'elle a été abîmée. « Gros dispositif, ai-je dit en gravissant l'escalier à la suite de Griff.

– Obligé. Vous êtes au courant, pour l'attaque ? »

Je l'ai dévisagé d'un air interrogateur, qu'il a visiblement interprété comme un non. « Une équipe, vendredi soir. Ils ont forcé la barrière et activé le gardien de la relique. Un sacré bazar.

– Ils étaient combien ?

– Trois, peut-être quatre. Dommage qu'on n'ait pas pu les identifier. »

Tu m'étonnes. « Côté civils, on est OK ? »

Griff a hoché la tête alors qu'on atteignait le sommet des marches. « Le musée est fermé jusqu'à nouvel ordre. Tous ceux que vous croiserez ici ont été accrédités. » Le restaurant dans lequel on a émergé avait été reconverti en quartier général temporaire, et une douzaine de mages y étaient réunis : l'équipe d'investigation. Ils ont tous interrompu leur tâche pour nous regarder entrer, et je voyais bien qu'ils savaient qui j'étais avant même que Griff me présente.

Les mages ont une attitude étrange, à l'égard des devins. Si l'on se fonde sur les critères, disons, des mages élémentaires, les devins sont de grosses mauviettes. On ne sait ni se téléporter, ni attaquer, ni générer de boucliers, et en termes d'action physique notre magie est à peu près aussi utile qu'un vélo dans une compétition de trampoline. Mais on peut voir partout, tout apprendre, et il n'est pas un secret qui nous résiste, si on se donne un peu de mal. Alors, quand un mage élémentaire regarde un devin, il sait que l'exploser au combat ne lui demanderait pas plus d'efforts que de nouer ses lacets. D'un autre côté, le mage élémentaire sait aussi que le devin pourrait exhumer ses petits secrets les plus honteux et, si l'envie lui en prenait, en informer chacune des connaissances du mage en question. D'où un mélange de gêne et de mépris qui n'encourage pas les sentiments cordiaux. Ce n'est pas un hasard si la plupart de mes amis ne sont pas des mages.

Donc, en étant présenté à l'équipe, je ne m'attendais pas à un accueil des plus chaleureux. Et heureusement, parce que j'aurais été déçu : neutralité et politesse semblaient être la consigne du jour. J'avais beau ne pas être en territoire ami, je n'en ai pas perdu mes moyens pour autant. J'ai passé en revue les défenses mises en œuvre et, d'après ce que je voyais, elles avaient été lourdement augmentées. Les sorts de protection se chevauchaient tout autour du musée, des alarmes aussi bien que des verrous antitéléportation. La zone entourée de cordes par laquelle j'étais arrivé était sans doute l'un des rares points d'accès encore ouverts.

Après la formalité des sourires hypocrites, Griff m'a conduit à l'intérieur du musée, et on a croisé d'autres gardes en chemin. J'en ai compté quatre et non plus deux sur le palier supérieur, et la barrière avait été renforcée – c'était désormais un mur opaque bloquant le haut de l'escalier. « Il y a un code, pour la barrière, a expliqué Griff tandis qu'on montait. C'est à peu près la seule chose qui ait joué pour nous. Les mages qui ont tramé ce raid n'ont pas pu pirater l'alarme. Ils ont été obligés de la déclencher en entrant.

– Hmmm », ai-je répondu en étudiant le dispositif. Le mot de passe avait été changé, et j'ai noté dans un coin de ma mémoire qu'il faudrait que je prenne les soixante secondes nécessaires pour le pirater à nouveau avant de partir. C'est risible, franchement. Même quand les gens cherchent spécifiquement un devin, ils n'ont pas l'air de piger ce qu'on sait faire.

À l'intérieur, rien n'avait bougé. La statue se dressait toujours au centre, l'homme de pierre posant son regard impérieux sur le monde, la main tendue. Je l'ai examinée de plus près. Quand on décide d'élaborer un système qui balance un élémentaire de foudre au premier contact, la moindre des choses serait de prévenir par un panneau. Cette fois-ci, cependant, j'avais de la compagnie.

Un autre mage était en train d'ausculter l'œuvre, à genoux – un adolescent aux vêtements marron usés. Il avait une tignasse brune en bataille et n'arrêtait pas de remonter ses lunettes le long de son nez, pour les voir glisser à nouveau une seconde plus tard.

« Sonder, a lancé Griff, faisant sursauter le jeune homme. Le devin est là. Fais-lui visiter. » Le chef de l'équipe d'investigation s'est tourné vers moi. « C'est OK ? »

J'ai acquiescé. « Je vais me mettre au travail.

– Si vous avez besoin de quoi que ce soit, Sonder s'en occupera. Dites-moi si ça avance. Un petit coup de veine serait le bienvenu. » Sur ces paroles, Griff a repris l'escalier, disparaissant derrière le mur noir sans perturber le champ de force.

Sonder s'est relevé tant bien que mal. « Euh, salut. Oh, c'est vous, le devin ?

– C'est moi, ai-je confirmé en regardant autour de moi.

– Moi, c'est David. Mais tout le monde m'appelle Sonder. » Il a fait mine de me tendre la main, puis a paru se raviser. « Vous êtes venu pour l'examiner, vous aussi ? Oh ! » En me voyant m'approcher de la statue, Sonder s'est mis à rôder autour de moi d'un air anxieux, n'osant pas me tirer en arrière. « Surtout ne mettez rien dans la main gauche !

– Détends-toi, ai-je répondu en scrutant la statue. Je n'en avais pas l'intention.

– Ah, génial. Les systèmes de défense sont vraiment costauds. Je ne les ai pas vus personnellement, mais il paraît. »

En consultant brièvement les futurs où j'interagissais avec la statue, j'ai constaté que rien n'avait changé depuis la dernière fois. Dans tous les possibles où je déposais quoi que ce soit dans la main tendue, un élémentaire de foudre se matérialisait au milieu de la pièce et tentait de nous tuer. Je me suis concentré sur les mains figées. La gauche était vide, toutefois la droite tenait une baguette non marquée.

« C'est cette baguette qui crée toute cette agitation ? » J'ai désigné la main de la statue.

Sonder a hoché la tête. « C'est la parque. Mais ce n'est qu'une représentation, la vraie est à l'intérieur.

– Je vois. Sonder ? Il y a une chose que tu pourrais faire pour moi.

– C'est vrai ? » Il a eu l'air surpris, mais s'est repris rapidement. « Oui, bien sûr. Enfin, si je peux.

– Tout le monde parle d'entrer dans ce truc. Comment ?

– Oh, bien sûr. » Sonder s'est un peu détendu. « Eh bien, vous voyez, cette statue est le point de convergence d'un sort de Möbius. C'est une des techniques qui se sont perdues à l'après-guerre, mais on en trouve une description précise dans l'un des manuscrits d'Alicaern. Le sort de Möbius prend un segment temporel et lui fait subir une demi-torsion pour le déphaser du réel. Les extrémités de ce segment se rétractent et se rejoignent pour former une bulle spatiale. Le résultat logique, c'est que la bulle se met à dériver, et dans ce cas il n'y a aucun moyen de rétablir un lien, alors il faut un renforcement pour l'ancrer à notre univers physique. Une fois le système mis en place, il est impossible de retrouver la bulle, où qu'elle soit dans l'univers, sauf à l'aide du renforcement utilisé. Nous avons déjà eu affaire à des renforcements de Möbius, mais c'est la première fois que… »

Tandis qu'il parlait, j'observais Sonder du coin de l'œil. À y regarder de plus près, il devait avoir une vingtaine d'années – il faisait seulement plus jeune. Mais il n'avait pas l'air d'un apprenti – je l'ai classé dans la catégorie des compagnons, tout juste sortis de leur apprentissage auprès d'un maître. Ceux que j'avais croisés dehors étaient plus expérimentés. Mais étaient-ils assez solides ?

Si on craint tellement les mages de l'Ombre, ce n'est pas par hasard. Non que leur magie soit plus puissante que celle de leurs homologues moins malveillants – c'est plutôt une question de profil. Pour un mage de l'Ombre, la vie est un combat sauvage et brutal, une guerre sans fin pour gagner un statut et accumuler du pouvoir par des alliances et des trahisons fluctuantes. Ce sont ces luttes intestines qui empêchent les mages de l'Ombre de s'unir : ils sont bien plus dangereux les uns pour les autres que ne le sont leurs ennemis, bien qu'il soit difficile de garder ça en tête quand on en a un à ses trousses.

Mais ces querelles qui affaiblissent les mages de l'Ombre en tant que groupe sont aussi ce qui les rend tellement redoutables pour les autres. Ceux qui survivent jusqu'à l'âge adulte sont les individus les plus durs et les plus implacables qu'on puisse rencontrer. Alors que, dans le cercle des mages de la Lumière, c'est par l'habileté politique qu'on se bâtit une situation : la plupart des mages que j'avais rencontrés dans le restaurant quelques minutes plus tôt avaient vraisemblablement gagné leur place dans l'équipe grâce à leur réseau. Que les choses soient claires : les luttes politiques parmi les mages de la Lumière peuvent être rudes, mais eux au moins respectent les règles, contrairement aux mages de l'Ombre.

Si Deleo, Cendre et Khazad se mettaient en tête de forcer cette statue, je n'avais pas trop de doutes sur leurs chances de réussite.

« … donc, bien qu'il n'existe aucun moyen de vérifier cette théorie, il n'y a pas de raison que l'efficacité du renforcement en tant que portail se dégrade avec le temps », a conclu Sonder. Se rendant compte que je ne disais rien, il s'est tu à son tour. « Euh, monsieur Verus ?

– Alex, ça ira très bien. En substance, ce que tu dis, c'est que cette statue est le seul accès possible, et qu'elle est verrouillée. »

Sonder a eu une seconde d'hésitation. « Eh bien, j'imagine qu'on pourrait le dire comme ça, oui.

– Si elle est verrouillée, quelle est la clef ?

– C'est à ça que travaille l'équipe. Les membres les plus expérimentés sont certains qu'il suffit de placer le bon article dans la main de la statue. Malheureusement, sa fabrication s'est avérée, euh… plus compliquée que prévu.

– Je vois. » J'ai lancé un regard à Sonder. « Et ils ont essayé combien de fois, exactement ?

– Euh… » Il s'est gratté la tête. « Je ne sais pas trop. Je ne suis ici que depuis quelques jours.

– Et comment se fait-il qu'il n'y ait personne d'autre dans cette pièce ?

– Ah… Il y avait du monde, quand je suis arrivé, mais après m'avoir ordonné de trouver un moyen de l'ouvrir, ils ont tous disparu. Ils m'ont juste demandé de les tenir au courant.

– Bien. » Autrement dit, personne n'avait la moindre idée de la façon d'ouvrir ce sarcophage. Voilà pourquoi Lyle m'avait contacté, le vendredi – parce que l'équipe d'investigation avait déjà tout essayé. Littéralement. Je me suis demandé combien de fois ils avaient activé l'élémentaire de foudre, et combien de morts et de blessés ils avaient eu avant de comprendre qu'il leur fallait garder leurs distances. C'était aussi pour cette raison que tout le personnel s'était replié à l'autre bout du musée : pour être hors de portée, au cas où on ferait nous aussi tout sauter.

« Tu as été formé par un mage professeur, n'est-ce pas ? ai-je demandé à Sonder. En quoi tu t'es spécialisé ? En théorie de la magie ? »

Il a cligné des yeux. « En histoire, en fait.

– Tu sais qui représente cette statue ? »

Il a marqué une pause. « Ça vous intéresse vraiment ? »

J'ai acquiescé, et son visage s'est illuminé. « Ouah. C'est… Vous savez, vous êtes le premier à me poser la question.

– Laisse-moi deviner, ai-je ajouté en tournant autour de la statue pour l'étudier. Les mages de l'équipe ont juste voulu savoir si tu saurais l'ouvrir.

– Oui. Enfin, je veux dire… » Il s'est raclé la gorge, un peu gêné. « Donc la toge est typique de la fin de l'ère des Précurseurs, et le dessin est très similaire aux sculptures qui subsistent de l'après-guerre. Les autres considèrent qu'il s'agit juste d'une statue… » Sonder a remonté ses lunettes, visiblement enthousiasmé par son sujet. « … mais la première chose que j'ai faite, c'est consulter nos archives. Je n'ai rien trouvé concernant la période de l'après-guerre, mais en épluchant les documents concernant les guerres de l'Ombre, je l'ai tout de suite vu. Son nom est Abithriax, il était général des armées de la Lumière. » Sonder a désigné la baguette dans le poing fermé de la statue. « Voyez-vous, les parques n'étaient pas seulement des armes, elles symbolisaient également le rang social ou le grade. Toujours selon les archives, Abithriax a été tué dans les derniers mois des guerres de l'Ombre, et cette statue date de quelques années plus tard. Donc je ne pense pas que cette relique ait été érigée simplement pour conserver la parque. Je pense que c'est aussi un tombeau.

– Le tombeau d'un général… » J'ai considéré la silhouette fière et imposante en fronçant les sourcils. L'hypothèse tenait la route. « Alors tu crois qu'il a été enterré avec son arme ? »

Sonder a hoché la tête. « C'est mon avis. Bien que je ne l'aie vu confirmé dans aucun document officiel.

– Je suis tenté de penser que tu as raison. » J'ai pris quelques secondes pour y réfléchir. « Sonder, tu peux me rendre un service ? Approfondis les recherches de ce côté-là. Je ne peux pas promettre que ça nous aidera à entrer, mais ça pourrait nous être utile, une fois à l'intérieur.

– D'accord, très bien… Vous pensez réussir à entrer ?

– Yep.

– Comment ?

– Aucune idée. »

Il m'a dévisagé, l'air perplexe. « Alors pourquoi en êtes-vous aussi sûr ?

– Parce qu'il y a tellement de gens qui en ont après moi, ai-je expliqué avec un sourire. Fais-moi de la place… Ça va sans doute prendre un moment. »

Sonder a reculé de plusieurs mètres et est resté à m'observer, tandis que je me plantais en face de la statue et fermais les paupières. J'ai pris une minute entière pour me vider l'esprit, puis j'ai scruté méthodiquement l'avenir.

Cette statue était le point focal de la pièce. J'ai consulté tous les futurs où j'interagissais avec elle et constaté que c'était très facile. Dès que je décidais d'entrer en contact avec elle, ou bien de déposer quoi que ce soit dans sa main gauche, le résultat était rigoureusement le même : l'énorme élémentaire de foudre surgissait au milieu de la salle et nous attaquait. J'ai été quelque peu rassuré de voir que, dans aucun de ces futurs probables, l'élémentaire ne réussissait à m'atteindre. Et aussi que le futur Sonder était très doué pour décamper : à l'évidence, il était beaucoup plus rapide qu'il n'en avait l'air.

J'ai entrepris de passer en revue les futurs un à un, dans le but d'identifier celui où je parviendrais à forcer la statue *sans* activer l'élémentaire de foudre. C'était un processus lent et laborieux, et le temps filait tandis que je restais là, debout, à trier tous ces possibles qui n'en finissaient pas de basculer, de changer, dans l'espoir de dénicher le bon. J'ai dû en visionner plus de mille, peut-être même deux ou trois mille, en essayant tous les objets, toutes les actions, toutes les combinaisons de sorts imaginables. Avec toujours la même conclusion.

J'étais tellement absorbé par cette tâche que j'ai fait un bond en entendant sonner mon téléphone, comme si je sortais brutalement d'une transe. J'ai consulté ma montre : il s'était écoulé deux heures. Sonder était à l'autre bout de la salle, en train de parcourir une pile de livres. Je me suis secoué pour reprendre mes esprits. Sur l'écran de mon téléphone s'affichait un numéro inconnu. J'ai décroché. « Talisid.

– Bonjour, monsieur Verus. Je suis heureux de constater que vous êtes rentré sain et sauf.

– Je demanderais bien comment vous avez obtenu mon numéro, mais je crois que je devine.

– Et je demanderais bien comment vous avez su que c'était moi, mais je crois moi aussi le deviner. Vous avez pu réfléchir à notre offre ? »

Après avoir vérifié que Sonder était toujours à bonne distance, j'ai rapidement inspecté les environs à la recherche d'éventuels sorts d'écoute, avant de me détourner pour répondre à voix basse – juste au cas où. « Et qu'est-ce que vous offrez, exactement ?

– Notre assistance. Dès demain. Je serai présent au musée en tant qu'agent de liaison officiel du Conseil. Je pourrai vous fournir toutes les ressources que vous exigerez.

– Et qu'attendez-vous, en échange d'une telle générosité ? »

Talisid a poussé un soupir. « Arrêtons ce petit jeu, Verus. Ce que nous voulons, c'est empêcher des individus ambitieux de s'approprier la parque. Si vous réussissez à la récupérer et à la remettre au Conseil, c'est parfait. Si vous n'y parvenez pas, ce n'est pas un problème. Globalement, nous aimerions résoudre cette question avec le moins de morts possible. Êtes-vous intéressé, ou pas ? »

J'ai fait durer le silence. « D'accord. Je ne promets rien, mais j'accepte de vous rencontrer pour en discuter. Dix-huit heures, à Centre Point ?

– Ce sera très bien. À tout à l'heure. » Talisid a raccroché.

Cet appel avait réduit ma concentration à néant. Je suis revenu à la statue et ai tenté de retomber en transe, mais je me suis bientôt ravisé. Ça ne fonctionnait pas. S'il existait la moindre chance que je découvre comment activer ce truc, ce serait déjà fait. Ce qui signifiait qu'avec ce que j'avais sous la main ici, ce n'était pas envisageable.

J'ai examiné la statue. Abithriax ne cillait pas. Plus je le dévisageais, plus je trouvais que l'expression de son visage s'affinait. Il ressemblait bel et bien à un général – sûr de lui, comme s'il savait déjà qu'il allait gagner. Je me suis demandé s'il arborait cet air-là, en mourant.

Je me suis remémoré les paroles de Sonder. Les mages qui avaient érigé cette œuvre savaient ce qu'ils faisaient : la ruse n'était pas la bonne voie. Peut-être que je m'y prenais mal. Au lieu d'essayer de trouver la solution tout seul, je ferais sans doute mieux de m'inspirer de ceux qui en savaient davantage que moi. À l'évidence, Levistus m'avait cru capable d'ouvrir cette porte, sinon il ne m'en aurait pas révélé autant, pourtant il n'en était pas certain. Deleo, Cendre et Khazad avaient fait leur propre tentative le vendredi soir, en utilisant une fausse clef, sans succès.

Puis ils s'en étaient pris à Luna.

Luna...

Et c'est alors que j'ai compris. Vous avez peut-être tout deviné depuis longtemps, et vous vous demandez comment j'ai pu mettre tout ce temps à piger. Dans ce cas, je dois dire à ma décharge qu'il est beaucoup plus difficile de prendre du recul pour réfléchir quand on doit sans arrêt surveiller où on met les pieds, sous peine de sauter sur une mine. La clef de la relique était le cube rouge en cristal de Luna. Et puisqu'elle était la maîtresse du cube, c'est elle qui devait le placer dans la paume de la statue.

Ça collait parfaitement. C'était pour cette raison que Cendre avait cherché à me tuer, quand il m'était tombé dessus, vendredi. N'ayant pas réussi à trouver le cube, Deleo et lui avaient voulu se servir de ma magie divinatoire sans se douter une seconde que le cube gisait par terre, sous le nez de Cendre. Khazad non plus n'était pas au courant, pour le cube, c'est pourquoi lui aussi s'était lancé à mes trousses dans l'intention de me recruter de force ou de m'éliminer afin que je ne sois utile à personne d'autre. Après l'assaut raté, Deleo et Khazad avaient suivi la trace du cube jusqu'à Luna et essayé de la débusquer à Camden, et quand là *encore* ils avaient échoué, il ne leur était plus resté à tous les trois qu'une seule option : tenter de la coincer au bal, hier soir. Les paroles de Deleo à Luna me sont revenues en mémoire : « Tu détiens quelque chose qui m'appartient. » Ils savaient que c'était Luna qui avait pris le cube… Ce qu'ils ignoraient en revanche, c'est que c'était elle et elle seule qui devait ouvrir la relique, sinon ils l'auraient enlevée sans se poser de questions. Ce qui signifiait qu'en cet instant, j'étais la seule personne à savoir comment forcer cette porte.

J'ai eu une soudaine montée d'adrénaline. Puis, en poussant un peu plus loin la réflexion, j'ai senti mon cœur se glacer. Ils savaient que le cube était le seul accès, et ils pensaient que c'était Luna qui l'avait. Aussi allaient-ils redoubler d'efforts pour la capturer. « Il faut que j'y aille », ai-je annoncé. Sonder a dit quelque chose, mais je n'écoutais déjà plus.

En repassant par le restaurant, j'ai croisé Griff en pleine discussion avec un autre mage. Il a froncé les sourcils puis m'a suivi, me rattrapant tandis que je dévalais l'escalier. « Alors ?

– J'ai besoin de récupérer quelque chose chez moi.

– Quoi, tout de suite ?

– Tout de suite. »

Griff a eu l'air irrité et a failli argumenter, avant de se raviser. « Très bien. Mais faites vite. »

En sortant du musée, j'étais déjà en train d'élaborer un plan. En théorie, l'effet de l'annulateur protégeait

Luna de toute détection magique, du moins pour un temps. Mais Deleo et Cendre nous avaient vus près de l'arche, aussi étaient-ils au courant de ça aussi. Tout en avançant dans la rue, j'ai passé en revue toutes les autres possibilités. Un sort très puissant pourrait théoriquement pister Luna en dépit de l'annulateur. C'était peu probable, mais pas impossible. L'éventualité la plus dangereuse était qu'ils décident de changer leur fusil d'épaule et de se passer de magie. Il existe quantité de moyens de retrouver quelqu'un. Deleo était-elle du genre à y penser ?

J'ai atteint le coin de la rue. Un taxi noir passait au même moment : je l'ai hélé et ai sauté à bord. « Cla… » J'ai presque aussitôt changé d'avis. « Camden. » Il fallait d'abord que je m'équipe. Le chauffeur a hoché la tête et s'est engagé dans la circulation.

Tandis qu'il remontait vers Camden en slalomant dans les rues sinueuses de Londres, j'ai sorti mon téléphone pour composer le numéro de Luna. Ça a sonné un moment, puis la tonalité « occupé » s'est déclenchée. J'ai juré, raccroché et retenté le coup. Le taxi a tourné dans Royal College Street – nous n'étions plus qu'à quelques minutes de chez moi. J'ai vu dans l'avenir qu'il y avait une chance que Luna décroche et je me suis concentré sur les futurs où elle me parlait, ignorant tout le reste. C'est pourquoi j'ai été pris totalement par surprise. Il y a eu un éclair de magie du feu, un double *bang* lorsque deux des pneus ont explosé, et le taxi a fait une embardée sur la gauche avant d'aller percuter à cinquante à l'heure une voiture en stationnement.

Je me suis retrouvé allongé en travers de la banquette arrière dans une position bizarre, avec la tête qui tournait. J'avais du sang dans la bouche et la vision floue. Je me suis débattu pour me rasseoir, et j'ai vu le chauffeur affalé sur son volant. Mon téléphone avait volé je ne sais où, ça sifflait autour de moi et j'apercevais de la fumée blanche à travers les vitres fêlées. J'ai secoué la tête et me suis penché comme un ivrogne vers l'une des portières pour tenter de l'ouvrir.

Avant que mes doigts aient pu trouver la poignée, la porte s'est ouverte à la volée. Une paire de mains massives s'est abattue sur moi, m'a attrapé par la chemise et m'a extirpé du véhicule. J'entendais des voix et des cris assourdis, mais à travers la fumée je ne distinguais que l'ovale miroitant d'un portail. Quelqu'un a aboyé un ordre et on m'a traîné jusqu'au passage avant de me le faire franchir.

J'ai atterri douloureusement sur le béton avec un bruit sourd. En me tortillant, j'ai vu que d'autres me suivaient à travers l'ouverture. Trois personnes. L'ovale a scintillé avant de disparaître et j'ai constaté que je me trouvais dans une sorte d'entrepôt. L'homme aux grandes mains s'est penché, m'a hissé sur mes pieds et, lorsque ma vision s'est éclaircie, je me suis retrouvé nez à nez avec Cendre.

« Alors, on fait moins le malin, espèce de salopard », a-t-il grondé.

Je me rappelle un livre que j'ai lu, dans lequel un auteur prétentieux déclarait qu'il n'y avait pas de pire prise de conscience que de comprendre que ses parents n'étaient finalement que des êtres humains. Personnellement, je pense que quand on a grandi en entendant ses parents se hurler des injures, le fait qu'ils ne soient que des êtres humains n'est pas une révélation. Pour moi, la pire prise de conscience, c'est quand on comprend qu'on est cerné, sans arme et à la merci de l'ennemi.

On est pris d'une nausée insoutenable, et parfois c'est la toute dernière chose qu'on ressent.

La pièce dans laquelle nous nous trouvions était carrée et laide, avec ses murs en béton, ses petites meurtrières très en hauteur et ses cageots empilés dans les coins. Il n'y avait rien d'autre, hormis trois mages de l'Ombre et moi. Cendre était là, qui me tenait suspendu au-dessus du sol, et Khazad, avec ses petits yeux noirs brillants. J'avais été tellement absorbé par mon coup de téléphone que j'avais négligé de vérifier l'absence de danger imminent et, en regardant le visage de Cendre, je me suis dit que cette erreur allait peut-être me coûter la vie.

Il m'a secoué si fort qu'il m'a fait claquer des dents. « Je vais te réduire en cendres, Verus. Je vais y aller très lentement, pour que tu sentes bien tout. Je vais te faire dire quelle partie brûler ensuite.

– Non. » Khazad arborait une expression encore plus maléfique que son complice. « Moi d'abord. Il va payer pour sa petite comédie, au bal.

– Je ne te le demanderai qu'une fois, a tonné Cendre en approchant mon visage encore plus près du sien. Où est la fille ? Où est la clef ? »

Sous l'effet du choc, tout tanguait autour de moi. « En fait, je crois que ça fait déjà deux fois. »

Cendre a reculé le bras et m'a balancé son énorme poing dans la figure. Si je n'avais pas esquivé au dernier moment, il m'aurait cassé le nez. Il m'a tout de même envoyé par terre et j'ai vu trente-six chandelles. Je retrouvais à peine mes esprits quand il m'a relevé sans ménagement. Il s'apprêtait à remettre ça lorsqu'une voix s'est interposée.

« Attends. » Deleo est venue se planter en face de moi. Elle portait toujours son masque et me dévisageait d'un air implacable. « Donne-lui une seconde. »

Furieux, Cendre a tout de même obéi, et au bout de quelques instants j'ai eu à nouveau les idées claires. Les doigts de Cendre m'agrippaient les épaules, et je mesurais que j'avais peu de chances de me débarrasser de lui, même sans les deux autres mages contre moi.

« Très malin, le coup de l'annulateur », a commenté Deleo en voyant que j'avais repris mon souffle. Elle parlait d'une voix calme. « Ça nous a empêchés de pister ta petite amie. Alors on a décidé que ce serait plus simple de te traquer, toi. On savait que tu retournerais au musée. On a juste eu à attendre que tu en sortes. » Elle s'est penchée tout près pour planter dans les miens ses yeux bleus, soudain embrasés. « Je t'avais prévenu qu'on n'en resterait pas là. »

J'ai soutenu son regard sans rien dire.

Elle a reculé. « Pour sortir de ce hangar, tu as le choix : ou bien sur tes deux jambes pour nous montrer où tu as caché le cube, ou bien dans un sac. Dépêche-toi de choisir. »

J'ai eu un moment d'hésitation. Cendre souriait de toutes ses dents et Khazad fixait le sol. Deleo a hoché la tête. « Vas-y, Cendre. Commence par les jambes.

– Attends », ai-je dit pour gagner du temps, en essayant de réfléchir à toute vitesse.

Au même moment, Khazad s'est exclamé : « Il y a quelque chose qui cloche ! »

Cendre et Deleo se sont tournés vers lui en fronçant les sourcils. Khazad scrutait les murs. « Il y a… » Il bougeait la tête dans tous les sens, inspectant le vide. « Des sorts de protection. Ce hangar est piégé !

– C'est les nôtres », a grogné Cendre sans relâcher son emprise. Il n'avait pas l'air content d'être interrompu.

« En plus des nôtres, abruti ! Quelqu'un est entré ici !

– C'est impossible, a répliqué Deleo. Personne n'aurait pu franchir nos défenses sans qu'on le remarque.

– Et moi je te dis que si ! » Khazad a secoué la tête. « C'est trop risqué. On ferait mieux de le tuer et de déguerpir. » Une flamme d'énergie noire s'est allumée autour de sa main et j'ai su que mon heure était arrivée.

Mais avant que Khazad ait pu frapper, une voix a résonné non loin de nous. « Votre attention, je vous prie. »

En faisant volte-face, Cendre m'a lâché et je me suis affalé sur le béton dans un bruit mat. Un homme à la chevelure sombre, vêtu de noir, a surgi de derrière une pile de cageots. Morden.

Il n'avait pas l'air perturbé le moins du monde par la vision de trois mages de l'Ombre sur le point d'attaquer. « Bonjour à tous », a-t-il ajouté d'une voix agréable. Il gardait les mains croisées dans le dos. « Cendre, Khazad, je préférerais que vous vous absteniez.

– Tu disais que la voie était libre ! a sifflé Cendre à Khazad.

– J'ai dit qu'il fallait partir ! Si tu n'avais pas tout foutu en l'air… »

Deleo a fait taire les deux autres d'un geste furtif. Obnubilés par Morden, ils semblaient tous les trois m'avoir complètement oublié. « Maître Morden, a dit Deleo d'une voix égale. Je ne crois pas que cela vous concerne.

– Oh, ne le prends pas contre toi, Deleo, a répliqué Morden d'un ton presque amical. Tu as fait du très bon travail. Mais maintenant, il est temps que vous veniez avec moi.

– Merci pour votre proposition, a riposté Deleo en maîtrisant avec peine sa voix, mais la réponse est toujours non. »

Morden a eu un petit sourire. « Je crains que tu n'aies pas bien compris, Deleo. Cette fois-ci, je ne te donne pas le choix. »

Deleo n'a pas bougé. Khazad en revanche s'est avancé d'un pas, la main droite brûlant d'énergie noire. « Tu es seul contre trois, vieillard », a-t-il lancé d'une voix douce et implacable.

J'ai tendu le cou pour mieux voir, mais Morden ne semblait pas être venu accompagné. J'aurais voulu m'enfuir, mais je savais que le moindre mouvement attirerait l'attention sur moi.

« Oui, oui, a dit Morden avec une tolérance feinte. La bravade, c'est très bien, mais rends-toi compte que tu n'es pas en position d'argumenter. J'avoue que je suis impressionné que tu aies détecté le sort porteur. En réfléchissant une seconde, tu comprendras qu'il y en a quantité d'autres et, très franchement, vu ton niveau de compétences…

– La ferme ! a rugi Khazad. Je le vois, ton sort ! C'est rien du tout ! »

Morden a poussé un soupir. « Sois un peu plus attentif, Khazad. Comme je le disais, ce sort en cache beaucoup d'autres, et vous vous trouvez tous dans leur rayon de frappe. J'aimerais mieux régler cette affaire pacifiquement, mais…

– Del », a grondé Cendre.

Deleo a hésité, puis a eu un geste vif. Cendre a bondi vers la gauche et l'énergie noire s'est enroulée tout autour de Khazad tandis qu'il s'apprêtait à frapper.

Le hangar a disparu, englouti dans une vague obscure. Une pulsation nous a balayés, aspirant la lumière sur son passage, et je me suis senti à la fois pris de nausée, affaibli et aveuglé. Ma force a décliné et je me suis effondré au sol.

Il y a eu un grand silence puis j'ai perçu la voix de Morden comme de très loin. Elle paraissait s'éteindre progressivement. « C'est la seule méthode qu'ils comprennent, n'est-ce pas ? Emballez-moi ces imbéciles. Et assurez-vous qu'ils sont vivants. »

Je n'ai pas entendu les phrases suivantes. Les ténèbres m'ont avalé, et tout est devenu noir.

9

En rouvrant les yeux, j'ai constaté que j'étais allongé dans un lit bien chaud, dans une petite chambre confortable aux murs lambrissés. La pièce était encombrée de meubles, beaux et coûteux, et un feu brûlait dans la cheminée. Sur le côté se trouvait une longue fenêtre ; la chambre était bien éclairée, et dehors la lumière était pâle ; il pleuvait. Mon intuition me soufflait de ne pas bouger, aussi suis-je resté immobile, étendu là, à laisser remonter les souvenirs. Je portais la même tenue qu'en partant de chez moi pour me rendre au musée. Je n'entendais que les craquements discrets du feu et le martèlement de la pluie contre la vitre.

Je n'avais aucune idée de l'endroit exact où je me trouvais, mais je savais très bien de quel *genre* d'endroit il s'agissait : le château d'un mage de l'Ombre. J'ignore comment, j'étais également certain de l'identité de son propriétaire. Sans doute la mémoire, l'instinct et quelque chose dans l'air.

Lorsque ma relation avec Richard Drakh avait mal tourné – en gros, quand j'avais mesuré combien j'avais été stupide de devenir son apprenti –, j'avais été retenu prisonnier dans son château. Pendant toute cette période, je n'avais été qu'un esclave, et traité comme tel. De temps à autre, Richard ou un des autres venait passer du temps avec moi, soit pour tenter de me convaincre, soit, dans les derniers mois, simplement pour s'amuser. Très rarement, on me sortait sous surveillance lorsque Richard avait un travail à me faire faire, et c'est lors d'une de ces sorties que j'avais finalement réussi à m'échapper. Mais le reste du temps, j'étais resté enfermé.

Comme je l'étais en ce moment même.

C'est étrange. Depuis que je m'étais évadé de chez Richard, et même après sa disparition, la chose au monde qui me terrifiait le plus, c'était de devoir y retourner. Et maintenant que ça se produisait, je n'avais plus du tout peur. C'était plutôt une forme de soulagement, comme si l'inévitable avait fini par se produire. Ce que je ressentais surtout, c'était cette ancienne vigilance, cet instinct animal du danger. Tout disparaît hormis le présent et la pulsion de survivre, heure par heure, jour après jour. J'ai compris amèrement que mon erreur au musée, cette embuscade dans laquelle je m'étais jeté tête baissée, était la dernière que je pourrais me permettre. C'était mon ultime chance.

J'ai dressé un rapide bilan de la situation. J'étais encore habillé, et dans une chambre plutôt qu'une cellule. Je n'étais pas blessé, ni même contusionné par l'explosion : on avait donc dû me soigner. La somme de tous ces facteurs signifiait qu'on allait me proposer un marché, et donc que j'avais encore une carte en main, du moins pour un temps. Sur ces considérations, je me suis levé et j'ai remué les bras et les jambes pour me dégourdir.

La pièce était douillette et les lambris ressemblaient à de l'acajou. Dehors, j'entendais le vent gémir, tandis qu'à l'intérieur il faisait bon. Mes poches étaient vides, mais leur contenu avait été proprement empilé sur la table de chevet. J'ai fait l'inventaire et constaté que rien ne manquait, depuis mon portefeuille jusqu'à mes armes en passant par mes pierres portails.

Intéressant. Même avec mes articles, ils ne me considéraient pas comme une menace. Était-ce de la bonne foi ou un excès de confiance de leur part ? ou un mélange des deux ?

Mes vieux réflexes ont repris le dessus et j'ai vérifié mes options de fuite en consultant les futurs où j'essayais de sortir. La fenêtre était verrouillée et protégée par des sorts. Pas la porte. Et mes pierres portails… ?

Ouille. Un sort d'interdiction. Je me suis concentré et, dans mille visions projectives, mille versions de moi ont exploré la chambre en quête d'une autre issue. Il n'y en avait aucune. J'ai abandonné et hoché la tête avec résignation : j'étais dans une cage dorée. Avec un peu de temps devant moi, je pourrais sans doute forcer le verrou de la fenêtre, mais dans l'immédiat le risque n'en valait pas la chandelle. Je me suis donc dirigé vers la porte.

Elle ouvrait sur un salon. Des canapés à l'air confortable et des fauteuils en cuir rouge trônaient dans la pièce, et des tableaux représentant des batailles antiques décoraient les murs. Là aussi, un feu brûlait dans la cheminée et l'éclairage était chaleureux. Plusieurs portes menaient vraisemblablement à d'autres pièces.

J'ai reconnu Morden, installé dans l'un des fauteuils, avec ses cheveux noirs qui semblaient aspirer la lumière. Il avait les jambes croisées, cheville posée sur l'autre genou, et il lisait un dossier. « Ah, Verus, a-t-il lancé sans lever les yeux de son document. Vous êtes levé. Prenez un siège. »

Je me suis dirigé vers l'un des canapés en face de lui. Sans même regarder, je savais que mon avenir dépendait des décisions de l'homme assis là. Le contrarier n'était pas une bonne idée. Il a continué sa lecture pendant une bonne minute, avant de hocher la tête et de refermer la chemise. Puis il a levé les yeux vers moi. « Content de vous voir sur pied. J'espère que vous vous sentez mieux ? »

J'ai acquiescé. « Très bien, merci.

– Excellent. Avant toute chose, je tiens à m'excuser pour la manière dont vous avez été amené ici. J'avais espéré résoudre les choses pacifiquement, mais vos trois poursuivants semblent avoir plus d'obstination que de bon sens et, malheureusement, vous vous trouviez dans le champ de l'explosion. J'ai pris la liberté de faire soigner vos blessures. J'espère que vous ne m'en voudrez pas. »

La veille, je n'avais vu Morden que brièvement. Il avait les cheveux et les sourcils d'un noir de jais et le physique avantageux de quelqu'un qui le travaille. Il pouvait paraître trente ans, toutefois sa voix et son regard dissonaient avec cette impression. J'aurais dit qu'il était plus vieux, peut-être même beaucoup plus vieux qu'il n'en avait l'air. Pour l'instant, il était assis dans une posture décontractée et accueillante, et tout en lui suggérait l'hospitalité. J'allais vite découvrir si ce n'était qu'une façade.

Morden attendait une réponse de ma part. « Non, ai-je fini par dire. Vous n'avez pas à vous excuser. Étant donné les circonstances au moment où vous êtes apparu, je vous en suis reconnaissant. »

Il a secoué la main d'un air distrait. « Comme je vous le disais hier soir, je voudrais discuter affaires avec vous. En fait, tout s'est très bien enchaîné. »

J'ai acquiescé à nouveau, même si je n'étais pas complètement attentif à ses paroles. Dès l'instant où j'avais pénétré dans la pièce, je m'étais mis à scruter l'avenir. Tant Morden que cette demeure rayonnaient de puissance, mais je ne sentais pas de danger immédiat. Apparemment, il n'avait pas l'intention de me faire de mal. Du moins pas encore.

« Eh bien, a tranché Morden. Que voulez-vous ?

– Je vous demande pardon ?

– Que voulez-vous ? » a-t-il répété. Quand il parlait, il avait une manière particulière de retrousser les lèvres qui lui donnait l'air de sourire même lorsque ce n'était pas le cas. « Que comptez-vous tirer de tout cela ?

– De tout quoi ?

– Allons, Verus. Cette histoire de relique des Précurseurs, et son contenu. Vous êtes impliqué, donc à l'évidence vous avez une bonne raison. Quelle est votre motivation ?

– Eh bien… dans l'immédiat, rester en vie serait une bonne chose. »

Morden a secoué la tête. « Oh, je pense que vous pouvez faire mieux que cela.

– Je vous assure, rester en vie est une sacrée motivation pour moi.

– Si survivre était réellement votre priorité, vous seriez en train de vous cacher, comme les autres devins. Comment va Helikaon, à ce propos ? Quel dommage qu'il ait décidé de décliner notre offre. J'ai toujours aimé travailler avec lui. »

Je n'ai pas réagi. « Abordons les choses sous un autre angle, a-t-il proposé. Qui voudriez-vous voir entrer en possession de la parque ?

– Ça dépend de ce que j'y gagne. »

Morden a de nouveau secoué la tête, un petit sourire aux lèvres. « Je n'y crois pas non plus, voyez-vous. Vous n'êtes pas un mercenaire.

– Si vous en savez tant sur moi, ai-je répliqué d'une voix égale, pourquoi me poser la question ?

– Oh, je connais vos motivations. Je suis simplement curieux de savoir si vous les connaissez vous-même. »

J'ai gardé le silence.

« Savez-vous que nous nous sommes déjà rencontrés ? a ajouté Morden. Avant hier soir ? J'imagine que vous ne vous en souvenez pas. C'était il y a dix ans. À un tournoi. Vous étiez apprenti chez Richard, à l'époque, mais je vous revois très clairement. Nous avons parlé quelques minutes, avant qu'on vous rappelle.

– Vous avez une bonne mémoire.

– J'ai été déçu d'apprendre que votre maître et vous aviez eu un différend. Quoi qu'il en soit, je n'ai pas été surpris de vous voir réapparaître. La plupart des autres vous croyaient mort, mais j'ai toujours eu le pressentiment que vous referiez surface. Vous ne manquez pas de ressources, Verus. C'est une qualité que j'admire. »

Une fois encore, j'ai tenu ma langue. Durant mon apprentissage chez Richard, j'avais rencontré des centaines de mages de l'Ombre, souvent brièvement. Il était tout à fait plausible que Morden ait été l'un d'eux. Ce qui me tracassait, c'était l'étendue de ce qu'il semblait savoir. Les mages de l'Ombre ont en général de bons réseaux de renseignement, mais ceux qui connaissaient tous les détails de cette période étaient rares.

« Nous avons un terme, pour qualifier les mages tels que vous, Verus, a déclaré Morden. Pistolero. Des mages qui rejettent la tradition dans laquelle ils ont été élevés. En général on les méprise mais, en vérité, certains des mages les plus puissants de toute l'histoire étaient des pistoleros… dans les deux camps. Parmi ceux-là, les plus fameux sont surtout ceux qui ont fini par se rallier à cette tradition. » Morden a joint les extrémités de ses doigts et m'a dévisagé en haussant les sourcils, comme s'il attendait quelque chose.

J'ai mis un moment à comprendre. « Est-ce que vous… avez une suggestion à me faire ?

– Plutôt une offre, pour tout dire. Les devins compétents sont si rares. C'est l'une des raisons pour lesquelles Richard s'était donné tant de mal pour vous recruter, et pour lesquelles il a été tellement déçu par l'issue de votre collaboration. »

Alors comme ça, Richard avait dû batailler pour me recruter ? Il avait toujours présenté ça comme quelque chose de fortuit.

« Je croyais que vous disiez que les pistoleros n'étaient pas très respectés ?

– Je crois aux secondes chances. » Il a incliné légèrement la tête sur le côté. « Il ne vous a pas échappé que compte tenu de votre situation, des alliés seraient bienvenus, pour vous. Dans votre position actuelle, vous n'avez d'amis ni parmi l'alliance de l'Ombre, ni au sein du Conseil de la Lumière.

– Je n'étais même pas au courant qu'il existait une alliance de l'Ombre.

– Ces derniers temps, vous voulez dire ? » Morden a souri. « Si la parque venait à être récupérée, je ne doute pas que vous entrevoyiez ce qui pourrait changer.

– Certes… Écoutez, vu que vous en savez tellement sur moi, j'imagine que vous n'ignorez pas que mon dernier échange avec des mages de l'Ombre s'est plutôt mal terminé. Pour tout le monde. »

Morden a haussé les épaules. « Un peu de conflit est toujours prévisible, au cours du processus d'apprentissage.

– On peut dire ça comme ça.

– N'oubliez pas, Verus, que vous n'avez jamais achevé votre formation. Les désaccords comme celui que vous avez vécu sont chose courante. Ils ont pour finalité d'enseigner à l'apprenti la Voie Véritable. Dans votre cas, bien que les événements aient été regrettables, on pourrait considérer le résultat final comme acceptable. Vous avez déjà tout d'un mage de l'Ombre, il ne vous en manque que le nom.

– Non, vous avez tort, ai-je répliqué d'un ton cassant, sans même réfléchir.

– Il est naturel que cette comparaison vous déplaise, a ajouté Morden avec calme. Vous associez le nom de mage de l'Ombre au comportement de Richard. Mais être un mage de l'Ombre ne signifie pas pour autant qu'on soit destructeur ou brutal. Nous ne croyons pas au mal en soi, ni à toute cette propagande stupide que d'autres diffusent. Nous ne faisons que reconnaître la vérité – à savoir que toutes les définitions du bien et du mal ne sont finalement qu'une question de point de vue. Vous considérez Richard comme un être malfaisant. Il n'aurait pas été d'accord. Mais réfléchissez une seconde. Comment avez-vous fait pour survivre, au bout du compte ?

– Je m'en suis sorti par moi-même.

– Exactement. » Morden a pointé l'index vers moi. « Vous n'avez pas perdu de temps à essayer de convaincre Richard que vous aviez raison et lui tort. Vous avez rompu les liens par vos propres moyens.

– Je sais ce que j'ai fait. » Une partie de moi se rappelait qu'il valait mieux ne pas contrarier Morden, mais ça devenait de plus en plus difficile. « J'étais là. »

Il s'est contenté de m'observer. J'ai inspiré à fond et ai lentement recouvré mon calme. « Qu'essayez-vous de me dire, au juste ? ai-je fini par demander.

– Je ne fais que démontrer l'évidence. Si vous avez survécu et réussi à vous échapper, c'est que vous étiez suffisamment puissant. Et c'est tout ce qui compte, évidemment. Car, dans le cas contraire, vos croyances n'auraient pas eu grande importance. Il semble que le Conseil ne partage votre point de vue sur… eh bien… » Morden a haussé un sourcil. « … sur rien, en réalité. Vous savez forcément que jamais ils ne vous accepteront. Ils ne vous ont proposé ce travail qu'après avoir épuisé absolument toutes les alternatives, alors que vous étiez plus que qualifié. Donc, je le répète », Morden m'a considéré d'un air bienveillant, « vous êtes un ennemi du Conseil. Vous vivez de votre habileté et de vos pouvoirs. Dans les faits, vous avez tout du mage de l'Ombre, sauf le nom. Et un autre détail. »

Il a de nouveau haussé les sourcils, comme pour m'inviter à lui demander de quoi il s'agissait. « Un vrai mage de l'Ombre a un objectif, a-t-il poursuivi en voyant que je ne mordais pas à l'hameçon. Ceux qui n'en ont pas deviennent les pions de ceux qui en ont. Ce qui nous ramène à notre question initiale. Que voulez-vous ?

– Et vous ? »

Morden a souri. « Je veux la parque, cela va de soi. Ce n'est un secret pour personne. La question, c'est de savoir à qui vous souhaitez qu'elle revienne. »

Je m'apprêtais à répondre, lorsque je me suis brusquement aperçu que je n'en savais rien. J'avais été tellement occupé depuis deux jours à manœuvrer entre les différentes factions que je n'avais pas pris le temps de me demander qui je désirais voir gagner. Et pourquoi aurais-je dû le faire ? Ça ne dépendait pas de moi.

Sauf que maintenant que j'avais le temps d'y penser, je me rendais compte que si. J'avais assez de pièces du puzzle entre les mains pour changer la donne. Morden avait raison. Jusqu'ici, je n'avais été que dans la réaction, ballotté entre les parties en présence. Si je voulais me tirer de là en un seul morceau, il fallait que je sorte de la réaction pour entrer dans l'action. Ce qui signifiait identifier clairement mes motivations.

Je suis resté assis là à y réfléchir pendant cinq minutes. Morden ne m'a pas pressé, il a attendu patiemment que je trouve les mots.

« Qu'est-ce que vous offrez ? ai-je fini par demander.

– Considérez cette position comme celle d'officier de renseignement. Je pense que c'est un rôle qui vous conviendrait parfaitement.

– Et j'y gagnerais quoi ?

– Allons, Verus. Je sais que l'argent n'est pas une fin pour vous.

– Je ne parlais pas d'argent.

– Ah. » Morden a penché la tête sur le côté. « Eh bien, pour commencer, vous resteriez en vie. Vous m'avez indiqué que c'était votre priorité absolue, si je ne m'abuse.

– Vous allez devoir faire mieux que ça.

– Vous êtes conscient que je peux vous tuer à n'importe quel moment ?

– Absolument. Mais vous ne l'avez pas fait, ce qui signifie que, pour l'instant, ce n'est pas dans votre intérêt. Vous auriez pu me faire du chantage – ou j'obéissais, ou je mourais –, et alors j'aurais été forcé de me plier à vos exigences. Mais menacer un devin n'est pas très productif, à long terme. En tout cas, si vous tenez à obtenir de lui des informations fiables. »

Morden m'a dévisagé pendant un long moment. En consultant l'avenir, je voyais qu'il n'allait pas persévérer dans l'intimidation ; pourtant, quelque chose dans son regard me donnait quand même la chair de poule. Soudain, il a souri. « Très bien, dans ce cas. Ce que j'ai à vous offrir, c'est la sécurité. Tant que vous travaillerez pour moi, ni vous ni aucun des associés que vous impliquerez ne serez inquiétés. *Par quelque camp que ce soit*. Je gage que vous serez très impressionné par mon système de sécurité. Vous pourrez également disposer à votre guise de ce que vous trouverez sur le site, hormis la parque elle-même. Et, bien entendu, les membres de votre équipe auront leur propre part.

– Les membres de mon équipe ?

– Maintenant, a ajouté Morden en se reculant dans son fauteuil, dites-moi comment ouvrir cette relique. »

J'ai vu les futurs se démultiplier en arborescence. J'ai pris le temps de considérer les choix qui s'offraient à moi, et vu les conséquences de chacun. « Avec une clef, ai-je fini par répondre.

– À quoi ressemble cette clef ?

– À un cube de cristal rouge.

– Comment fonctionne-t-il ?

– Il faut le placer dans la main de la statue.

– Avez-vous ce cube en votre possession ? »

J'ai marqué une pause. « Oui. »

Après une seconde de battement, Morden a hoché la tête et j'ai senti l'air trembloter sous l'effet d'un sort mineur. Puis la porte du fond s'est ouverte et un jeune homme est entré.

Il ne devait pas avoir plus de vingt ans ; pourtant, à le regarder, on ne pouvait pas être tenté de le qualifier de jeune garçon. Grand et mince, il avait des gestes harmonieux qui suggéraient une grande célérité, et un regard froid. Je ne l'avais jamais rencontré, mais je savais exactement ce qu'il était : un Élu de l'Ombre, un apprenti qu'on avait sorti du lot. Ce qui supposait qu'il était rapide, sans pitié, expérimenté au combat en dépit de son jeune âge, mortel avec ou sans sa magie. Il tenait quelque chose à la main et, lorsqu'il est venu se placer à côté du fauteuil de Morden, j'ai vu de quoi il s'agissait : le cube de cristal rouge de Luna, celui que j'avais laissé à la boutique.

« Laissez-moi vous présenter Onyx, a annoncé Morden. C'est lui qui veillera sur vous, durant votre séjour ici. N'hésitez pas à vous adresser à lui si vous avez besoin de quoi que ce soit. »

Onyx et moi nous sommes dévisagés. À son expression, il était clair que toute personne s'adressant à lui risquait fort de se faire trancher la gorge.

« C'est noté, ai-je répondu.

– Parfait. Onyx ? »

L'Élu s'est approché et a tendu le cube. J'ai levé la main et il l'a déposé dans ma paume. Morden lui a alors adressé un signe de tête et, après un dernier regard dans ma direction, le chien de garde a tourné les talons et refermé la porte derrière lui en sortant. « En gage de notre bonne foi, a expliqué Morden avec un sourire. Je crains que les défenses de votre boutique ne laissent à désirer. Il faudra tâcher de vous procurer un meilleur logement, lorsque cette affaire sera terminée. »

J'ai fixé le cube, sentant dans ma main sa présence et son immobilité, presque sa patience.

« Comme vous le voyez, a ajouté Morden, à présent j'ai tout ce dont j'ai besoin – avec votre aide, bien sûr. Nous passerons à l'action dans un jour ou deux. D'ici là, considérez-vous comme mon invité en ces lieux. » Il s'est levé pour se diriger vers la porte. « Par ici. »

Après avoir glissé le cube dans ma poche, je me suis levé à mon tour et ai suivi Morden le long d'un grand couloir au tapis moelleux et aux murs ornés de tableaux, mais j'étais trop occupé à consulter l'avenir pour m'appesantir sur le décor. Morden connaissait l'existence et l'utilité du cube depuis le début : ses questions avaient été autant de pièges. Si j'avais menti, les conséquences auraient été sanglantes. Mais il me restait un avantage, un secret dont j'étais presque certain que Morden l'ignorait. Le cube ne fonctionnerait qu'avec Luna. Si Morden tentait d'ouvrir la porte avec l'article seul, il allait avoir une très mauvaise surprise.

Et il valait mieux pour moi ne pas être dans les parages lorsque ça se produirait.

« Vous travaillerez avec Onyx sur cette mission, a précisé Morden. Ainsi que trois autres personnes.

– Ces personnes, ce ne seraient pas Cendre, Deleo et Khazad, par hasard ?

– Eh bien, il se trouve que si.

– Ah.

– Je suis sûr que vous réussirez à régler vos différends.

– C'est eux qu'on va voir ?

– Seulement Deleo.

– Et les deux autres ?

– Malheureusement, ils se sont montrés… moins coopératifs. Ils devraient avoir retrouvé leur bonne volonté d'ici demain, a conclu Morden avec un sourire. Quoi qu'il en soit, je ne doute pas que Deleo et vous aurez beaucoup à vous dire. Mais avant toute chose, je pense qu'il convient de refaire les présentations. » Il a ouvert l'une des portes au bout du couloir.

La pièce était peu éclairée et m'a paru étrangement familière ; il m'a fallu une minute pour me rappeler le lieu qu'elle m'évoquait : Canary Wharf, le salon où m'avait reçu Levistus. Je retrouvais les mêmes fauteuils disposés devant une large baie en verre sans tain. Mais mon attention a rapidement été attirée par la femme qui se tenait au milieu de la pièce. C'était Deleo, mais cette fois, lorsqu'elle s'est retournée pour nous faire face, elle ne portait plus son masque. Et j'ai su qui elle était.

Je me suis arrêté net dans l'embrasure de la porte. « Il me semble que vous vous connaissez ? » a dit Morden.

Nous nous sommes dévisagés en silence, elle et moi.

« Eh bien, a fini par ajouter Morden, j'ai une question disciplinaire à régler. Que ce soit bien clair : je ne tolérerai aucune dissension interne. Vous travaillez tous deux pour moi, à présent. Et si vous vous révélez incapables de coopérer, l'un d'entre vous ou les deux seront remplacés. C'est compris ? » Aucun de nous n'a répondu. « Est-ce que c'est compris ? a répété Morden d'une voix glaciale.

– Oui », ai-je dit.

La femme en face de moi a hoché la tête.

« Bien. Oh, et veuillez rester ici jusqu'à mon retour. Vous comprendrez rapidement pourquoi. »

La porte s'est refermée dans un cliquetis et le silence nous a enveloppés. C'est moi qui ai fini par le rompre. « Alors c'était toi. »

Deleo – puisque c'est ainsi qu'elle se faisait maintenant appeler – s'est enfin décidée à ouvrir la bouche. « Tu ne m'as même pas reconnue, hein ?

– Pour ça, il aurait suffi que tu te fasses appeler Rachel. »

Elle a détourné le regard. « Ce n'est plus mon nom. »

Le silence est retombé tandis que j'observais Rachel. C'est une expérience étrange que de revoir quelqu'un tant d'années après. Quand je l'avais connue, elle n'était encore qu'une adolescente, jolie et réfléchie, sans cesse changeante. Dans son visage d'aujourd'hui, je reconnaissais celle qu'elle avait été autrefois, pourtant ses traits s'étaient figés, formant un masque. Elle avait un physique frappant, une beauté froide, mais le terme « jolie » ne lui correspondait plus.

Nous étions quatre, à l'époque. Shireen, Tobrouk, Rachel et moi. Tobrouk était mort. Shireen aussi, sans doute. Je n'avais jamais su ce qui était arrivé à Rachel. Après l'ultime bataille, je n'avais plus reçu aucune nouvelle d'elle et elle n'avait pas cherché à me contacter. Je l'avais oubliée, enfouie dans ma mémoire avec tout ce qui appartenait à ce passé-là. Jusqu'à aujourd'hui.

« Pourquoi le masque ? ai-je demandé au bout d'un long moment.

– Tu ne peux pas comprendre.

– C'est à ça que tu occupes tes journées ? La chasse au trésor ?

– Et toi, tu tiens une boutique ! » a-t-elle répliqué avec mépris.

J'ai haussé les épaules. Je n'apprécie pas franchement que les mages disqualifient mon activité quotidienne, mais j'y suis habitué. « Tenir boutique ou aller à la chasse au trésor… on dirait que ça nous a menés au même endroit. »

Rachel n'a pas répondu.

« Par simple curiosité, qu'est-ce que tu avais l'intention de faire de Luna et moi, après avoir forcé la relique ?

– Ce qui me serait passé par la tête.

– On imite son vieux professeur ?

– Va te faire foutre ! a-t-elle aboyé. On te tenait. Tu n'as jamais réussi à me battre.

– Je ne cherchais pas à te battre. »

Rachel a lâché une exclamation de dégoût et s'est dirigée vers l'autre bout de la pièce, me tournant le dos.

Malgré la violence de ses paroles, je ne sentais aucun danger émaner d'elle. Sans son masque, elle était une autre personne. Voyant en outre qu'elle n'avait pas l'intention de répondre à mes questions, je me suis dirigé vers la baie vitrée pour examiner ce qui se trouvait derrière.

La pièce de l'autre côté était une salle de torture. Trois petites cages en barbelés étaient alignées contre le mur du fond, pas tout à fait assez grandes pour qu'on puisse s'y tenir debout et pas non plus assez larges pour qu'on puisse s'y asseoir. Dans un coin, j'ai avisé un chevalet, ainsi qu'une chaise de Judas et une vierge de fer dont les pics dépassaient des portes entrouvertes. En bonne place au centre de la pièce trônait un agoniseur de trois mètres de haut, dont les sangles et les plaques métalliques avaient été lustrées, prêtes à l'emploi.

Bien que la salle de torture de Morden soit correctement équipée, je n'ai pu m'empêcher de constater qu'elle était quelque peu primitive, comparée à celle de Richard. Ce dernier s'était donné beaucoup de peine pour trouver des systèmes capables d'infliger une douleur intolérable sans causer de dommages physiques, si bien qu'ils pouvaient être utilisés sur de longues périodes sans l'intervention d'un soigneur. Peut-être Morden était-il du genre vieux jeu.

Ma petite étude comparée sur les points forts et les points faibles des salles de torture vous fiche les jetons ? Ça ne m'étonne pas. Mais, croyez-moi, vous comprendriez mieux si vous y aviez déjà mis les pieds. En parler comme d'une chose normale aide à juguler la terreur. Évidemment, le jour où vous *considérez* les salles de torture comme une chose normale, c'est le signe qu'il est vraiment temps de revoir votre vie.

« Comme au bon vieux temps », ai-je marmonné. Rachel n'a pas réagi, et je me suis tournée vers elle.

« Est-ce que Morden t'a mise là-dedans ? Ou bien il a réservé ça à Cendre et Khazad ? »

Elle m'a regardé d'un air totalement inexpressif. Je me suis adossé au mur pour l'observer plus à mon aise. « Tu ne recevais d'ordres de personne, autrefois, ai-je hasardé après une pause. C'était toi qui commandais. En tout cas, c'était ta ligne de conduite. Et là, en une journée, tu te rallies à Morden ? Qu'est-ce qui a changé ? »

Rachel m'a de nouveau tourné le dos. Pendant un moment, j'ai cru qu'elle n'allait pas répondre, puis elle s'est décidée. « Beaucoup de choses ont changé.

– Et d'autres pas. » J'ai eu un petit sourire. « Par exemple, on va devoir retravailler ensemble.

– Non. » Elle a pivoté pour me faire face. « Je n'ai jamais voulu te revoir. Et je n'aurais pas eu à le faire si Cendre ne t'avait pas flairé. Ensuite, il a fallu que tu te mettes à la colle avec cette fille. Tu ne pouvais pas te cacher, comme tous les autres ? Le simple fait de te regarder me donne envie de… » Elle a serré les poings et inspiré à fond. « Je te hais plus encore que je ne pourrais haïr Morden. C'est juste un inconnu. Alors que toi…

– Alors que moi quoi ?

– Tu es un souvenir, a-t-elle lancé d'une voix grave et intense. Chaque fois que je te regarde, je dois me rappeler. Ne m'approche pas. Je te tuerai, si c'est la seule solution pour ne plus jamais revoir ton visage. »

Au bruit d'une porte qui s'ouvrait, nous nous sommes tous les deux retournés. De l'autre côté de la vitre sans tain, trois personnes avaient pénétré dans la salle de torture. En les voyant, j'ai aussitôt compris ce qui allait se passer, et pourquoi Morden nous avait ordonné de rester.

Il se trouvait devant, face à nous. Derrière lui, j'ai reconnu les deux filles qui l'accompagnaient au bal : Lisa et la brunette. Cette dernière avait le visage totalement impassible et traînait Lisa par le poignet. Lisa pleurait et suppliait, les joues baignées de larmes. Malgré la vitre sans tain, on entendait clairement tout ce qu'elle disait. « Non, maître, je vous en supplie. Je vous demande pardon, je ferai tout ce que vous voudrez. Je ne voulais pas. Maître, s'il vous plaît, je ne l'ai pas fait exprès, je vous en prie. Ne me mettez pas là-dedans. Maître, pitié… »

Ce genre de scène suscite une forme de fascination atroce sur le spectateur. On a beau pressentir ce qui va se produire, on est incapable de détourner les yeux. J'avais tout vu dans l'avenir, je savais comment ça se terminerait, et pourtant je me suis retrouvé happé par la scène de l'autre côté de la vitre. À côté de moi, j'avais conscience de la présence de Rachel, immobile, attentive elle aussi.

Tandis que l'autre fille ligotait Lisa à l'agoniseur, cette dernière a arrêté de supplier, secouée de sanglots.

« Lisa, a dit Morden. Comprends-tu pourquoi tu es ici ? »

La jeune fille a marmonné quelque chose.

« Plus fort, je te prie », a ordonné Morden.

Lisa a reniflé. « Pour dé… déloyauté. » Elle avait la voix tremblante.

« Envers qui ?

– Envers vous. Je vous en prie, maître, je n'ai pas… »

Morden a levé la main et Lisa s'est tue. Ayant fini de l'attacher, la brunette l'a laissée là, bras et jambes écartés. « Voici la punition pour déloyauté », a annoncé Morden. Il a adressé un signe de tête à l'autre fille.

Avec le même air impénétrable, elle s'est retournée pour activer la machine.

Je vous passe les détails du fonctionnement de l'agoniseur. Croyez-moi, ça vaut mieux pour vous. Au bout de soixante secondes, je n'avais plus la force de regarder. Lisa a perdu sa voix autour de la deuxième minute, pourtant elle a continué à crier en silence.

Rachel n'a pas bougé. Elle est restée près de la vitre, le visage tellement immobile qu'il aurait pu être sculpté dans le marbre. L'agoniseur illuminait ses traits d'éclairs bleus et blancs. Elle a tenu jusqu'au bout sans ciller, plantée là telle une statue.

À la fin de la séance, Lisa n'était plus qu'un tas informe de chairs sanguinolentes. Morden a prononcé des paroles que je n'ai pas écoutées pendant que l'autre fille détachait Lisa et la faisait sortir de la pièce en la soutenant pour qu'elle ne s'effondre pas. Morden a éteint la lumière après leur départ. Il ne nous avait pas adressé un seul regard. Après les hurlements, le silence était effroyable.

« Morden aime envoyer des messages », ai-je fini par dire, et ma voix m'a paru étrange. Par miracle, Rachel n'a pas eu l'air de l'entendre trembler.

« Tu crois que c'était un message ? »

Je me suis tourné vers elle. « La "punition pour déloyauté" ?

– C'était seulement la *moitié* d'un message, a commenté Rachel d'un air distant. C'est ce qu'il nous fera si on le contrarie. Si on le *trahit*… » Elle a braqué sur moi son regard insensible. « Alors il nous tuera. »

On nous a raccompagnés jusqu'à nos chambres et je me suis retrouvé seul dans la petite pièce où je m'étais réveillé. Dehors, il pleuvait toujours et la nuit tombait.

À travers les gouttes et l'obscurité, je ne voyais que le contour flou des arbres. La chambre était confortable et il y faisait chaud mais, même si elle me protégeait du froid extérieur, je savais que ce sentiment de sécurité n'était qu'une illusion. Dehors, j'aurais peut-être été frigorifié, mais beaucoup moins en danger qu'à l'intérieur.

Au moins, j'avais du temps pour réfléchir. Dans le martèlement de la pluie et les dernières lueurs du jour, j'ai fait les cent pas, absorbé dans mes pensées.

Le point positif, dans toute cette histoire, c'est que je comprenais enfin ce qui se tramait. Depuis le début, il y avait deux marionnettistes : Levistus et Morden. Tout ce qui s'était produit était le fait de l'un ou de l'autre. Les membres de l'équipe d'investigation étaient les pions de Levistus, les trois mages de l'Ombre ceux de Morden. Levistus tenait le site, mais Morden détenait la clef.

Et moi, dans tout ça ? Dieu sait comment, j'avais réussi à me faire engager par les deux. J'étais en sécurité tant que chacun croyait m'avoir dans sa poche. L'illusion s'écroulerait sitôt que Morden passerait à l'action pour prendre le contrôle de l'artefact des Précurseurs. Levistus me considérerait comme un traître dès l'instant où il me verrait avec les troupes de Morden. Et Morden me considérerait lui aussi comme un traître dès qu'il essaierait la clef sur la statue et activerait l'élémentaire de foudre. À ce moment-là, je deviendrais l'homme à abattre pour l'un comme pour l'autre.

Le jour où l'on fait le bilan de sa vie et où l'on mesure à quel point on a merdé, ça peut être un gros choc, surtout quand chaque décision qu'on a prise paraissait une bonne idée, sur le coup. D'ici quelques jours, deux des mages les plus puissants de Grande-Bretagne allaient vouloir ma mort. Dans d'atroces souffrances.

Qu'est-ce que je pouvais y faire ?

Rester loyal à Levistus ou à Morden n'était même pas envisageable. Le petit discours de Morden m'avait laissé de marbre. Une fois déjà, j'avais commis l'erreur de faire allégeance à un mage de l'Ombre, et il n'était pas question pour moi de recommencer. Et Levistus m'avait bien fait comprendre qu'il ne tolérerait ma présence que tant que je lui serais utile, pas une seconde de plus. Chacun d'eux serait ravi de me supprimer dès qu'il aurait la parque entre les mains, si tant est que l'autre ne s'en soit pas chargé avant.

La fuite n'était pas non plus une solution. Je n'avais aucune idée de l'endroit où je me trouvais, ni jusqu'où portaient les sorts de protection de la propriété. Toute tentative d'évasion aurait été un coup de dés, même sans les sorts et les défenses. Le plan le plus sûr consistait à attendre qu'on passe à l'action et à en profiter pour tenter de m'esquiver. Avec ma magie, je pouvais sans doute réussir mon coup… mais tout ce que je récolterais, ce seraient des assassins aux trousses. Ni Levistus ni Morden ne me semblaient du genre à pardonner facilement.

La force était à exclure, de même que l'alliance. Il fallait aborder le problème sous un angle différent. Quels étaient mes atouts ?

La connaissance. J'étais le seul au monde à savoir comment ouvrir cette relique. Morden était au courant pour la clef, et peut-être aussi Levistus, mais personne d'autre que moi ne savait que c'était Luna qui devait s'en servir. Mais si moi j'avais pu l'apprendre, d'autres le pourraient aussi. Pour l'instant, j'avais un coup d'avance, mais les secrets aussi énormes que celui-ci ne le restent jamais très longtemps.

Alors, comment l'utiliser à mon avantage ?

Des bribes de conversations entendues ces deux derniers jours flottaient à la surface de ma mémoire. Arachné disant qu'en temps de conflit, les voyants avaient de grands pouvoirs. Levistus parlant des parques que les commandeurs portaient durant les guerres de l'Ombre. Morden dissertant sur l'action et l'objectif.

Difficile de dire ce qui fait émerger les idées. Des fragments de pensées et des souvenirs se combinent dans un coin du cerveau pour donner naissance à quelque chose de plus grand que la somme de leurs parties. J'ai eu le sentiment que mon plan commençait à se mettre en place, mais de manière encore vague et mystérieuse. Ma seule certitude était qu'il fallait que je parle à Luna, mais je n'avais aucun moyen de la joindre.

Du moins en chair et en os…

J'ai scruté l'avenir : pour que mon plan fonctionne, il fallait que je sois endormi en même temps que Luna. La chance était avec moi et, au bout d'une heure seulement, j'ai su que le moment était venu. Je me suis allongé sur le lit et j'ai laissé mes muscles se détendre et la chaleur s'insinuer dans tout mon corps. La nuit était tombée, seule la lueur tressautante du feu éclairait la pièce. J'ai fermé mes paupières qui papillotaient et, tandis que je me sentais glisser dans le sommeil, j'ai mené mon esprit au-delà des rêves, ailleurs. Au-delà… au-delà… Et le sommeil m'a emporté.

10

J'étais de retour chez moi, debout sur le balcon de ma chambre. Sous mes yeux se déployait Camden… ou ce qui y ressemblait. La rue, le pont et les maisons étaient les mêmes, mais tout était plus éclatant que d'ordinaire, comme si les couleurs étaient rehaussées de blanc. Il n'y avait pas un souffle d'air, et le canal reflétait le ciel tel un miroir. Le soleil était invisible, pourtant le ciel semblait étinceler. Il régnait un tel silence sur la ville qu'on aurait entendu une voiture démarrer à des kilomètres – s'il y avait eu des voitures. Ce n'était pas Londres. C'était l'Ailleurs.

L'Ailleurs est un monde, mais ce n'est pas un lieu. C'est vide, néanmoins on y rencontre partout des gens. On ne peut s'y rendre physiquement, seulement en rêve, mais ce qui s'y passe peut être bien réel, et les créatures qu'on y croise suivent des règles qu'on ne peut comprendre.

Même les mages les plus puissants ont des réticences à venir en Ailleurs. Il y a des *choses* qui vivent là-bas, des fantômes qui peuvent arborer le visage d'amis ou d'ennemis morts depuis longtemps, qui essaient d'écarter les voyageurs des sentiers jusqu'à ce qu'ils s'égarent et errent pour l'éternité… Du moins c'est ce qu'on raconte. D'autres prétendent que l'Ailleurs est une illusion, un reflet de notre propre esprit, et qu'on n'y trouve que ce qu'on y apporte. Et puis il y a ceux qui affirment que l'Ailleurs est le point d'intersection entre le monde des vivants et celui des morts, et que de là on peut choisir d'aller dans l'un ou dans l'autre. J'ignore si ces histoires sont vraies. Ce que je sais en revanche, c'est qu'il y a des mages qui se sont endormis en espérant rejoindre l'Ailleurs et qui ne se sont jamais réveillés.

Je suis retourné dans ma chambre. Sur le bureau et la commode brillaient des articles, telle une invitation à les prendre, mais je ne me suis pas arrêté. J'ai pris l'escalier qui descendait à la boutique. Le temps que j'atteigne l'entrée, le décor avait changé : au lieu d'ouvrir sur ma rue à Camden, la porte donnait sur une cour pavée de dalles blanches et craquelées. Je suis sorti. Mes pas résonnaient entre les murs. De tous côtés, des fenêtres jalonnaient les balcons et une arche menait à ce qui semblait être une autre cour. En jetant un coup d'œil par-dessus mon épaule, j'ai vu que ma boutique avait disparu, remplacée par un mur aveugle.

La seconde cour donnait sur une longue arcade, ouverte des deux côtés sur une vaste étendue pavée, à perte de vue. La lumière éclatante qui rayonnait du ciel m'aveuglait. Des oiseaux blancs étaient disséminés sur les dalles blanches – des colombes. Elles ne projetaient pas d'ombres et, dans ce halo lumineux, j'avais du mal à les distinguer. La plus proche devait se trouver à une centaine de mètres de moi, mais il régnait un tel silence que j'entendais clairement le raclement de ses griffes sur la pierre. J'ai suivi l'arcade et j'ai fini par tomber sur un petit mur troué d'une porte. Le panneau de bois était la seule tache de couleur au milieu de toute cette pierre blanche.

Par l'intermédiaire de l'Ailleurs, on peut avoir accès à l'esprit de quelqu'un, lui parler dans ses rêves. On peut aussi l'emmener en Ailleurs, et alors le voyage est plus sûr pour lui. Cette porte me mènerait aux rêves de Luna. C'est elle qui allait décider si je pourrais la franchir.

Lorsque la porte s'est ouverte, j'ai été assourdi par des voix qui discutaient fort, en contraste violent avec le silence qui avait précédé. J'ai pénétré dans une salle de bal bondée. Elle était éclairée par des lustres, mais paraissait sombre après la lumière éblouissante de la cour pavée. J'ai dû me protéger les yeux de la main et plisser les paupières en attendant que ma vision s'accoutume à la semi-pénombre. Les personnes présentes portaient des habits et des robes du soir, ainsi que des masques à plumes. Ils allaient tous par deux, dansaient, s'embrassaient ou déambulaient bras dessus, bras dessous, penchés l'un vers l'autre pour discuter.

C'est alors que j'ai aperçu Luna. Dans cette vaste salle remplie de couples, elle était la seule à ne pas être accompagnée. Elle marchait, sans masque, vêtue d'une robe blanche toute simple et, où qu'elle aille, les couples s'écartaient, semblant ne pas la voir. Elle était entourée d'un grand espace vide, qui la suivait tandis qu'elle se déplaçait à travers la foule.

« Luna, ai-je appelé, avant de répéter plus fort : Luna ! »

Elle a levé les yeux et brusquement les silhouettes se sont figées et tues. Je n'ai plus entendu que les pas de Luna sur le parquet. Elle a cligné des yeux. « Alex ?

– C'est moi. Viens par ici. »

Luna a obéi, se frayant un chemin entre les statues. Les hommes et les femmes qui l'entouraient sont devenus flous ; une seconde plus tard, la salle était déserte. Luna n'a pas paru s'en rendre compte. Ses cheveux ondulés étaient lâchés et, alors qu'elle pénétrait dans la cour en se protégeant les yeux à son tour, j'ai vu qu'elle était pieds nus, ce qui lui donnait un air perdu et vulnérable. « Je croyais que c'était un rêve.

– C'est l'Ailleurs », ai-je répondu. L'arcade avait disparu, ainsi que la porte. Nous nous retrouvions seuls au milieu d'une gigantesque arène à ciel ouvert. Les oiseaux étaient restés, posés çà et là sur les dalles. J'ai avisé un banc en pierre blanche et m'y suis assis. Luna m'a imité en contemplant le décor d'un air émerveillé.

« Si c'est un rêve, je suis contente », a-t-elle annoncé en s'asseyant. Elle a scruté l'arène en clignant des yeux. « Pourtant ça ne ressemble plus à un rêve. » Elle a tendu la main devant elle pour l'examiner, puis a touché le banc et m'a dévisagé. « Est-ce que c'est réel ?

– Oui. Non. Je suis réel, tu es réelle. Tu te souviendras de tout à ton réveil.

– Et ma… ? » Luna a eu un mouvement de recul.

J'ai mis un moment à comprendre de quoi elle parlait. J'ai secoué la tête. « Non. Tu n'as pas à t'inquiéter. Tu ne me feras aucun mal, ici.

– Vraiment ? »

J'ai opiné et elle a poussé un soupir. Elle s'est rapprochée sur le banc et s'est appuyée contre moi avec un grognement de satisfaction. « Luna ? me suis-je écrié, surpris.

– Ne t'en va pas », a-t-elle gémi en refermant mollement ses doigts sur mon manteau. Les rêves sont le seul endroit où je puisse faire ça. » Elle a laissé échapper un soupir. « J'ai passé une journée horrible. »

Après un moment d'hésitation, j'ai glissé mon bras autour de ses épaules et me suis appuyé contre elle à mon tour. Après tout, ce n'était qu'un rêve, bon sang. « Que s'est-il passé ?

– Ils m'ont retrouvée. Deleo et Khazad.

– Quand ?

– Ce matin. Ils ont bien failli m'attraper. Et alors j'ai vu Deleo répondre à un appel et ils ont disparu.

– C'était autour de midi ? »

Luna a hoché la tête, confirmant ce que je pensais. Ce coup de téléphone devait provenir de Cendre, qui lui annonçait que j'avais quitté le musée. « Tu t'es enfuie ?

– Mon téléphone indiquait que tu avais appelé. J'ai essayé de te joindre, mais sans succès. » Elle a resserré son emprise sur mon manteau. « Je ne savais pas où tu étais. »

J'ai poussé un soupir. « Je suis désolé. Je regrette que tu te sois inquiétée.

– Ce n'est pas grave, a-t-elle répondu d'une voix ensommeillée, du moment que tu vas bien.

– Et l'autre homme, qu'est-ce qu'il est devenu ? Talisid ?

– Oh, lui. Il essayait d'entrer en contact.

– Tu lui as parlé ? »

Luna a secoué la tête, son visage toujours enfoui dans mon manteau. « J'ignorais si je pouvais lui faire confiance. »

J'ai souri. « Tu as été bien sage.

– Je ne suis pas sage », a-t-elle riposté. À sa voix, j'entendais qu'elle souriait, et j'en ai fait autant.

On est restés assis là un moment, en silence. « Alex ? a-t-elle fini par dire.

– Mmm ?

– Ça t'arrive d'avoir envie de retomber en enfance ? et de ne pas avoir à grandir ? »

J'ai songé à mon adolescence, à tout ce que j'avais fait de travers et qui m'avait conduit à la regrettable décision de m'engager auprès de Richard. « Non, ai-je répondu. Jamais.

– Moi, si. Ce n'était pas aussi difficile, quand j'étais plus jeune. Je pouvais m'approcher des gens. Ce n'est que plus tard que… » Elle s'est tue et s'est rapprochée un peu plus. Je sentais son poids contre moi et la vague de sa chevelure sur ma poitrine. « J'ai failli les laisser m'attraper, a-t-elle avoué d'une voix calme.

– Qui ?

– Deleo. Khazad.

– *Quoi ?*

– Je voulais juste que ça s'arrête. » Luna a lâché un long soupir. « Je me disais que ce ne serait pas si… terrible, d'être esclave. Alors ce ne serait plus ma faute. Je n'aurais plus à m'inquiéter. Ça m'a paru avoir du sens, sur le moment…

– Non ! Luna, écoute-moi. » Je l'ai prise par les bras pour la faire pivoter et j'ai planté mon regard dans le sien. « Tu ne comprends pas ce que tu dis. Tu n'imagines pas ce que les mages de l'Ombre font subir aux gens, quand ils leur mettent la main dessus. Être leur prisonnier, c'est atroce. Tu m'entends ? »

Elle a dégluti et inspiré profondément. « Ce ne serait plus ma *faute*. Je n'aurais plus à porter la responsabilité de…

– Non ! Tu ne sais pas ce que tu dis.

– Si, je le sais très bien », a-t-elle riposté d'une voix soudain plus assurée. Elle a incliné la tête sur le côté et m'a dévisagé. « Je fais du mal à tous ceux qui m'entourent. À tout le monde. Le simple fait d'être proche… Ça ne s'arrêtera pas, ça n'aura *jamais* de fin. Plus longtemps je vivrai, plus je ferai de mal. Est-ce que ce ne serait pas mieux… » Elle a de nouveau inspiré lentement, toute tremblante. « Est-ce qu'il ne vaudrait pas mieux que je disparaisse ? Je ne manquerais à personne… »

J'ai soutenu son regard pendant un long moment avant de répondre d'une voix douce. « À moi, tu me manquerais. »

Elle m'a regardé, puis les larmes lui sont montées aux yeux et elle s'est mise à pleurer.

Je suis resté assis sur ce banc et Luna a enfoui son visage dans mon manteau, cédant aux sanglots qui déferlaient, les épaules secouées de spasmes au rythme de sa respiration hoquetante. Je me suis surpris à lui caresser les cheveux, à lui parler doucement, ce qui n'a réussi qu'à la faire pleurer encore plus fort. Au fond, je comprenais qu'elle ait besoin de ce moment – ça devait être la première fois depuis une éternité qu'elle avait l'occasion de s'abandonner. Aussi ne l'ai-je pas pressée, la laissant pleurer tout son soûl.

Elle a fini par sécher ses larmes. « Ça va mieux ? » ai-je demandé tandis qu'elle se redressait.

Elle a acquiescé en reniflant. « Je suis désolée d'être aussi nulle.

– Tu n'es pas nulle.

– Si. Je ne suis pas mage, comme toi. Tout ce que je sais faire, c'est me protéger moi-même et mettre le reste du monde en danger. » Elle a levé vers moi ses yeux rougis. « Je me demande bien pourquoi tu me supportes. »

J'ai lâché un soupir. « OK. Luna ? Arrête. J'ai besoin de toi pour une mission. Tu n'es pas nulle, et si tu ne me le prouves pas, je serai mort dans la semaine. »

Elle a écarquillé les yeux. « Quoi ? »

Alors je lui ai raconté tout ce qui s'était passé et les conclusions auxquelles j'étais arrivé : que depuis le début, tout se jouait entre Levistus et Morden, pourquoi

Deleo et les autres voulaient désespérément le cube de cristal, et qu'elle-même était la seule à pouvoir ouvrir la relique. Et aussi où je me trouvais. « Voilà, tu sais tout. Morden va passer à l'action d'ici un jour ou deux et, dès qu'il aura accès à la statue, il se rendra compte qu'elle ne peut pas s'ouvrir sans toi. Si je n'ai rien à sortir de mon chapeau à ce moment-là, je suis fichu. »

Elle est restée immobile quelques secondes, le temps d'encaisser toutes ces informations. « Mais qu'est-ce qu'on va faire ?

– C'est là que tu entres en scène. Tu as toujours un moyen de contacter Talisid, pas vrai ?

– Oui, mais… » Ses épaules se sont affaissées. « Alex, je ne vais pas y arriver. Je ne peux pas me servir de la magie, je ne sais rien faire. À part fuir.

– Tu disais que tu voulais t'impliquer.

– Je croyais que la seule personne que ça mettrait en danger, ce serait *moi* ! » Elle semblait désespérée. « Je n'ai rien fait d'utile depuis qu'on s'est rencontrés. Je n'ai réussi qu'à te causer des ennuis. Qu'est-ce que je suis censée faire contre des gens aussi puissants ? Je ne peux pas…

– OK. Ouvre bien tes oreilles, parce que ce que je vais te dire est capital. La plupart des mages ne l'apprennent jamais. L'arme la plus puissante dont tu disposes, c'est ton esprit. La magie n'est rien, si on ne sait pas s'en servir correctement. Tu es déjà impliquée – sur ce plan, tu n'as plus le choix. En revanche, tu as le choix de m'aider ou pas. Alors ? »

Elle m'a fixé pendant trois bonnes secondes avant d'inspirer à fond, de fermer les paupières et de redresser le dos. Lorsqu'elle a rouvert les yeux, elle était redevenue la battante que je connaissais. « Dis-moi ce que je dois faire », a-t-elle déclaré d'une voix assurée.

Je le lui ai expliqué. Ça n'a pas pris longtemps.

Lorsque j'ai eu fini, elle est restée là à me dévisager, les yeux exorbités. « Tu es certain que c'est un bon plan ?

– Non, c'est un plan carrément dingue. Mais si on s'enfuit, ils nous pourchasseront. Levistus et Morden voudront que je leur ouvre cette relique et, une fois qu'ils auront compris que tu es la seule à pouvoir le faire – et ça arrivera tôt ou tard –, ils s'en prendront également à toi. C'est l'unique issue que j'ai trouvée qui nous donne une chance de nous débarrasser de l'un et de l'autre. »

Luna n'a pas dit mot pendant quelques instants, et je voyais bien qu'elle tournait et retournait toutes les données dans sa tête. « Qu'est-ce qu'il faudra que je leur dise ? a-t-elle demandé. Aux mages du musée ?

– Talisid devrait être là. Parle-lui. Il a été très clair : il veut que personne d'autre ne mette la main sur ce qu'il y a dans cette relique. Explique-lui que Morden prévoit une attaque et il t'écoutera. Mais il y a une chose que tu dois garder secrète : le fait que tu sois la seule à pouvoir activer le cube. C'est notre atout en réserve. Que ça ne t'échappe pas. Auprès de qui que ce soit. »

Luna a paru réfléchir. « Et toi ?

– J'ai déjà vécu ça. Je m'en sortirai.

– Et dans le cas contraire ? a-t-elle demandé à voix basse.

– Morden a besoin de moi pour accéder à la parque. Tant que ce sera le cas, il veillera à ce que je reste en vie. C'est plutôt ce qui se passera quand il n'aura *plus* besoin de moi qui m'inquiète. C'est pour ça que…

– Et si tu te trompais ? »

J'ai soufflé lentement. « Alors j'imagine que tout dépendra de toi. »

Elle a soutenu mon regard, et j'ai discerné une douleur dans ses yeux. « Alex… »

Soudain, on n'était plus seuls. L'Ailleurs se modifie en fonction des personnes qui s'y trouvent et le changement dans l'air m'a fait courir un frisson le long de la colonne vertébrale. J'ai inspecté les alentours – l'esplanade était déserte et les oiseaux avaient disparu. « On est restés trop longtemps. » Je me suis levé, hissant Luna sur ses pieds. « Repars par cette porte. »

Elle a hésité et j'ai dû la traîner derrière moi en la forçant à se presser. « Attends ! s'est-elle exclamée.

– Il faut que tu rentres. » On a atteint la porte, et je l'ai ouverte à la volée. Derrière est apparue la salle de bal, sombre et vide. « Rappelle-toi : Talisid, les articles, le plan. N'oublie rien.

– Alex ! » Luna a essayé de revenir en arrière. Qu'est-ce que tu as vu ? Laisse-moi… »

Je l'ai poussée et ai claqué la porte derrière elle sans lui donner le temps de réagir. Aussitôt, le silence est retombé dans la cour. Luna était en sécurité, repartie dans ses propres rêves. J'ai inspiré à fond avant de me retourner.

La jeune fille qui se dirigeait vers moi depuis l'autre bout de l'esplanade portait les mêmes vêtements que la dernière fois que je l'avais vue, dix ans plus tôt. À l'époque, elle avait dix-neuf ans. Elle était plus petite que Luna, avec des cheveux courts d'un roux sombre, et elle ressemblait à un petit animal ébouriffé et rempli d'énergie qui ne tenait pas en place. Je suis resté immobile à la regarder approcher puis s'arrêter à quelques mètres de moi. Elle m'a dévisagé en souriant, une main sur la hanche.

« Shireen », ai-je fini par dire, la gorge serrée. Prononcer son nom après tant d'années m'a paru étrange. « Donc tu es bien morte, finalement.

– Allez, Alex, a-t-elle répondu, l'air ravi. Vu que je n'ai pas appelé une seule fois en neuf ans, tu devais t'en douter un petit peu. »

On s'est regardés sans bouger. Autrefois, Shireen était souvent en colère, sauf la toute dernière fois. Elle n'avait plus l'air en colère, mais plutôt à l'aise.

« Qu'est-ce qu'on fait, maintenant ? ai-je demandé au bout de plusieurs minutes.

– C'est toi qui vois. »

J'ai haussé les épaules et suis passé devant elle.

Shireen m'a emboîté le pas. « Quoi, tu ne vas pas me poser une seule question ?

– Je suis curieux, ai-je reconnu. Mais je ne sais pas trop ce que tu es.

– Je croyais que les devins savaient tout ? » Elle a éclaté de rire. « OK. Tu veux une preuve ? Voyons voir... Qu'est-ce que tu dirais du jour où on s'est rencontrés ? Attends, je sais. Je peux te dire la date à laquelle tu as fini par te révolter contre Richard. Je me rappelle exactement quand c'est arrivé.

– Non, merci. »

Shireen a poussé un soupir. « Depuis quand tu es tellement sérieux ?

– Là, tout de suite, j'ai juste envie de partir.

– Alors où tu vas, comme ça ? »

J'ai ouvert la bouche pour répondre, puis j'ai regardé autour de moi et me suis arrêté net. L'arcade et le bâtiment dans lequel Luna avait disparu n'étaient plus là. Nous avancions sur un sentier surplombant une ville abandonnée. De chaque côté, un escalier descendait vers des rues poussiéreuses qui s'étiraient à perte de vue. En contrebas se dressaient des bâtiments immobiles aux fenêtres aveugles.

Je me suis tourné vers Shireen. « Où est la sortie ?

– C'est toi qui décides. »

J'ai eu un moment d'hésitation. De part et d'autre, les escaliers plongeaient au cœur de la ville, tandis que le sentier semblait courir indéfiniment vers le néant. Je n'aimais pas l'allure de ces rues. J'ai repris ma route.

Shireen a mis ses pas dans les miens. « Que fais-tu ici ? ai-je demandé en comprenant qu'elle n'avait aucune intention de m'aider.

– J'aimerais qu'on discute de Rachel.

– Tu plaisantes, j'espère. Elle ne s'appelle même plus comme ça. »

Shireen a secoué la tête. « Tu ne comprends pas. Elle est telle que tu aurais pu devenir, toi aussi.

– Ouais, eh bien, j'en ai payé le prix.

– Tu l'as payé une fois. Elle doit le payer tous les jours. »

J'ai poussé un long soupir. « Qu'essaies-tu de me dire, Shireen ? Tu voudrais que je la plaigne, en plus ?

– Ce n'est pas la question.

– Alors c'est *quoi*, la question ? » J'ai fait volte-face et me suis planté juste sous son nez. « Au cas où tu ne l'aurais pas remarqué, je suis prisonnier d'un mage de l'Ombre qui est le portrait craché de Richard – en moins sympa. Il veut que je bosse pour lui, et mes collègues sont trois mages de l'Ombre qui me haïssent, chacun pour des raisons bien à lui. Quand bien même je réussirais à les calmer tous les trois – ce qui est tout à fait improbable –, Levistus et sa psychopathe de tueuse invisible vont vouloir m'atomiser pour avoir retourné ma veste. Chacune des personnes que je viens de citer pourrait me tuer sans aucune difficulté et estime avoir de bonnes raisons de le faire. L'un dans l'autre, il y a de *très grandes* chances pour que je ne survive pas au-delà de quarante-huit heures. Alors je n'ai pas le temps pour ces simagrées, d'accord ? Je veux juste sortir d'ici. »

Shireen m'avait laissé débiter mon petit laïus sans broncher. Voyant que j'avais terminé, elle a repris la parole : « Pourquoi es-tu ici ? »

Je lui ai tourné le dos et ai repris ma route. Shireen m'a suivi. « Parce que Dieu me déteste, il faut croire. Comment veux-tu que je le sache ?

– Mais tu l'as choisi.

– De quoi tu parles ?

– Tu aurais pu te mettre à l'abri, a argumenté Shireen. Helikaon t'avait prévenu. Pourquoi es-tu resté ?

– Parce que je suis un imbécile. Laisse-moi tranquille.

– Tu savais ce que tu faisais.

– Si tu as déjà toutes les réponses, pourquoi cet interrogatoire ? »

Elle n'a rien dit et je me suis arrêté pour me tourner une nouvelle fois vers elle. « Très bien. Je suis resté à cause de Luna. »

J'avais à peine prononcé son nom que j'ai senti quelque chose changer. En regardant autour de moi, je me suis rendu compte que le sentier était descendu en pente douce jusqu'à la ligne des toits. Devant moi, il glissait jusqu'à la rue, pour s'arrêter devant l'entrée d'une maison. Et elle ne m'était pas inconnue.

La voix de Shireen a résonné dans le silence glaçant. « C'est là-dedans. »

Lentement, je me suis avancé vers le château de Richard. Il était tel que dans mon souvenir, jusqu'à la pierre fendue devant l'entrée. Je me suis immobilisé devant la double porte.

« Pourquoi tu t'arrêtes ? a demandé Shireen dans mon dos. Tu as peur ? »

Je suis resté planté là, immobile. « Oui. »

On a contemplé la porte pendant une minute entière. La ville autour de nous était silencieuse, comme si elle retenait son souffle, suspendue dans l'attente. « Je m'étais juré de ne jamais remettre les pieds ici, ai-je fini par dire. Quand je me suis échappé.

– Sauf que tu ne t'es pas échappé. Pas vraiment. »

Surpris, je me suis tourné vers Shireen. Elle me dévisageait d'un air grave. « Tu n'en es jamais réellement parti. C'est pourquoi tu fais ces cauchemars, toutes les nuits. Tu vis seul, tu n'es proche de personne, la seule amie humaine que tu aies est une fille qu'on ne peut pas toucher. Morden avait raison, tu sais : tu vis toujours comme te l'a enseigné Richard. »

Je l'ai regardée, sans voix. « Qu'est-ce que ça peut faire ? ai-je répliqué au bout d'un moment.

– Mais Morden se trompait, aussi. Tu t'es protégé toi-même, mais tu en as aussi protégé d'autres. Tu as risqué ta vie pour essayer de sauver Luna. Tu n'es pas un mage de l'Ombre. Tu ne devrais pas vivre comme tel.

– Pourquoi me dis-tu ça ? »

Shireen a poussé un soupir et son regard s'est perdu au loin. « Alex, j'avais dix-neuf ans, quand je suis morte. Je n'ai pas vécu très longtemps et j'ai fait un tas de mauvais choix ; le temps que je m'en rende compte, il était trop tard. Je veux juste qu'il en sorte quelque chose de bon. J'ai essayé avec Rachel, mais elle ne veut plus m'écouter. À l'intérieur d'elle, il y a encore une parcelle de celle qu'on a connue, mais tellement… pervertie que, quand je tente de l'approcher, ça ne fait que la rendre encore plus furieuse. Il ne reste que toi. Je ne veux pas que tout ce que je touche soit mauvais. S'il te plaît. »

J'ai mis longtemps à répondre. « Qu'est-ce que tu attends de moi ? »

Shireen a fermé les yeux une seconde et, de soulagement, elle a baissé les épaules. « La sortie est à l'intérieur du château. Dans le bureau de Richard. Marche droit vers la porte. Une fois que tu auras pénétré dans la pièce, ne te retourne pour rien au monde, quoi que tu voies. Si tu fais ne serait-ce qu'un pas de côté, tu ne pourras plus jamais repartir. Tu seras enfermé ici pour toujours. »

J'ai hoché la tête.

« Dernière chose. J'ai un message pour toi. J'ai dû aller trouver un dragon pour l'avoir. Il faut que tu le retiennes mot pour mot. »

J'ai opiné à nouveau.

« Voici le message : *À la fin, à la lumière des étoiles, aie foi en tes amis et renonce à la grande puissance pour la petite.*

– Renonce à la grande puissance pour la petite… » J'ai froncé les sourcils. « Et ça vient d'un dragon ? »

Shireen a acquiescé. « J'ignore ce que ça veut dire, mais je sais que c'est important. Ça m'a coûté très cher. N'oublie pas.

– Sois sans crainte. » En regardant Shireen, j'ai ressenti un élan étrange. « C'est vraiment toi, n'est-ce pas ?

– Non.

– Mais tu… » J'ai laissé ma phrase inachevée. Shireen secouait la tête, et j'ai lu la tristesse sur son visage.

« Je ne suis qu'une ombre. Je peux lui ressembler, ressentir ce qu'elle ressentait et même penser comme elle, mais elle a disparu. Et bientôt, ce sera mon tour. Si j'ai duré aussi longtemps, ce n'est que pour elle. »

Je l'ai regardée encore quelques instants. C'était une drôle de sensation, de la considérer avec des yeux d'adulte. J'avais vieilli et mûri, mais Shireen était toujours la même, figée, telle qu'au jour de sa mort. « Je suis heureux de t'avoir vue », ai-je dit en guise d'au revoir.

Shireen a souri. « Tu la reverras. Tôt ou tard. »

Et sur ces paroles, elle s'est volatilisée. Soudain, l'Ailleurs m'a paru beaucoup plus vide. Je me retrouvais seul dans cette ville déserte, devant ce château menaçant.

J'ai scruté les alentours, puis j'ai inspiré un grand coup. « OK », ai-je dit à voix haute, juste pour moi. J'ai gravi les marches du perron et poussé la double porte. Elle s'est ouverte sans résistance. Je suis entré et elle s'est refermée en claquant derrière moi.

À l'intérieur, il faisait noir comme dans un four. Après la lumière aveuglante du dehors, j'avais des taches de couleur devant les yeux. Je suis resté immobile un long moment, puis la lumière est revenue progressivement, au-dessus et en dessous de moi. Tandis qu'elle s'intensifiait, j'ai vu que je me trouvais dans le vestibule. Des lampes de mage pendaient aux murs et au plafond, mais elles paraissaient moins puissantes qu'elles n'auraient dû l'être. Les ombres s'attardaient dans les coins et sous les tables et les chaises.

Le château était plongé dans le silence, mais pas le même qu'à l'extérieur. Dehors, c'était le vide. Dedans, l'attente de quelque chose qui m'observait. J'avais envie de rester sans bouger, de me cacher. C'est le premier pas qui a été le plus difficile. Le deuxième, un peu moins.

Tout en avançant, j'entendais des chuchotements. La maison n'avait pas changé, pourtant l'atmosphère était différente. Des portes manquaient, certains murs étaient nus ou flous, des tables n'avaient pas la bonne taille ou la bonne forme. C'était le château que mon esprit avait reconstitué en rêve. Un détail en revanche était reproduit à la perfection : la porte au bout du couloir du premier étage. Celle du bureau de Richard.

J'ai failli m'arrêter. J'avais beau m'être préparé, la vue de cette simple porte en bois a fait bondir en moi la peur et m'a coupé les jambes, si bien que j'ai trébuché. Seul le souvenir de Luna et de Shireen m'a permis de continuer. Une petite partie de moi s'est enfuie en hurlant. Le reste a persévéré. J'ai poussé la porte.

La pièce était différente du reste du château – plus nette et détaillée, parfaite réplique de la réalité. Un feu brûlait doucement dans la cheminée, auquel répondaient les lumières tamisées. La pénombre enveloppait le bureau tel un linceul. La moquette épaisse et moelleuse assourdissait les sons, si bien qu'il m'a fallu un moment pour me rendre compte que le feu ne produisait aucun bruit. Des étagères remplies de livres couraient sur les murs. Sur la gauche trônait un bureau en chêne, recouvert de papiers. Mon regard s'est posé fugitivement sur le fauteuil derrière le bureau, mais il n'était pas occupé. Un stylo-plume débouché reposait sur une pile de documents. La pièce avait beau être plongée dans le silence, elle ne semblait pas déserte. J'avais le sentiment que quelque chose m'attendait.

En face, à cinq mètres environ, se trouvait une autre porte. Elle était à peine entrouverte et un rai de lumière filtrait par l'entrebâillement. Il était rapidement englouti par l'obscurité, mais la petite flaque qui brillait au sol était la seule lueur perçant les ténèbres.

L'impression d'être épié s'est intensifiée. La porte était juste en face, tout près.

J'ai fait un pas en avant, et…

Il faisait froid et humide, dans la cour de l'école ; le ciel bas et gris témoignait de la pluie qui était tombée et en annonçait plus encore. En dépit de l'humidité, un groupe d'adolescents s'amusaient dehors – des garçons qui fanfaronnaient et riaient, et des filles qui les regardaient en gloussant. Un garçon se tenait à l'écart, adossé à un mur les bras croisés, observant la scène. Il avait seize ou dix-sept ans, des cheveux noirs en bataille… et il m'était familier, trop familier.

Et brusquement, tout a pris sens. Ce garçon à l'air désinvolte, c'était moi onze ans plus tôt, et le bâtiment imposant qui se dressait sur fond de ciel gris, mon dernier lycée. La mémoire m'a submergé comme une vague. Et ce jour m'est revenu.

Des pas assourdis sur le béton lui ont fait lever les yeux. Un homme approchait, au physique et au visage ordinaires. Le genre d'homme qu'on regarde sans le voir et qu'on oublie aussitôt. « Bonjour, Alex.

– Qu'est-ce que vous voulez ? a demandé mon moi jeune.

– Et toi, qu'est-ce que tu veux ?

– Être ailleurs que dans ce bahut que je déteste, avec cette bande de salopards. » D'un mouvement brusque de la tête, mon moi jeune a désigné les adolescents dans la cour.

« C'est tout ?

– C'est un début.

– Et ensuite ? » L'homme a penché légèrement la tête sur le côté. « Et si tu pouvais avoir tout ce que tu désires ? N'importe quoi… Que voudrais-tu *vraiment* ? »

Le jeune Alex a dévisagé l'autre d'un air surpris. Il jouait les gros bras, ne s'attendant pas à être pris au sérieux. « OK, a-t-il répondu, et j'ai su qu'il était réellement attentif. Ce qui me plairait vraiment ? Être assez puissant pour ne pas avoir à me préoccuper d'abrutis comme eux. Être tellement au-dessus d'eux qu'ils ne pourraient pas me toucher. Vous pouvez m'avoir ça ? »

L'homme l'a dévisagé, et soudain il a souri, amusé, mais son regard est resté froid et concentré. « Oui, je le peux. »

Le jeune Alex l'a regardé fixement. « Qui êtes-vous ?

– Mon nom est Richard Drakh. » Il souriait toujours. « Mais tu peux m'appeler maître. »

… mon pied s'est enfoncé dans la moquette. J'ai regardé à droite et à gauche, perplexe. Pas un bruit, pas un mouvement dans la pièce. Pourtant je n'avais pas imaginé la scène. C'était le jour de ma rencontre avec Richard, plus vrai que nature. D'un côté, le feu dans l'âtre ; de l'autre, le fauteuil vide. Curieux, j'ai fait un pas de plus…

Il faisait chaud, dans le salon. Richard était assis dans un fauteuil près de la cheminée et autour de lui quatre adolescents étaient rassemblés en demi-cercle – les deux filles sur un canapé, côte à côte. Shireen avait tressé les cheveux de Rachel et contemplait le résultat en fronçant les sourcils, tandis que Rachel écoutait la leçon, les yeux écarquillés et l'air captivé. Mon jeune moi avait pris place dans un fauteuil plus modeste. C'était quelques semaines seulement après ma rencontre avec Richard et je n'avais guère changé. J'étais assis les jambes repliées sous moi, ce qui me donnait un aspect étrangement enfantin que démentait la lueur acérée dans mon regard. Enfin, adossé à la cheminée, légèrement en retrait du groupe, j'ai reconnu Tobrouk, au sourire étrange éclairé par le feu.

« La Voie Véritable, c'est le pouvoir », disait Richard, de sa voix grave et magnétique. Il suffisait de l'entendre parler pour ne plus jamais le considérer comme un homme ordinaire. Nous le contemplions tous les quatre, comme hypnotisés, happés par ses paroles. « Le pouvoir de bâtir et le pouvoir de détruire. Vous possédez votre magie, mais la véritable puissance ne provient pas seulement du don qu'on reçoit à la naissance. Elle naît et grandit en un lieu et un seul : au plus profond de vous-même. La force, la détermination, la volonté : voilà ce qui distingue un mage de l'Ombre, un mage Véritable, d'un amateur. Ce désir de s'élever plus haut ou de s'abaisser plus bas que son ennemi, cette certitude de n'avoir personne au-dessus de soi… c'est cela, la Voie Véritable. Vos plus grands ennemis sont la peur et la compassion. Ce sont deux faiblesses, et la faiblesse, c'est la mort. » Richard nous a regardés successivement tous les quatre : Rachel, Shireen, Tobrouk et enfin moi. « Je ne m'attends pas à ce que vous réussissiez tous. Certains se révéleront être faibles, de corps, d'esprit ou de volonté, et si vous avez une faiblesse, je la trouverai. Mais ceux d'entre vous qui gagneront le droit de se faire appeler mages de l'Ombre, qui deviendront des disciples de la Voie Véritable, ceux-là seront le pouvoir incarné. Les inférieurs parleront de vous avec crainte et envie. Personne ne pourra s'élever contre vous et vos paroles seront telle la voix divine. »

Le silence est retombé dans la pièce. Puis Tobrouk est sorti de sa torpeur. « On commence quand ?

– Sur-le-champ. »

J'étais de retour dans le bureau. En regardant autour de moi, j'ai constaté que j'avais avancé de deux pas.

Je revoyais ma vie d'apprenti de Richard, étape après étape. J'ignorais combien de temps s'était écoulé ; mais je sentais qu'il fallait faire vite. Je me suis remis à marcher…

Cette fois, j'étais paré au choc. Je nous regardais, Tobrouk, Shireen, Rachel et moi, quelques mois plus tard, à nouveau dans le salon, mais sans Richard. On élaborait des plans d'action. C'était notre première mission ensemble. Cette fois, j'ai tâché de ne pas écouter les voix, et j'ai forcé mon corps à faire un pas de plus.

Ma vision s'est brouillée un instant, puis l'image a recouvré sa netteté. À présent, on était dehors, et le soleil couchant embrasait les rochers rouges d'un canyon de grès. « C'était ton idée, disait Tobrouk, visiblement lassé.

– Mais… » Je fronçais les sourcils, l'air incertain. « On n'est pas obligés de faire ça.

– Alors quoi ? »

Au souvenir de la suite, j'ai senti mon estomac se contracter. Je ne voulais pas assister à ça. Un pas de plus…

À nouveau le salon, avec nous quatre, mais l'esprit de coopération avait disparu. Avec Tobrouk, on se disputait, et Shireen ajoutait son grain de sel. Tobrouk me lançait des regards noirs et haussait la voix pour dominer la mienne tandis que Rachel nous considérait tour à tour d'un air dubitatif. La porte s'est ouverte, nous interrompant tous, et…

Les visions s'enchaînaient de plus en plus vite. Les querelles et la suspicion. Shireen et Rachel changeant progressivement. Shireen de plus en plus en colère, Rachel au désespoir. Ma rencontre avec Lyle et le Conseil. Richard au-dessus de tout ça, apparemment inconscient de ce qui se passait. Les complots dans l'ombre. La trahison, la peur. La révélation.

Et puis tout s'est brusquement stabilisé. Moi, âgé d'un an de plus que la fois précédente, debout dans un couloir en pierre. À mon côté se tenait une jeune fille, maigre et tenant à peine debout, s'accrochant à moi pour ne pas tomber. Ses vêtements étaient constellés de taches de sang. On fixait tous les deux Richard, qui se tenait à quelques mètres de nous, Shireen, Rachel et Tobrouk derrière lui. « Vous saviez ? disais-je d'une voix ébahie.

– Oh, Alex, répondit Richard. Ne confonds pas ignorance et indifférence. J'étais prêt à te laisser me mentir, jusqu'au moment où tu as désobéi à un ordre direct. »

J'ai vu le jeune Alex s'humecter les lèvres. « Vous n'avez pas besoin d'elle. Il y a un moyen…

– Cela n'a rien à voir avec elle. C'est de toi qu'il s'agit. » Richard a tendu la main et l'a agitée avec impatience. « Donne-la-moi. »

La fille nous dévisageait tour à tour, les yeux exorbités par la terreur. Je me suis vu hésiter.

Richard a poussé un soupir. « Malheureusement, c'était ta dernière chance. » Il a secoué la tête. « Je vous avais bien prévenus que vous ne réussiriez pas tous. Tobrouk ? »

Tobrouk s'est avancé en souriant de toutes ses dents. « Hé, Alex. On dirait que t'es plus le premier de la classe. » Il a claqué des doigts et des flammes noires sont apparues, qui ont bondi vers moi…

Je suis sorti brutalement de la réminiscence, le souffle coupé. J'étais dans le bureau, mais j'avais traversé toute la pièce. La porte se dressait devant moi, à portée de main. Encore un pas et je serais de l'autre côté.

« Ça fait un bail », a dit une voix à ma gauche.

J'ai su qui c'était avant même de le voir. Tobrouk était affalé sur le fauteuil de Richard, les pieds croisés sur le bureau. Il était exactement le même que la dernière fois que je l'avais vu, un ado séduisant à la peau sombre et à l'air espiègle et expressif. Comme toujours, sa bouche souriait. Mais pas ses yeux.

« Ce n'est pas ton fauteuil », ai-je fini par répondre.

Le sourire de Tobrouk s'est élargi. « Richard est de l'autre côté de cette porte. Ne t'inquiète pas : tu le trouveras. Tout ce que tu as à faire, c'est d'entrer. »

Je l'ai fixé pendant une seconde. « OK. » J'ai avancé d'un pas.

« Oh, regarde un peu ce qu'on a là. » Il a descendu ses pieds du bureau et s'est baissé pour attraper une fille par les cheveux. C'était Shireen. Elle avait les yeux fermés et la respiration haletante, et son visage était zébré de griffures et de coupures. Tobrouk l'a maintenue le temps que je la voie bien, les doigts accrochés dans ses cheveux, puis il l'a poussée sur le bureau comme un tas de chiffons. La tête de Shireen a cogné contre le bois dans un bruit mat. « D'après toi, qu'est-ce que je devrais faire d'elle ? »

Je n'ai pas bougé. « Et si je lui brûlais tous les doigts ? a insisté Tobrouk, avant de secouer la tête. Nan, ce serait du gâchis. Je pense que je devrais d'abord la sauter. Elle a toujours été un bon coup.

– Arrête », ai-je ordonné, la bouche sèche.

Il a souri de plus belle. Il s'est reculé dans son fauteuil et a écarté les bras bien large, en haussant les sourcils. « Force-moi. »

Je n'avais qu'une envie, c'était de lui sauter à la gorge. Au lieu de quoi j'ai inspiré à fond et lutté pour maîtriser ma colère. Quand je me suis senti prêt, j'ai répliqué d'une voix calme : « Le seul endroit où j'irai, c'est de l'autre côté de cette porte.

– Qu'est-ce que ça peut me faire ? » Tobrouk a haussé les épaules. « Tu reviendras, tôt ou tard. En fait, j'ai bien envie de te voir tomber nez à nez avec Richard. » Nouveau sourire. « Bien sûr, si tu veux accélérer un peu les choses... »

J'ai baissé les yeux vers le corps inerte de Shireen. « Qu'est-ce qu'elle t'a fait ?

– Elle ? Rien. » Le sourire a disparu et il s'est penché en travers du bureau, le regard soudain plein de haine. « J'allais devenir l'Élu de Richard. Deux ans à batailler pour être meilleur que vous, tout ça pour quoi ? Pour que tu puisses me poignarder dans le dos, comme un lâche. Tu as fichu ma vie en l'air ! Ma vie *tout entière* ! » Soudain, le corps de Tobrouk s'est embrasé, se transformant en squelette frangé de flammes noires. Presque aussitôt, il a repris sa forme humaine. Des volutes de fumée montaient du fauteuil et sur le bureau, où ses paumes avaient laissé des empreintes calcinées.

On s'est fusillés du regard. C'est finalement moi qui ai rompu le silence. « J'ai fait beaucoup de choses que je n'aurais pas dû, pendant que j'étais ici. Des choses que je n'aime pas me remémorer. Mais tu sais quoi ? » J'ai laissé tomber le masque pour qu'il voie bien que je disais la vérité. « La seule que je ne regrette pas un instant, c'est de t'avoir tué. »

Tobrouk m'a dévisagé encore quelques secondes, puis il s'est laissé retomber dans son fauteuil en reniflant d'un air méprisant. « Ouais, c'est ça. »

Je me suis tourné vers la porte.

« Oh, Alex ? »

Je suis resté un instant immobile avant de jeter un coup d'œil par-dessus mon épaule.

« Richard te retrouvera », a promis Tobrouk. Il souriait à nouveau. « Quand il se réveillera, il partira à ta recherche. Et alors il te trouvera, et il te fera du mal, et puis tu mourras. Et là, je t'attendrai. Fais bien gaffe à rester vivant jusque-là, Alex. Je serai vraiment déçu si tu laisses un de ces types te buter avant. Je veux voir ta tête quand tu le reverras. » Il m'a adressé un petit coucou grotesque. « À la prochaine. » Puis il s'est penché vers Shireen.

Je n'ai pas attendu de voir ce qu'il allait lui faire. J'ai poussé la porte et suis passé de l'autre côté. Un éclair de lumière aveuglante m'a vrillé le cerveau, puis…

Mes yeux se sont brusquement rouverts dans le noir. Il faisait chaud, et j'étais de retour dans mon lit, dans le château de Morden. J'ai consulté rapidement les futurs pour vérifier que j'étais bien rentré, puis je me suis levé. Dans la chambre, les lumières s'étaient éteintes, ainsi que le feu. Dehors, les étoiles se reflétaient sur les feuilles des arbres. Je suis resté debout à la fenêtre un long moment avant de retourner me coucher.

11

La plupart des gens envisagent la captivité comme quelque chose d'excitant. En réalité, se retrouver prisonnier, c'est surtout très ennuyeux. Même si le gars qui vous tient est un vrai sadique, il ne peut pas se concentrer sur vous vingt-quatre heures sur vingt-quatre. Il a d'autres choses à faire, et pendant qu'il est occupé ailleurs vous restez assis là, tout seul. Au bout de quelques semaines, vous en venez même à espérer sa visite, rien que pour avoir un échange avec un autre être humain. Quand j'étais le prisonnier de Richard, je tuais le temps en m'entraînant à la divination. Je n'arrivais pas à franchir les murs, mais j'avais fini par connaître la pièce par cœur, jusqu'au dernier centimètre carré. C'est comme ça que j'ai développé des capacités inattendues. Aujourd'hui encore, je peux tirer sur une cible avec n'importe quoi – un crayon aussi bien qu'une balle de tennis – et taper dans le mille à tous les coups. Il me suffit de regarder dans l'avenir comment frapper exactement. Si jamais un jour j'abandonne la carrière de devin, je pourrai toujours gagner ma vie en faisant des concours de fléchettes.

La journée du lendemain en tant qu'« invité » de Morden m'a rappelé le passé. La porte de ma chambre n'était pas verrouillée, pourtant je ne suis pas allé me balader. Je ne voulais froisser personne par ma curiosité. Alors je suis resté assis à lire et, si j'étais surveillé, ça ne devait pas être passionnant pour l'autre en face de me voir toute la journée immobile, sauf pour tourner les pages.

Mais ça ne veut pas dire pour autant que j'étais inactif. Au bout de deux heures dans ce fauteuil, j'avais en tête le plan détaillé du château de Morden, de la cave au grenier. Mon moi futur s'est promené dans toute la maison, a exploré, fait des tentatives, ouvert des portes – et j'ai appris un tas de choses. Comment on préparait les repas en cuisine, ou ce qui se passerait si on actionnait les leviers situés au premier étage. Il était à peine midi que j'avais déjà découvert quatre itinéraires permettant de s'échapper (avec des probabilités de réussite inégales, une fois dehors), cinq cachettes sûres (à court terme, du moins), deux façons de déclencher une petite guerre civile entre les divers habitants des lieux (pour info, dans toutes les versions futures de ce scénario, c'était Morden qui gagnait), une manière de détruire entièrement le château avec tous ceux qui se trouvaient à l'intérieur (moi compris, malheureusement), le moyen de déclencher une invasion massive de blaireaux intelligents dans le château et la campagne environnante (si, si), et j'étais à mi-chemin de mettre au point des cristaux capables d'absorber la magie du froid et de la glace (ce qui se serait révélé fort utile, si j'avais eu encore deux ou trois semaines devant moi et si j'avais risqué de me faire attaquer par la Reine des Neiges, ce qui était peu probable).

C'est le problème, quand on est devin. On brasse une quantité effarante d'informations, dont quatre-vingt-dix-neuf pour cent sont totalement inutiles.

Mais c'était surtout aux gens que je m'intéressais. Il ne m'a pas fallu longtemps pour confirmer que Cendre et Khazad se trouvaient ici avec Rachel, confinés dans l'aile ouest. Lisa aussi était là, suffisamment rétablie pour se déplacer. Dans quelques-uns des futurs, j'avais tenté de lui parler : à chaque fois, elle m'évitait ou s'enfuyait. Le message envoyé par Morden au sujet de la déloyauté avait porté ses fruits. J'en gardais un goût amer. Savoir pour quelle raison la plupart des esclaves des mages de l'Ombre acceptent leur sort est une chose. C'en est une autre d'être témoin de leur renoncement.

Malgré tout, je restais ultra-concentré. Pendant des années, j'avais essayé d'oublier ma vie d'apprenti chez Richard, d'enfouir mes souvenirs le plus profondément possible dans ma mémoire. La visite en Ailleurs avait fait voler en éclats mes efforts : tout était remonté. Mais à présent que j'avais affronté ce passé, je découvrais avec surprise que la peur était pire que la réalité. Ç'avait été douloureux, certes, mais c'était comme nettoyer une plaie ancienne, et je me rendais compte que je n'étais plus aussi terrorisé qu'autrefois. Entre-temps, j'étais devenu plus fort.

En fin d'après-midi, Onyx est venu me trouver dans ma chambre. Sans détacher une seconde son regard froid du mien, il a déposé un objet qui a fait *clac* sur la table. « Enfile ça. »

C'était un bracelet en métal noir. J'ai pris une seconde pour consulter les conséquences d'un éventuel refus, puis j'ai pris le bracelet et me le suis accroché au poignet droit. Le contact du métal était désagréable, comme maléfique, mais la sensation a disparu dès que j'ai refermé l'anneau dans un déclic.

Onyx a attendu une seconde, puis, d'une pichenette, il a désigné mon poignet. De l'énergie noire a irradié du bracelet, et une décharge atrocement douloureuse m'a vrillé le bras, me bloquant instantanément les muscles comme si je venais de m'électrocuter. Le souffle coupé, je suis tombé sur un genou. J'avais le cœur qui battait à cent à l'heure et il m'a fallu inspirer plusieurs fois à fond avant de pouvoir relever la tête vers Onyx, en me stabilisant d'une main au sol.

« Si je monte la puissance, tu te retrouves estropié, ou mort, a-t-il précisé. Tu veux voir ? »

J'ai expiré. « Non, merci. » J'avais la voix rauque.

« On part dans deux heures », a annoncé Onyx avant de tourner les talons.

J'ai attendu que ses pas se soient tus pour laisser tomber la comédie. Je suis retourné m'asseoir pour m'atteler à ce bracelet. C'était le même genre de modèle que celui qu'utilisait Richard, ce qui me simplifiait la tâche. Une fois que j'ai eu terminé, j'ai patienté.

Le soleil déclinait à l'horizon lorsque Onyx a réapparu. D'un signe de tête, il m'a ordonné de le suivre, et j'ai obéi.

Le petit salon était tout sauf petit, avec un mur entier de baies vitrées donnant sur les fleurs du jardin. Les rayons du soleil couchant se déversaient dans la pièce et illuminaient le parquet de reflets jaunes et or. Au centre se dressait une table, recouverte de cartes. Morden y était assis et debout face à lui, l'air maussade, se tenaient Rachel, Cendre et Khazad. En me voyant entrer, les deux derniers m'ont foudroyé du regard. Deleo/Rachel s'est abstenue. Lisa et l'autre esclave de Morden (Selene, avais-je appris lors de mes excursions projectives) se tenaient aux deux extrémités de la pièce, les yeux baissés en signe de soumission. Onyx est allé se placer au côté de Morden et m'a fait signe de rejoindre les trois autres.

J'ai pris position près de la table, à bonne distance de Rachel.

« Ce soir, à la tombée de la nuit, vous forcerez tous les cinq cette relique afin de récupérer la parque », a déclaré Morden sans préambule, en nous voyant tous au garde-à-vous devant lui. À présent que la hiérarchie était clairement établie, il n'avait plus de temps à perdre en mondanités. « C'est Onyx qui sera aux commandes : vous lui obéirez sans la moindre réserve. Vos différends seront à mettre de côté, tant que vous travaillerez pour moi. » Il nous a dévisagés à tour de rôle. » Avez-vous des objections ? Cendre ? Deleo ? Verus ? Khazad ? »

Onyx nous fixait de ses yeux noirs et brillants. J'ai hoché la tête et les autres en ont fait autant. Rachel se tenait parfaitement immobile et j'ai remarqué qu'elle portait un bracelet métallique noir semblable au mien, ainsi que Cendre et Khazad. C'était la première fois que je revoyais ces deux-là depuis notre capture, et ils paraissaient mal en point et abattus. L'air sombre, Cendre n'a pas réagi ; en revanche, en voyant que je les observais, Khazad m'a toisé d'un air haineux. Je me suis dit que, décidément, c'était une paire de gars sympa.

« Nous nous attendons à une résistance modérée, au musée, a poursuivi Morden. Évitez les victimes inutiles, mais entrer demeure votre priorité. Une fois que vous aurez atteint la statue – il m'a adressé un signe de tête –, Verus l'ouvrira. Montrez-leur la clef, je vous prie. »

Tous les regards se sont tournés vers moi tandis que je plongeais lentement la main dans ma poche pour en sortir le cube de cristal. Il reposait paisiblement au creux de ma paume et en son cœur pétillaient les étincelles. Cendre et Khazad l'ont examiné avidement, Rachel avec un air plutôt calculateur. « Les autres établiront un périmètre de sécurité jusqu'à ce que la relique soit ouverte, a précisé Morden. Si Verus venait à échouer, Onyx aura recours au plan d'urgence. »

L'idée ne me plaisait pas du tout.

« Une fois à l'intérieur, a ajouté Morden, vous vous trouverez en territoire inconnu. Le cœur de cette relique est resté scellé depuis au moins deux mille ans. Toutefois, sachant que l'élémentaire gardien est toujours actif, je doute que les pièges aient miraculeusement disparu.

– Les pièges ? a répété Khazad d'un ton acerbe.

– Naturellement, a répliqué Morden. Je pensais que vous étiez au courant. »

Cendre et Khazad l'ont dévisagé un moment puis, comme un seul homme, se sont tournés vers Rachel. Elle les a regardés tour à tour. « Quoi ? a-t-elle lâché.

– Tu n'avais pas parlé de pièges, a aboyé Khazad.

– Je suis certain qu'elle avait ses raisons, est intervenu Morden d'une voix doucereuse. La parque se trouve au centre de la relique. Une fois qu'Onyx en aura pris possession, vous serez libres de rester, de partir ou bien de piller les lieux si cela vous chante. » Morden a souri. « Je comprendrais tout à fait que vous ayez besoin d'un peu de solitude. Tant que vous accomplissez votre tâche, vous avez tout le loisir de décider quoi faire ensuite. » Il a passé le groupe en revue. « Y a-t-il des questions ? »

Khazad, qui fusillait Rachel du regard, s'est tourné lentement vers Morden. « Quand est-ce qu'on sera payés ?

– Dès qu'Onyx et la parque seront de retour dans cette pièce. Autre chose ?

– Juste un détail. » J'ai senti tous les yeux se poser sur moi. « Il y avait un bon paquet de gardes, au musée. »

Cendre a lâché un grognement sarcastique et Khazad m'a examiné d'un air suspicieux.

« Qu'est-ce qui t'arrive, Verus ? a-t-il lancé avec hargne. T'as peur de te battre ? »

Je l'ai ignoré. « J'aurai du mal à ouvrir la relique, si je suis mort, ai-je fait remarquer à Morden.

– Onyx vous expliquera la méthode d'approche dès que vous serez sur les lieux. »

Ce n'était pas ce que je voulais entendre, mais j'ai tout de même hoché la tête.

« Autre chose ? » a répété Morden.

Personne ne s'est manifesté.

« Excellent. » Il a souri. « Ne soyez pas aussi sombres, tous les quatre. D'ici demain, vous serez libres, riches, et dans mes bonnes grâces. Tout ce que vous avez à faire, c'est me rapporter la parque. »

Nous sommes sortis dans le jardin. Mes semelles foulaient l'herbe humide avec un bruit de succion. Le soleil couchant illuminait la campagne alentour, découpant les collines et les forêts dans le lointain. Des nuages s'attardaient au-dessus de nos têtes, dorés et chatoyants. Le château de Morden était nimbé d'un voile de mystère, pourtant j'avais l'intuition qu'on se trouvait quelque part au pays de Galles.

J'ai bloqué légèrement Rachel par le côté, de manière à l'isoler des autres qui marchaient devant. Elle m'a lancé un regard froid mais n'a pas protesté. « Joli bijou », ai-je commenté à voix basse, lorsque Cendre et Khazad ont eu pris assez d'avance. « Onyx t'a fait une démonstration ?

– Onyx ne me fait pas peur », a répliqué Rachel en se détournant. Elle portait un manteau bleu qui aurait pu appartenir à Lisa. « Qu'est-ce que tu veux ? »

Devant nous, Onyx aboyait des ordres aux deux autres, qui l'écoutaient d'un air renfrogné. « Tu n'as rien remarqué d'étrange, dans cette petite réunion ?

– Comme quoi ?

– Morden veut se servir de la parque pour devenir le représentant des mages de l'Ombre au Conseil, ai-je expliqué, toujours à mi-voix. Or, pour que ça fonctionne, il ne doit laisser aucune preuve qui l'implique dans cette attaque.

– Et alors ?

– Morden a prétendu qu'on pourrait s'en aller, ou continuer à travailler pour lui. Dans l'un et l'autre cas, on pourrait parler. Des gardes du musée pourraient nous reconnaître. On serait un lien permettant de remonter jusqu'à lui. » Je lui ai lancé un regard en biais. « Et ce serait un problème pour lui, tu ne crois pas ? »

Rachel a fait mine de répondre, puis s'est ravisée. « Oui, a-t-elle fini par admettre d'une voix blanche. En effet. »

Je n'ai rien ajouté, pour la laisser terminer le raisonnement toute seule. Je savais qu'il ne lui faudrait pas longtemps, et je n'ai pas été surpris par sa question suivante. « Tu es toujours doué, avec les serrures ?

– Encore meilleur qu'avant.

– Tu mettrais combien de temps, avec ces bracelets ?

– Cinq minutes pièce. »

Devant nous, Onyx s'est retourné et a remarqué qu'on discutait. « Avancez », a-t-il ordonné avec un bref mouvement de la tête.

On s'est exécutés, et deux secondes plus tard on était trop près des autres pour poursuivre notre conversation. Onyx a bougé la main et l'air s'est mis à vibrer devant nous. Un ovale noir de deux mètres cinquante de haut a surgi juste au-dessus du sol, aspirant la lumière du soleil couchant. Puis il s'est éclairci et l'herbe et les arbres ont réapparu.

« Bonne chance à tous », a lancé Morden, et on a tous fait volte-face. Il se tenait à l'arrière, sous la véranda, les mains croisées dans le dos, et il nous souriait. « J'espère que vous reviendrez tous sains et saufs. »

Je lui ai souri en réponse, d'un air tout aussi amical. *Espèce de sale menteur.*

Onyx nous a téléportés sur trois autres sites : un bosquet, une carrière abandonnée et une forêt dense. On peut repérer les portails, à condition d'avoir un certain talent et de savoir où regarder ; en passant par plusieurs destinations successives, on réduit le risque d'être pisté. À chaque étape, il nous a fait marcher cinq bonnes minutes avant de nous téléporter à nouveau. Cendre ouvrait la marche, suivi de près par Khazad, et le contraste entre les deux hommes était frappant : l'un lourd et pesant comme un ours, l'autre rapide et fin comme un oiseau. Venait ensuite Rachel, un peu en retrait, et moi franchement derrière. Fermant le cortège, Onyx nous surveillait tous de ses yeux de fouine. Personne n'a prononcé un mot.

J'avais beau en faire directement les frais, je devais bien admettre que le plan de Morden ne manquait pas de génie, dans le genre tordu. À nous quatre, nous représentions sa concurrence la plus sérieuse : nous voulions tous cette parque, et il avait contourné le problème en nous faisant faire son sale boulot, pendant qu'il restait tranquillement dans son château. Je l'aurais presque admiré, s'il n'avait pas été aussi maléfique.

Cependant, plus j'y réfléchissais, plus j'étais convaincu que son plan prévoyait que chacun de nous ait un malheureux accident d'ici la fin de cette mission. Non seulement nos quatre cadavres ne pourraient plus aller raconter ce qu'ils savaient, mais ils feraient en outre de parfaits boucs émissaires à offrir au courroux du Conseil. Lorsque Morden m'avait proposé cette mission de renseignement et que j'avais accepté, je n'étais pas sérieux – je pensais être le plus malin des deux. À présent, j'avais la désagréable sensation que c'était *lui* qui m'avait roulé.

Après une petite marche en forêt, Onyx s'est immobilisé. « Attendez ici. » Il a ouvert un portail par lequel il est passé, et qui s'est refermé derrière lui.

Je me suis retrouvé avec Rachel et Cendre, avec lesquels je n'avais pas particulièrement envie de passer un moment seul à seul. J'ai entendu Cendre grogner et j'en ai profité pour m'éclipser quelques mètres plus loin, en mettant des arbres entre eux et moi. Je ne pouvais pas me permettre de trop m'éloigner : si je n'étais pas dans les parages au retour d'Onyx, il se ferait une joie d'activer mon bracelet pour me punir. D'un autre côté, en faisant vite…

Je n'ai eu qu'une seconde pour réagir. J'ai bondi sur la gauche pour me mettre à couvert, mais quelque chose m'a attrapé par le torse et m'a plaqué violemment contre un arbre. Des serres d'énergie noire et tremblotante me maintenaient contre le tronc, sur la pointe des pieds, incapable de bouger.

Khazad s'est planté devant moi et j'ai vu danser dans ses yeux une lueur malsaine. « Tu croyais que j'avais oublié ? » a-t-il demandé à voix basse. Les griffes se sont resserrées légèrement, m'écrasant la poitrine, et j'ai lâché un grognement. « Tu sais ce que j'ai fait au dernier type qui m'a humilié comme ça ?

– Tue-moi, ai-je réussi à haleter d'une voix étouffée, et Onyx te tuera. »

Khazad m'a fixé un long moment avec une expression de haine, puis il a relâché son emprise et j'ai pu inspirer. « Bien sûr, tu as la clef », a-t-il répliqué d'un air distrait.

J'allais répondre lorsque les serres m'ont à nouveau étouffé, m'arrachant un son étranglé. Khazad s'est penché tout près de moi et a planté ses yeux sombres dans les miens. « Mais en fait, ce n'est pas forcément toi qui dois l'utiliser, si ? a-t-il chuchoté. Je pourrais la récupérer sur ton cadavre. Tu as essayé de t'enfuir, et j'ai été forcé de te liquider. Je suis sûr qu'Onyx comprendra. »

J'étais en train de suffoquer. Il me comprimait la poitrine, si bien que je ne pouvais plus respirer et que mes côtes étaient sur le point de se briser. « Peux pas ouvrir.

– Tu disais, Verus ? a commenté Khazad avec un petit sourire. J'ai du mal à te comprendre.

– Marchera pas… avec toi. »

Il m'a à nouveau dévisagé longuement, la tête inclinée sur le côté, comme s'il pesait le pour et le contre. Puis, soudain, il a souri. « Je pense que tu mens. »

Je commençais à voir des points de couleur et je ne distinguais pratiquement plus Khazad lorsqu'il s'est penché tout près de moi pour me souffler à l'oreille : « Quel dommage que je puisse pas prendre mon temps.

– Lâche-le », a ordonné une voix dure.

Khazad s'est contorsionné pour regarder derrière lui, les lèvres retroussées.

« Immédiatement », a ajouté la voix.

Khazad a hésité plusieurs secondes, puis il a cédé abruptement et les griffes se sont volatilisées. J'ai pris appui sur le tronc pour ne pas m'écrouler, et j'ai levé les yeux en reprenant mon souffle.

Rachel se tenait à quelques pas, et elle portait son masque. Si je n'avais pas su que c'était elle, je ne l'aurais pas reconnue : elle paraissait plus grande, plus froide, plus menaçante. Une lueur bleu-vert luisait au creux de sa paume, pointée vers Khazad.

Ce dernier a lâché un grondement féroce. « Il est à moi.

– Essaie un peu, pour voir, a répliqué Rachel avec calme. On a tout le temps. »

Ils sont restés face à face, Rachel le bras tendu, Khazad ramassé sur lui-même, prêt à bondir. Puis il a reculé d'un pas et, après un regard vicieux dans ma direction, il a tourné les talons.

La main de Rachel s'est éteinte comme une bougie qu'on aurait soufflée et elle m'a rejoint. « Une fois qu'on sera à l'intérieur, tu nous débarrasses de ça », a-t-elle ordonné en tapotant son bracelet. Sa voix était redevenue normale, comme si l'altercation avec Khazad n'avait jamais eu lieu. « En échange, on te garde en vie. »

J'ai hoché lentement la tête. « D'accord. »

Rachel me jaugeait, la tête penchée sur le côté. « Tu l'as revue », a-t-elle dit, soudain intéressée.

Je n'ai pas répondu.

« Elle vient plus souvent, quand tu es là. » Rachel a éclaté de rire. « Tu ne le savais pas, n'est-ce pas ? »

J'ai décelé dans ses yeux une distance étrange. Et soudain, j'ai eu peur, très peur. Je l'avais traitée de folle, à Canary Wharf, alors qu'elle était Deleo, puis j'avais tout oublié en la reconnaissant dans le château, mais il fallait se rendre à l'évidence : Rachel était réellement folle. Pas irrécupérable, mais presque. Pour beaucoup de gens, « fou » signifie « drôle », pourtant la véritable folie n'a rien de drôle – elle est terrifiante. En consultant les futurs qui tourbillonnaient, j'ai vu Rachel faire cent choses différentes, et je n'avais absolument aucun moyen de savoir laquelle elle choisirait. « Rachel ? ai-je hasardé d'une voix prudente. Tu m'entends ?

– Ce n'est plus mon nom », a-t-elle répliqué d'un air distrait, en regardant par-dessus mon épaule.

Elle était plantée face à moi, à deux mètres à peine, et elle fixait attentivement quelque chose, un peu en retrait. Si elle frappait d'aussi près, son rayon me traverserait littéralement, ainsi que l'arbre derrière moi. Je suis resté parfaitement immobile, évitant tout mouvement brusque. « Deleo. »

Tout à coup, Rachel s'est à nouveau tournée vers moi, le regard pétillant. « Oui ! » Elle a eu un sourire joyeux. « Je n'avais pas le choix. Tu comprends, n'est-ce pas ?

– Euh, je crois, oui.

– Parce que, tu vois, je ne pouvais pas juste *partir* ! » Elle a éclaté de rire, avant de froncer les sourcils. « Mais elle refuse de s'en aller. Elle est bien sage, pourtant. Ça doit être à cause de toi. » Elle a souri. « Elle a toujours eu un petit faible pour toi. Elle ne voulait pas l'avouer, mais je m'en étais rendu compte. Pourquoi tu ne continues pas ? »

Je n'avais rigoureusement aucune idée de ce que Rachel racontait. J'ai cherché désespérément quoi répondre. « Ra… Deleo. Onyx va revenir.

– Onyx ? » Elle a de nouveau froncé les sourcils. « Oh, il ne compte pas. » Elle a souri pour elle-même et a brusquement paru recouvrer sa lucidité. « Tiens-toi prêt à nous débarrasser de ça. » Elle a levé le poignet droit pour désigner son bracelet. « Il va falloir qu'on la revoie, n'est-ce pas ? »

Une seconde plus tard, Onyx a émergé entre les arbres, et j'ai senti mes jambes flageoler de soulagement. Le fait que ce soit un réconfort de voir Onyx était effrayant en soi. Il nous a fait signe et nous l'avons suivi, Rachel souriant comme si on venait d'échanger une bonne blague.

« Mais où ils sont, putain ? » s'est énervé Khazad.

Nous étions de retour à Londres depuis le crépuscule. Nous nous trouvions présentement au-dessus d'une boutique pour touristes de Great Russell Street, dans le salon et la cuisine d'un appartement situé au deuxième étage. Il avait visiblement été occupé récemment et j'ai essayé de ne pas réfléchir à ce qui avait pu arriver aux propriétaires.

Les fenêtres donnaient au nord, sur la cour centrale du British Museum, et ça faisait plus de deux heures qu'on était plantés là, à surveiller le musée. La nuit était tombée depuis longtemps, le ciel était d'un noir d'encre et les étoiles noyées dans le halo lumineux de la ville. Des bus, des voitures et des taxis passaient dans la rue en vrombissant et un flot régulier de touristes et de gens faisant leurs courses encombrait le trottoir, mais le British Museum lui-même était silencieux. Nul n'y était entré ni n'en était sorti.

« Pourquoi il y a personne ? » a grondé Cendre.

Parce que c'est un piège, ai-je pensé. Luna avait bien délivré son message.

« Parce que c'est un piège », a dit Rachel à voix haute, avec un regard noir vers Onyx.

J'ai soupiré intérieurement. Fichu Conseil. Luna leur avait fourni tout ce dont ils avaient besoin pour monter l'embuscade parfaite et ils avaient réussi à la foirer. Il aurait dû y avoir des gardes, des allées et venues, un ou deux mages pour donner le change. Au lieu de quoi, ils avaient planqué toutes leurs équipes à l'intérieur du musée… si bien que le guet-apens était tellement évident qu'ils auraient aussi bien fait de mettre un panneau à l'entrée. Voilà ce qui arrive quand on confie des plans de bataille à des politiques.

« Je viens de dire que c'était un piège », a insisté Rachel en constatant qu'Onyx ne réagissait pas. Elle était pleinement concentrée et le fusillait du regard. Khazad et Cendre n'ont pas bronché. « Tu m'as entendue ? »

D'une pichenette, Onyx a activé à distance le bracelet de Rachel. De l'énergie noire lui a enveloppé le poignet et elle a été prise de convulsions. Elle s'est affalée par terre, les jambes secouées de spasmes et le souffle coupé. Elle a relevé la tête, les yeux étincelants de rage, et une lueur vert océan s'est allumée au creux de ses paumes.

Onyx a réitéré son geste désinvolte et un éclair noir a frappé Rachel au bras, avant d'irradier dans tout son corps ainsi que dans le sol. Elle s'est contorsionnée en tous sens, impuissante, essayant en vain de s'échapper. Cette fois-ci le bracelet a continué à pulser et une puanteur d'ozone a empli la pièce. Rachel ne parvenait pas à crier et on n'entendait que le grattement frénétique de ses ongles sur la moquette. Au bout de cinq longues secondes, l'éclair a disparu. Le silence est retombé et Rachel est restée étendue là, immobile, la respiration saccadée.

Onyx s'est tourné vers nous en haussant un sourcil. J'ai baissé les yeux et senti Cendre et Khazad faire de même. Puis Onyx s'est de nouveau concentré sur la fenêtre. Il a fallu encore une minute à Rachel pour se remettre, puis elle s'est relevée tant bien que mal, haletante. Personne n'a dit mot.

Au cas où vous vous poseriez la question, le comportement d'Onyx n'avait rien d'inhabituel. Chez les mages de l'Ombre, la discipline est brutale. Il n'y a pas le choix : un chef de l'Ombre qui ne serait pas prêt à punir violemment quiconque lui manque de respect ne resterait pas chef très longtemps.

Ça ne changeait rien au fait qu'il fallait que je me sépare le plus vite possible de cette bande de psychopathes.

« Dis-moi quels sorts sont activés », a ordonné Onyx.

Je savais que c'était à moi qu'il s'adressait, et j'ai envisagé une seconde de lui mentir, avant de me raviser. Si ma tromperie était découverte, j'étais fichu. « Le musée est couvert par un champ d'interdiction de portail. » Cendre et Khazad me dévisageaient, et j'ai essayé de ne pas trahir mon angoisse. « Il est relié au réseau électrique du bâtiment, et il est puissant. Il y a… » J'ai scruté les lieux. « … une section non protégée, dans l'une des salles en sous-sol. Un cube d'environ trois mètres de côté.

– Un puits », a grondé Cendre.

J'ai réussi à masquer ma surprise. C'était bien un sort de protection en puits, comme un tourbillon magique. Quiconque tenterait de se téléporter par là serait happé au centre et apparaîtrait dans cet espace de trois mètres. Je commençais à me dire que Cendre était peut-être moins demeuré qu'il n'en avait l'air.

« On n'a qu'à péter les murs, a proposé Khazad avec mépris.

– Ils sont protégés aussi, ai-je fait remarquer.

– Et alors ? »

Khazad m'a défié de son regard étincelant. Rachel a fini par se redresser et il s'est détourné comme s'il m'avait complètement oublié.

Je n'étais pas dupe. Khazad attendait la première occasion de terminer ce qu'il avait commencé dans la forêt. Je savais que tant que je serais utile, Onyx empêcherait que les querelles dégénèrent. Je savais également qu'une fois que je cesserais de l'être, Onyx me tuerait sans la moindre hésitation.

Je n'avais pas l'intention de rester assez longtemps pour lui en donner l'occasion. J'avais fait bon usage de ces heures d'attente : j'avais maraudé et, la bonne nouvelle, c'était que Luna était là, dans la salle de la statue, à l'arrière du musée. Tout ce qu'il me fallait, c'étaient quelques secondes de diversion. Je piquerais un sprint, Luna ouvrirait la porte et on la refermerait derrière nous en laissant Onyx et les mages de l'Ombre se crêper le chignon avec le Conseil.

Du moins, c'était le plan.

Onyx a décidé de bouger. « Approchez-vous. »

On a obéi. Je me suis retrouvé juste à côté de Cendre, qui a enfilé son masque. Khazad et Deleo tissaient des sorts et une lumière noire et vert océan pulsait faiblement autour de leurs mains. Onyx a tendu le bras, et sous nos pieds le sol s'est assombri tandis qu'un portail horizontal se formait. J'ai observé la scène, mal à l'aise. Si Onyx nous téléportait dans ce puits, on réapparaîtrait sous le nez de la garde du Conseil, et donc à portée de tir. J'avais pu apprécier la puissance d'Onyx, mais…

Il a serré le poing et le portail s'est verrouillé, nous reliant au musée. L'espace d'une seconde, il a vacillé tandis que le champ d'interdiction tentait de contrer l'intrusion, puis le sort d'Onyx l'a forcé. Nous avons brutalement atterri sur un sol blanc, avec un escalier derrière nous et une haute verrière au-dessus de nos têtes. Nous nous trouvions dans la Grande Cour.

Et nous n'étions pas seuls. Une douzaine de personnes étaient éparpillées là, mages et gardes confondus. Tous avaient fait volte-face en nous entendant arriver, et tandis que nous nous relevions, un mage a tendu le bras dans notre direction. Il se trouvait au centre d'un groupe de trois. « Personne ne bouge ! Qui êtes-vous ? »

Enfin, c'est ce qu'il aurait dit, s'il en avait eu le temps.

Ce qu'Onyx a fait à ces hommes défie l'imagination. Catapultés dans un contexte hostile, les gens normaux ont besoin d'une seconde pour prendre leurs marques. Pas Onyx. Le temps que le chef des mages ouvre la bouche, il avait déjà terrassé son voisin de gauche avec un éclair de force, avant de faire subir le même sort à celui de droite. Puis il a foudroyé celui du milieu en pleine figure avant qu'il ait pu prononcer le mot « Qui ». Si le mage n'avait pas fait un bond en arrière, le coup lui aurait brisé la nuque. Il a basculé. En une seconde, Cendre et Khazad se sont joints à l'assaut, réglant leur compte aux autres hommes dans la cour.

Profitant du fait que tout le monde se battait, j'ai détalé et gravi quatre à quatre l'escalier courbe. J'entendais derrière moi gronder les sorts – le combat faisait rage. J'ai mis cinq secondes à atteindre le dernier palier et, pendant un instant, j'ai été totalement exposé à ceux qui se trouvaient en contrebas. Mais ils étaient tous trop occupés pour se soucier de moi et j'ai réussi à rejoindre le sommet en un seul morceau.

Je commençais à bien connaître le British Museum, et dans ma course j'ai tenté d'identifier les sons qui me parvenaient : le rugissement de la magie du feu de Cendre, le claquement sec des sorts de force d'Onyx, le crépitement des armes automatiques des gardes. Soudain, une explosion a fait le silence. Je savais que c'était le camp d'Onyx qui était en train de gagner et qu'il ne me restait pas beaucoup de temps avant qu'ils me rattrapent. J'ai atteint l'escalier qui montait à la salle de la statue. Il n'était pas surveillé, alors je me suis précipité. J'ai crié le mot de passe et franchi la barrière sans encombre. En atterrissant de l'autre côté, j'ai aussitôt plongé et roulé à terre.

Un marteau de magie de la terre est passé en sifflant juste au-dessus de moi, manquant de peu ma tête. Je me suis relevé d'un bond et ai projeté les mains en direction de l'homme qui se tenait près de l'entrée. « Griff, espèce d'abruti, c'est moi ! Fermez l'escalier ! »

Griff, qui prenait son élan pour lancer une hache d'énergie gris-brun, a écarquillé les yeux, arrêtant son coup. « Verus ? Comment êtes-vous entré ? Les gardes…

– Ils sont en train de prendre une raclée, et c'est ce qui vous attend si vous ne *fermez pas immédiatement cet escalier* !

– Il y a une barrière…

– Que je viens de franchir sous vos yeux !

– Il faudrait que je fasse s'écrouler le…

– Alors faites-le ! » J'étais au bord du désespoir. Je savais qu'Onyx et Khazad n'étaient qu'à vingt secondes derrière moi. « On n'a plus le temps ! »

Griff a hésité un centième de seconde, puis il a fait volte-face et serré le poing. Un grondement suivi d'un rugissement a fait trembler le sol, et un morceau du toit du British Museum s'est affaissé, réduisant l'escalier à un tas de gravats. La barrière a vibré mais tenu. Je me suis relevé dans la poussière qui tombait du toit. Je n'entendais plus rien en provenance du rez-de-chaussée. Nous étions enfermés à l'intérieur. Du moins pour le moment.

« *Alex !* »

J'ai parcouru la pièce du regard et aperçu Luna, debout seule dans un coin, les yeux brillants. En la voyant, j'ai senti l'oppression dans ma poitrine s'alléger. « Ça va ?

– Est-ce que *moi*, ça va ? » Elle avait la voix qui tremblait. « C'est à *toi* qu'il faut demander ça ! »

Je lui ai décoché un grand sourire. « On en discutera plus tard. » J'ai sorti le cube de ma poche et l'ai lancé à Luna, qui l'a rattrapé par réflexe. Derrière la statue, j'ai vu émerger une tête : celle de Sonder, l'air très intéressé par ce qui se passait. « Oh ! Une clef de cristal ! Elle doit avoir des microfissures qui correspondent à la disposition des faisceaux lumineux. Euh, monsieur Verus, où avez-vous…

– Sonder, ce n'est vraiment pas le moment, ai-je répliqué en me relevant. Et je t'ai déjà dit de m'appeler Alex. Luna ? Vas-y. »

Elle a inséré le cube dans la main de la statue. Il s'emboîtait à la perfection.

Au bout de quelques secondes de silence, une douce lumière blanche a irradié de la main en pierre. Des rayons aussi fins que des aiguilles ont fusé du bout des doigts et ont transpercé le cube, qui s'est mis à rougeoyer et à irradier à son tour, à partir de son centre. Les deux étoiles lumineuses ont commencé à osciller de droite à gauche et de haut en bas, comme si elles cherchaient quelque chose.

« Sonder ? Qu'est-ce qui se passe, là ? ai-je demandé.

– C'est… » Sonder fixait le cube, médusé. La lumière rouge et blanc se reflétait dans les verres de ses lunettes. « Mais bien sûr ! Voilà pourquoi on n'arrivait pas à le faire fonctionner !

– Quoi ?

– Le cristal répond à la question. Regardez ! » s'est-il exclamé, surexcité, en tendant l'index. L'un des rayons émanant du cube en avait croisé un autre en provenance de la statue et ils avaient fusionné avant de s'immobiliser. « Ils marchent par paires ! C'est ça, le mécanisme de verrouillage !

– Il ferait mieux de s'ouvrir vite », l'a interrompu Griff d'un ton acerbe. Les yeux plissés, il tenait une de ses paumes appuyée contre le mur, à côté de la barrière. « Vous aviez raison. Quelqu'un essaie d'entrer. »

À présent, je le sentais, le crissement des sorts de force creusant dans les gravats. Les vibrations se faisaient de plus en plus puissantes. « Ça doit être Onyx. » J'ai senti mon moral vaciller.

« Il sera là dans combien de temps ? a demandé Griff.

– Si vous renforcez cette barrière… dans quatre-vingts secondes environ.

– Combien pour ouvrir la porte ?

– Soixante-dix. »

Griff et Luna ont échangé un regard, puis Griff s'est tourné vers le mur, et sa paume s'est entourée d'un halo de lumière jaune pâle. Le mur a grondé faiblement tandis que la pierre se reconstituait et que les gravats de l'autre côté fusionnaient pour former une épaisse barricade. Luna s'est rapprochée de moi le plus possible et Sonder en a fait autant.

Une minute s'est écoulée, interminable.

En dessous, on entendait clairement les coups de bélier qui faisaient trembler toute la salle. Presque tous les rayons du cube et de la main s'étaient entremêlés : seuls trois cherchaient encore. Je me suis penché vers Luna : « Dès que la porte s'ouvrira, attrape le cube et reste près de moi. Prends la sortie de droite. »

Luna a hoché la tête. « Euh, a balbutié Sonder, et moi, que dois-je faire ?

– À ta place, je suivrais Luna. À moins que tu aies envie de rencontrer Onyx. »

Sonder a dégluti avec difficulté. « Je pense que je préférerais rester avec vous, si vous n'y voyez pas d'inconvénient. »

Une nouvelle paire de rayons s'est stabilisée, suivie d'une autre. « Cinq secondes », ai-je annoncé d'une voix forte. Derrière la barrière, les coups tonnaient maintenant comme la foudre et le sol tressautait sous nos pieds.

La dernière paire s'est nouée. Un halo blême a envahi toute la pièce et la statue a paru s'effacer, se métamorphoser. L'espace d'une seconde, deux images se sont superposées : celle de la statue brillant faiblement dans le noir et celle d'une arche ouvrant sur une vaste salle. « Foncez ! » ai-je crié en me mettant à courir. J'ai traversé la statue et ressenti un bref vertige lorsque mes yeux ont essayé de synchroniser les deux flux de données distincts. L'instant d'après, je me suis retrouvé dans un vestibule au plafond voûté, éclairé par de petites flammes vacillantes. Derrière moi, Luna a arraché le cube de la main de la statue avant de se précipiter à ma suite, Sonder sur ses talons.

Dans mon dos a résonné un fracas monstrueux qui a fait voler des blocs de pierre, suivi du mugissement de la magie de la terre de Griff. Soudain, la bataille a éclaté dans la salle. En un instant, tout n'était plus que chaos, flammes et ténèbres. Le portail se refermait, mais trop lentement, et je savais qu'il ne nous restait que quelques secondes avant que l'ennemi nous rattrape. J'ai réussi à atteindre le tunnel de droite, percuté quelque chose à ma gauche, et une lourde porte a claqué derrière nous, coupant intégralement le vacarme et nous laissant dans une obscurité totale.

12

« Luna ? ai-je appelé dans le noir.
– Par ici.
– Ça va ?
– Oui. Ne t'approche pas trop près !
– Euh, salut.
– C'est quoi ?
– C'est quoi *quoi* ?
– Qui est là ?
– Luna.
– Pas toi !
– Sonder. Enfin, je veux dire David. On s'est rencontrés à…
– Je sais qui tu es, Sonder.
– Tu as réussi à passer ? s'est étonnée Luna.
– Eh bien, M. Verus, je veux dire Alex, m'a dit de vous suivre, alors…
– Quelqu'un aurait une lampe ? »
Silence.
« Personne ? »
Silence.
« Luna ?
– J'ai apporté les trucs que tu m'as demandés.
– Donc c'est oui ?
– Oui, mais c'est verrouillé. Si je le touche…

– D'accord, d'accord. Sonder ?
– Oui ?
– Tu es mage, pas vrai ?
– Euh, oui.
– Super. Lance un sort éclairant.
– …
– Qu'est-ce qu'il y a ?
– Eh bien…
– Par pitié, ne me dis pas que tu ne sais pas faire ça non plus.
– Disons que je n'ai jamais réussi à prendre le coup de main. Et comme il y a toujours quelqu'un dans les parages qui peut aider…
– Tu plaisantes ? »

J'ai entendu farfouiller, puis il y a eu un déclic et un cône de lumière a fendu l'obscurité. J'ai plissé les yeux. Lorsque j'ai pu les rouvrir, j'ai vu Sonder, l'air tout penaud, une lampe torche à la main. « Mais j'ai pris ça. J'ai bien fait ? »

Dans le faisceau, j'ai vu Luna, pâle mais indemne, plaquée contre le mur. Autour de nous, la salle était circulaire et ouvrait sur un couloir. Il n'y avait plus trace de la porte par laquelle nous étions arrivés et je ne sentais aucune vibration dans le sol. Ou bien les murs étaient vraiment très épais, ou bien nous nous étions téléportés. Une maraude rapide m'a confirmé que nous n'étions pas suivis.

« Où est-ce qu'on est ? a demandé Luna.
– Sonder ?
– C'est extraordinaire, a répondu ce dernier en regardant autour de lui, fasciné. On est à l'intérieur d'une bulle ! Cet ensemble a dû être construit pendant les guerres de l'Ombre. Je n'ai jamais vu une installation aussi bien conservée… »

Avec Luna, nous l'avons dévisagé et il s'est brusquement senti gêné. « Eh bien, on est à l'intérieur de la bulle, quoi. A priori, on est à l'abri. Vu qu'elle a tenu tout ce temps.

– Est-ce que quelqu'un d'autre peut entrer ? ai-je demandé.

– Oh, non. Pas une fois que le portail est clos.

– Je l'ai senti se refermer derrière nous, a confirmé Luna en scrutant le cube en cristal au creux de sa paume. Quand je l'ai pris, je voulais que la porte se verrouille. Et c'est ce qui s'est passé. »

Je l'ai dévisagée, perplexe. Absorbée par le cube, elle ne s'est rendu compte de rien. « Euh…, est intervenu Sonder. Quelqu'un d'autre est-il entré ?

– Espérons que non. Luna ? Luna !

– Hein ? » Elle s'est arrachée à sa contemplation. « Oh. Oui. » Elle s'est dirigée vers le centre de la salle. Avec ma vision de mage, je voyais la brume argentée qui l'enveloppait ainsi que le sac et le cube. Des filaments épars se tendaient vers Sonder et moi, sans tout à fait réussir à nous atteindre. Elle a défait son sac à dos, l'a posé à l'envers par terre, puis l'a soulevé d'un geste vif en le secouant, avant de reculer. Le contenu s'est déversé au sol. « C'est tout ce que j'ai pu trouver.

– Dirige la lampe par ici », ai-je ordonné à Sonder. J'ai avant tout ramassé ma cape de brume, et sa simple vue a suffi à me remonter le moral. C'est drôle comme on peut s'attacher aux objets. Mais il faut dire que les articles imprégnés sont presque des êtres vivants. En outre, ma cape m'a sauvé la vie à d'innombrables reprises – en la passant autour de mes épaules et en me l'attachant autour du cou, je me suis tout de suite senti mieux.

« Tout est bien là ? » a demandé Luna.

J’ai acquiescé en inspectant le tas d’objets. J’avais demandé à Luna de se rendre à la boutique en se servant de la clef cachée et de me rapporter deux ou trois choses. « Bien joué. Comment ça s’est passé, avec Talisid ?

– Il a voulu savoir si j’étais ton apprentie.

– Qu’est-ce que tu lui as répondu ?

– D’après toi ? »

J’ai éclaté de rire. J’ai déniché ma lampe torche, que j’ai allumée. « Sonder ? Va dans le couloir qui se trouve trois ou quatre mètres plus bas, et concentre-toi sur le mur de droite. Il y a un panneau qui devrait commander les lumières par ici.

Sonder a hésité. « Vous êtes sûr que ça ne risque rien ?

– Du moment que tu ne vas pas plus loin.

– Je ne sais pas très bien comment fonctionnent les sorts, dans cet endroit…

– Si, si, tu sais. Il suffit que tu les étudies une minute ou deux, et tu comprendras.

– Vous en êtes sûr ?

– Oui.

– C’est peut-être dangereux.

– Non.

– Comment le savez-vous ?

– C’est ma spécialité. Écoute, Sonder, je n’ai jamais étudié ce genre de lieu, et Luna non plus. Mais toi, si. Si je te demande de le faire, c’est parce que tu es le plus qualifié pour cela. Plus loin, il y aura des endroits où il sera en effet dangereux pour toi de toucher quoi que ce soit, mais je te préviendrai. D’accord ? »

Il a hésité une seconde, puis a hoché la tête. « D’accord. » Il s’est levé et s’est engagé dans le couloir.

J’ai vu que Luna souriait. « Qu’est-ce qu’il y a de drôle ?

– Oh, c'est juste que je lui ai parlé de toi. Pendant qu'on attendait, dans la salle de la statue.

– Qu'est-ce que tu lui as raconté ? »

Elle a pris un air innocent.

« Comment ça s'est passé, avec les autres ? » ai-je demandé en reprenant mon sérieux.

Luna a jeté un coup d'œil dans la direction où était parti Sonder, puis elle s'est adossée au mur en soupirant. « Pas trop mal. Ils ne m'ont pas posé beaucoup de questions. Pour la plupart, ils m'ont carrément ignorée.

– Et Talisid ? Il était comment ? »

Elle a réfléchi quelques secondes. « Je crois qu'il a deviné. Aucun des autres ne s'est douté de rien. La seule personne à m'avoir vraiment parlé, c'est Sonder. Il paraissait un peu… tu vois… »

J'ai lâché un petit rire. « Tous les mages ne sont pas forcément expérimentés. » J'avais presque terminé l'inspection du sac à dos. Elle avait fait du bon travail : j'avais tout ce qui serait susceptible de nous aider. Et aussi un objet en plus : un disque bleu au bord en dents de scie. Je sentais qu'il s'agissait d'une sorte de renforcement, avec une charge énergétique assez forte. « Qu'est-ce que c'est que ça ?

– Talisid a dit que c'était un communicateur. Il a ajouté qu'il était… synchrone ? »

J'ai ramassé le disque pour l'examiner de plus près. « J'ignorais qu'ils avaient réussi à les faire fonctionner.

– Ça marchera, d'ici ? »

J'ai acquiescé. « Il devait s'attendre à une situation de ce genre. Même pour un représentant du Conseil, ça a dû coûter une fortune. » Je me suis tournée vers Luna. « Prête ? »

Elle a opiné et j'ai appuyé sur les pointes du disque selon une séquence précise. Elles se sont mises à clignoter en bleu. J'ai posé l'objet par terre et j'ai patienté.

Les lumières sont passées du bleu au vert, puis une silhouette fantomatique d'une trentaine de centimètres de haut est apparue en hologramme, debout sur le disque. C'était Talisid. « Verus ! » Sa voix était assourdie, mais claire. « Où êtes-vous ?

– D'après vous ?

– Vous êtes dedans ?

– Dedans, et vraisemblablement pour un moment. Qu'est-ce qui se passe, là-bas ?

– Vous allez bien ? Qui est avec vous ?

– Luna et Sonder. Nous allons tous bien. »

Il a paru se détendre un peu. « C'est la première bonne nouvelle que j'entends de la journée.

– Que s'est-il passé ?

– Tout s'est affaissé. » Il était difficile de discerner des détails de la petite projection, mais les vêtements de Talisid semblaient déchirés. « J'ignore qui a fait ça, mais toute la salle et la majeure partie de l'escalier sont en miettes. On commence à dégager les gravats, mais…

– Talisid ? Ce n'était pas vraiment ma question. » Je n'ai pas haussé la voix, mais la pointe d'agacement était audible. « Je vous avais prévenus qu'une attaque allait survenir. Je vous avais même dit quel jour. Vous aviez vingt-quatre heures pour vous y préparer, et toutes les forces de sécurité du Conseil. Onyx avait trois personnes. »

Talisid n'a rien répondu. Il n'avait pas l'air content.

« Par pitié, dites-moi que vous en tenez au moins un.

– Nous ne sommes pas encore en mesure de confirmer quoi que ce soit.

– J'en déduis que c'est non. »

Talisid n'a pas démenti et je me suis plaqué la main sur les yeux. « Je demanderais bien une explication, mais j'ai peur que les détails de votre gros fiasco me minent le moral, là.

– Écoutez, Verus, j'entends déjà assez de conneries de la part du Conseil. Je n'ai pas besoin que vous en rajoutiez.

– Et nous, on est à l'intérieur d'une relique avec en gros quatre mages de l'Ombre qui veulent nous tuer. Vous voulez échanger ? »

Pas de réponse. J'ai inspiré à fond pour retrouver mon calme. « Où est Griff ?

– Nous l'ignorons.

– Combien de mages de l'Ombre sont entrés ?

– Impossible à dire. Ils ont peut-être été piégés par l'effondrement.

– Ne tablez pas trop là-dessus. Il y a qui d'autre ?

– Nous n'en savons rien. La situation est *grave*, ici, Verus. Nous avons des dizaines de blessés et au moins trois morts parmi le personnel de sécurité. Onyx les a fauchés comme une scie circulaire. Tout le monde qu'il nous reste est soit en faction, soit en train de déterrer des survivants, et nous n'avons pas encore pu retrouver tous nos hommes. Personne n'était à la bonne place, comme si… » Talisid s'est interrompu un instant. « J'étais avec Ilmarin – c'est un mage de l'air, l'un de ceux qui se trouvaient dans la Grande Cour. Il m'a dit avoir senti que quelque chose s'en prenait au groupe d'Onyx, pendant l'attaque. Complètement invisible, pour l'œil comme pour la magie. Il ne l'a senti qu'à cause d'un mouvement d'air. Il n'a aucune idée de ce que cela pouvait bien être. »

– J'ai à nouveau fermé les yeux. « Magnifique, ai-je commenté en essayant de me maîtriser. Autre chose, pendant que vous y êtes ?

– Vous savez ce que c'était ?

– Elle s'appelle Treize. Elle travaille pour Levistus. J'imagine que vous ne pouvez pas nous venir en aide ?

– Uniquement si le portail est encore ouvert… »

C'est Luna qui a répondu. « Il ne l'est plus. »

Talisid l'a regardée, puis moi. « Nous pourrions peut-être arrimer le dispositif à un portail de monde. Si nous parvenons à suivre la trace…

– Vous pouvez faire ça d'ici quatre heures, maximum ? »

Talisid n'a pas réagi. J'ai poussé un soupir. « J'en déduis que c'est encore non. Autre chose ?

– Je suis désolé. J'aimerais avoir de meilleures nouvelles.

– À qui le dites-vous.

– Je vous appellerai dès que nous en saurons plus.

– Par pitié, non. Le comble serait que votre engin se mette à sonner alors qu'on essaie de passer inaperçus. C'est nous qui vous appellerons. »

Talisid a acquiescé. « Bonne chance. »

Le communicateur s'est éteint.

Je n'ai pas bougé. « C'était quoi, cette histoire de truc invisible ? a fini par demander Luna.

– Une espèce d'élémentaire de l'air trafiqué dont se sert Levistus. Je me demande juste si c'est tout ce qu'il a.

– Comment ça ?

– Les gardes du Conseil n'auraient pas dû se faire décimer aussi facilement, ai-je expliqué. Ils étaient dépassés, d'accord, mais pas à ce point. Et puis, il y a la manière dont ils étaient déployés, sans personne entre la Grande Cour et la statue… Je pense que quelqu'un s'est assuré que l'attaque se déroulerait sans accrocs. »

Luna a froncé les sourcils. « Levistus, tu veux dire ? Pourquoi voudrait-il une chose pareille ? »

Je me suis remémoré ce que Levistus m'avait dit, au bal, avec un petit sourire en coin. *J'ai de nombreux agents, monsieur Verus. Soyez assuré qu'ils seront là pour veiller à ce que tout se déroule comme prévu.*

Mon cœur s'est serré. « Oh, merde.

– Qu'est-ce qui ne va pas ?

– Luna, est-ce qu'il y avait quelqu'un près de la statue, quand tu étais là ? Quelqu'un qui serait resté tout du long, sans jamais s'éloigner plus de deux minutes ? »

Luna a paru perplexe. « Oui, je suppose.

– Qui ?

– Sonder. Et Griff.

– Personne d'autre ?

– Je ne crois pas. Pourquoi ?

– Levistus ne pouvait souhaiter le succès de l'attaque de Morden que dans un seul but : faire entrer aussi quelqu'un de son camp. »

Luna m'a dévisagé pendant plusieurs secondes, et subitement son expression a changé. « Sonder ? »

Je n'ai pas répondu. Luna a jeté un coup d'œil dans le couloir où était parti le jeune mage, puis s'est tournée vers moi, visiblement mal à l'aise. « Attends, non. C'est Griff qui était censé être responsable de la sécurité, non ? Est-ce que ça n'est pas plus logique que ce soit lui ?

– Qui a dit qu'il n'y en avait qu'un ? »

Luna a fait mine de répondre, puis s'est ravisée.

« Moi non plus, je n'aime pas l'idée. Mais je ne pense pas que Levistus s'en remettrait seulement à Treize. Il a des agents, il a dû s'en servir. Tu as raison : Griff semble plus probable, mais il n'est pas ici, alors que Sonder, si. Jusqu'à ce qu'on sorte d'ici, surveille tes arrières. »

On est restés assis là un moment, à réfléchir. Les lampes torches n'éclairaient pas le visage de Luna, aussi m'était-il difficile de deviner ce qu'elle pensait. « On n'a pas beaucoup d'amis, ici, pas vrai ? a-t-elle résumé.

– Et Brise Stellaire, alors ?

– Je l'ai appelée. La première fois, elle est venue, mais en me voyant elle s'est aussitôt enfuie. Je l'ai rappelée en t'entendant arriver, mais… »

J'ai sondé les futurs et j'ai senti le moral remonter. J'ai souri.

« Elle est ici ?

– Elle est ici. On dirait qu'on a bien une amie, finalement. »

Soudain, les lumières se sont allumées. On s'est levés en clignant des yeux, et dans le couloir Sonder s'est exclamé, surexcité : « J'y suis arrivé ! »

La pièce dans laquelle nous nous trouvions était de couleur blanc cassé, avec un plafond haut. Les coins des murs étaient légèrement arrondis, pour éviter les angles, si bien que l'espace paraissait étrangement lisse, et au-dessus de nous des plaques circulaires diffusaient une lumière vive. Je sentais la magie qui en émanait, ce qui confirmait que ce lieu était extrêmement ancien. Comme je l'ai dit, créer des articles magiques permanents est un vrai casse-tête. Se servir de la technologie moderne demande bien moins d'efforts, ce qui signifie que les seuls lieux qui utilisent des effets permanents comme celui-là sont ceux qui ont été bâtis *avant* la technologie moderne.

Luna et moi nous sommes dirigés vers l'issue qui donnait sur un couloir courbe, lequel débouchait plus loin sur une intersection en T. « Bien joué, ai-je lancé à l'intention de Sonder, en me rapprochant.

– Je me disais bien que ça fonctionnerait. » Il avait l'air content de lui. Il se tenait à côté du panneau de contrôle qu'il avait bidouillé. J'ai posé la main dessus et me suis concentré afin de visualiser comment il s'y était pris.

Pendant ce temps, Luna scrutait le décor, interdite. « Qu'est-ce que c'est que cet endroit ?

– Il a été scellé juste après les guerres de l'Ombre, a expliqué Sonder. Mais rien n'indique pourquoi. Je commence à penser que les archives concernant ce lieu ont été effacées volontairement. Tout ce que j'ai pu trouver, c'est une référence à la dernière demeure d'Abithriax.

– Tu disais que c'était sa tombe », a objecté Luna.

Sonder a eu un moment d'hésitation. « Oui, mais il est possible que je me sois trompé. J'ai fait des recherches, et il s'avère que les Précurseurs ne bâtissaient pas vraiment de tombes. Pas comme celle-ci, en tout cas.

– Mais si c'est bien sa dernière demeure…

– Je sais, mais ça n'a pas de sens. Si on jette un coup d'œil aux études qui ont été faites sur la religion des Précurseurs, le motif…

– Désolée, Sonder, attends une seconde. Euh, Alex ? »

J'étais occupé avec le panneau de contrôle. Comme la plupart des équipements remontant aux Précurseurs, il était sommaire : quelques sphères qui paraissaient en verre, et des pitons plantés dans le mur. Ils étaient contrôlés par des impulsions magiques délicates. Grâce à mes facultés divinatoires, je voyais comment leur faire faire ce que je voulais, mais je n'avais aucune idée de leur fonctionnement. Ça suffisait tout de même à…

« *Alex !*

– Hein ? ai-je répondu, distrait.

– Qu'est-ce que c'est, sur ton bras ? »

En baissant les yeux, j'ai constaté que le bracelet à mon poignet crépitait et crachotait faiblement. De l'énergie noire suintait tout autour, me picotant le bras. « Oh. On dirait qu'Onyx a décidé de me tuer. »

Luna et Sonder m'ont dévisagé, interloqués. « On les appelle des bracelets de mort, ai-je expliqué. Les mages de l'Ombre s'en servent pour mater les prisonniers. »

Le bracelet crépitait toujours. « Euh…, a hasardé Sonder. Est-ce que vous ne feriez pas mieux de… ?

– Non, non, ça va. J'ai divisé la puissance du signal par cent environ. Onyx a dû l'activer au maximum, sinon vous ne le verriez même pas.

– Et il fait quoi, le maximum ?

– Il tue un humain adulte en dix à vingt secondes, selon la résistance de son cœur. Bon, on ferait mieux de bouger d'ici. Ne touchez à rien sans me demander d'abord, n'allez nulle part où je ne sois allé, et si je vous dis de faire quelque chose, faites-le *vite*, OK ? »

Luna a opiné aussitôt, Sonder un peu plus lentement. Le bracelet a grésillé une dernière fois avant de se désactiver. Nous nous sommes dirigés vers l'intersection et je me suis planté devant la fourche. Les deux autres se sont immobilisés derrière moi.

« Qu'est-ce qu'il fait ? a murmuré Sonder au bout d'une minute.

– Il regarde dans l'avenir pour voir ce qui se passera selon le couloir qu'on empruntera », a répondu Luna à voix basse.

J'ai souri intérieurement et tendu le bras. « À gauche. »

Une heure plus tard, nous étions tous les trois rassemblés dans une pièce exiguë. Dans une petite alcôve murale était encastrée une unique sphère en cristal. Devant nous, une porte close.

Adossé au mur, j'ai regardé Sonder examiner la sphère. Luna se tenait en arrière, à bonne distance. « Sonder, on n'a pas toute la nuit, ai-je fini par dire.

– Désolé. » Il a reculé. « Eh bien, pas de doute, c'est un renforcement à effet mental…

– Je sais.

– Et je pense qu'il est activé par télépathie. Quoi qu'il en soit, il sert à communiquer.

– Tu disais que tu pourrais ouvrir cette porte, a rappelé Luna.

– Probablement, mais il y a peut-être un piège. Et vu ce qui nous attendait la dernière fois, je veux prendre le moins de risques possible. »

À cette évocation, Sonder a tressailli. Dans la pièce précédente se trouvait un piège électrique qui aurait transformé en paratonnerre quiconque s'en serait approché. « Donc ça nous laisse ce truc ? a résumé Luna.

– Ça nous laisse ce truc », ai-je confirmé. J'ai scruté la sphère en cristal, les sourcils froncés. « Elle nous aidera à passer. J'ignore juste comment.

– Que se passera-t-il si on la touche ? a demandé Sonder.

– Rien. »

Ils ont échangé un regard. « Si je la touche, je ne ferai rien, ai-je précisé. Je resterai la main posée dessus pendant environ dix minutes, sans bouger ni prononcer un mot, quoi que vous fassiez. Et je ne sais absolument pas pourquoi.

– Ça peut s'expliquer, si c'est un renforcement de télépathie », a suggéré Sonder.

Je n'ai pas répondu. La vérité, c'est que le fait de ne pas comprendre ce qui se produirait au contact de cette sphère me mettait mal à l'aise. Normalement, je sais toujours ce qui va se passer. On ne mesure à quel point on est habitué à une chose que lorsqu'elle nous est retirée. Voyant que je ne bougeais pas, Sonder a changé de position. « Je pourrais l'essayer…

– Non. » Je me suis avancé d'un pas. « Vous deux, surveillez mes arrières. Je pense que je ne pourrai rien sentir d'autre, pendant que je me servirai de ça. Si vous entendez quoi que ce soit d'inquiétant, sortez-moi de là. À coups de pied, s'il le faut. »

Ils ont acquiescé. « Sois prudent », a dit Luna.

Je me suis tourné vers la sphère, ai inspiré à fond et posé la main dessus. L'espace d'une seconde, j'ai été désorienté : le monde autour de moi a paru vaciller, puis l'effet s'est estompé. Les doigts posés sur la sphère, j'ai attendu. Rien.

J'ai tenté un mot de commande. « *Annath.* »

Toujours rien.

« Ouvre. Transmets. *Sagashiette.* »

Pas mieux.

J'ai soupiré et me suis détourné. « Eh bien, c'était plutôt décevant, dans le genre. »

Luna et Sonder regardaient ailleurs. « Rien, ai-je répété. C'est bizarre. Je suis pratiquement certain que ça aurait dû… »

Je n'ai pas terminé ma phrase. Sonder n'avait pas bougé. Luna a jeté un regard anxieux de côté, puis par-dessus mon épaule, comme si elle ne me voyait pas. « Hé, ça va, vous deux ? »

Aucune réaction. « Qu'est-ce que vous… » Je me suis retourné et suis tombé en arrêt. Ce que Luna et Sonder regardaient, c'était moi. Mon corps se tenait juste devant moi, la paume droite posée sur la sphère. J'ai baissé les yeux pour vérifier que j'avais toujours une main. « Mais qu'est-ce que… ? »

Je me suis penché vers l'avant, hésitant. Ma main est passée à travers mon corps comme s'il s'agissait d'un rai de lumière, et j'ai sursauté.

En regardant vers les deux autres, j'ai vu les lèvres de Sonder remuer. Il disait quelque chose à Luna, laquelle a légèrement pivoté vers lui pour répondre, sans quitter mon autre moi des yeux, mais je n'entendais rien de ce qu'ils disaient. En fait, en tendant l'oreille, je me suis rendu compte que je n'entendais *rien du tout*. C'était le silence total.

« Bonsoir. Puis-je vous aider ? » a demandé une voix derrière moi.

J'ai fait volte-face. Dans l'embrasure de la porte se tenait un vieil homme. Il avait une abondante barbe et une longue chevelure, toutes deux d'un blanc immaculé et parsemées de fines stries rouges. Sa tenue était également rouge : des étoffes resserrées à la taille, dans un camaïeu allant du vermillon au carmin.

J'ai mis un moment à me rappeler pourquoi il m'était familier, puis, soudain, la mémoire m'est revenue. J'avais déjà vu son visage, mais pas en chair et en os. En pierre.

« Abithriax. »

L'homme s'est incliné. « Et à qui ai-je l'honneur de m'adresser ? »

Je suis resté planté là à dévisager le mage en face de moi. Abithriax, quant à lui, me considérait d'un air vaguement interrogateur. « Comment se fait-il que vous soyez en vie ? » ai-je fini par demander, poli mais plutôt décontenancé.

Abithriax n'a pas paru s'offenser. « Eh bien, voici une question intéressante. Peut-être voudriez-vous faire quelques pas avec moi ? On a si rarement l'occasion de faire de l'exercice, cloîtré ici. »

J'ai jeté un coup d'œil vers Luna et Sonder, qui continuaient à discuter. Je n'entendais toujours rien de ce qu'ils se disaient. Ils ne paraissaient pas non plus voir Abithriax. « Vous ne risquez rien, m'a assuré ce dernier comme s'il lisait dans mes pensées. Il ne viendra personne avant un petit moment. »

Après quelques secondes d'hésitation, j'ai emboîté le pas à Abithriax et nous nous sommes engagés dans le couloir. Malgré son âge, il se mouvait avec souplesse, sans aucune raideur.

« Comment se fait-il que je puisse vous parler ? ai-je demandé.

– Les cristaux dans ces murs forment un réseau de communication qui s'étend sur toute la surface de ce lieu. Par projection mentale uniquement, je le crains : votre corps est resté dans l'autre salle. Ce réseau passe par votre esprit, qui traduit les informations.

– Si moi je suis ici, où êtes-vous ?

– Au centre, naturellement. »

J'ai dévisagé l'homme un moment avant de comprendre.

« C'est *vous*, la parque. »

Il s'est contenté de sourire. J'ai continué à marcher, pris de vertige. Bien sûr, tout s'expliquait. Pour être aussi puissante, la parque ne pouvait être qu'un imprégné. Et plus elle était puissante, plus son identité devait être… J'ai levé les yeux vers Abithriax. « Comment ? Vous êtes censé être mort.

– Oh, je le suis. » Il m'a lancé un regard interrogateur. « Peut-être voudriez-vous entendre mon histoire ? »

Après réflexion, j'ai hoché la tête.

« Très bien, dans ce cas. C'est tellement agréable d'avoir quelqu'un à qui parler… Voyons, par où commencer ? Là d'où vous venez, on se souvient encore des guerres de l'Ombre, j'espère. J'ai bien peur d'avoir perdu toute notion du temps.

– Vous les avez vécues. »

Abithriax a acquiescé. « De bout en bout. Je me rappelle Syriathis, et sa destruction. J'ai participé aux premières campagnes, lorsqu'il a fallu battre en retraite et que j'ai vu mes amis et mes alliés mourir un par un. J'ai été promu, à plusieurs reprises. Après notre victoire aux Champs d'Ebon, on m'a accordé ma parque. Les années ont passé, la roue a tourné, les bastions perdus dans les premiers temps ont été repris, et dans chaque bataille j'étais en première ligne. Lorsque le siège final a commencé, j'étais commandeur en chef de toutes les armées de la Lumière. »

Nous étions arrivés à une intersection, devant laquelle Abithriax s'est immobilisé. « Et puis, j'ai été trahi. » Il a fixé le vide d'un air absent. « Le Conseil avait fini par avoir peur de moi. J'étais trop illustre, trop puissant. Aussi, dans les derniers mois de la guerre, une fois la victoire assurée, ils m'ont envoyé à la mort. »

Abithriax s'est tu.

« Comment avez-vous réussi ? » ai-je fini par demander.

Il a cligné les paupières, s'est tourné vers moi, puis a secoué la tête avant de s'engager dans le tunnel de gauche. Je l'ai suivi. « Grâce à ma parque. Tous nos généraux en portaient une, cependant les façonneurs ne parvenaient jamais à les stabiliser. Elles étaient toujours… imprévisibles. Mais j'ai appris le secret, j'ai réussi à lier mon identité à la mienne, petit à petit. Ainsi, à mesure que sa puissance croissait, je devenais moi aussi de plus en plus fort. C'était presque une partie de moi. C'est peut-être pour cette raison que j'ai réussi à faire le grand saut, à la fin… »

Abithriax a secoué la tête. « Eh bien, a-t-il tranché d'un ton brusque. J'imagine que c'est pour cela que vous êtes ici ? Pour ma parque ? Nul besoin de le cacher, a-t-il ajouté, voyant mon hésitation. Je ne vois pas quelle autre raison vous auriez de venir ici. Et puis, je ne peux plus guère la porter moi-même.

– Oui, c'est pour la parque.

– Et les autres ?

– Quels autres ? »

Abithriax a haussé les sourcils. « Les autres mages qui ont tenté de m'atteindre. Je manque peut-être de substance physique, mais je ne suis pas aveugle. Une demi-douzaine environ, m'a-t-il semblé ? »

J'ai marché quelque temps en silence. « Pouvez-vous m'aider à les arrêter ? » ai-je fini par demander.

Il a lâché un grognement sarcastique. « Une poignée de mages ? J'en ai vaincu des *armées*. Toutefois, sans capteur, je ne suis rien. Et surtout, rien ne garantit que ce sera vous qui aurez la parque. Si l'un de ces mages m'atteint le premier, mes pouvoirs seront à sa disposition et pas à la vôtre, je le crains. Sous cette forme, je suis assujetti à mon capteur. »

En entendant ces paroles, j'ai levé les yeux pour déchiffrer l'expression d'Abithriax. Il me considérait d'un air serein. « Je n'ai aucune prise sur l'identité de ce capteur. Aussi, si vous avez des ennemis en ces lieux, je vous conseille vivement de veiller à ce qu'ils ne me trouvent pas les premiers. Car s'ils prennent possession de moi et m'ordonnent d'utiliser mes pouvoirs pour vous débusquer et vous tuer, je n'aurai d'autre choix que d'obéir, j'en suis navré. »

En marchant, nous avions tourné deux fois du même côté, aussi étions-nous presque revenus au point de départ. Nous sommes restés debout, face à face.

« Alors je ferais mieux de bouger, ai-je conclu.

– Certes, a approuvé Abithriax avec un hochement de tête. Dites à votre apprenti à l'air érudit de tenter un mot de commande dans le coin droit. Je ne suis pas certain du mot de passe, mais je ne doute pas que vous pourrez le deviner.

– Très bien. À plus tard.

– Espérons-le. » Abithriax a eu un petit sourire. « Pour ce que cela vaut, je vous souhaite de réussir. » Son image s'est évaporée et il a disparu.

Je suis retourné dans la salle. Luna et Sonder étaient toujours là, à fixer mon corps immobile. Pour une raison qui m'était inconnue, je savais comment interrompre la connexion. J'ai pénétré dans mon propre corps, j'ai apposé mon moi mental sur mon enveloppe physique et ma main immatérielle sur celle qui tenait la sphère. J'ai ressenti un vertige, puis…

« … aura des problèmes. » C'était la voix de Sonder.

« Il a dit de ne rien faire », a répondu Luna. La plupart des gens l'auraient trouvée calme, en l'entendant, mais moi je percevais la pointe d'angoisse dans sa voix. « On pourrait… Alex ! »

J'ai pivoté – pour de vrai, cette fois. Luna m'a examiné, avant de laisser échapper un soupir de soulagement. « Tu vas bien.

– Je vais bien », ai-je confirmé. « Sonder ? Va jeter un œil dans le coin droit. Pendant ce temps, j'ai quelque chose à vous dire à tous les deux. »

Pendant que Sonder travaillait, je leur ai répété ce que j'avais appris. J'avais brièvement envisagé de ne révéler le secret qu'à Luna, mais je n'avais aucun prétexte valable d'envoyer Sonder assez loin pour qu'il n'entende pas, et puis je voulais son avis sur la question.

« C'est incroyable, s'est-il exclamé une fois mon récit terminé. Je veux dire, le fait de pouvoir survivre aussi longtemps… Les guerres de l'Ombre ont eu lieu il y a presque deux mille ans ! Imaginez tout ce qu'il pourrait nous raconter !

– Sonder, l'ai-je recadré. Revenons à nos priorités. D'abord, survivre. Pour les recherches, on verra après. Est-ce que ce qu'il a dit correspond à ce que tu sais ? »

Sonder a pris une minute de réflexion. « Nous n'avons jamais pu récupérer une parque, jusqu'à présent. La croyance populaire voulait qu'elles aient toutes été détruites, mais si elles étaient instables, cela expliquerait pourquoi celle-ci ne l'a pas été. Et puis, la mort d'Abithriax a toujours été auréolée de mystère. Certains auteurs soutiennent la théorie de la trahison, mais il n'y a jamais eu aucune preuve. Après les guerres de l'Ombre, l'ancien Conseil a sombré dans les querelles intestines et la plupart des archives ont été perdues.

– Tu lui fais confiance ? » a voulu savoir Luna.

J'ai eu une seconde d'hésitation. « Je n'en suis pas sûr. J'ai eu le sentiment qu'il cachait quelque chose. Mais je suis presque certain qu'il disait la vérité sur ce qui se passerait si Onyx le trouvait le premier.

– Alors, que doit-on faire ? » a demandé Luna.

Sonder avait interrompu ses tentatives et ils me dévisageaient tous les deux, guettant ma décision. « On fonce. Si on réussit à la récupérer pour nous, on a une chance. Mais je ne veux voir aucun de vous deux impliqué dans les combats. C'est après moi qu'en auront Onyx et les autres, pas après vous. Ne faites rien qui attire leur attention. »

J'avais pris un air confiant et ils ont tous les deux hoché la tête – Luna, avec un peu de réticence. Ils sont retournés à leurs occupations et je me suis mordillé la lèvre en espérant avoir fait le bon choix.

À vrai dire, dans notre situation, il n'y avait pas de bon choix possible. Si on tentait d'arracher la parque à Onyx et aux autres par la force, ça se terminerait en bataille rangée – et alors notre petit trio était presque certain de perdre. La tentation était de courir se cacher. Si on leur abandonnait la parque, les agents de Morden et ceux de Levistus seraient trop occupés à s'entre-tuer pour se soucier de nous.

Sauf que, dans ce cas, le gagnant aurait tout le loisir de nous traquer, en disposant en plus de toute la puissance de l'artefact des Précurseurs. Ils seraient maîtres de notre vie et de notre mort. Mon instinct me dictait que notre meilleure option était d'agir. Mais c'est une chose de jouer sa propre vie, et c'en est une autre de risquer celle d'autrui. J'ai regardé Luna, retirée dans son coin, et Sonder qui examinait le mur, et soudain j'ai eu peur. En dépit de mes beaux discours pleins de bravoure, j'ignorais si je serais capable de les protéger tous les deux.

J'ai dû écarter cette pensée pour pouvoir me concentrer sur la maraude. J'ai ainsi pu constater que le conseil d'Abithriax était fondé. « Là, ai-je indiqué à Sonder. Essaie des mots de commande.

– Euh… Lesquels ?

– Tous ceux qui te passent par la tête. »

Il a fixé le mur, hésitant. « Je me sens bête. »

J'ai soupiré intérieurement. Sonder avait beau être cultivé, son inexpérience sautait douloureusement aux yeux. Il suffit d'avoir un peu roulé sa bosse pour ne plus se préoccuper une seconde d'avoir l'air ridicule, surtout quand on a affaire à des pièges magiques. Mieux vaut être la risée de tous et rester en vie – et en plus, personne ne se serait moqué de lui. « Allez, tente ta chance. »

Sonder s'est mis à déclamer des mots en vieux-parler. Il s'exprimait comme un professeur, en articulant bien chaque syllabe. « Stop, ai-je fini par ordonner. Répète le dernier en posant la paume sur le mur, doigts bien écartés. Un peu plus haut. Plus à gauche. Reste comme ça. Maintenant, redis le mot. »

À contrecœur, Sonder s'est exécuté. « *Etro.* »

Juste en face de lui, un pan de mur de deux mètres de haut et d'un mètre de large a rougeoyé quelques instants avant de carrément disparaître. Le jeune mage a fait un bond en arrière. Devant lui s'ouvrait un bref couloir qui obliquait vers la gauche. « Maintenant je vois. La pièce tout entière est piégée. La seule manière d'éviter le danger, c'est de faire le tour, ai-je annoncé.

– Et on ne risquera rien ? a demandé Luna.

– Non. C'est…

– Qu'est-ce qui ne va pas ? »

J'ai scruté le couloir avant de répondre. « Il n'est pas vide. »

Le passage était large d'un mètre cinquante. Tout le mur de gauche était tapissé d'un miroir reflétant la salle piégée et, en regardant dedans, nous avons eu une vision limpide de ce qui nous serait arrivé si nous avions franchi cette porte.

Jusque dans ses moindres recoins – les murs, le sol et le plafond – l'espace était recouvert de miroirs. Au lieu d'être disposés de manière régulière, ils étaient tous penchés, renvoyant les images selon des angles étranges. Se reflétant dans les glaces, d'innombrables rayons d'énergie striaient la pièce de faisceaux de lumière blanche qui paraissaient inoffensifs mais dont je savais qu'ils étaient aussi tranchants que des lames de rasoir. La pièce en était tellement remplie qu'il m'a fallu un moment pour me rendre compte qu'il n'y avait en fait que trois rayons. Ils provenaient d'un minuscule panneau dans le mur du fond, puis bondissaient en tous sens, renvoyés à chaque angle par un miroir et démultipliés un millier de fois.

Au centre de la pièce, enfermés dans une cage de faisceaux, se trouvaient Rachel et Cendre. Rachel était à demi accroupie, empêchée de se relever par un rayon juste au-dessus de sa tête. Cendre était debout, penché sur le côté pour s'encastrer dans un espace vide. Tout autour d'eux, l'air était saturé de stries lumineuses et les vêtements des deux mages étaient constellés d'auréoles calcinées, aux points de contact avec l'énergie. Tous deux se tenaient parfaitement immobiles.

En les reconnaissant, Luna s'est figée. « Alex…

– Ils ne peuvent pas nous voir. » Ni Rachel ni Cendre n'ont réagi au son de nos voix. « Ni nous entendre. Sonder, tu sais de quoi il s'agit ?

– C'est un treillis énergétique, a répondu Sonder, fasciné. Je n'en avais encore jamais vu.

– Ça consiste en quoi ? »

Ravi, Sonder s'est lancé. « Eh bien, ce sont des systèmes de défense datant des guerres de l'Ombre. Leur but était de détenir d'éventuels intrus. Une fois les rayons activés, il faut rester rigoureusement immobile, jusqu'à ce que quelqu'un vienne les éteindre.

– Et si personne ne vient ? »

Sonder s'est gratté la tête. « Je ne sais pas bien. »

De l'autre côté de la vitre, Cendre a dit quelque chose, et Rachel lui a répondu. Tous deux étaient cernés, avec à peine quelques centimètres de marge de manœuvre. Tôt ou tard, ils finiraient par fatiguer et par tomber, et alors les rayons les tueraient.

C'est une drôle de sensation que d'avoir la vie de quelqu'un entre ses mains, et elle affecte les gens de manière différente. Certains détestent ça : ils ne supportent pas ce fardeau et se sortent de là aussi vite qu'ils le peuvent. D'autres se délectent de ce pouvoir. On peut l'envisager comme un choix, et d'ailleurs c'en est bien un, mais la vérité, c'est que, comme pour la plupart des questions existentielles, on a tous choisi il y a bien longtemps. Ce n'est qu'en arrivant à ce carrefour qu'on le voit clairement. Pour moi, la situation n'avait rien de nouveau : je l'avais déjà vécue. Mais pour les autres…

Luna et Sonder étaient tous les deux hypnotisés par l'image que leur renvoyait le miroir. Ils ne disaient mot, mais il m'était facile de deviner leurs pensées. Rachel et Cendre étaient leurs ennemis : ils n'avaient donc qu'à passer leur chemin. Cependant, mis au pied du mur, ils hésitaient. L'un puis l'autre, ils se sont tournés vers moi, et j'ai bien vu qu'ils attendaient que je prenne la décision – chose que j'avais faite quelques minutes plus tôt. Je pouvais leur ordonner de venir en aide à Rachel et à Cendre, ou bien de partir, et ils m'obéiraient.

« D'après vous, qu'est-ce qu'on devrait faire ? »

J'ai vu leurs visages changer. Les secondes ont défilé et même dans ces circonstances, je n'ai pas pu contenir ma curiosité. J'ai consulté les futurs pour voir quel serait leur choix, et je n'ai rien pu prévoir. Il est impossible de visualiser une décision qui n'est pas encore prise. J'ai regardé les diverses éventualités bourgeonner, vaciller, changer.

« Il faut qu'on les aide, s'est exclamé Sonder.

– On les laisse là », a lancé Luna en même temps.

Sonder l'a dévisagée d'un air interloqué. « Mais, ils vont mourir !

– Il vaut mieux que ce soient eux que nous.

– Ce sont des mages ! On ne peut pas décider de la vie ou de la mort de quelqu'un aussi facilement !

– Je le fais tous les jours, a objecté Luna à voix basse. Cette fois, au moins, ils le méritent. »

Sonder semblait horrifié. Luna s'est tournée vers moi et a attendu. « Vous n'allez tout de même pas…, a geint Sonder. Je sais bien qu'ils sont dangereux, mais…

– Restez ici, ai-je tranché. Vous pouvez regarder, mais ne vous en mêlez pas. »

Ils ont hésité une fraction de seconde avant d'acquiescer, et le malaise était désormais palpable entre eux. Je les ai abandonnés derrière moi et j'ai tourné au coin du couloir. Il y avait une autre porte secrète tout au bout, que j'ai scellée derrière moi. Devant moi se trouvait la sortie de la salle piégée, qui n'était plus une sortie. Quelqu'un avait détruit le panneau de contrôle externe, enfermant définitivement Rachel et Cendre à l'intérieur.

Il y avait encore des miroirs, des deux côtés cette fois, et j'ai pu voir les deux mages, toujours immobiles. Tout en étudiant le parcours des rayons d'énergie, je me suis rendu compte que si l'un de nous avait pénétré dans cette salle, le changement d'angle de réflexion provoqué par l'ouverture de la porte aurait fait découper en morceaux Rachel, Cendre et celui qui se serait tenu à l'entrée. Le piège était destiné non seulement à retenir ceux qui se trouvaient dans la pièce, mais aussi à tuer quiconque tenterait de leur venir en aide.

Le sort qui avait détruit le panneau de commandes avait laissé des fissures dans le mur, près de la porte. En y collant l'oreille, je percevais les chuchotements à l'intérieur. « Hé ! Vous m'entendez ? »

Les voix se sont tues. « Qui est là ? a aboyé Rachel.

– Alex.

– Verus ? s'est exclamé Cendre. Qu'est-ce que tu fous ?

– Plus ou moins la même chose que vous.

– Espèce de salopard. » Il a tenté de se tourner vers le mur d'où provenait ma voix, sans succès. « Comment tu peux être encore en vie ? Onyx a poussé ton bracelet à fond !

– Cendre, vu ta situation actuelle, tu penses vraiment que c'est la question la plus judicieuse ?

– Qu'est-ce que tu veux ? » est intervenue Rachel, sans bouger d'un millimètre. À cause de son masque, je ne pouvais deviner l'expression de son visage, mais je savais qu'elle me sondait du regard.

« Je suis venu vous aider à sortir de là.

– C'est des conneries, a vociféré Cendre.

– Coupe les rayons, a dit Rachel.

– Je ne peux pas.

– Alors ouvre la porte.

– Je ne peux pas non plus.

– Pourquoi ça ?

– Le dernier à être sorti a atomisé le panneau. »

Rachel a lâché un juron. « Khazad, a-t-elle sifflé. Cet enfoiré.

– Il y a un disjoncteur d'urgence dans la pièce, ai-je expliqué. Juste en dessous du boîtier qui émet les rayons. »

Rachel et Cendre ont bougé les yeux de côté pour vérifier. Les miroirs situés en dessous des rayons étaient parfaitement identiques aux autres. « Ça nous éloigne de la porte, a fini par objecter Rachel.

– Je sais.

– Je ne vois aucun disjoncteur.

– Je sais.

– Qu'il aille se faire foutre, a grondé Cendre, les babines retroussées. Tu veux qu'on crève, c'est ça ? »

Je n'ai pas répondu. Quelques secondes se sont écoulées en silence, scandées par le bourdonnement des rayons.

« Comment j'arrive jusque-là ? » a demandé Rachel.

Cendre s'est avancé et a failli se faire carboniser le bras. « Qu'est-ce que tu fous ?

– La ferme, Cendre, a lancé Rachel d'un ton las. Alex ? Comment je vais là-bas ?

– Il y a un itinéraire possible. Avance la tête et incline-la d'environ vingt centimètres sur la gauche, et tu en verras le premier segment. » J'ai marqué une pause. « Il faudra que ce soit toi. Cendre est trop gros. »

Rachel s'est contentée de hocher la tête. Elle a fait ce que je lui disais. « Je le vois, a-t-elle répondu et elle a fait mine d'avancer.

– Del…

– Rattrape-moi si je tombe », a répondu Rachel en se glissant entre les deux rayons les plus proches.

Si ç'avait été Luna, j'aurais été terrifié, presque incapable de regarder, mais là, j'ai observé Rachel avec une sorte d'indifférence. Malgré tout, j'étais forcé d'admirer sa dextérité. Elle ne tremblait pas du tout, rampait, s'étirait, se balançait sous et entre les rayons sans jamais perdre l'équilibre. En consultant l'avenir, je l'ai vue glisser et mourir dans d'atroces souffrances et à chaque fois je lui ai indiqué comment se déplacer, où s'arrêter, quand repartir. Rachel m'a obéi sans poser la moindre question. En dépit de tout ce qui s'était passé entre nous, bizarrement, on se comprenait toujours. Je me demandais ce que pouvaient bien penser Luna et Sonder, qui nous observaient depuis leur couloir condamné.

Rachel a fini par arriver au bout. Elle s'est accroupie pour se reposer, penchée de côté pour éviter les rayons qui fusaient de l'ouverture juste au-dessus de sa tête. « Qu'est-ce que je fais ? a-t-elle demandé sans lever les yeux.

– Place les trois doigts du milieu de ta main droite contre le miroir situé juste en dessous des rayons. Plus haut. Un peu plus à droite. Maintenant, appuie. »

J'ai entendu un déclic et un petit pan de mur s'est ouvert. « Il devrait y avoir deux sphères en cristal. Tu les vois ?

– Oui.

– Mets ton doigt entre les deux. »

Il y a eu une pause, puis une minuscule étincelle a jailli. Brusquement, comme si quelqu'un venait d'appuyer sur un interrupteur, les rayons ont disparu. Cendre et Rachel se tenaient dans une salle vide.

Cendre s'est tourné de droite à gauche en regardant autour de lui. Rachel s'est relevée et s'est dirigée vers la porte. « Elle ne s'ouvrira pas, suis-je intervenu. Il va falloir que tu la… »

À côté de moi, la porte s'est mise à briller d'une lumière verte, avant de tomber littéralement en poussière, dans un fin nuage suspendu dans l'air. Rachel a émergé d'un pas décidé, suivie de Cendre.

« … désintègres », ai-je conclu. De ce côté, la salle était petite, avec des couloirs partant de chaque côté. Cendre et Rachel sont entrés et se sont immobilisés à un mètre à peine de moi.

Cendre a examiné le panneau détruit avant de se tourner vers moi. Il arborait une expression que je ne lui avais jamais vue. « Pourquoi ? » a-t-il fini par dire.

J'ai haussé les épaules. « On avait un accord. »

Cendre a jeté un regard à Rachel, qui me jaugeait. « Dehors, a-t-elle ordonné à Cendre. On le garde en vie, il nous débarrasse de ces bracelets. »

J'ai acquiescé. Rachel s'est avancée d'un pas et a tendu le poignet droit en relevant sa manche pour découvrir le bracelet. « Alors ? »

J'ai sorti un outil et me suis mis au travail. Rachel a attendu patiemment tandis que je trafiquais les circuits et les mécanismes tout en consultant l'avenir pour voir le résultat de chaque action. De temps à autre, j'effleurais de la main sa peau. Elle ne réagissait pas, ni moi non plus. J'aurais aussi bien pu être sa couturière.

Au bout de cinq minutes, j'ai pu passer au bracelet de Cendre, lequel a tendu le bras de mauvaise grâce. Il était en moins bonne condition que Rachel : ses vêtements étaient noircis en de nombreux endroits et il sentait la cendre et la chair brûlée. Au bout d'une minute, il a lâché un grondement guttural. « Pourquoi tu brûles pas ce foutu machin ?

– J'imagine que tu as essayé. Visiblement, ça ne t'a pas trop réussi. »

Cendre n'a pas réagi.

« Je ne peux pas briser les verrous, mais je peux désactiver le récepteur, afin qu'il ne puisse pas recevoir le signal d'Onyx. Il ne se rendra compte qu'ils sont sabotés que quand il essaiera de vous supprimer.

– Et ça va marcher ? » a demandé Cendre avec méfiance.

Sans détourner le regard, j'ai tendu mon bracelet droit, toujours ceint du bracelet d'Onyx. « Ça a marché pour moi. »

Cendre s'est tu et on est restés tous les trois silencieux. Après tout ce qu'on avait vécu, c'était une drôle de situation. Une fois le travail achevé, j'ai reculé. « Terminé. »

Cendre et Rachel ont examiné leur bracelet. « Il n'a pas l'air différent, a grogné Cendre.

– Pourtant, il l'est.

– Je te crois, a dit Rachel en me regardant. Bon.

– Bon », ai-je répété.

Le silence s'est étiré, chargé de non-dits. Tandis qu'ils se tenaient là, face à moi, j'ai scruté les deux futurs possibles en me demandant lequel ils choisiraient.

« Ne te mets pas en travers de notre chemin », a fini par dire Rachel avant de faire volte-face et de se diriger vers la sortie la plus proche. Cendre m'a lancé un dernier regard mauvais avant de la suivre.

En entendant leurs pas s'éloigner, j'ai soufflé lentement en laissant mes épaules se détendre. Je suis resté immobile un moment, perdu dans mes pensées, puis je me suis secoué.

« Les gars ? Vous pouvez sortir », ai-je lancé en direction de la porte secrète.

Prudemment, Sonder a émergé, puis Luna. Sonder a regardé autour de lui. « Où sont-ils partis ?

– En direction du centre. » Soudain, l'épuisement m'a submergé.

« Oh, a commenté Sonder en se grattant la tête. Eh bien… j'imagine que c'est mieux comme ça. » Il a fait quelques pas en fouillant dans son sac. « Vous savez, je crois avoir déjà vu ce dispositif quelque part… »

Luna a attendu que Sonder soit assez loin pour se tourner vers moi. « On les reverra », a-t-elle annoncé.

Je n'ai pas répondu. Je les ai conduits tous deux dans le couloir qu'avaient emprunté Rachel et Cendre, et nous nous sommes enfoncés dans les profondeurs du dédale.

13

Ma montre indiquait 2 h 13 du matin, mais plus j'observais les aiguilles, plus l'image se brouillait, au point que je ne savais plus ce que j'étais en train de regarder. J'ai forcé mes yeux à faire le point, conscient que je ne pouvais me permettre de dormir.

Nous errions dans ce tombeau depuis quatre heures. Plus nous nous rapprochions du cœur de la structure en spirale, plus les pièges et les systèmes de sécurité étaient mortels et compliqués à déjouer. Nous en étions réduits à ramper et, pire encore, le nombre de passages se réduisant progressivement, nous nous retrouvions par la force des choses plus près des autres chasseurs de parque.

Cendre et Rachel étaient assez faciles à repérer, et je me tenais à l'écart d'eux, ne souhaitant pas mettre à l'épreuve notre trêve fragile. Khazad, en revanche, m'inquiétait davantage. Il s'était séparé des deux autres et faisait désormais cavalier seul, et rien qu'au cours de la dernière heure, nous avions dû nous cacher à trois reprises pour l'éviter. Chaque fois que nous le laissions passer, il réapparaissait peu de temps après. Je commençais à craindre que ce ne soit pas une coïncidence, et qu'il se soit activement lancé à nos trousses. Je sentais vaguement sa présence dans nos différents futurs, quelque part derrière nous, sur la gauche. Devoir rester constamment en alerte m'éreintait.

J'ai repoussé une énième fois la fatigue et j'ai levé les yeux vers Sonder. « Par où ? »

Le jeune mage résistait mieux à la pression que je ne l'aurais cru, mais lui aussi semblait à plat. Il avait réussi à griffonner un plan des lieux dans son carnet, en extrapolant à partir des parties que nous avions vues et des croquis d'autres lieux des Précurseurs qu'il avait étudiés dans les livres. Le résultat n'était pas parfait, mais il allait en s'améliorant. « À gauche, je dirais. Ça ne devrait pas être piégé. »

J'ai consulté les futurs. Nous nous tenions à une intersection. « C'est piégé des deux côtés.

– Normalement, il devrait y avoir un couloir. Ce ne sera sans doute pas facile d'ouvrir la porte qui se trouve au bout, mais… c'est la bonne voie, même si je pense que les pièges seront plus denses. »

Je me suis laissé glisser le long du mur en soupirant. « J'ai besoin de me reposer. Essaie de trouver quel chemin nous permettra de passer. » J'ai fermé les paupières et me suis détendu.

J'étais assis comme ça depuis deux minutes à peine quand une voix s'est insinuée dans mon esprit. « Alex ? »

J'ai rouvert les paupières. Luna me regardait, accroupie à l'autre bout de la pièce, tenant distraitement le cube en cristal rouge entre ses doigts, comme si elle l'avait oublié. Elle n'avait pas dit mot depuis deux heures et s'était montrée plus distante depuis notre rencontre avec Rachel et Cendre. Je savais qu'elle continuait à y penser.

Toutefois, sa question m'a pris par surprise. « Ces pièges et ces barrières… ce n'est pas normal, pas vrai ? »

J'ai haussé un sourcil à l'intention de Sonder, et il a fait non de la tête. « Nous avons déjà trouvé des systèmes de défense, mais jamais rien de comparable.

– Moi aussi, ça m'intrigue, ai-je reconnu. Je repense à ce qu'a dit Abithriax. Les parques étaient censées être puissantes. Si ce qu'il a dit est vrai, la sienne était peut-être la seule assez stable pour être préservée.

– Mais pourquoi ? »

J'ai froncé les sourcils. « Pourquoi ces pièges ? Pour s'assurer que personne ne viendrait la prendre. »

Luna a secoué la tête. « Non, ça je peux le comprendre. Mais pourquoi prendre tant de soin à l'enfermer, au lieu de la garder pour eux ? »

J'allais répondre, mais je me suis ravisé.

« Peut-être qu'ils la trouvaient trop puissante, justement ? a hasardé Sonder d'un ton dubitatif.

– Non. Luna a raison. Si elle était tellement utile, il fallait vraiment qu'ils aient eu une sacrée bonne raison pour l'abandonner. »

Sonder a pris un air pensif. « Vous savez… » Au même moment, ma prescience m'a envoyé un avertissement. J'ai consulté l'avenir et ma fatigue a instantanément disparu. Je me suis relevé à la hâte. « Bon sang. »

Luna s'est remise debout tant bien que mal et a rangé précipitamment le cube dans sa poche. « Qu'est-ce qui ne va pas ?

– Encore Khazad. » J'ai scruté l'avenir pour calculer mon coup. « On a moins de cinq minutes. Sonder, par où ? »

Il a hésité. « Je ne sais pas.

– Alors on suit ta première intuition. » J'ai bifurqué à gauche et me suis engagé dans le couloir blanc. Luna m'a suivi sans réfléchir et Sonder nous a rattrapés au pas de course.

Nous avons atteint un carrefour. Une porte ouvrait sur une salle tout en longueur, tandis que le passage se poursuivait en s'incurvant. Je sentais Khazad sur nos traces. Il se déplaçait plus vite, à présent, et je me demandais s'il n'avait pas un moyen de nous pister. « Dans la salle, ai-je ordonné. On scellera la porte derrière nous.

– Mais on sera piégés ! a protesté Sonder. La porte à l'autre bout est scellée, elle aussi !

– On sait ouvrir les portes plus vite que Khazad. » J'ai jeté un coup d'œil en arrière et il m'a semblé entendre des pas. « On n'a plus le temps. Allons-y. »

Luna est entrée et Sonder a fini par en faire autant. Je les ai suivis en touchant au passage le cristal de commande encastré dans le mur. La zone de l'autre côté de la porte s'est assombrie pour se métamorphoser en un mur de force opaque. Tout à coup, les bruits de pas se sont tus et un silence de mort est tombé.

« Est-ce qu'il peut entrer ? » a interrogé Luna d'un air absent. Elle s'était remise à jouer avec le cube en cristal.

« Il finira bien, oui, ai-je admis en tendant mes sens pour voir ce qui nous attendait. Il faut juste qu'on… » Je me suis interrompu. « Il y a quelqu'un, ici. »

Luna et Sonder ont pivoté sur eux-mêmes en clignant des paupières. La salle était remplie de piliers équarris qui offraient autant de cachettes. J'ai fouillé dans ma poche pour y prendre une arme. « Montrez-vous. » Ma voix a résonné entre les colonnes. Le silence a duré, pesant.

Soudain, j'ai perçu du mouvement, des pas. Un homme s'est penché, le bas du corps dissimulé derrière un pilier. « Verus ? »

C'était Griff. J'ai scruté rapidement les lieux pour vérifier qu'il était seul. « Maître Griff ! » s'est exclamé Sonder, visiblement soulagé.

Griff s'est approché et nous sommes restés plantés tous les quatre sans rien dire. Seul Sonder s'était détendu. Griff et moi nous sommes observés attentivement. Luna avait caché le cube et je gardais la main dans ma poche.

C'est Griff qui a pris la parole. « Vous allez bien ? »

J'ai hoché la tête et, brusquement, la tension est retombée. « Et vous ?

– Jusqu'ici, oui. » Il a désigné la porte. « Vous l'avez fermée ?

– Khazad est dehors.

– Merde. » Griff s'est passé la main dans les cheveux. « J'espérais l'avoir semé. »

De près, j'ai pu voir que Griff paraissait sur les nerfs. Ses vêtements étaient déchirés, et il avait la tête d'un type qui s'était battu à la dure. « Qu'y a-t-il, au bout de ce couloir ? ai-je demandé.

– Une porte verrouillée. J'essayais de la franchir quand je vous ai entendus. » Il a regardé Luna. « Vous avez ce cube ? Peut-être qu'il fera l'affaire. »

On s'est avancés tous les quatre, Luna légèrement en retrait. J'ai retiré la main de ma poche, mais sans baisser la garde. « Que s'est-il passé, à l'entrée ? »

Griff a fait la grimace et a machinalement porté la main à la déchirure sur le côté de son manteau. « Khazad et ce salopard d'Onyx ont essayé de m'arracher la tête. Ils m'ont raté de peu, d'ailleurs. S'ils n'avaient pas été aussi pressés…

– Personne d'autre n'a réussi à entrer ? »

Griff a secoué la tête. « Il n'y a que nous. »

Ce qui veut dire que c'est ou bien toi, ou bien Sonder. « Allons jeter un coup d'œil à cette porte. »

Le couloir a décrit un coude à droite, puis à gauche et de nouveau à droite, avant d'aboutir à une porte verrouillée. Je l'ai examinée une seconde avant de hocher la tête et de me diriger vers le panneau de contrôle. J'ai sorti un outil. « Je peux l'ouvrir. Griff, je vais avoir besoin que vous nous fassiez quelques barrières. Khazad ne va pas tarder à débouler dans ce couloir.

Griff nous a lancé un regard, à Luna et moi, puis a acquiescé. « Ça marche. Sonder ? »

Sonder a bondi, ravi. « Je vais vous aider ! » Ils ont tous les deux disparu.

Luna les a regardés s'éloigner. « Tu penses que c'est l'un d'eux ? »

Je me suis attaqué au panneau de contrôle. « Ou les deux. »

Luna a paru réfléchir. « Tu peux voir lequel ?

– Je ne peux pas prévoir une décision qui n'a pas encore été prise, lui ai-je rappelé. Dans l'immédiat, nous avons besoin d'eux, et eux de nous. Dès que ça changera… »

Je n'ai pas eu à terminer ma phrase. Nous ne pouvions nous reposer ni sur Griff ni sur Sonder, et notre seule alliée sûre était Brise Stellaire. J'étais tenté de l'appeler, simplement pour le réconfort de l'avoir à mes côtés, mais Brise Stellaire ne pouvait porter Luna, et l'élémentaire de l'air était notre seul atout. Je ne voulais pas le dévoiler à Griff et à Sonder tant que je n'y serais pas forcé.

– Alex ?

– Mm ?

– Pourquoi tu les as laissés partir ? »

Je me suis figé. Je n'ai pas eu besoin de demander à Luna de préciser sa pensée.

Pourquoi prend-on telle ou telle décision ? Les raisons sont sans doute plus profondes que nous ne le croyons, et parfois nous peinons à discerner nos vraies motivations. « Faute de pouvoir se faire un allié de plus, ai-je fini par argumenter, le mieux est de donner un ennemi à son ennemi. »

Luna n'a pas répondu, mais j'ai senti qu'elle me dévisageait. Elle savait que je ne disais pas tout. J'ai interrompu mon travail sur le panneau et poussé un petit soupir. « C'est une des raisons. L'autre, c'est que… quand on tue quelqu'un, ça devient plus facile la fois d'après. » Je me suis tourné vers Luna. « Et toi, tu n'as jamais tué. »

Une ombre est passée sur son visage. « J'ai… »

Je l'ai coupée net. « Ce n'est pas la même chose. Je voulais dire volontairement. » Je l'ai regardée longuement. « On va peut-être en arriver là d'ici la fin de cette nuit. Si c'est le cas… sois bien sûre de ce que tu fais. Parce que, quoi qu'il arrive, tu devras vivre toute ta vie avec ça. »

Elle a soutenu mon regard un moment puis a baissé les yeux. J'ai attendu une bonne minute avant de me remettre à l'ouvrage. J'ai mis du temps à retrouver ma concentration.

En entendant les pas de Griff qui revenait, j'ai vérifié que Sonder était bien avec lui. « J'ai installé des sorts de protection, a expliqué Griff. Mais le verrou de la porte est devenu dingue. Vous êtes sûr que c'est Khazad ?

– C'est bien lui. Il sera à l'intérieur dans dix minutes. Vos sorts le retiendront dix minutes de plus, peut-être moins.

– Vous réussirez à l'ouvrir d'ici là ? »

J'ai opiné. « Donnez-moi un coup de main. »

Griff s'est avancé et Luna a reculé. Les minutes se sont écoulées tandis qu'on travaillait ensemble, moi guidant Griff et lui se servant de sa magie de la terre pour manipuler les mécanismes plus vite que je n'aurais pu le faire. Il était doué, avec les sorts de protection, et assez malin pour ne pas discuter ce que je lui disais. On formait une équipe rapide et efficace.

Un bruit de grattement a résonné au bout du couloir.

« Khazad est entré, a bougonné Griff.

– Nous aussi. » J'ai pointé l'index. « Là. »

Griff a dirigé sa magie de la terre vers la porte, qui a coulissé. Derrière est apparu un couloir sombre. Après une vérification rapide, je leur ai confirmé que la voie était libre. « Sonder, occupe-toi de la lumière. Entre aussi, Luna. »

Ils ont obéi. « Attendez », a lancé Griff d'un ton brusque. Il a désigné le bout du couloir et je me suis retourné pour voir ce qui se passait.

Alors, tout s'est précipité. Il y a eu du mouvement et j'ai fait volte-face juste à temps pour voir Griff détaler après Luna et lancer une série de disques dorés vers le sol, là où le couloir ouvrait sur la salle. En touchant terre, ils se sont illuminés et un mur de force transparent a surgi, bloquant l'entrée. Sonder venait juste de réussir à allumer. Il a fait volte-face à son tour. « Maître Griff, qu'est-ce qui… »

Griff a levé son bras et un marteau de magie de la terre a plaqué Sonder contre le mur avec une violence ahurissante. Le crâne de Sonder a émis un craquement en percutant la pierre et le jeune homme a glissé au sol mollement, perdant ses lunettes, qui ont rebondi par terre. D'un même mouvement, Griff a balayé Luna de son énergie brune, lui plaquant les bras et les jambes contre le mur.

J'ai frappé la barrière et Griff a pivoté pour me faire face. Le mur n'a pas lâché et le mage m'a regardé me débattre pendant un moment avant de m'adresser un signe de tête.

« Désolé, Verus. On dirait bien que tu vas devoir rester derrière.

– Toi ! ai-je rugi en frappant à nouveau le mur invisible. C'était *toi* ! »

Il a secoué la tête. « Ne fais donc pas le surpris. Tu t'es fait recruter par Levistus, tout comme moi. La différence, c'est que je suis permanent, et toi seulement temporaire.

– Alex ! » a crié Luna.

D'un geste de la main, Griff a fait remonter l'énergie brune jusqu'à la bouche et au nez de Luna, l'empêchant de respirer. J'ai vu ses yeux s'écarquiller de panique tandis qu'elle se débattait pour reprendre son souffle. J'ai cogné le mur de toutes mes forces. Je n'étais qu'à un mètre cinquante à peine, mais la barrière était aussi indestructible que celle dont je m'étais servi à Canary Wharf.

« Griff, ai-je grondé d'une voix grave et meurtrière. Si tu lui fais le moindre mal… »

Griff a ignoré ma menace et a regardé Luna s'étouffer. Je ne pouvais rien faire et il le savait. Au bout de quelques secondes, il a abaissé la main et l'énergie est redescendue de deux ou trois centimètres, juste assez pour laisser Luna inspirer frénétiquement. « Reste tranquille, si tu veux survivre », lui a-t-il ordonné avant de se concentrer à nouveau sur moi.

Je me suis forcé à garder mon calme. « Tu commets une grossière erreur, ai-je dit. Si on était restés ensemble…

– Désolé, Verus, a répondu Griff. J'espérais te garder sous la main pour m'aider contre Onyx. Mais vois-tu, c'est après *toi* que Khazad en a. C'est lui-même qui me l'a dit, il y a deux heures. Comme ça, je me débarrasse de toi *et* de lui. L'occasion est beaucoup trop belle pour que je la laisse filer.

– Tu veux la parque ? Prends-la. Relâche-les. »

Griff a secoué la tête et s'est mis à trafiquer le panneau de contrôle de la porte. « Je me serais bien passé de ce poids mort, mais j'ai besoin d'elle. La parque a un verrou qui fonctionne comme celui de la statue, et elle – il a désigné Luna de la tête – est la seule qui puisse l'ouvrir. Enfin, elle et le cube. »

J'ai baissé les yeux vers Sonder, étalé les bras en croix aux pieds de Griff, et j'ai prié pour qu'il se relève. Mais, en sondant l'avenir, j'ai senti mon cœur se serrer. Sonder ne bougerait pas. Je ne pouvais rien faire pour empêcher Griff de refermer la porte après lui.

« Oh, une dernière chose », a ajouté ce dernier. Il a claqué des doigts et j'ai senti une poussée d'énergie dans le couloir derrière moi. « Je viens de retirer les sorts de protection. Amuse-toi bien avec Khazad. » Il a reculé en direction de Luna.

« Griff. » Je n'ai pas parlé fort, mais il devait y avoir quelque chose d'impérieux dans ma voix, car il s'est immobilisé et m'a regardé.

Il se tenait près de Luna, à l'intérieur de sa zone de danger, et je voyais la brume argentée suinter entre les liens qui retenaient mon amie. Les tentacules flottaient paresseusement dans l'air jusqu'à Griff, s'insinuaient en lui.

« Comme tu vas rapidement le découvrir, ai-je annoncé d'une voix douce, Luna porte malheur à ceux qui essaient de lui faire du mal. »

Griff m'a dévisagé, et j'ai pris une seconde pour enregistrer son image : fort et carré d'épaules, sa chevelure gris acier à peine dérangée par la bataille. Il m'a adressé un sourire amusé. « Je vais prendre le risque. »

Il a tendu la main et un poing d'énergie brune a atomisé les sphères en cristal du panneau de contrôle. Celles situées de mon côté ont clignoté avant de s'éteindre, et la porte s'est mise à coulisser dans un grondement effrayant. Je n'ai eu que le temps d'apercevoir les yeux de Luna, exorbités de terreur, avant que la porte se referme dans un bruit mat.

J'étais seul dans la salle. Et au loin, j'ai entendu les pas de Khazad qui se rapprochaient.

À l'époque où j'étais prisonnier dans le château de Richard, Tobrouk aimait parfois jouer au chat et à la souris. Il me relâchait dans le donjon, me laissait une longueur d'avance, puis se ruait à mes trousses. Autant certains souvenirs de cette période sont devenus flous, autant celui-ci est parfaitement limpide. Plaqué contre le mur, le cœur au bord des lèvres et la respiration haletante, je guettais frénétiquement le bruit de ses pas, paralysé par la peur. Car se cacher ne servait jamais à rien – Tobrouk me trouvait *toujours*, ce n'était qu'une question de temps.

Debout dans cette salle, j'ai senti remonter cette ancienne terreur. Khazad était après moi, bien plus fort et bien plus cruel que je ne l'étais, et en me trouvant il allait me faire du mal, puis me tuer, et j'étais totalement démuni. J'ai fourragé dans ma poche, ai extirpé le bâton de verre et canalisé un fil de magie dedans. « Brise Stellaire, ai-je chuchoté précipitamment. Brise Stellaire, tu m'entends ? J'ai besoin de toi. Viens, je t'en prie. Si tu ne dois plus venir qu'une seule fois, que ce soit celle-ci, je t'en supplie… »

Je me suis tu en sentant une ombre noire et glacée se déployer à l'intérieur de moi. Brise Stellaire allait m'entendre, et elle allait répondre… mais trop tard, bien trop tard. J'ai pivoté sur moi-même, cherchant désespérément une autre sortie. En vain. Il ne me restait plus qu'à affronter Khazad, avec mes petits tours et mes jouets, face au pouvoir immense d'un mage de l'Ombre. Je suis resté debout, impuissant, au milieu de la salle, à écouter les bruits de pas qui résonnaient, de plus en plus proches. J'avais de nouveau dix-neuf ans et je me terrais dans le noir, paralysé par l'épouvante.

C'est alors qu'une voix s'est élevée en moi, plus âgée et plus sage. *Tu n'es plus un enfant. Tu as dit à Luna qu'il y avait toujours un moyen de s'en sortir. L'heure est venue de le prouver.*

J'ai inspiré à fond, je me suis redressé et j'ai attendu.

Lorsque Khazad a tourné au coin du couloir, la nuit s'est comme abattue sur moi. C'était un petit homme, mais quand il marchait, une cape d'ombre semblait se former autour de lui, dessinant une silhouette plus large et plus menaçante. Les lumières faiblissaient sur son passage. Il a planté ses yeux noirs dans les miens.

« Salut, Khazad. » J'ai perçu l'infime tremblement dans ma voix.

Khazad a avancé droit sur moi sans répondre. En le regardant, je me suis à nouveau demandé ce qui m'avait pris de le comparer intérieurement à un oiseau. Il se mouvait avec une grâce lente, sans cesser une seconde de m'observer. Je savais qu'il sondait les alentours à la recherche de pièges, s'assurant que je n'allais pas le rouler comme la dernière fois.

Il s'est immobilisé à cinq mètres de moi en me scrutant. « Où sont les autres ? » a-t-il fini par demander.

« Griff les a emmenés. »

Khazad a souri. « Il aura au moins réussi quelque chose. »

On s'est dévisagés quelques secondes de plus, puis j'ai sauté le pas. « Je veux conclure un marché, ai-je annoncé.

– Vraiment ? » a répondu Khazad, sans cesser de sourire.

J'ai désigné le bracelet de métal noir qu'il portait toujours. « Je peux désactiver ça. »

Il a haussé les sourcils. « Comme tu l'as fait avec le tien.

– Je peux couper le récepteur. Empêcher Onyx de le déclencher.

– Et ?

– Une trêve. Tu ne me fais pas de mal, je ne te fais pas de mal. »

Khazad a continué à me fixer d'un air interrogateur, puis il a levé les mains et m'a envoyé un éclair noir en pleine poitrine.

La douleur a été tellement intense que je n'ai même pas senti le choc, lorsque j'ai percuté le sol. Mes poumons se sont figés et je n'arrivais plus à respirer. Des taches de couleur se sont mises à danser devant mes yeux.

« Tu n'imagines pas à quel point j'ai rêvé de faire ça », a commenté Khazad d'un air songeur.

Lorsque ma vision s'est éclaircie, j'ai vu qu'il était accroupi devant moi, à deux mètres à peine.

« Je t'avais prévenu.

– Onyx… », ai-je réussi à prononcer.

Khazad a souri de toutes ses dents. « Oh, je suis désolé. Tu n'es pas au courant ? J'ai décidé de me rallier à lui, plutôt qu'à Del. Le choix a été plutôt facile, après ce qu'elle a fait dans la forêt. » Son sourire s'est encore élargi. « Oh, Verus, j'aurais voulu que tu l'entendes, quand je l'ai abandonnée dans cette salle, quand elle a compris que je ne reviendrais pas. Je me demande si elle est toujours en vie. J'espère bien. Je ne voudrais pas que ce soit trop rapide. » Il a cligné des yeux. « Mais qu'est-ce qu'on va faire de toi ? »

Je m'apprêtais à répondre, lorsque tout est devenu noir.

La seconde d'après, j'étais affalé contre un pilier à l'autre bout de la salle. Khazad avait dû me balancer à travers la pièce, même si je n'en avais aucun souvenir. J'avais l'arrière de la tête humide et tout le côté droit en feu. Lorsque l'ouïe m'est revenue, je me suis aperçu que Khazad était toujours en train de me parler. « … et alors Onyx m'a dit de revenir te tuer. Incroyable comme la roue peut tourner, pas vrai ? Il m'a même promis une récompense. »

J'avais un goût de cuivre dans la bouche. J'ai craché du sang. Je savais que c'était ma dernière chance. *Le chat et la souris*, ai-je pensé entre deux vertiges. *Le seul moyen de gagner, c'est de ne pas être la souris*. « Un seul mage peut s'en servir, ai-je dit en direction du sol.

– Je veux dire, j'étais prêt à le faire gratuitement. »

Je me suis forcé à relever la tête. Khazad avançait droit sur moi, l'air goguenard, vérifiant d'un œil si je n'allais pas tenter quelque chose. J'ai inspiré et articulé clairement, en le regardant dans les yeux : « Un seul mage peut se servir de la parque. Et ce mage, ce sera Onyx. Une fois qu'il l'aura, il n'aura plus besoin de toi. Tu crois qu'il a l'intention de ramener qui que ce soit à Morden ? Tu crois qu'il va partager les honneurs ? D'après toi, pourquoi tu portes encore ce bracelet ? »

Khazad s'est arrêté net, et j'ai su que j'avais tapé juste. Alors j'ai enfoncé le clou. « Onyx t'a dit qu'il le retirerait si tu me tuais, n'est-ce pas ? Il ment. Dès que tu auras fait le boulot, il activera le bracelet. Quand il détiendra la parque, il n'aura plus aucune raison de te garder en vie. Pourquoi crois-tu que Morden se fichait qu'on nous reconnaisse ? Il n'a jamais été question qu'on survive. Aucun de nous. On n'est rien de plus que des pions…

– La ferme », a dit Khazad en me lançant un regard noir.

Je suis resté complètement immobile, sentant que ma vie était dans la balance. Je savais qu'il voulait que je poursuive, mais je n'en ai rien fait. Tout ce que j'avais dit était la pure vérité. Mon seul espoir était que Khazad s'en rende compte.

Il s'est penché et a tendu le bras droit vers moi. « Retire-le. »

J'ai dégluti avec difficulté. « Je ne peux pas, ai-je répondu prudemment. Mais je peux le mettre hors d'état de nuire. » Je me suis redressé très légèrement.

« Reste à genoux », a aboyé Khazad, et je me suis exécuté. Il a posé la main gauche sur le côté de mon cou. Elle était glacée et j'ai senti la tension du sort qui courait dans ses doigts, attendant qu'on le libère. « Tu as cinq minutes.

– Si je le fais, tu me laisses partir. »

Il m'a jaugé du regard, et je savais exactement ce qu'il pensait. « C'est d'accord », a-t-il fini par répondre. Il a tendu le poignet devant moi, exhibant le bracelet qui rayonnait d'un éclat mat. « Vas-y. »

Vous avez déjà eu à travailler sous pression ? Vous vous dites sans doute que oui. Vous vous trompez. La véritable pression, c'est de savoir qu'à la moindre erreur, vous mourrez sans jamais savoir quelle était l'erreur en question.

Quand je vous dis que j'ai travaillé *très* minutieusement, vous pouvez me croire.

« Ça y est », ai-je annoncé au bout de quelques minutes en abaissant mon outil. Khazad a examiné le bracelet. Il avait la même allure qu'auparavant. J'avais fait les mêmes changements qu'à ceux de Rachel et de Cendre.

« Et si Onyx l'active ? a-t-il demandé.

– Il ne se passera rien. »

Khazad a hoché la tête. « Tu as dit que tu me laisserais partir », lui ai-je rappelé, la bouche sèche.

Il m'a dévisagé et j'ai retenu mon souffle. Ses yeux étaient noirs et opaques. De près, il sentait la poussière et la mort, la puanteur des vieux ossements. Je devinais que les pensées galopaient dans sa tête, je voyais les futurs changer. *Allez, Khazad. Fais ton mage de l'Ombre. Joue avec ta nourriture.*

Il a reculé. « Va-t'en. »

Je me suis relevé lentement. J'avais la tête qui tournait et j'ai cru un instant que j'allais tomber. J'avais tout le côté droit douloureux au point d'impact avec le pilier et la tête qui tambourinait. Khazad ne me quittait pas des yeux. Je me suis éloigné en boitant.

Il m'a laissé arriver presque au bout de la salle. « Oh, Verus ? »

Je me suis arrêté et retourné. Khazad se tenait là, tout sourire. Autour de nous, c'était le silence total.

Lorsqu'il a levé le bras pour lancer le sort qui allait me tuer, j'ai répliqué d'une petite pichenette de ma main droite – le même geste que j'avais vu Onyx faire.

Des éclairs noirs ont jailli du bracelet au poignet de Khazad, ont enveloppé tout son corps en crépitant et le sort qu'il s'apprêtait à me jeter a été dissous. J'ai lu sur son visage le choc, presque aussitôt remplacé par la souffrance. Il s'est affalé au sol en hurlant.

« Tu savais que les bracelets de mort fonctionnaient à partir d'un signal ? » L'anneau continuait à envoyer des décharges d'énergie mortelle qui faisaient se tordre Khazad de douleur. Je suis revenu en arrière et me suis arrêté à sa hauteur. « C'est de la magie ancienne, ces machins, ai-je ajouté d'une voix détachée. Pratiquement plus personne ne les étudie. Quand on comprend comment ils fonctionnent, il devient possible de modifier la programmation. De faire obéir le bracelet à son propre signal, plutôt qu'à celui de quelqu'un d'autre. »

Khazad a redressé la tête dans un spasme. Réduit à l'impuissance, il tressautait sous les assauts d'énergie négative qui vrillaient son corps et son cœur. « Espèce..., a-t-il réussi à haleter. Espèce de... »

Je l'ai considéré avec une indifférence totale. « Je t'avais prévenu. Au bal. Je t'ai donné une chance. Mais tu n'as pas voulu y croire, pas vrai ? Que quelqu'un comme moi puisse représenter une menace pour quelqu'un comme toi. » J'ai marqué une pause. « Tobrouk était pareil, tu sais. Jusqu'au bout. »

Khazad ne pouvait plus parler, mais la haine suintait de lui tandis qu'il labourait la pierre de ses ongles. J'ai regardé la foudre noire jouer avec son corps, et j'ai attendu qu'il meure.

Ça n'a pas pris longtemps.

Lorsque Brise Stellaire est arrivée, j'étais avachi contre un pilier. Elle s'est engouffrée dans la salle et a plané au-dessus du cadavre de Khazad en fronçant le nez. Elle était sous sa forme d'elfe, avec ses cheveux courts en bataille et ses bras minces. « Homme mort, a-t-elle annoncé.

– Homme mort », ai-je confirmé. Je me suis hissé sur mes pieds en grimaçant de douleur. J'avais les muscles en feu. « Brise Stellaire, je dois aller au cœur de cet endroit. Tu peux m'y emmener ?

– Milieu ? a-t-elle demandé d'un air intéressé.

– Milieu.

– Milieu ! » Elle s'est enroulée autour de moi, transformant mon corps en air. J'ai jeté un dernier coup d'œil au cadavre de Khazad, puis Brise Stellaire m'a embarqué, s'est glissée dans les fissures de la pierre et m'a mené au bout de mon périple.

Le cœur du tombeau était une vaste salle circulaire délimitée par des colonnades soutenant un plafond en dôme. Les murs étaient ornés d'inscriptions impossibles à déchiffrer dans la semi-pénombre. Accrochées de loin en loin aux colonnes, des lampes de mage éclairaient faiblement la pièce, juste assez pour distinguer les formes, mais pas pour dissiper les ombres. Au centre exact de la salle, j'ai avisé une estrade sur laquelle se dressait un piédestal. Devant se tenaient deux silhouettes.

Brise Stellaire m'a déposé derrière un pilier, dans une poche d'ombre. En scrutant les lieux, j'ai senti d'autres présences. Nous n'étions pas seuls.

« Alex, a chuchoté Brise Stellaire.

– Je sais », ai-je répondu à voix basse. À peine visibles dans la pénombre, j'ai reconnu Griff et Luna, sur l'estrade. Elle se tenait très droite, comme si elle était entravée, et lui la serrait de près. De trop près. Une petite cage de force était posée sur le piédestal, avec quelque chose à l'intérieur.

« Des hommes, a soufflé Brise Stellaire.

– Je sais », ai-je répété. Outre celles de Griff et Luna, je percevais trois autres auras : deux cachées parmi les colonnes à ma gauche, et une en face. Quelques secondes plus tard, je les ai identifiées. Cendre et Rachel à gauche, Onyx droit devant. De là où ils étaient, ils pouvaient tous observer Griff et Luna mais ne se voyaient pas entre eux.

« Trois de plus », ai-je murmuré à Brise Stellaire.

Elle a secoué vigoureusement la tête. « Non !

– Quoi ?

– Encore un. » Elle a désigné le plafond.

En levant les yeux, je n'ai rien vu. J'ai scruté la zone, toujours rien… et soudain, mon cœur s'est serré en comprenant de qui il s'agissait. « Oh. Je vois. Elle.

– Mauvaise.

– Tu peux la sentir ? »

Brise Stellaire a frissonné. « *Mauvaise.* » Visiblement bouleversée, elle a décrit un petit cercle dans l'air. J'ai consulté les futurs où je m'avançais vers l'estrade pour mieux voir.

Le piédestal mesurait un mètre de haut et au sommet reposait une baguette fine et nue, de couleur ivoire. Un cube de force indestructible couronnait le socle, presque invisible dans l'obscurité. J'ai vite vu pourquoi Griff ne l'avait pas ouvert. Sur le rebord du piédestal, tout contre la barrière de force, se trouvaient des encoches carrées de la taille exacte du cube en cristal de Luna, comme à l'entrée. Trois encoches.

Griff était monté sur l'estrade. Il tenait Luna le bras replié dans le dos, la forçant à se hisser sur la pointe des pieds. « Réfléchis mieux, a-t-il ordonné.

– Je ne sais pas ! »

J'ai concentré ma vision divinatoire sur Griff et j'ai vu que la brume argentée de la malédiction de Luna l'enserrait de si près et brillait si fort qu'il ressemblait à une lampe torche, difficile à distinguer dans ce halo aveuglant. Jamais auparavant je n'avais vu le sortilège aussi actif. Griff a tordu le bras de Luna un peu plus fort et elle a lâché un petit cri. Le flot de vapeur argentée émanant d'elle a paru s'intensifier encore. « Réfléchis mieux ! a répété Griff.

– Je n'en sais *rien* ! » La voix de Luna était aiguë, déformée par la douleur. « Comment je le saurais ? C'est la première fois que je mets les pieds ici ! »

D'un geste rageur, Griff a poussé Luna par terre. Il a levé la main et un halo d'énergie brun pâle est apparu. Les pierres constituant l'estrade ont fusionné pour former des chaînes qui sont venues s'enrouler autour des chevilles de Luna, l'attachant à la base du piédestal. « Dans ce cas, a-t-il ajouté d'un ton calme. Nous avons un problème. »

Dans un sursaut, je suis revenu au présent. « Je vais la chercher. »

Brise Stellaire a pris un air contrarié. « Non ! »

J'ai secoué la tête.

« Allez, a insisté Brise Stellaire. On part.

– Griff va la tuer. »

Brise Stellaire a haussé les épaules.

« Tu t'en moques, je sais bien. » J'ai levé les yeux vers elle. « Mais pas moi. J'ai besoin que tu envoies un message. Par vent chuchotant.

– À qui ?

– Cendre et Rachel. Ces deux-là. » J'ai désigné les colonnes à ma gauche, avant de lui murmurer à l'oreille : « *Cendre, Deleo. C'est Alex Verus. Onyx attend en embuscade du côté nord de la salle, derrière la dixième colonne à votre gauche. Il s'attend à ce que vous arriviez par le milieu.* »

Il y a eu un moment de silence tandis que Brise Stellaire portait le message, puis un chuchotement a flotté jusqu'à moi. « *Verus, salopard ! Comment tu peux être encore en vie ?* »

J'ai souri. « *Salut, Cendre. Avant que tu poses la question, on a toujours un ennemi commun.*

– *Tu t'imagines qu'on te doit quoi que ce soit ?* »

Je n'ai pas répondu. Une seconde plus tard, j'ai entendu la voix de Rachel dans le vent chuchotant. « *Est-ce qu'il bouge ?*

– *Non.*

– *Préviens-nous, si ça change.* »

Le silence est retombé. « Parti », a commenté Brise Stellaire.

J'ai hoché la tête et commencé à élaborer mon plan.

« Alex ! »

Je me suis tourné vers l'elfe translucide qui flottait dans l'air en me jetant des regards implorants. Elle paraissait si malheureuse que, malgré tout le reste, j'ai soudain eu pitié d'elle. Brise Stellaire est une créature de caprice, de liberté et de mouvement incessant. La violence n'est pas dans sa nature. Ici, elle était perdue en territoire inconnu et je savais que son instinct lui disait de fuir. Il suffisait d'un mot pour qu'elle m'emmène.

« Désolé, Brise Stellaire. Je ne peux pas m'enfuir, cette fois-ci. » J'ai remonté le capuchon de ma cape d'invisibilité, disparaissant dans l'ombre.

Pendant que je faisais le tour de la salle, j'ai projeté tous mes sens vers les autres mages afin de surveiller leurs mouvements. Onyx patientait en observant la scène telle une araignée sur sa toile. Rachel et Cendre se rapprochaient de lui par le côté en rampant et, à ma connaissance, Onyx ne les avait pas repérés. Je savais que je ne pourrais pas voir Treize avant qu'elle frappe, aussi n'ai-je pas perdu de temps à me soucier d'elle. J'ai concentré la majeure partie de mon attention sur Luna et Griff. Une fois assez loin du centre, je me suis avancé à découvert en comptant sur ma cape de brume pour me protéger.

À travers la barrière, je distinguais les contours de la parque, et pour la première fois depuis des jours je me sentais calme. J'avais pris toutes les décisions nécessaires. J'allais m'emparer de cette parque et m'en servir. Si je réussissais, Luna et moi nous en sortirions vivants. Si j'échouais, nous mourrions tous les deux. Avançant à pas feutrés, je me demandais si Abithriax nous espionnait, misérables lions dans l'arène prêts à se battre pour la même récompense.

À force de tourner, je me suis retrouvé derrière Griff et, tout en foulant les dalles qui me séparaient de lui, j'ai vu qu'il était concentré sur Luna. « Place le cube, a-t-il ordonné.

– Je ne sais pas où ! »

J'ai sursauté au bruit mat d'un coup qui tombait et j'ai senti mes poils se hérisser en entendant le gémissement étouffé de Luna.

« Débrouille-toi, a dit Griff.

– Mais je ne sais pas ! »

Un autre coup, et un cri, plus fort. J'ai accéléré l'allure, au risque d'être découvert. Griff s'est agenouillé auprès de Luna, ce qui m'a permis de la voir plus clairement. Elle avait une entaille à la lèvre et la peau maculée de gouttes de sang. Elle a levé vers Griff son visage effrayé, mais c'est d'une voix douce que ce dernier s'est adressé à elle. « Luna, je n'ai vraiment rien contre toi. À l'évidence, tu es totalement dépassée par ce qui t'arrive, et j'ai l'impression que tu ne mesures pas une seconde à quoi tu as affaire. » Il l'a dévisagée un bon moment. « Mais, vois-tu, j'ai besoin d'ouvrir cette barrière, et si tu ne peux pas le faire, tu ne m'es d'aucune utilité. Alors je vais juste continuer à te faire mal jusqu'à ce que tu essaies.

– Vous avez dit que ça me tuerait, si je choisissais le mauvais emplacement ! »

Griff a haussé les sourcils. « Alors tu as intérêt à faire en sorte de tomber sur le bon. »

J'étais à mi-chemin du centre de la pièce. À l'autre bout de la salle, je sentais Rachel et Cendre se rapprocher. Onyx n'avait pas bougé. Haletante, Luna était affalée de travers sur les chaînes de pierre qui l'entravaient.

Soudain, elle a relevé la tête, et en voyant son regard j'ai retenu mon souffle. « J'ai toujours détesté ma magie, a-t-elle déclaré d'un ton calme. Elle m'a volé ma vie. Mais elle fait partie de moi, de qui je suis. Et à partir de maintenant je ne vais plus m'en cacher. » Elle a lancé un regard noir à Griff, et prononcé d'une voix douce et claire : « Meurs. »

Je me suis aperçu que, subitement, je réussissais à sentir la malédiction de Luna irradier de Griff telle une aura maléfique, presque tangible. Sans un bruit, j'ai rejoint l'estrade d'un pas vif au moment où Griff baissait les yeux vers Luna et où les futurs basculaient.

Puis ils se sont stabilisés lorsque Griff a pris sa décision. « Tu sais… » Sa voix était parfaitement calme. « Tu n'as pas besoin d'être en bonne santé pour utiliser ce cube. Il faut juste que tu sois en vie. »

Alors j'ai vu ce qu'il allait faire. Quand il arrive un malheur, les gens normaux se disent qu'ils n'auraient pas pu le prévoir. Les devins, non. J'avais vu ce que Griff s'apprêtait à faire et je savais aussi que si je tentais de l'en empêcher, il m'écraserait comme une mouche.

Je suis resté immobile.

Griff a cassé le poignet de Luna.

Au cri qu'elle a poussé, une douleur physique m'a transpercé tout entier, comme si on me raclait la colonne vertébrale au couteau. Griff a attendu que cette plainte se soit transformée en sanglots pour reprendre la parole. « Essaie le cube.

– Je… je… je…

– Essaie ce cube.

– Je ne veux pas. Je ne veux pas. Je… »

Un autre os a craqué bruyamment et Luna s'est remise à hurler, ça m'a brisé le cœur. J'ai serré les poings et un léger tremblement est redescendu le long de mes bras. « Essaie ce cube », a répété Griff.

Luna a continué à pleurer sans rien dire.

Exaspéré, Griff a lâché un juron, et j'ai senti qu'il convoquait la magie de la terre. Je ne voyais pas ce qu'il faisait car le piédestal me bloquait la vue, mais j'ai aperçu le halo brun pâle. Luna a de nouveau crié, cette fois en continu, un glapissement assourdissant sous lequel montait un bruit de friction, comme si on rayait la pierre avec un caillou. Griff a parlé de nouveau, inaudible. J'ai enfoncé mes mains dans la pierre jusqu'au sang. Je savais que Cendre et Rachel se trouvaient maintenant tout près de la cachette d'Onyx. *Allez*, ai-je prié, *allez, allez, allez…*

Il y a eu un rugissement, et des flammes ont jailli. De l'autre côté du piédestal, le halo brun s'est évanoui et Luna s'est tue. Griff a fait volte-face pour déterminer d'où venait le bruit et, pendant une seconde, il m'a tourné le dos. Je n'en demandais pas plus.

Griff m'a senti arriver. Quelque rapide qu'on soit, on ne prend jamais un mage combattant totalement par surprise. Il se retournait déjà lorsque je l'ai atteint et il a brandi un bouclier d'énergie pour bloquer mon assaut, mais je n'avais pas d'arme. Je me suis rué sur lui comme un bélier et au même instant j'ai senti que la malédiction de Luna *prenait*. En scrutant l'avenir, j'ai constaté que tous les futurs sauf un avaient subitement disparu. Celui qui déterminait le destin de Griff s'est mis à briller et à pulser en même temps qu'il devenait réel.

Déséquilibré, Griff a vacillé en arrière, sur le point de tomber. Il a reculé ainsi, beaucoup plus loin qu'il n'aurait dû, et ne s'est arrêté qu'au milieu de la salle.

Autour de lui, les ombres ont bougé. Onyx a surgi à sa droite, Rachel à sa gauche et Cendre derrière lui. Les trois mages de l'Ombre ont formé un triangle dont Griff était le centre. La lumière vert océan ondulait autour des mains de Rachel et le feu autour de celles de Cendre. La magie d'Onyx demeurait invisible. Ils ont tous trois remarqué Griff au même moment et se sont tournés vers lui.

Ce dernier a levé les yeux et n'a eu que le temps de les écarquiller. « Oh, mer… »

Le pouvoir de destruction des mages combattants est très spectaculaire. Lors d'un duel, ils dépensent la majeure partie de leur énergie à empêcher leur adversaire de porter un coup dangereux. Il est donc très rare qu'un mage mette toute sa force dans une frappe – mais alors, elle est toujours fatale. Un simple sort jeté par un mage combattant peut déchiqueter un corps humain aussi facilement qu'un Kleenex.

L'effet de *trois* sorts de ce genre lancés simultanément est insoutenable à imaginer. Je vous épargnerai les détails atroces et me contenterai de dire qu'en une seconde tout a été fini.

Ensuite, Onyx, Rachel et Cendre se sont intéressés les uns aux autres, et j'ai plongé derrière le piédestal au moment où la salle s'embrasait. « Luna ! *Luna !* »

Elle était appuyée contre le socle, les paupières papillotantes. Les chaînes de pierre de Griff lui enserraient toujours les chevilles, l'angle de son bras droit n'avait rien de naturel et elle était livide. « Ne me touche pas, a-t-elle articulé avec difficulté. Ce n'est pas comme d'habitude, je… »

De l'autre côté du piédestal, j'entendais le rugissement des flammes et les coups secs et mortels de la magie de force d'Onyx.

« Ça va. Ne bouge pas. » J'ai inspecté les alentours en cherchant le moyen de faire sortir Luna d'ici. « Il faut qu'on… »

Réagissant au quart de seconde, je me suis instinctivement jeté sur le côté en roulant en bas de l'estrade juste au moment où un souffle violent balayait l'emplacement exact où je me trouvais un instant plus tôt. Aussi rapidement qu'elle avait frappé, Treize a disparu. Je me suis relevé et ai glissé la main dans ma poche, tendu dans l'attente.

À moins de trente mètres se livrait une bataille implacable : Rachel et Cendre pilonnaient Onyx de toutes leurs forces, tentant de briser ses boucliers pour le tuer, mais je n'avais pas de temps à perdre à les regarder. Je me tenais debout sur le sol en pierre, à découvert, et c'était Treize que je guettais, guettant sa prochaine attaque – par la gauche, par la droite ou par au-dessus. Je ne la voyais pas, en revanche je visualisais très bien les futurs où elle me tuait et comment éviter que ça n'arrive. Pas encore… pas encore…

… *Maintenant.*

Au moment où Treize frappait, j'ai pivoté et ses griffes ont manqué ma gorge de quelques millimètres. J'ai fait volte-face à nouveau et, la sentant passer près de moi, je lui ai jeté une poignée de poussière étincelante.

Des milliers de paillettes de lumière sont retombées au sol où elles se sont éteintes, mais des centaines d'autres adhéraient au corps de l'élémentaire d'air. Treize a filé à toute allure en se secouant pour décoller la poudre, mais elle adhérait trop bien. L'élémentaire était désormais visible, silhouette de femme dessinée par ces particules de lumière. « Qu'est-ce qui se passe, Treize ? ai-je demandé. On fait sa timide ? »

Elle a tenté dans un dernier effort de se débarrasser de la poudre, avant de renoncer. Tandis qu'elle me fixait de ses yeux d'un blanc pâle, les courbes de son corps sont apparues plus nettement sous la poussière et elle a glissé dans ma direction.

J'ai reculé, le ventre noué. Si j'avais pu déjouer son invisibilité, je n'avais en revanche aucun moyen de l'atteindre. « Écoute, ai-je tenté, ça s'est mal engagé, entre nous. Si tu veux savoir, j'aime beaucoup les élémentaires de l'air. »

Treize a continué à avancer, et moi à reculer. Elle me poussait dans une spirale de plus en plus serrée qui me rapprochait du piédestal. Je sentais la présence de Luna, affalée contre la pierre, qui luttait pour ne pas perdre conscience, tandis que la bataille faisait toujours rage derrière moi. « Tu veux la parque, pas vrai ? ai-je poursuivi. Tu as besoin de nous pour l'obtenir. Si on meurt, tu ne pourras pas la rapporter à Levistus. »

Treize n'a pas répondu, et j'ai brusquement compris avec un frisson que si elle ne m'écoutait pas, c'est parce qu'elle ne le pouvait pas. Elle avait été créée pour obéir aux ordres, rien de plus, et en cet instant l'ordre était de me tuer. Elle se rapprochait de seconde en seconde. « Attends… », ai-je plaidé, mais Treize a bondi, les griffes tendues vers ma gorge.

Quelque chose a traversé mon champ de vision pour venir percuter l'ennemie en plein élan, l'envoyant valser sur le côté. Je n'ai eu que le temps d'entrevoir furtivement le visage de Brise Stellaire avant que les deux élémentaires roulent ensemble en une masse confuse, cinglant l'air de leurs griffes acérées.

Je les ai observées une seconde avant de me retourner. « Luna ! »

Elle avait réussi à se redresser le long du piédestal, son bras estropié replié contre sa cuisse. Elle avait la tête à la hauteur des trois supports carrés et la barrière de force retenant la parque rayonnait paisiblement au-dessus d'elle, dessinant une auréole laiteuse autour de ses cheveux. « Va-t'en », a-t-elle réussi à articuler.

Je me suis agenouillée auprès d'elle. « Luna…

– *Va-t'en*, a-t-elle répété, le regard voilé par la douleur, mais la voix claire. Ne t'y mets pas, toi aussi.

– Place le cube dans l'un des supports.

– J'ignore lequel c'est, Alex. Va-t'en, je…

– Ferme les yeux, et devine. »

Luna m'a dévisagé, le regard vif – m'entendre proférer des absurdités lui avait visiblement rendu toute sa lucidité. « Alex ? a-t-elle répliqué avec prudence, tandis que le combat s'intensifiait encore. Ce n'est pas le moment de faire des blagues. »

À l'autre bout de la salle a résonné un *boum* assourdissant et Cendre a volé dans l'air. Il est venu heurter l'un des piliers dans un craquement d'os brisés avant de s'écraser à terre. Presque aussitôt, Onyx est apparu. Ses yeux avaient viré au noir d'encre et un sillage de ténèbres suivait chaque mouvement de ses mains. Il s'est tourné vers Rachel. Elle lui tenait tête, sans aucune peur dans le regard. Sous son masque, elle retroussait les lèvres en un rictus haineux. De l'autre côté de la salle, Brise Stellaire et Treize s'entre-déchiraient dans un tourbillon mortel.

Deux mages, deux élémentaires, deux batailles. Sitôt qu'Onyx et Treize remporteraient la partie, nous serions fichus. « Ne choisis pas, ai-je dit à Luna en levant la voix pour me faire entendre dans le vacarme. Laisse la chance décider.

– Je ne… » Elle s'est brusquement interrompue. Elle a écarquillé les yeux. Elle avait compris.

Derrière nous, j'ai entendu Brise Stellaire pousser un jappement de douleur. « Alex ! Mal ! »

Luna a inspiré à fond, s'est redressée sur les genoux et a grimacé lorsque son bras droit a bougé. J'avais les mains qui me démangeaient tant je voulais l'aider, mais je suis resté où j'étais. Avec précaution, Luna a pris le cristal, fermé les paupières et, dans le tumulte des combats à mort qui se livraient autour de nous, elle a tendu la main à l'aveugle.

Le cristal s'est emboîté proprement dans le support le plus à gauche.

Cette fois, il ne s'est rien produit de spectaculaire. Le cristal a commencé à pulser, et le champ de force qui l'entourait s'est mis au diapason. Tout à coup, la barrière a disparu et j'ai vu clairement la parque : une simple baguette d'ivoire, sans aucun signe distinctif. Je l'ai attrapée d'un geste vif et…

Rien.

Je n'ai pas hésité. Dès que le vertige m'a pris, j'ai reculé en regardant autour de moi. J'ai vu mon corps penché au-dessus du piédestal et celui de Luna, effondré à côté. « Abithriax !

– Eh bien. » J'ai fait volte-face et je l'ai vu qui se dirigeait vers moi, dans sa toge rouge, en zigzaguant entre les combattants. Onyx et Rachel essayaient de s'entre-tuer non loin de lui, et un tir de force lui a littéralement traversé le corps sans le toucher. « Je vois que tout s'est bien passé, finalement.

– J'ai besoin de me servir de la parque !

– Oui, bien sûr, a opiné Abithriax. Écoutez-moi attentivement. Pour utiliser la parque, vous et moi devons fusionner. Je vous ouvrirai mon esprit : mon savoir et ma magie seront vôtres. Ce lien requiert votre consentement total. » Abithriax a soutenu mon regard. « Si vous reculez ne serait-ce que d'un pas, la tentative échouera. »

Derrière Abithriax, Onyx a fait voler le bouclier de Rachel en éclats de lumière vert océan. Je savais que le genre de magie de l'esprit dont parlait Abithriax était dangereux. Si je décidais de le faire, rien ne me garantissait que je serais le même, en réintégrant mon corps. J'ai baissé les yeux vers Luna. Elle était recroquevillée sur l'estrade, essayant de se mettre à l'abri des tirs. « Faites-le. »

Une étincelle fugitive a lui dans les yeux d'Abithriax. Il a opiné et s'est dirigé vers l'estrade. « Dans ce cas, tendez la main. »

J'ai levé le bras droit. Abithriax en a fait autant, puis a interrompu son mouvement. « Je vous suggère de vous préparer. » Il m'a regardé dans les yeux. « Ce sera un peu… étrange. »

Il m'a attrapé la main, et tout est devenu blanc.

14

Lorsque je suis revenu dans mon corps, c'était comme si je m'éveillais pour la toute première fois.

Luna disait quelque chose que j'ai à peine écouté. Je savais exactement ce qui se passait, sans avoir à regarder. Je suis descendu de l'estrade en faisant tourner la parque entre mes doigts d'un air distrait. « Brise Stellaire, ai-je appelé. Sors de là. »

Brise Stellaire s'est arrachée au combat contre Treize. Sa silhouette d'elfe était toute déchiquetée et des filets de brume suintaient de ses blessures. Elle m'a lancé un regard terrifié avant de s'enfuir. Treize ne l'a pas poursuivie, préférant se concentrer sur moi, sa cible initiale. Elle avait réussi à se débarrasser de pratiquement toute la poudre et avait progressivement recouvré son invisibilité.

Treize représentait la menace la plus sérieuse – c'était elle qu'il fallait éliminer en premier. Je lui ai tourné le dos pour scruter l'autre bout de la salle. « Onyx ! »

Il avait estropié Rachel, qui s'était réfugiée en boitant dans l'ombre des piliers. À présent, il se tournait vers moi. « Les règles ont changé, l'Élu », ai-je lancé. J'ai continué à avancer, venant me placer entre les deux tueurs. « Rends-toi, ou tu mourras. »

Onyx n'a pas gaspillé son temps à me répondre. Un tourbillon de disques de force affûtés comme des rasoirs m'a foncé droit dessus.

J'ai esquivé et le vortex a frappé Treize au moment où elle se ruait sur moi par-derrière. Elle est subitement redevenue visible lorsque les disques l'ont réduite en charpie. Sidérée, elle a ouvert la bouche et m'a dévisagé, les yeux exorbités. L'espace d'une seconde, j'ai cru qu'elle allait parler. Puis elle s'est évaporée en minces volutes d'air.

En me retournant, j'ai constaté qu'Onyx me fixait, sous le choc. C'est moi que son coup aurait dû terrasser. Je le savais, et lui aussi. « Dernière chance », ai-je annoncé.

Il m'a envoyé une lance de force, suivie d'une lame de scie tournoyante qui aurait pu me couper en deux. Après une série de coups de marteau et une vague de force, il a fini par tout faire sauter dans un rayon de dix mètres.

Il aurait mieux fait d'économiser ses forces.

Le pouvoir que me donnait la parque était d'une simplicité fabuleuse. Ma magie divinatoire me permettait de voir ce qui était susceptible de se passer ; la parque me laissait choisir ce qui *allait* se passer. Ensemble, elles étaient invincibles. Ce combat contre Onyx était semblable à une partie d'échecs dans laquelle j'aurais joué des deux côtés à la fois. Chaque attaque avait une faille, que j'alignais sur mes propres mouvements afin d'être certain de ne pas être touché. Je n'avais même pas à me fatiguer.

« Bordel ! » a hurlé Onyx en me voyant traverser l'explosion au milieu des éclats de pierre qui rebondissaient en tous sens.

J'ai continué à avancer, et il a reculé. « Tu vises vraiment comme un pied, tu es au courant ? »

Onyx a projeté un mur de force entier dans ma direction. Il paniquait, ce qui me facilitait encore plus la tâche : j'ai trouvé la faille dans le bloc, je l'ai élargie et j'ai choisi le futur dans lequel la brèche s'alignait sur ma trajectoire. J'ai dû baisser légèrement la tête au passage du mur, qui m'a frôlé les cheveux, puis je me suis redressé sans interrompre ma progression. « *Bordel !* a répété Onyx, ivre de fureur. Je t'ai eu ! Je sais que je t'ai eu ! »

Je lui ai sauté à la gorge.

Il a riposté avec tout ce qu'il avait, mais mon assaut était une feinte et j'ai esquivé au moment où le mage de l'Ombre truffait l'air de missiles. Il frappait de manière frénétique, incontrôlée, et il m'a été facile de courber un des éclairs de force pour frapper Onyx dans le dos. L'impact l'a soulevé du sol et le sang a giclé sur la pierre.

Haletant, il a lutté pour se remettre sur pied quand le bruit de mes pas lui a fait relever la tête. J'avançais droit sur lui, et ce faisant j'ai sorti mon poignard de sa gaine et fait miroiter sa lame dans la pénombre. « Tu aurais dû m'écouter tant que tu le pouvais », lui ai-je lancé, un sourire aux lèvres.

Pour la première fois, j'ai lu de la peur dans ses yeux. Je savais que ce n'était pas un lâche. Il pouvait endurer le combat sans fléchir, pourtant celui-ci dépassait son entendement, et cette magie qui depuis l'enfance était à la fois son épée et son bouclier l'avait trahi. Pour Onyx, le monde venait de s'écrouler. Il a pris sa décision et aussitôt son corps a disparu dans une pointe d'ombre. Il s'était téléporté. Il ne restait de lui que des gouttes de sang sur la pierre.

Agacé, je me suis immobilisé. Si j'avais été plus attentif, j'aurais pu anticiper son action et l'empêcher de fuir. Cependant, pour une première fois, je m'en tirais plutôt bien.

« Alex ? »

En regardant autour de moi, j'ai constaté que Luna était la seule qui bougeait encore. Elle était toujours agenouillée, enchaînée au piédestal, et elle me dévisageait avec des yeux exorbités. « Il a réussi à s'en tirer, ai-je commenté, incapable de maîtriser ma colère. Reste là. » J'ai entrepris de faire le tour de la salle en quête de survivants.

Inutile de dire que Griff était on ne peut plus mort. Après s'être fait découper, incinérer et désintégrer à la fois, ce qu'il restait de son corps aurait tenu dans un dé à coudre. Si quelqu'un projetait de lui organiser des obsèques, il faudrait qu'il commence par se munir d'une serpillière et d'un aspirateur. Treize avait disparu elle aussi, mais j'ignorais si c'était pour de bon. Le problème, avec ces créatures désincarnées, c'est qu'il est toujours difficile de savoir si elles sont vraiment mortes.

La grosse surprise a été de trouver Cendre vivant. Il avait l'arrière de la tête en bouillie et il arborait quelques belles fractures, mais il respirait encore, du moins pour l'instant. Je l'ai fouillé, puis j'ai relevé les yeux en sentant du mouvement.

Rachel se tenait à quelques piliers de là. Son masque avait été arraché dans la bataille et, pour la deuxième fois de la journée, elle était Rachel et non plus Deleo. Elle ne bougeait pas. « Rachel. » Je me suis redressé en lui souriant. J'ai brandi la parque en haussant les sourcils. « Tu veux l'essayer ? »

Elle n'a pas répondu, et je me suis dirigé vers elle. « Ne me dis pas que tu n'en as pas envie, ai-je insisté. Tu te demandes si tu pourrais réussir là où Onyx a échoué. » En arrivant à sa hauteur, je me suis mis à tourner lentement autour d'elle. « Tu crois que tu pourrais ? »

Elle a pivoté pour continuer à me faire face, en boitant légèrement. Elle avait les cheveux ébouriffés, collés par le sang à un endroit, mais elle me suivait du regard sans ciller.

« Alors ? » ai-je demandé.

Rachel a lentement secoué la tête, sans me quitter des yeux.

« Pourquoi donc ? » Je me suis penché et brusquement j'étais juste derrière elle, en train de lui chuchoter à l'oreille. Je sentais son odeur, un mélange de sang, de sueur et de poussière… et d'autre chose, aussi, qui m'a titillé les nerfs. « Tu aimes tuer par le toucher, pas vrai ? Tu es assez près. Montre-moi ce que tu as appris. »

Rachel a de nouveau secoué la tête. « Pourquoi ? » lui ai-je répété au creux de l'oreille.

Après un long silence, elle s'est décidée à répondre, d'une voix aussi douce que la mienne. « Parce que tu gagnerais.

– Oui. Tu as toujours su reconnaître quand tu étais en infériorité, n'est-ce pas ? Contrairement à Shireen. »

Rachel se tenait tout à fait immobile. J'ai reculé. « Maintenant, ai-je ajouté avec froideur, donne-moi une bonne raison de te laisser en vie.

– On avait un accord… »

J'ai éclaté de rire et Rachel s'est tue. « Tu m'as vraiment cru stupide à ce point ? » ai-je rétorqué d'une voix cruelle.

Dans ses yeux, j'ai vu la peur, mais autre chose, aussi : pour la première fois, elle me considérait avec respect, et ça m'a plu. « Quoi qu'il en soit, tu pourrais m'être utile. Mais l'heure du paiement viendra. Je te ferai signe. C'est compris ? »

Elle a hoché prudemment la tête. « C'est compris », a-t-elle dit en reculant en direction de Cendre.

J'ai relevé un sourcil. « Tu le veux aussi ?

– Je n'ai que lui », a-t-elle répondu simplement, et j'ai eu l'étrange impression que, pour une fois, elle était sincère.

J'ai haussé les épaules. « Il peut partager ton obligation. Va-t'en. »

Elle a de nouveau opiné, avant d'ouvrir un portail à travers lequel elle a traîné Cendre. Ses gestes envers cet homme massif étaient étrangement tendres. Puis le portail s'est refermé derrière eux, et je suis revenu près de Luna.

« Je ne comprends pas », a dit celle-ci lorsque j'ai atteint l'estrade. Elle s'était relevée et se tenait maladroitement le bras tout en me fixant. « Comment tu as fait ça ?

– Recule de deux pas », ai-je ordonné. Luna a obéi, tirant sur les chaînes à ses chevilles. Les maillons se sont écartés et j'ai pu visualiser les points faibles. J'ai alors généré une paire de failles très fines, que j'ai fait exploser de deux coups de talon. Je me suis tourné vers le mur. « Par ici.

– Mais… », a objecté Luna, avant de se rendre compte qu'elle s'adressait à mon dos. Elle m'a rattrapé en trottinant, dans un raclement de chaînes brisées. « Où est Brise Stellaire ?

– Elle va bien. » Je me suis immobilisé face à un mur totalement anodin, et j'ai prononcé un mot de commande. Le pan de paroi s'est obscurci avant de s'effacer, et je l'ai franchi. « Viens, à moins que tu aies envie de rester là. »

Luna a sursauté, puis m'a imité. J'ai effleuré de la main le cristal de contrôle au mur et, dans un tremblement, la salle s'est scellée et a commencé à bouger.

« Alex ? Cette baguette, qu'est-ce qu'elle fait ? »

J'ai souri. « Oh, Luna, j'aimerais que tu puisses le sentir. C'est comme se rendre compte qu'on voit après avoir été aveugle. Regarde. » J'ai avancé d'un pas.

Luna a eu un mouvement de recul. « Non ! »

J'ai éclaté de rire. « Ta malédiction ? Elle ne peut plus me faire de mal, à présent. » Je voyais la brume argentée flotter autour de moi sans jamais réussir à m'atteindre. Parfois, un filament me touchait, mais je n'avais qu'à le diriger vers le sol et il tombait à mes pieds. C'était une très bonne chose, que j'aie trouvé la parque à ce moment précis. Au cours des derniers jours, je m'étais trop rapproché de Luna. J'ai désigné son bras cassé et, lorsqu'elle a reculé machinalement, j'ai reprogrammé son mouvement afin que l'os se répare, en alignant les fragments à la bonne place. Luna a lâché un petit cri de douleur, puis s'est tue d'un seul coup. Elle a examiné son bras d'un air sidéré. « Ça ne fait plus mal.

– J'ai envoyé quelques encouragements au système d'autoguérison de ton corps. Dès qu'on aura trouvé un soigneur, il te réparera ça en un rien de temps. » J'ai levé un sourcil. « Et qu'est-ce que tu dirais d'annuler ta malédiction ?

– … Quoi ? »

J'ai éclaté de rire à nouveau. « Tout ce qui est possible, je le rends réel. » La salle s'est subitement immobilisée, et un pan de mur s'est ouvert. « C'est là qu'on descend. »

Le chemin vers la sortie n'a pas été long. Luna me suivait tant bien que mal, en état de choc, tandis que je progressais dans les couloirs en échafaudant quantité de plans. Avant toute chose, une fois dehors, je rendrais visite à Morden. J'allais bien m'amuser, lors de notre prochaine rencontre, mais lui beaucoup moins. Ensuite, j'avais des comptes à régler avec Levistus. Et aussi avec quelques autres…

J'étais tellement absorbé par mes pensées que j'ai à peine remarqué que nous avions atteint la sortie. « Lève le cube », ai-je ordonné à Luna.

Elle a regardé autour d'elle, interdite. Nous nous trouvions dans une petite pièce sans rien d'extraordinaire. « Ce n'est pas par là qu'on est entrés. »

J'ai ressenti de l'agacement de devoir tout lui expliquer, mais je me suis maîtrisé. « C'est la porte de derrière. Elle nous mènera dans la campagne. »

Luna a de nouveau hésité, puis elle s'est exécutée, prononçant à voix haute les mots de commande que je lui soufflais. Le cube s'est mis à rougeoyer et un passage s'est ouvert dans le mur, laissant entrer une brise chargée de senteurs d'herbe et de feuilles, et la fraîcheur de la nuit. Je me suis positionné face au portail, Luna à côté de moi, et j'ai regardé vers le haut. Je n'ai d'abord rien vu, puis sont apparues des pointes de lumière blanche. Progressivement, à mesure que mes yeux s'adaptaient à l'obscurité, les étoiles ont pris forme et j'ai discerné les contours d'une colline et des arbres se découpant sur le ciel nocturne. Je suis resté ainsi un long moment, à m'abreuver de la lumière des étoiles en savourant l'excitation de mon triomphe. J'avais réussi. J'avais gagné.

« Allons-y, Luna. Le monde nous attend. »

Soudain, un tourbillon s'est déchaîné juste devant moi, qui m'a repoussé. J'ai bondi en arrière en jurant, bousculant Luna, qui a lâché un cri. Le tourbillon s'est solidifié et a pris la forme d'une jeune fille frêle aux cheveux courts et ébouriffés. « Non ! s'est exclamée Brise Stellaire avec de l'urgence dans la voix.

– Brise Stellaire ? » J'ai retrouvé mon équilibre. « Mais qu'est-ce que tu fiches ?

– Mauvais ! Non !

– Tu me bloques le passage. » J'ai tenté d'avancer et me suis de nouveau retrouvé pris dans une trombe qui me forçait à reculer. Je me suis planté sur mes pieds et lui ai lancé un regard noir. « Brise Stellaire ! »

Elle n'a pas bougé. « Peux pas ! »

Luna m'a dévisagé, interdite. « Qu'est-ce qui se passe ?

– Je n'en ai aucune idée », ai-je répondu, exaspéré.

Brise Stellaire n'avait pas de mauvaises intentions, sinon ma prescience l'aurait senti, mais elle refusait de céder. « Tu peux pas y aller, a insisté Brise Stellaire. Mauvais !

– Peut-être que c'est dangereux ? a hasardé Luna d'un ton dubitatif.

– Luna, il n'y a rien à cent kilomètres à la ronde qui soit dangereux pour moi, ai-je répliqué d'un ton irrité. Brise Stellaire, écarte-toi de mon chemin ! »

L'élémentaire a de nouveau secoué la tête. « Mauvais. »

J'ai avancé d'un pas, l'air menaçant. « Espèce de sale petite…

– Attends ! » s'est exclamée Luna, affolée, en regardant entre nous. Elle était assez près de Brise Stellaire pour représenter un danger pour elle, mais cette dernière était tellement concentrée sur moi qu'elle ne s'en rendait même pas compte. « *Qu'est-ce* qui est mauvais ? lui a demandé Luna. Ce n'est pas la bonne sortie ? »

Brise Stellaire s'est contentée de secouer une nouvelle fois la tête. « Peux pas passer. » Elle m'a dévisagé avec anxiété. « C'est lui, mauvais.

– C'est bien la sortie, ai-je confirmé. Brise Stellaire, écarte-toi, ou bien c'est moi qui te pousse.

– Attends, a répété Luna. Qu'est-ce qu'elle veut dire ?

– Qu'est-ce que ça peut faire ?

– Mauvais, a insisté Brise Stellaire.

– Elle n'arrête pas de répéter ça…

– *Qu'est-ce que ça peut faire ?* » Je n'avais qu'une envie, sortir de là, franchir les limites du tombeau et goûter l'air de la nuit ; je le voulais tellement que j'en sentais le goût sur ma langue. Brise Stellaire m'en empêchait, et son entêtement me rendait furieux.

Luna hésitait. « Est-ce qu'on ne ferait pas mieux de l'écouter ?

– Non ! ai-je aboyé, frustré. Plus rien ne nous retient ici. On en a terminé avec cet endroit ! »

À ces mots, Luna a sursauté. « Attends. »

J'étais à deux doigts de la tuer. « Qu'est-ce qu'il y a, encore ?

– Il y a bel et bien quelque chose qui nous retient. Ou plutôt quelqu'un. Sonder ! »

Je l'ai dévisagée, interloqué. « Qui ?

– *Sonder !* Alex, tu l'as vu, Griff l'a blessé, tu ne t'en souviens pas ? Il doit être piégé dans ces couloirs.

– Il est sans doute mort. »

Luna m'a regardé comme si je l'avais giflée. « Non ! Il respirait toujours quand Griff m'a emmenée. Il est peut-être encore en vie ! »

J'allais répondre, lorsque quelque chose m'a arrêté. Luna avait raison. La dernière fois que j'avais vu Sonder, il était vivant. Griff n'avait pas tué le jeune mage, il n'avait fait que l'assommer. Alors pourquoi étais-je tellement certain qu'il était mort ?

Luna me fixait comme si elle attendait quelque chose.

« Quoi ?

– Tu ne vas pas… ? » Voyant que je ne réagissais pas, elle s'est tue.

« On reviendra le chercher plus tard. » Je n'avais pas envie de penser à Sonder. Je voulais juste sortir.

« Mais alors il sera sûrement mort !

– Un de perdu, dix de retrouvés. »

Luna a reculé d'un pas en écarquillant les yeux.

« Pourquoi doit-on absolument s'occuper de ça maintenant ? ai-je répliqué, hors de moi. Sortons d'ici.

– Je n'arrive pas à croire que tu dises une chose pareille ! Alex, c'est toi qui lui as conseillé de rester avec nous ! » Luna était visiblement choquée. « Et toutes tes promesses, tu en fais quoi ? Tu prétendais que tu ne laisserais jamais quelqu'un mourir, si tu pouvais l'éviter. Je t'ai cru, moi.

– Quand est-ce que… ? » Soudain, je me suis rappelé avoir tenu ces propos. Après avoir aidé Cendre et Rachel. Sauf que je n'y croyais pas, c'étaient juste des paroles en l'air pour…

Non, ce n'étaient pas des paroles en l'air. J'y avais cru, moi aussi. J'y croyais encore. Luna avait raison. Je ne pouvais pas abandonner Sonder là-bas. Il fallait retourner l'aider.

Non, Sonder ne comptait pas. La seule chose dont j'avais besoin, c'était de sortir.

Un instant. C'était mal, de vouloir laisser Sonder dans ce labyrinthe. Ça revenait à signer son arrêt de mort.

Mais je m'en moquais.

Non, je ne m'en moquais pas.

J'ai lâché un grognement et me suis détourné en portant la main à mon front. Je sentais monter une migraine terrible, comme si deux voix se battaient dans ma tête. J'ai fait les cent pas entre les murs du tunnel. « Je ne sais plus, ai-je marmonné. Sortons d'ici. » J'avais le sentiment qu'une fois dehors, j'aurais les idées plus claires.

« *Non*, a dit Brise Stellaire à Luna d'un ton pressant. Mauvais.

– La ferme ! » ai-je aboyé. Leurs voix ne faisaient qu'envenimer mon mal de tête. « Je ne… » En me retournant, j'ai vu qu'elles me dévisageaient toutes les deux d'un même air étrange. « Qu'est-ce que vous regardez comme ça ?

– Dans cette salle, a répondu Luna, très lentement. Tu étais prêt à les tuer.

– Évidemment !

– Pour Griff, je ne regrette pas », a-t-elle avoué. Inconsciemment, elle a porté la main gauche à son flanc droit meurtri, mais elle semblait avoir oublié son bras cassé. Elle me considérait avec intensité. « Mais je ne t'avais jamais vu comme ça, avant que… » Elle n'a pas achevé sa phrase. Quelque chose dans son expression a changé.

Pour une raison inconnue, tout à coup j'ai senti la peur me serrer le ventre. Je voulais passer de force, courir jusqu'à la sortie, mais Luna et Brise Stellaire me bloquaient désormais toutes les deux le passage. « Quoi ?

– Alex ? a demandé Luna, d'une voix soudain très prudente. Que s'est-il passé, quand tu as pris cette baguette ? » Elle a désigné la parque dans ma main.

Je m'apprêtais à répondre, lorsqu'un silence de mort est tombé sur nous, et je me suis retrouvé hors de mon corps, encore une fois. Luna et Brise Stellaire continuaient à me fixer, mais je ne les entendais plus.

J'ai roulé les yeux. « Oh non, encore vous.

– Vous avez l'intention de rester planté là toute la nuit ? » s'est exclamé Abithriax en se rapprochant. Il était apparu près de moi, dans sa robe rouge, et il semblait très énervé.

« La ferme », ai-je grommelé. Dès qu'Abithriax avait surgi, ma migraine avait empiré, au point que j'avais l'impression qu'on me frappait le crâne à coups de marteau. Le simple fait de parler me donnait des haut-le-cœur.

« Écoutez, Verus, a repris Abithriax d'un ton excédé. Je suis resté patient, à écouter votre petite conversation, et je la trouve mortellement ennuyeuse. Sortez de là, c'est tout, et je vous apprendrai à aider ce fameux Sonder comme il vous plaira.

– Laissez-moi tranquille », ai-je riposté, les mâchoires crispées. Si seulement cette migraine voulait bien me laisser en paix. « Pourquoi vous tenez tant à sortir, d'abord ? »

En voyant les yeux d'Abithriax, j'ai eu un choc. J'essayais seulement de le faire taire, mais quelque chose dans ce regard m'a alerté. J'avais touché un point sensible, quelque chose qu'Abithriax voulait que j'ignore. J'ai secoué la tête. J'avais les idées tellement embrouillées.

« Écoutez », a repris Abithriax avec précaution. Il avait recouvré son calme et s'exprimait d'une voix raisonnable. « Je n'ai rien contre ce garçon. Mais ce serait tout simplement de la folie d'y retourner maintenant. Il suffirait de trouver un endroit mieux équipé, et alors… »

Abithriax parlait, parlait, mais je ne l'écoutais plus. À travers le portail, je regardais les étoiles qui brillaient dans le ciel d'un noir d'encre. La lumière des étoiles. Qu'est-ce que ça me rappelait donc ?

« … plus sûr, disait Abithriax. Quoi qu'il en soit…

– Renonce à la grande puissance pour la petite, ai-je glissé distraitement.

– Que dites-vous ?

– Abithriax ? » Ma migraine avait brusquement disparu. J'avais de nouveau les idées parfaitement claires, et toute mon attention était concentrée sur l'homme qui se tenait en face de moi. « Comment connaissez-vous mon nom ?

– Je vous demande pardon ?

– Mon nom, ai-je dit d'un ton plaisant, sans quitter le vieillard des yeux.

– Eh bien, par votre amie. »

J'ai secoué lentement la tête. « Luna m'appelle Alex. Jamais Verus.

– Par l'un des autres, alors.

– Lequel ? »

Abithriax a eu une seconde d'hésitation. Subitement, son regard a changé, et j'y ai vu une lueur nouvelle, froide et calculatrice.

Non, pas nouvelle. Elle était là depuis le début, mais je ne l'avais pas cherchée. « *Je vous ouvrirai mon esprit : mon savoir et ma magie seront vôtres...* » Quel imbécile je faisais. Si je pouvais fouiller dans son esprit, il pouvait à l'évidence fouiller dans le mien. Pourquoi ne m'étais-je pas demandé comment un homme enfermé depuis deux mille ans pouvait parler un anglais parfait ?

– Pourquoi tenez-vous tellement à sortir d'ici, Abithriax ? » Je gardais un ton amical, mais intérieurement la tension montait. Lorsque j'avais fusionné avec lui, la dernière fois, je l'avais touché. Pour les autres, il n'était peut-être qu'un fantôme, mais pour moi… Si seulement je pouvais me rapprocher…

Le mage est demeuré immobile un moment, avant de se redresser. « Très bien. »

J'ai tenté un geste, mais Abithriax m'a pris de vitesse. Brusquement, j'étais paralysé. Il n'y avait eu ni sort ni attaque : j'étais en train de parler, et subitement j'étais pétrifié. Je ne pouvais bouger que les yeux.

Abithriax s'est avancé vers moi. Ce faisant, il a paru gagner en puissance, devenir plus grand, plus *présent*, comme si jusqu'ici il se limitait. Les stries rouges qui flamboyaient dans sa chevelure et sa barbe m'ont soudain fait penser à du sang. « Il a fallu que tu compliques tout, n'est-ce pas ? »

Impossible de répondre. Derrière Abithriax, j'apercevais Luna et Brise Stellaire. Elles discutaient, s'adressaient à mon corps statufié, mais je n'entendais pas ce qu'elles disaient. « Toutefois, je suppose que je devrais être impressionné, a repris Abithriax. En temps normal, mes capteurs ne s'en rendent même pas compte. Cette histoire de nom… c'était de la négligence de ma part… le manque d'entraînement, je suppose, depuis tout ce temps. » Il m'a lancé un regard. « Tu demandais comment j'avais fait. C'est de bonne guerre, aussi vais-je te répondre. J'étais un mage de l'esprit. C'est ainsi que j'ai pu imprégner la parque. Mais j'avais toujours hésité à faire le grand saut… jusqu'au jour où je n'ai plus eu d'alternative, hormis la mort. Cependant, une fois habitué à ma nouvelle forme, apprendre à contrôler celui qui détenait la parque a été chose facile… »

Luna s'était rapprochée de mon corps figé. Elle essayait vainement de me retirer la parque des mains, avec son bras indemne. Brise Stellaire s'était jointe à elle, sans se soucier de la douleur, et Luna criait dans le vide, l'air hystérique. « Intéressant, a commenté Abithriax. Elle a deviné. Je crois que je vais la garder, si elle ne fait pas trop de problèmes… Où en étais-je ? Ah oui. Je me suis d'abord vengé de ceux qui m'avaient trahi, au

Conseil de la Lumière. Il leur a fallu un certain temps pour mesurer ce qui se passait. Ils tuaient mon capteur, accaparaient la parque, mais, bien sûr, je recommençais. » Abithriax a secoué la tête. « Et pourtant, même lorsque les derniers ont enfin compris, ils n'ont pas eu le cœur de me détruire. Toute cette puissance en moi, vois-tu. Aussi m'ont-ils bâti un tombeau dans lequel ils m'ont enfermé, en attendant de trouver le moyen de s'approprier mon pouvoir. Et puis, ils ont fini par ne plus venir et je suis resté seul ici, à regarder passer les années et les siècles dans les ténèbres. »

Je me débattais pour bouger, mais toutes mes tentatives étaient vaines. Je réussissais encore à juguler la panique, mais les choses ne s'annonçaient pas bien. Abithriax me parlait comme on s'adresse à quelqu'un qui ne sera plus là très longtemps.

« Et puis, tu es arrivé, a-t-il poursuivi. Je ne pensais pas que ce serait si facile. Mais je ne devrais peut-être pas en être surpris. Il a beau s'être écoulé près de deux mille ans, les mages n'ont pas changé. Le pouvoir, le pouvoir, toujours le pouvoir. » Il a jeté un dernier coup d'œil en direction de Luna et de Brise Stellaire, avant de hocher la tête. « Bon, nous ferions mieux de nous y remettre. »

Il a posé la paume à plat sur ma poitrine. Pendant un moment, il ne s'est rien passé, puis j'ai senti une sorte d'aspiration, comme si toute ma force me quittait pour affluer à l'intérieur de cet homme – de ce fantôme. J'ai lutté, essayé de retenir mon énergie vitale. « Il est inutile de résister, a dit Abithriax d'un ton calme. Chaque fois que tu t'es servi de mes pouvoirs, tu as accru mon emprise sur toi. Si tu m'avais combattu dès l'instant où tu as pris la parque en main, tu aurais peut-être eu une chance, mais à présent il est bien trop tard. »

Brise Stellaire tentait toujours de m'arracher la parque des mains, sans succès. Luna se tenait face à moi, et je voyais qu'elle pleurait. Je distinguais clairement l'aura argentée de sa malédiction, dont les filaments s'insinuaient à l'intérieur de Brise Stellaire, mais que mon corps repoussait. « Tu n'as pas de raison d'avoir peur, Verus, a psalmodié Abithriax d'une voix rassurante. J'ai parcouru tes souvenirs. N'est-ce pas là ce que tu as toujours voulu ? Être assez puissant pour ne plus avoir peur ? Bientôt, tu seras le mage le plus puissant en ce monde. Enfin, ce ne sera pas exactement *toi*. Mais tu seras là, tu pourras regarder tout ce qui se passera. » Il a marqué une pause. « Du moins, je crois. »

À mesure qu'il parlait, sa voix se faisait de plus en plus sonore, et je me suis rendu compte que son timbre commençait à ressembler au mien. Il était en train de s'emparer de mon esprit, et bientôt il prendrait tout le reste. J'étais tellement vidé, à présent, que si je n'avais pas été paralysé, j'aurais été incapable de tenir debout. Impuissant, j'étais condamné à regarder Luna et à sentir monter le désespoir. *Oh, Luna, je te demande pardon. Avoir parcouru tout ce chemin pour en arriver là. Je ne veux pas imaginer ce que cet homme te fera subir une fois que je ne serai plus là, et je ne peux pas l'en empêcher. Il va gagner, et je ne peux rien faire...*

La lumière a semblé décliner, mais je savais que c'était ma vision qui se dégradait. C'est pourquoi il m'a fallu plusieurs secondes pour remarquer ce qui avait changé, chez Luna. Et alors, j'aurais volontiers écarquillé les yeux, si j'avais pu. Autour d'elle, le halo argenté virait à l'or pur. Elle se tenait debout près de moi, la tête baissée, comme en prière.

« Adieu, Verus, a dit Abithriax en souriant. Je n'ai jamais vraiment su ce que cela faisait, mais je ne crois pas que tu souffriras. » *Et dans le cas contraire, je m'en moque éperdument*, a ajouté son regard.

Derrière Abithriax, Luna a posé sa main valide sur mon épaule immobile avant de se hisser sur la pointe des pieds pour m'embrasser.

L'auréole dorée qui l'entourait s'est comme embrasée, avant de bondir à l'intérieur de mon corps. De mon côté, il m'a semblé recevoir une décharge d'électricité massive. J'ai senti l'emprise d'Abithriax se relâcher et, soudain, j'étais libre, toute ma force affluant en moi. J'ai vacillé tandis qu'Abithriax sursautait, les yeux écarquillés de surprise. Il a eu un instant d'hésitation.

Moi pas. Sans lui laisser le temps de réagir, je lui ai attrapé le poignet, le lui ai tordu dans le dos et me suis glissé derrière lui pour verrouiller mon autre bras autour de sa gorge. Abithriax a suffoqué.

« Surprise, lui ai-je grondé à l'oreille.

– Quoi ? a haleté le fantôme. Comment est-ce…

– C'était intéressant, comme conversation, Abithriax, ai-je ajouté, la voix tremblante de rage, et j'ai tout écouté *très* attentivement. Tu as dit que j'aurais eu une chance si je t'avais combattu dès le début ? Voyons ça. »

Il se débattait désespérément, mais j'étais plus fort et mieux entraîné que lui. J'ai levé l'autre main pour faire une clef de bras à Abithriax, et il s'est agité en tous sens pour tenter de se dégager, sentant que je lui bloquais la circulation et lui coupais l'oxygène. « Tu vas nous tuer, a-t-il haleté. Si je meurs… tu… »

J'ai resserré mon emprise et le mage s'est tu dans un gargouillis. « Oh, je ne crois pas. J'apprends vite, tu as remarqué ? Je pense que tu mens encore, et cette fois tu n'auras pas de seconde chance. »

Abithriax ne pouvait plus parler. La moitié de son visage, pour ce que je pouvais voir, était écarlate et virait progressivement au violet. Il m'a labouré les bras de ses ongles, mais je n'ai fait que serrer plus fort encore. Soudain, tout est devenu flou ; le couloir, Luna et Brise Stellaire sont passés du clair à l'obscur.

« Adieu, Abithriax, lui ai-je grommelé à l'oreille. Je ne sais pas si tu auras mal, mais je l'espère de tout cœur. »

Abithriax a tenté une dernière fois de se libérer, avant de s'effondrer, inerte. Autour de moi, tout s'est délité et a viré au noir.

Lorsque j'ai repris conscience, j'ai eu l'impression d'avoir fait une longue sieste réparatrice. J'aurais voulu continuer à dormir, mais quelqu'un m'appelait et j'ai eu le sentiment qu'il fallait que je réponde. J'ai remué légèrement et suis lentement remonté vers le jour.

« Alex ? *Alex !* »

J'ai ouvert les paupières. Le visage de Luna planait au-dessus du mien. « Oh, ai-je dit d'une voix ravie. Salut.

– Alex ! » On aurait dit qu'elle avait pleuré. Elle avait les traits tirés et le visage pâle mais illuminé d'espoir. « C'est bien toi ? »

J'ai bâillé et j'ai levé les yeux. « Salut, Brise Stellaire. Tu es restée dans les parages, toi aussi ? »

Elle flottait un peu à l'écart, l'air anxieuse. Luna s'est tournée vers elle avec une expression de joie, avant de se figer. Elle s'est de nouveau concentrée sur moi, avec une expression méfiante. « Une minute. Qu'est-ce qui nous dit que c'est bien toi ? »

J'ai souri. « Tu as été bien sage. »

Elle a laissé échapper un soupir de soulagement avant de s'affaler contre le mur du couloir. « C'est bien lui. »

J'ai regardé à droite. La parque gisait au sol, simple baguette d'ivoire inerte. Pour voir, j'ai tenté de manipuler les futurs et n'y suis pas arrivé. Ce pouvoir avait disparu en même temps qu'Abithriax.

« Qu'est-ce qui s'est passé, bon sang ? s'est exclamée Luna. Je ne réussissais pas à te faire bouger, et Brise Stellaire non plus, et elle n'arrêtait pas de répéter que ce n'était pas toi, et je ne savais pas ce qui allait arriver, et… Raconte-nous ce qui s'est passé ! »

J'ai fermé les paupières et n'ai pas pu retenir un sourire. « Disons juste que c'est bon d'avoir des amis. »

Nous avons attendu encore un moment que je puisse me relever. Je me suis penché pour ramasser précautionneusement la parque entre le pouce et l'index. « Attends ! s'est écriée Luna, alarmée.

– Sois sans crainte », ai-je répondu. La parque était redevenue une simple baguette en ivoire… du moins pour le moment. « Je voudrais seulement remettre les choses là où on les a trouvées. »

Brise Stellaire m'a examiné minutieusement avant de hocher la tête, l'air satisfaite. « Dodo. » Elle a lancé un regard rempli d'espoir en direction du pan de ciel noir qui miroitait par l'ouverture du portail. « On y va ?

– Bientôt. » J'ai regardé les étoiles un instant, puis j'ai adressé un grand sourire à Luna. « Je crois qu'on a quelqu'un à aller chercher. »

Luna s'est relevée tant bien que mal. La douleur devait être vive, mais elle ne l'a pas empêchée de sourire. « Attends-moi ici », ai-je suggéré.

Luna a secoué la tête sans cesser de sourire. « Je crois que je vais plutôt t'accompagner.

– Trouver quelqu'un ? » a demandé Brise Stellaire, intéressée.

Je les ai regardées l'une après l'autre avant d'éclater de rire. J'ai tourné les talons et me suis engagé dans le couloir, et Luna et Brise Stellaire m'ont suivi. Le pouvoir de la parque avait disparu, mais pas ma magie, et je savais où aller.

15

Il ne nous a pas fallu longtemps pour localiser Sonder.

Il était parvenu à la salle principale et fouillait les débris de la bataille, à notre recherche. Visiblement, il croyait que c'était *nous* qui avions besoin qu'il nous sauve. J'en aurais volontiers ri, sauf que j'étais assez impressionné qu'il ait réussi à nous suivre.

J'ai replacé la parque sur son piédestal et Luna a refermé la barrière de force à l'aide du cube. Elle avait attendu là pendant deux mille ans. Personnellement, je ne voyais pas d'inconvénient à ce qu'elle y reste encore un peu.

Lorsque nous avons finalement atteint la sortie et que nous nous sommes retrouvés sous le ciel étoilé d'Angleterre, Luna et moi étions éreintés. Nous avons appelé Talisid sur le communicateur, et il a débarqué ; en voyant dans quel état nous étions, il nous a immédiatement envoyé un soigneur. À peine prise en charge, Luna est tombée comme une masse. La mage de vie qui lui a réparé le bras m'a confié ensuite qu'elle ne comprenait pas comment mon amie tenait debout, et encore moins comment elle arrivait à marcher.

Brise Stellaire nous a raccompagnés sur une partie du chemin, puis quelque chose l'a distraite et elle a disparu ailleurs. Je ne m'en suis pas formalisé.

Le rapport officiel du Conseil a été rendu une semaine plus tard. Il mentionnait qu'un groupe de mages rebelles s'était spontanément attaqué à une équipe de recherche du Conseil travaillant sur une découverte archéologique. Une force de volontaires s'était mobilisée pour protéger les chercheurs, et une bataille avait eu lieu. En dépit de nombreuses pertes humaines, le seul mage dont la disparition était à déplorer était Griff Blackstone, chef de l'équipe de recherche, qui avait connu une fin tragique alors qu'il protégeait les mages sous sa responsabilité. L'assaut semblait avoir été mené de manière aléatoire, sans organisation à proprement parler. Étaient ensuite cités plusieurs éminents mages de l'Ombre et de la Lumière condamnant cet acte odieux et concluant qu'il démontrait le besoin de cohésion entre les deux factions. Le rapport disait enfin que, l'article concerné ayant été endommagé de manière irréparable, il avait par conséquent été placé en stase.

La plus grande surprise pour moi avait été de constater que personne ne me jetait la pierre. Le rapport allait même jusqu'à me complimenter de mes « efforts héroïques pour protéger les non-combattants ». J'ai été invité à une cérémonie, pour y être officiellement félicité par un sous-représentant du Conseil. Avant et après les simagrées, j'ai été approché de manière plus officieuse par des membres bien plus haut placés, qui m'ont tous expressément ordonné de la fermer si je tenais à la vie. J'ai fait ce qu'on m'a dit. Je m'étais déjà fait assez d'ennemis comme ça.

Une fois la crise terminée, ceux qui s'étaient cachés ont réapparu. Helikaon est retourné dans sa maison de campagne et Arachné a regagné sa tanière.

Et moi, je suis rentré chez moi.

Et la vie a repris.

J'ai toujours ma boutique, dans ma petite rue tranquille de Camden. La plupart de mes clients sont toujours des gamins qui ne se doutent de rien, mais je reçois plus de mages désormais. Depuis l'affaire du musée, beaucoup de gens ont été pris d'une envie subite de discuter avec moi. Sonder passe me voir de temps en temps, et parfois il amène des amis.

Je n'ai plus eu de nouvelles de Levistus ou de Morden, ni même de leurs sbires. La parque étant hors jeu, je n'ai plus aucune importance à leurs yeux. J'ai toutefois pris mes précautions, et je ne suis pas près d'oublier de vérifier qu'il n'y a pas de danger avant de m'aventurer où que ce soit.

Rachel et Cendre ont totalement disparu de la circulation. Je ne les ai pas revus, ce qui ne me surprend pas.

Au retour du tombeau, pendant une bonne semaine, j'ai été poursuivi par la malchance – je trébuchais tout le temps, je me cognais partout, il m'arrivait des choses rocambolesques toujours au mauvais moment… autant d'effets indésirables de la malédiction de Luna. Je ne m'en suis pas plaint : ce n'était pas cher payé.

En parlant de Luna, elle me rend visite tous les deux jours, maintenant. Elle continue à m'apporter les articles qu'elle dégotte, mais ce n'est plus pour ça qu'elle vient. Ensemble, on va chez Arachné. Après tout, il faut bien que les apprentis aient un endroit pour s'entraîner.

Parce qu'elle commence à apprendre à la contrôler, voyez-vous. Sa malédiction. C'est comme ça qu'elle a pu m'aider, contre Abithriax : elle s'est servie de la protection que lui assure le sortilège et elle me l'a prêtée, juste un petit moment. Depuis, elle s'exerce à maîtriser les côtés négatifs de ce pouvoir : à le tenir à distance des gens à qui elle ne veut pas de mal, et à le rediriger vers un lieu sûr. Ce n'est pas encore très au point, et le moindre contact avec Luna est presque aussi mortel qu'auparavant, mais pour la première fois elle peut espérer que ça change un jour.

Et moi, dans tout ça ? J'ai abandonné quelque chose, dans le tombeau d'Abithriax, quelque chose qui m'accompagnait depuis très longtemps. Et j'ai pris autre chose en échange, plus difficile à définir. Peut-être un objectif, ou simplement la capacité de reconnaître mes vrais amis. Les souvenirs sont encore là et je n'ai toujours ma place dans aucun des deux mondes, mais peu importe. Il y a pire dans la vie que de ne pas trouver sa place, ou que d'avoir à surveiller ses arrières. C'est Rachel qui me l'a appris.

Mes cauchemars ont disparu, eux aussi. Enfin, presque.

Parfois, je me remémore les paroles d'Abithriax, quand il a prétendu pouvoir guérir Luna de sa malédiction, et je me rappelle la sensation de puissance que j'ai éprouvée… Je repense à la parque, posée sur son piédestal au cœur de cette bulle, inaccessible sauf à quiconque connaissant son secret. Je me demande aussi si j'ai tué Abithriax, ou bien s'il est toujours là-bas, prisonnier de cet artefact qui est devenu sa geôle, à attendre le prochain mage qui viendra le délivrer. Alors je me ressaisis et retourne à mes petites affaires.

Mon monde n'est pas plus sûr qu'auparavant. La proposition de nommer des mages de l'Ombre au Conseil a été abandonnée, mais ils rôdent toujours, se livrent à leurs activités inavouables dans leurs châteaux, dans le secret de leurs pièces insonorisées. D'ailleurs, ils ne vivent pas tous dans des châteaux. À la nuit tombée, il rampe dans l'obscurité des créatures dont vous feriez mieux de vous méfier.

Mais dans mon petit coin de Londres, ça ne va pas si mal. Alors si un jour vous avez besoin d'un coup de main, passez donc au Grand Bazar de l'Occulte. La boutique est facile à trouver, en se donnant un peu de mal. Au début, vous croirez sans doute à une arnaque, mais qu'importe.

Après tout, il faut le voir pour le croire.

RÉALISATION : NORD COMPO À VILLENEUVE-D'ASCQ
IMPRESSION : CPI FRANCE
DÉPÔT LÉGAL : OCTOBRE 2020. N° 141225 (3039624)
IMPRIMÉ EN FRANCE

Éditions Points

DERNIERS TITRES PARUS

P5217. À l'ombre de l'eau, *Maïko Kato*
P5218. Vik, *Ragnar Jónasson*
P5220. Le Dernier Thriller norvégien, *Luc Chomarat*
P5222. Steak machine, *Geoffrey Le Guilcher*
P5223. La paix est possible. Elle commence par vous *Prem Rawat*
P5224. Petit Traité de bienveillance envers soi-même *Serge Marquis*
P5226. Histoire de ma vie, *Henry Darger*
P5227. Hors-bord, *Renata Adler*
P5228. N'oublie pas de te souvenir, *Jean Contrucci*
P5229. Mur méditerranée, *Louis-Philippe Dalembert*
P5230. La Débâcle, *Romain Slocombe*
P5231. À crier dans les ruines, *Alexandra Koszelyk*
P5233. Nuit d'épine, *Christiane Taubira*
P5234. Les Fillettes, *Clarisse Gorokhoff*
P5235. Le Télégraphiste de Chopin, *Eric Faye*
P5236. La Terre invisible, *Hubert Mingarelli*
P5237. Une vue exceptionnelle, *Jean Mattern*
P5238. Louvre, *Josselin Guillois*
P5239. Les Petits de décembre, *Kaouther Adimi*
P5240. Les Yeux rouges, *Myriam Leroy*
P5241. Dévorer le ciel, *Paolo Giordano*
P5242. Amazonia, *Patrick Deville*
P5243. La Grande à Bouche molle, *Philippe Jaenada*
P5244. L'Heure d'été, *Prune Antoine*
P5245. Pourquoi je déteste l'économie, *Robert Benchley*
P5246. Cora dans la spirale, *Vincent Message*
P5247. La Danse du roi, *Mohammed Dib*
P5210. Maudits Mots. La fabrique des insultes racistes *Marie Treps*
P5248. Il était une fois dans l'Est, *Arpád Soltész*
P5249. La Tentation du pardon, *Donna Leon*
P5250. Ah, les braves gens !, *Franz Bartelt*
P5251. Crois-le !, *Patrice Guirao*
P5252. Lyao-Ly, *Patrice Guirao*
P5253. À sang perdu, *Rae DelBianco*
P5254. Mémoires vives, *Edward Snowden*
P5255. La Plus Belle Histoire de l'intelligence *Stanislas Dehaene, Yann Le Cun, Jacques Girardon*

P5256. J'ai oublié, *Bulle Ogier, Anne Diatkine*
P5257. Endurance. L'incroyable voyage de Shackleton *Alfred Lansing*
P5258. Le Cheval des Sforza, *Marco Malvaldi*
P5259. La Purge, *Arthur Nesnidal*
P5260. Eva, *Arturo Pérez-Reverte*
P5261. Alex Verus. Destinée, tome 1, *Benedict Jacka*
P5262. Alex Verus. Malédiction, tome 2, *Benedict Jacka*
P5263. Alex Verus. Persécution, tome 3, *Benedict Jacka*
P5264. Neptune Avenue, *Bernard Comment*
P5265. Dernière Sommation, *David Dufresne*
P5266. Dans la maison de la liberté, *David Grossman*
P5267. Le Roman de Bolaño, *Gilles Marchand*, *Eric Bonnargent*
P5268. La Plus Précieuse des marchandises. Un conte *Jean-Claude Grumberg*
P5269. L'avenir de la planète commence dans notre assiette *Jonathan Safran Foer*
P5270. Le Maître des poupées, *Joyce Carol Oates*
P5271. Un livre de martyrs américains, *Joyce Carol Oates*
P5272. Passe-moi le champagne, j'ai un chat dans la gorge *Loïc Prigent*
P5273. Invasion, *Luke Rhinehart*
P5274. L'Extase du selfie. Et autres gestes qui nous disent *Philippe Delerm*
P5275. Archives des enfants perdus, *Valeria Luiselli*
P5276. Ida, *Hélène Bessette*
P5277. Une vie violente, *Pier Paolo Pasolini*
P5278. À cinq ans, je suis devenue terre-à-terre, *Jeanne Cherhal*
P5279. Encore plus de bonbons sur la langue. Le français n'a jamais fini de vous surprendre !, *Muriel Gilbert*
P5280. L'Ivre de mots, *Stéphane de Groodt*
P5281. The Flame, *Leonard Cohen*
P5282. L'Artiste, *Antonin Varenne*
P5283. Les Roses de la nuit, *Arnaldur Indridason*
P5284. Le Diable et Sherlock Holmes, *David Grann*
P5285. Coups de vieux, *Dominique Forma*
P5286. L'Offrande grecque, *Philip Kerr*
P5287. Régression, *Fabrice Papillon*
P5288. Un autre jour, *Valentin Musso*
P5289. La Fabrique du crétin digital, *Michel Desmurget*
P5290. Le Grand Manipulateur. Les réseaux secrets de Macron *Marc Endeweld*
P5291. Vieillir ensemble. Un tour du monde des solutions qui rapprochent les générations, *Julia Mourri, Clément Boxefeld*
P5292. La Vie est une célébration, *Mata Amritanandamayi*
P5293. Les Plus Beaux Contes zen, *Henri Brunel*